KB274510

내겐 너무 예쁜 보디가드

Baby Don't Go

내겐 너무 예쁜 보디가드

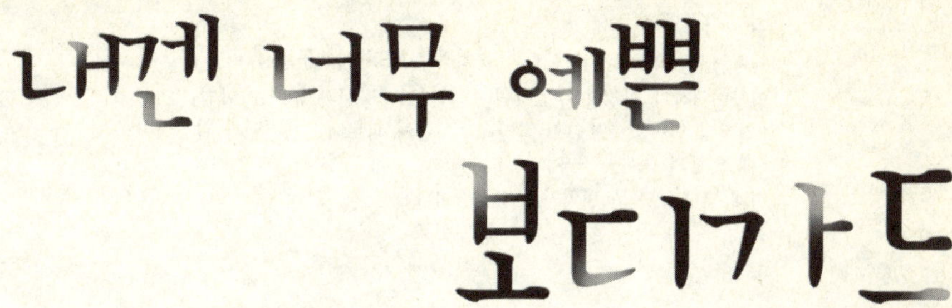

Baby, Don`t Go

수잔 앤더슨 | 박미영 옮김

큰나무

박 미 영

이화여자대학교 영어영문학과 졸업하고 KBS 사회문화센터
영상번역작가 과정을 수료하였다. 역서로『당신과 눈뜨는 아침』,
『격정의 연인』,『프린스 차밍』,『사랑의 파트너』,『건달과 말괄량이』,
『내 인생의 축복』 등이 있다.
현재 로맨스 전문 번역가로 활동중이다.

내겐 너무 예쁜 보디가드

초판 인쇄 | 2003년 7월 7일
초판 발행 | 2003년 7월 12일

지은이 | 수잔 앤더슨
옮긴이 | 박미영
펴낸이 | 한익수
펴낸곳 | 도서출판 큰나무

등록 | 1993년 11월 30일(제5-396호)
주소 | 120-837 서울시 서대문구 충정로 3가 3-95 2층
전화 | 02) 365-1845 · 1846   팩스 | 02) 365-1847
e-mail | btreepub@chollian.net
홈페이지 | www.bigtreepub.co.kr

값 9,000원

ISBN 89-7891-166-8 03840

사랑의 손길이 가장 적게 닿는 곳에 가장 많은 사랑이 필요하다.
사랑은 전율할 수밖에 없는 행복이다.
— 칼릴 지브란 —

　늘 곁에 붙어서 지켜주는 것이 임무인 보디가드의 특성상, 보디가드와의 사랑을 다룬 책이나 영화는 그렇게 드문 편이 아니다. 단순히 픽션에서만 존재하는 이야기라고 치부할 수 없는 것이, 현실에서도 마돈나 모나코 공주가 한때 자신들의 경호원과 사랑에 빠져 결혼하지 않았던가.(결국엔 이혼했지만)

　영화 〈보디가드〉의 케빈 코스트너나 드라마 〈모래시계〉의 이정재를 보자. 이런 말없고 평소 감정을 드러내지 않던 남자가 자신의 몸을 던져가며 지켜준다면, 그리고 그 보호받는 대상이 여자라면, 사랑에 빠지지 않고 배길 재간이 있을까?

　현실에서는 어떤지 몰라도 위에서 든 예에서 볼 수 있듯 영화나 소설 속 보디가드란 대체로 진중하고 말수 적은, 굳이 말하자면 어두운 그림자가 드리운 사람들이기 마련이다. 그리고 물론 남자. 이 점에서부터 〈내겐 너무 예쁜 보디가드〉는 고정관념을 깬다.

　보디가드인 여주인공 데이지는 진중하지도, 말수 적지도 않다. 부유한 사람들에게 약간 반감과 편견을 갖고 있긴 해도 어두운 성격이라고도 할 수 없으며, 무엇보다 결정적으로 여자다. 드물게 보는 진짜 터프한 여주인공이랄까.

　이에 비하면 남주인공인 닉은 그렇게까지 파격적이진 않다.
하지만 따지고 보면, 강한 여주인공에게 보호받는 남주인공이
란 입장이면서도 괜히 자존심 상해하거나 하지 않는 것만 해도
닉은 그 누구보다도 특별한 남자가 아닐까?

박 미 영

프롤로그

9년 전.

데이지 파커는 닉 콜트레인의 벌거벗은 몸이 그녀를 매트리스로 눌러오자 기쁨의 한숨을 내쉬었다. 땀으로 둘의 몸이 달라붙었고 그의 근육질 팔이 그녀를 단단히 안아왔다. 방금 자신이 그에게 순결을 바쳤다는 것을 믿을 수가 없었다. 게다가 그렇게나 열정적으로.

그가 목을 따라 키스해 내려가자 그녀의 육체는 쾌락 후의 짜릿함으로 미묘하게 떨렸다. 그녀는 관능적인 기쁨에 몸을 죽 뻗었다.

그녀는 지금 10층 아래에서 한창 진행 중인 모린의 결혼 피로연에 오지 않으려 했다. 2년 전, 콜트레인 가와의 모든 관계를 끊으려 했기 때문이다. 용의주도한 냉정함으로 어머니와의 결혼을 끝내 버린 닉과 모린의 아버지가 증오스러웠다. 게다가 그는 어머니의 이름이 타블로이드 신문에 온통 도배질되도록 꾸미기까지 했다. 그녀로선 그들과 계속 연락하고 지낼 이유가 없었다.

하지만 모린은 그들 사이가 그냥 소원해지도록 두지 않았다. 그녀는 무시해 버리면 실례가 될 편지를 가끔 보냈고, 데이지는 의붓언니에 대해선 불만이 없었다. 그래서 모린의 편지에 답장을 썼고 이따금 점심이나 저녁을 함께 먹곤 했다. 모린에게서 청첩장이 날아오자, 데이지는 거절할 수가 없었다.

그레이스 성당에서 열린 결혼식은 열아홉 살 데이지의 눈에는 마치 동화 속에 나오는 세상인 것만 같았고, 모린과 잘생긴 그녀의 신랑은 넋이 나갈 만큼 행복해 보였다. 하지만 몇 시간 전 마크 홉킨스 호텔에서의 피로연에 도착했을 때, 데이지는 참석한 게 과연 잘한 일이었나 다시 생각하게 되었다.

그녀는 피로연장을 가득 메운 샌프란시스코 상류층의 일원이 아니었다. 한 번도 그곳에 속한 적이 없었다. 그들 사이에 다시 내던져지자 그 사실이 새삼 실감났고, 그녀는 신랑 신부에게 인사를 하자마자 떠나야겠다고 마음먹었다.

닉이 나타나 그녀의 이성적인 생각들을 몽땅 저 멀리로 날려 버리기 전까지는 말이다.

그녀는 아직도 그가 자신을 오랫동안 보지 못한 친구처럼 반기며 하객을 맞는 신부측 가족 열을 벗어나 그녀를 에스코트하여 돌아다녔다는 걸 믿을 수가 없었다. 그는 늘 그녀를 싹 무시하곤 했었기에 갑작스런 관심을 받으니 마치 전선 끝을 잡은 것만 같았다―뜨겁고, 무서우며, 아찔하게 어지러운.

그의 눈에는 그녀가 뭐라 이름 붙일 수 없는 빛이 있었다. 뭔가가 바뀌었달까, 확실히 무모한 분위기가 있었다. 하지만 그는 그녀를 매혹시켰고 섬세한 손길로 그녀를 흔들어 놓았다. 그녀의 등에서 미끄러지듯 스치는 손길, 팔뚝을 감아쥔 길고 따뜻한 손가락이나 맨어깨를 스치는 손길―그녀는 별거 아니라고 스스로에게 말했다.

닉은 눈부시게 새하얀 치아와 군데군데 금색으로 바랜 갈색머리에 황금빛 피부의 신이었고 그녀에게 관심을 쏟으며 목에 건 카메라로 그녀의 사진을 찍어, 그녀를 숨가쁘고 들뜨며 어질어질하게 만들었다.

그러나 그건 춤이 시작되고 그의 품에 안긴다는 것이 어떤 느낌인지 경험하기도 전의 일이었다.

조명이 잦아들고 음악이 느리게 바뀌자, 그녀는 완전히 넘어가고 말았다. 닉이 그녀를 너무나 바짝 껴안아 가슴부터 무릎까지 온몸으로 그를 느낄 수 있었다. 닉은 따스하고 단단했으며 그녀를 만나게 되어 '아주' 기뻐하고 있었다. 그 다음 그녀가 기억하는 건 엘리베이터에서 그가 그녀에게 키스했다는 것이다.

그리고는 어느덧 이 방, 이 침대.

그녀의 심장은 쿵쿵 두근거렸고 꿈에도 맥박이 있는 줄 몰랐던 곳에서 피가 고동쳤다. 다음 순간 그가 그녀의 위에, 그녀의 안에 있었다. 처녀막이 찢어지는 순간적인 아픔이 그녀의 의식을 막 꿰뚫을 때, 그의 느린 손길과 급박한 허리놀림이 그녀를 절로 비명이 터져 나오는 절정으로 몰아갔다.

마침내 사랑에 대한 엄마의 그 모든 이야기가 이해되었다.

그녀가 그의 온기를 느끼고 있을 때 닉은 천천히 팔꿈치를 대고 몸을 일으켰다. 그가 내려다보았다.

"괜찮아?"

"응."

괜찮은 것 이상이었다. 그녀는 굉장한 기분이었다.

"잘됐군."

닉이 몸을 굴려 그녀에게서 떨어져 일어섰고, 데이지는 한 손으로 머리를 괴고 그의 벌거벗은 육체를 희롱하는 불빛을 감탄하며 지켜보았다. 너무나 눈부셨다.

그 표현은 아마 세상에서 가장 남성적인 단어는 아니겠지만, 그에게 꼭 맞아떨어졌다. 그리고 제정신인 사람이라면 그 누구도 그가 남성적이란 사실을 부인하지 못하리라. 어깨는 널찍하고 팔뚝은 단단하며, 탄탄한 근육이 가슴 윤곽을 그리고 있는 그는 더할 나위 없이 남성적이었다. 비단결처럼 부드러워 보이는 체모가 나무 모양으로 자라나, 가슴에서 넓게 퍼지고 아래로 내려갈수록 줄어들어 단단하게 윤곽 잡힌 복근을 지나 그가 끌어올린 턱시도 바지 허리선 아래로 사라졌다.

그녀는 눈을 깜박였다. 옷을 입고 있다니?

"뭘 하는 거야?"

"가봐야 해."

방금 전까지 그녀는 자신의 나체에 확실한 자신을 갖고 있었다. 그런데 지금은 갑자기 무방비 상태로 노출된 기분이었다. 드레스를 찾아 둘러보았다. 침대 옆 램프에 달랑달랑 매달린 옷을 보고 그녀는 얼굴을 붉혔다. 테이블 위의 상자에서 티슈를 두어 장 뽑아 몰래 닦아내고 그에게 시선을 던졌다.

"왜?"

닉은 셔츠와 재킷은 입었지만 굳이 단추를 채우진 않았다. 그는 셔츠 커프스 단추를 주머니에 쓸어 담았다. 타이는 대롱대롱 목에 매달고, 손은 바지 주머니에 깊숙이 찔러넣은 채, 그녀를 넘겨다보았다. 그의 푸른 눈이 부드러워지고 입끝이 삐딱하게 올라가더니 침대를 향해 한 발 디뎠다.

그리고 그녀가 막 다시 그가 자신에게 손을 뻗으려 한다고 확신했을 때, 닉은 우뚝 멈춰 서서 어깨를 폈다.

"아침에 약속이 있어. 좋았지만, 사람은 잠을 자야 하니까."

"하지만 난 이해가 안 가. 아까…… 아까 한 말은?"

날 사랑한다고 한 말은 뭐야?

그는 그녀를 잠깐 응시했고, 그의 눈이 다감함과 갈망…… 그리고 유감을 내비쳤다고 그녀는 맹세할 수도 있었다. 그 다음 그는 어깨를 으쓱했고 그 순간은 영원히 사라졌다.

"넌 진짜 어리구나. 안 그래, 블론디? 게임이 어떻게 돌아가는지 알 텐데. 사람들은 희열의 순간엔 무슨 말이든 한다고."

그녀는 몰랐다. 이것이 게임인지조차 깨닫지 못했다. 수치스런 비참함에 파묻혀 몸을 숙여 그녀의 뺨에 쪽 입을 맞추고 잘 지내라고 말하는 그를 가만히 응시할 수밖에 없었다.

이내 닉의 등 뒤로 문이 휘릭 닫혔다.

그리고 데이지는 마크 홉킨스 호텔의 방에 홀로 남아 어른이 된다는 것에 대해 깊은 생각에 잠겼다.

1

월요일.

데이지는 사무실 문을 채 지나기도 전에 한소리를 들었다.

그녀의 비서가 꺄악 쇳소리를 내고 경악하여 그녀를 응시했다.

"제발 정말로 그걸 입을 생각은 아니라고 말해 줘."

우뚝 멈춰 서서, 데이지는 가슴 포켓에 문장이 박힌 금빛 모직 재킷과 남색과 금색의 플레드 킬트(스코틀랜드의 전통의상)를 내려다보았다. 그녀는 등 뒤의 문을 닫았다.

"뭐가 어때서? 나더러 치마를 입으라고 한 건 너잖아."

레기는 눈을 굴리고는 최소한 둘 중에 한 사람은 패션 센스란 은총을 받았단 사실을 되새기려는 듯이 자신의 말쑥한 정장을 쓰다듬었다.

"미션스쿨 여학생에 GI 제인을 섞은 것처럼 입으라고 한 적은 없어."

"뭐, 부츠 말이야?"

그녀는 남색 나일론 스타킹과 끈으로 묶는 부츠, 그 부츠 위를 장식한 양말목을 내려다보았다.

"남색이잖아. 어울리는 걸."

"그래, 여학생이 된 전투병 베스트 드레서 상을 노리고 있다면 말이지. 차라리 전투 위장복을 입지 그랬어? 녹색과 갈색 아이새도는 어디서나 쉽게 찾아낼 수 있을 법한데. 그럼 네 얼굴도 위장할 수 있을 거야."

데이지는 그에게 인상을 썼다.

"치마를 입으라며. 그래서 난 집에 들러 치마를 입고 왔어. 네 높디높은 패션 취향에 미치지 못한다면 미안하지만, 난 사교계 아가씨가 아니라 경호 전문가야. 하이힐은 안 신으니까 포기해, 레기. 뛰어야 할 일이 생기면 무용지물이라고."

"네가 뛸 일이 이 새 고객의 수표를 예치하기 위해 은행으로 직행하는 것이기만을 바랄 뿐이야."

레기는 그녀의 옷차림에 마지막으로 나무라는 눈길을 던지고 컴퓨터로 돌아앉아 구시렁거렸다.

"그 고객이 네 기준의 그 프로다운 옷차림을 보고도 수표를 준다면 말이지만."

누가 내려다보는 걸 그가 질색한단 사실을 아는 데이지는 그의 책상에 손을 탁 짚고 몸을 숙였다.

"어쩌면 대부분의 남자와 달리."

그녀는 악문 잇새로 말했다.

"그 사람은 머리에 뇌 반쪽이라도 들어 있어서 이게 프로답다는 걸 깨달을지도 모르지. 그야 물론 은행가들의 가는 줄무늬 정장은 아니지만, 그 작자를 지켜줄 여자에겐 아주 적절하단 말야."

레기는 전혀 감명받지 않은 눈치였고, 그녀는 몸을 바로했다.

"맙소사, 레기. 도대체 그 사람이 누구길래? 영국 왕세자라도 돼?"

"비슷하지."

그녀 뒤의 문가에서 차분한 목소리가 들려왔다.

아니야. 오, 하나님! 제발 아니기를. 심장이 불규칙적으로 갈비뼈에 마구 부딪히고 있었다. 자신의 귀가 잘못 들었기를 바라고 또 바라며 데이지는 천천히 돌아섰다.

잘못 들은 게 아니었다. 그녀가 두려워했던 바로 그대로였다. 닉 콜트레인. 그녀가 세상 그 누구보다 보고 싶지 않은 남자.

그는 언제나와 마찬가지로 눈부셨다, 빌어먹을 저 파란 눈. 길고 아름답게 균형 잡힌 육체는 낡은 청바지와 V네크 스웨터로 감싸여 있어도 그녀가 기억하는 대로 단단하고 늘씬해 보였고, 목에는 카메라가 걸려 있었다. 모린은 닉이 하얀 테니스복을 입고 태어난 사람 같다고 말하곤 했었고, 그 말대로였다. 그에게는 멋진 품위가, 마치 숨쉬기만큼이나 자연스러운 소속감이 있었다.

하지만 다시 생각해 보면, 왜 아니겠는가? 그는 그 세계 사람인 것을. 늘 그랬다. 아웃사이더는 그녀 쪽이었다.

그녀는 자신의 사무실을 둘러보는 그를 지켜보았고, 그의 눈을 통해 사무실을 보자 그녀와 레기가 액자에 넣어 걸어놓은 밝은 색의 포스터를 돋보이게 하려 친밀감을 주는 버터크림색 페인트로 칠한 벽이 영 아니구나 싶었다. 반들거리는 2미터짜리 고무나무로 된 레기의 반짝반짝한 원목 같은 책상은 보이지 않았다. 대신 닳은 리놀륨 바닥과 창문 벽에 붙여놓은 두 개의 낡아빠진 의자와 차고 세일 때 산 테이블만 보였다.

그녀는 어깨를 폈다. 그래, 부티가 나진 않지만 그게 뭐 어때서. 최소한 다 그녀 것이었다. 음, 그녀와 은행 것이지만, 어쨌든.

닉은 그녀를 꼼꼼히 주욱 훑어보았다.

"어떻게 지내, 블론디? 괜찮아 보이네."

"날—."

그녀는 감정을 미처 억누르기 전에 격분한 나머지 한 걸음 내딛었다.

"블론디라고 부르지 마."

그녀는 속이 부글부글 끓었지만 차분하게 말을 맺었다. 그 별명은 그녀의 성미를 자극했고 그는 그 사실을 빌어먹게 잘 알고 있었다. 틀림없이 그렇기 때문에 그 별명을 부른 거겠지. 그가 처음 그녀를 그렇게 부르기 시작했을 때 그녀는 열여섯, 그는 스물둘이었고, 그녀는 한 번도 미끼를 물지 않은 적이 없었다. 뺨에 열기가 치미는 것을 느끼며, 그녀는 다시 깊이 숨을 들이쉬고 잠시 참았다 내뱉었다. 아슬아슬 평정을 잃기 직전이었다.

그가 저렇게 태연하고 은근히 재미있어하는 눈으로 쳐다보고 있을 때, 자신은 버림받은 아픔에 비명 지르고 싶을 만큼 슬픔을 느끼고 있다는 걸 내색하느니 차라리 벌레를 씹어먹고 말겠다는 결심을 했다.

턱을 치켜들고 그녀는 말없이 그를 응시했다. 그는 문에 기대서서 발목을 엇갈리고 손은 청바지 주머니에 찔러넣은 채 그녀를 마주 쳐다보았다.

"둘이 아는 사이란 뜻으로 알겠어."

침묵이 위태위태하게 길어지자 레기가 말했다.

"내 아버지가 데이지의 어머니와 한때 부부였죠."

닉의 말에 데이지는 얼어붙었다.

그게 당신이 생각하는 우리 사이의 가장 큰 연결고리야?

상처받지 않아야만 마땅했다. 그가 자신에게 주었던 모든 아픔들을 생각하면. 하지만 그 말은 그녀에게 상처가 되었고, 그의 얼굴을 후려쳐 아픈 맛을 보여주고 싶었지만, 아직도 그가 자신에게 영향을 미칠 수 있다는 것을 그에게 티낼 수는 없었다.

레기가 말을 걸어 그녀에게 달리 주의를 쏟을 거리를 제공했다.

"그래? 몇 번째 결혼 말이야?"

"세 번째."

"우리 아버지에겐 다섯 번째였고."

데이지의 대답에 닉이 덧붙였다.

레기는 기특하게도 닉을 무시했다.

"그럼 그 부자 맞지? 너희 어머니를 모든 타블로이드 신문의 1면에 올려놓은 사람?"

데이지는 닉을 째려보며 어디 한 마디라도 뻥긋하기만 해 봐라 하며 벼르고 있었다. 뭐가 자기한테 이로울지 안다면 그는 입을 다물고 있을 것이다. 애초에 그녀의 어머니가 언론계의 쓰레기들에게 쫓기게 된 것은 다 그의 아버지 탓이었으니까.

닉은 그저 그녀를 똑바로 쳐다보았고, 성인답게 행동하기로 마음먹은 그녀는 그 눈길을 똑바로 맞받았다.

"그게 언제더라, 콜트레인. 우리가 마지막으로 본 게 한 6, 7년 되었던가?"

분 단위까지 기억하면서 모르는 척 데이지는 그렇게 물었다.

"9년."

"그렇게나 오래? 세상에, 성미 긁는 사람이 없으면 시간이 진짜 빨리 가네. 그런데 어인 일로 이런 누추한 곳까지 행차를?"

"어, 그 사람이 우리 2시 손님이야, 데이지."

그녀는 천천히 몸을 돌려 비서를 쳐다보았다.

"방금 뭐라고 했어?"

레기는 항복의 뜻으로 양손을 위로 들어 보였다.

"예약을 받을 때는 까맣게 몰랐지. 저 사람이 네 의붓……."

"난 데이지의 오빠가 아닙니다."

닉이 단호한 목소리로 딱 잘랐다.

데이지는 그에게로 눈길을 돌렸다.

"그래, 당신은 확실히 그 역할을 원하지 않았지. 안 그래?"

그는 그녀의 성난 눈길을 정면으로 맞받았다.

"그래, 원치 않았어. 그리고 아직까지 그 이유를 깨닫지 못했다면 넌 내가 생각한 것의 절반만큼도 머리가 안 돌아가는 거고."

그녀는 그 기억과 수치심에 얼굴이 다시 불타오르는 것을 느꼈다.

“날 고용하고 싶다는 거야?”

그녀는 어이없어하며 다그쳤다.

“네 5마일 반경 안에도 있고 싶지 않다.”

그녀는 자신의 이성적인 어조가 자랑스러웠다.

“그럼 집에 가 보셔. 난 당신네 부자 도련님들의 게임을 상대해 줄 시간이 없으니까. 내겐 해야 할 사업이 있어.”

닉은 주위를 돌아보았다.

“그래, 문전성시를 이룬 손님들이 내 눈에도 보이는구나. 의뢰가 들어온 적이 있긴 해?”

제발, 하나님! 저걸 딱 한 번만 때리게 해 주세요. 살짝 한 번만 쥐어박고 나면 다시는 아무 것도 부탁드리지 않을게요.

“잘 가, 닉.”

그녀가 빙글 돌아 사무실로 향하자 주름 스커트가 펄럭이며 허벅지에 감겼다.

“데이지, 잠깐만.”

마지못해 돌아서서 그를 마주하며, 그녀는 레기의 흥미진진한 관심을 의식했다. 끝내 주는군. 닉이 떠나자마자 꼬치꼬치 캐물을 테고, 절대 조용히 넘어가지 않을 것이다. 돌처럼 굳은 얼굴로 그녀는 닉을 쳐다보았다.

“사과할게. 주제넘은 소리였어. 너를 고용하는 문제에 대해 얘기 좀 하고 싶은데.”

젠장. 문을 가리키는 그녀의 손짓은 신경이 곤두서서 딱딱했다.

“사무실로 들어와. 레기, 전화 연결하지 말아줘.”

최근 전화가 줄기차게 울려댄 건 아니지만, 닉이 그걸 알 필요는 없지.

그가 문간을 넘어서는 순간 사방의 벽이 그녀를 조여 오는 듯했다. 옆을 지나칠 때 그녀의 눈높이에 그의 쇄골이 오는 걸 발견할 때까지 그가 얼마나 키가 큰지 잊고 있었다.

그의 카메라가 그녀의 가슴을 스쳤고, 그녀의 눈길이 번쩍 올라가 그의 눈길과 얽혔다. 고개를 홱 돌리며 데이지는 책상과 마주한 손님용 의자를 향해 손짓했다.

"앉아."

그녀는 책상을 돌아가 자신의 의자에 털썩 주저앉으며, 그 오랜 세월이 지났음에도 여전히 그렇게나 닉을 의식한다는 사실에 화가 났다. 가슴 아래 팔짱을 턱 끼며, 그녀는 책상 너머 그에게 무덤덤한 표정을 지었다. 이제 레기가 보고 있지 않으니 예의를 차려야 할 의무감을 느끼지 않았다.

"여기서 대체 뭐 하는 거야, 콜트레인?"

훌륭한 질문이었다. 문을 들어와 데이지가 비서의 책상 위로 몸을 숙이고 있는 것을 본 이래 닉이 스스로에게 묻고 있던 바로 그 질문. 경호회사는 널리고 널린데다, 그가 똑똑하다면 커다란 눈에 건방진 데이지 파커의 근처에는 얼씬도 안 할 것이다. 그녀의 뭔가가 그로선 느끼지 않는 편이 나은 감정을 매번 불러일으켰다.

하지만 그가 전화로 여기저기 알아보자, 그녀의 이름이 이 방면에서 최고 중 하나로 계속 떠올랐다. 또한 새로 연 그녀의 사무실이 어렵게 유지되고 있다는 얘기도 여러 곳에서 들렸다.

그럼 그녀에게 일을 맡기면 꿩 먹고 알 먹는 셈이 아니겠는가? 그녀에겐 도움이 될 테고, 그는 감당 가능한 비용으로 필요한 경호를 얻을 수 있을 테니.

뭐가 문제람! 마크 홉킨스 호텔에서의 그 밤은 벌써 여러 해 전인 걸. 그들은 둘 다 그 일을 지나간 과거로 흘려보낼 만큼 어른이 되었다.

"네게 경호를 의뢰할 상황에 처해서."

그는 간단히 말했다.

"무슨 문제야, 콜트레인? 드디어 방탕의 대가를 치르나 보지?"

그는 여기 오는 내내 그녀에게 어떻게 얼마나 말해야 할지 고심했다. 바로 이 순간까지만 해도 모든 사실을 털어놓을까 했었지만, 그게 먹히지 않으리라는 건 천재가 아니라 해도 불 보듯 뻔했다. 데이지의 신경에 거슬릴 요소가 너무 많았다.

그 난리판은 모두 그가 토요일 날 평소처럼 150퍼센트 집중하지 않은 탓에 시작되었다. 그는 그만의 독특한, 달리 아무 데서도 찾을 수 없는 사진을 찍어낸다는 평을 받고 있었다. 사람들은 그의 사진들이 순간을 내밀하게 포착했다고 말했고, 사실 카메라 실력 면에서라면 그는 그다지 겸손하지 않았다.

그에겐 육감 혹은 내면의 눈, 뭐라 부르든 간에 언제 찍어야 할지 정확히 아는 능력이 있었다. 특히 대상의 본질을 잡는 능력이 뛰어났다. 그리고 그와 니콘 카메라는 부부나 마찬가지인 만큼, 사람들은 그게 거기 있단 사실을 망각하곤 했다.

그 결과 그는 가끔 누군가의 평판에 해가 되거나 완전히 망가뜨릴 순간을 필름에 담게 되었다. 타블로이드 신문에선 뭐든 민망스런 사진을 넘기면 한 재산 주겠다고 시시때때로 제안해 왔지만 그는 늘 필름을 파기했다. 그에게 계속 일거리를 주는 사회의 한 일원으로 자라 왔기에, 그는 자신의 분별력이 성공에 큰 도움이 되었다는 것을 익히 알고 있었다.

하지만 토요일 오후엔 펨브룩 저택으로 향하기 직전에 받은 여동생의 전화 때문에 걱정을 하느라, 사교계의 큰 결혼식을 촬영하는데 있어 그의 트레이드마크인 완전한 집중을 쏟지 못했다.

실제적이고 이성적인 모린이 부동산 사업 고객들의 자금을 빼 쓰는, 모린답지 않은 범죄를 저질렀을 줄 그 누가 생각이나 했겠는가? 모든 이들의 문젯거리를 떠맡는 그녀의 성격을 고려해 보면 분명 선한 동기가 있으리라는 걸 그는 단 한순간도 의심치 않았다. 하지만 그래도 바보 같은 짓이었다. 또한 그녀가 아주 곤란한 입장에 처하게 되리란 것이 자명했으니, 그녀가 중개비를 받아 유용한 계좌의 자금을 갚는 데 쓰려 계획했던 놉 힐 아파트 건물 매매가 수포로 돌아갔던 것이다.

여동생을 도울 방법을 모색하느라 머리를 쥐어짜며, 그는 빗시 펨브룩의 결혼식을 자동 모드로 찍어댔다. 그래서 그는 배경에서 무슨 일이 벌어지는지 놓치고 말았던 것이다.

펨브룩 저택을 나온 그는 곧장 일요일 촬영을 위해 몬터레이로 직행했다. 그 작업에서는 좀더 집중하긴 했지만, 여전히 모린의 딜레마를 궁리하며 차에서 내려보니, 두 명의 근육질 어깨들이 그의 차고 암실을 뒤집어 놓고 있는 것이 아닌가. 그들은 그에게 덤벼들며 필름을 내놓으라고 다그쳤다.

그들은 어떤 사진인지 분명히 밝히지 않았고, 그는 더플 가방에 담겨 차의 조수석에 실려 있는 지난 이틀 간의 필름을 고이 바치지 않았다. 대신 그들이 망쳐놓은 다른 사진들을 보고, 그는 "날 잡아 잡수쇼."라고 말했다. 그들은 그 말에 화를 냈다.

닉의 니콘은 평소와 마찬가지로 목에 걸려 있었고, 그들은 좋게 해결할 마지막 방법이라며 그걸 내놓으라고 했다. 그는 거절했고, 어깨들은 경찰차 사이렌 소리에 도망치기 전 카메라를 빼앗으려다 그의 어깨뼈를 탈구시켰다.

닉은 경찰에게 사실을 모두 말했으나, 아는 게 없으니 말하고 자시고 할 만한 것도 없었다. 응급실에서 돌아와 놈들이 손에 넣으려 열을 내던 그 필름을 현상하고 나서야 문제를 알 수 있었다. 처음엔 폭력까지 동원할 만한 것이라곤 아무 것도 보지 못했다. 사진을 한 장 한 장 확대하고 나서야 폭력배들이 그가 보지 못하게 막으려던 것을 찾아냈다.

순간 그는 경악했다.

빗시는 막판에 정자에서 사진을 찍자고 주장했다. 배경은 아름답게 복원된 문지기 별채였다. 그런데 별채 안에선 남자와 여자가 섹스를 하고 있었다. 보는 사람이 뭔가 찾아내려고만 하면, 창문을 통해 훤히 보였다.

놀라운 것은 그 커플이 정신 나간 정사를 벌이고 있다는 점이 아니었다. 이런 행사에서 사람들은 종종 샴페인에 도를 넘게 취해 절대 의도하지 않았던, 그리고 몇 년 동안 후회를 거듭할 방식으로 축하를 마무리짓곤 했다. 그런 일에 대해서라면 닉은 못 본 꼴이 없었다.

충격은 그 남자의 정체였다.

J. 피츠제럴드 더글러스는 샌프란시스코 사회의 우상, 노회한 거물이었다. 예순 살의 그는 하나의 전설이었다. 몰락해 가는 가족 사업을 물려받아 수백만 달러짜리 대기업으로 일으켰다. 그런 다음엔 자선사업으로 돌아서서, 이익의 상당 부분을 도서관과 교회에 기부했다.

그의 도덕성은 전설적이었고, 최근 작지만 중요한 중동 국가의 대사로 그가 임명될 가능성에 대해 언론이 온통 시끌벅적했다. 모두 그가 적임자라고 여겼다. 지극히 보수적인 국회의 승인만 떨어지면 다 된 일이었다. 그리고 그 누구도 더글러스보다 더 보수적일 수는 없었기에, 그건 단순한 의례로만 보였다.

그럼 도대체 어쩌자고 도덕성의 살아 있는 상징께서 손녀 뻘은 족히 될 법한 여자의 온몸을 결혼반지 낀 그 손으로 더듬고 있단 말인가?

더글러스의 부하들이 닉에게 탈구된 팔과 난장판이 된 암실, 못마땅해하는 보험사 직원을 떠안겨 놓은 만큼, 노인네에 대한 그의 감정은 지극히 차가웠다. 하지만 이제 어디서 여동생 모를 위한 돈을 구할지 알았다. 자신의 철칙을 깨고 그 빌어먹을 사진들을 타블로이드 신문에 파는 거다.

다만 그 해결책을 데이지에게 알릴 생각은 없었다. 비명이 절로 터져나올 듯한 어깨의 통증은 응급실 의사가 어깨뼈를 맞추자마자 가시긴 했지만, 어깨서부터 팔꿈치까지 시퍼런 멍이 남았다. 그쪽 팔을 쓸 수는 있었지만 힘이라곤 하나도 안 들어가고, 더글러스의 부하들이 다시 쳐들어오면 전혀 쓸모가 없을 것이다. 문제의 필름을 손에 넣을 때까지 그자들이 계속 쳐들어오리란 건 불 보듯 뻔한 사실이었고.

그에겐 보디가드가 필요하다. 블론디에겐 일이 필요하다. 그럼 그의 계획에 그녀가 결코 그냥 넘기지 않을 한 가지가 포함되어 있다는 걸 뭐 하러 말한단 말인가?

그의 코앞에서 손가락이 딱 튕겨졌다.

"지금 사람을 앞에 두고 조는 거야?"

그는 그녀의 손을 잡아채어 자신의 코에서 밀어냈다.

"아니, 생각 중이었어."

그녀의 감촉이 불러온 갑작스런 감각을 떨쳐내며, 닉은 그녀의 손을 놓았다.

"그럼 왜 나를 고용하고 싶은지 한번 말해 보지 그래?"

손을 킬트 자락에 문지르며, 데이지는 그를 곰곰이 뜯어보았다.

"니콜라스 슬론 콜트레인 같은 부잣집 도련님께서 왜 일급 경호회사에 연락을 하지 않으시고?"

"내가 안 그런 줄 알아? 하지만 일급 경호회사는 일급 의뢰비를 청구하거든, 블론디."

그건 사실이었다. 비록 정말로 그런 회사를 고려한 적은 없지만.

"그럼 난 뭐라는 거야? 경호 업계의 할인점?"

그녀는 벌떡 일어나 가느다란 손가락으로 문을 가리켰다.

"나가, 닉. 당신 얼굴을 보는 순간부터 이게 실수가 될 줄 알았다니까."

닉은 긴 다리와 번쩍거리는 커다란 눈, 분개하여 달아오른 뺨을 하고 서 있는 그녀를 쳐다보고는 말했다.

"난 진실을 말하고 있는 거야, 데이지. 내 형편으로 감당할 수 있는 건 너라고 됐어?"

그녀는 짜증스런 숨을 훅 내쉬었지만 다시 자리에 앉아 그의 손목에 채워진 롤렉스 시계와 캐시미어 스웨터를 노려보며 말했다.

"나더러 당신이 빠듯하게 산다는 말을 믿으란 소리야, 지금?"

"젠장, 그래. 빠듯하다! 집안 재산은 사라진 지 오래고 난 내가 벌어서 살고 있다고. 아버진 아내가 여섯 명이었고 그건 절대 싸게 먹히지 않았어, 특히 작별할 때가 되었을 땐 말이야."

그의 아버지는 또한 최악의 낭비가이기도 했지만, 그건 그녀가 알 일이 아니었다.

"하, 관두셔. 당신 아버지는 당신네 콜트레인 가문이 집이라고 하는 그 하얀 호텔에서 엄마와 날 쫓아낼 때 땡전 한푼 주지 않았어. 우리 엄마에 대한 말도 안 되는 소리를 지어내서 타블로이드 신문에 팔아 넘기고 한몫 잡았지."

그녀는 닉에게 혐오스럽단 표정을 지었다.

"반면에, 엄마랑 나는 달랑 몸에 걸친 옷 한 벌이 전부인 채로 옛날 동네로 돌아갔어. 그리고 그거나마 있는 것도 다행이었지."

"내 아버지가 너희 어머니 신세를 망쳤다고 인정하기를 바라? 기꺼이 인정하지. 하지만 그건 아버지가 한 일이야, 데이지. 내가 아니라고."

"그럼 부전자전인가 보네, 안 그래?"

채 억누르기도 전에 모의 결혼식 날 밤 광경이 닉의 뇌리에 확 떠올랐다. 뜨겁고 민감하게 그의 아래에서 움직이던 데이지, 땀에 젖은 얼굴에 달라붙은 금빛 머리칼, 나른하고 초점 없는 초콜릿 갈색 눈, 평생 처음으로 단 한 마디 대꾸 없이 그의 리드를 따르던 건방진 입.

그 기억들을 무정하게 콱콱 짓누르며, 그는 억지로 그녀의 시선을 차분하게 맞받았다.

"그래, 나도 바람직하지 않은 행동을 한 듯싶구나."

"하긴, 당신도 결국 그 무리의 일원이니까."

평생토록 아버지와 정반대가 되기 위해 노력해 온 그에게 있어, 그 말은 치명타였다.

"오래 전 일이잖아."

그는 딱딱하게 말했다.

"그래, 그렇지. 아까 몇 년이랬더라? 7년?"

"9년."

그리고 얼마나 애를 쓰든 간에, 그는 결코 잊지 못할 것이다. 자신과 달리 그녀는 반갑잖은 기억에 시달리지 않는 듯이 보인다는 사실에 그는 상당히 화가 났다. 가시 돋친 말이 목구멍까지 올라왔지만, 그는 내뱉지 않고 삼키며 의식적으로 무덤덤하게 말했다.

"어쨌든 내 형편이 빠듯하다는 사실은 여전하고, 그래서 여기 온 거야."

"그럼 어째서 내게 의뢰할 비용을 감당할 수 있단 생각을 다 하셨을까?"

그녀의 한쪽 눈썹이 조롱조로 치켜 올라가 이마에 드리워진 들쭉날쭉한 머리칼 사이로 사라지자, 그는 그녀의 머리 스타일에 잠시 정신이 팔렸다. 짧은 백금발이 그녀의 이름과 같은 꽃처럼, 혹은 솜털 씨앗 맺힌 민들레처럼 그녀의 머리에서 사방팔방 뻗쳐 나와 있었고 들쭉날쭉한 머리칼이 뺨과 목덜미에 달라붙었다. 저게 정말 돈 주고 자른 머리란 말이야?

그 생각을 털어내며, 그는 담담하게 대꾸했다.

"네 비서가 의뢰비 4천 달러면 착수할 수 있다고 하던데."

그는 그녀가 어렵게 침을 넘기는 모습을 보고 자신의 유리한 고지를 밀어붙였다.

"그럼 관심 있어, 없어?"

그녀의 결심 속도가 빠르다는 점만은 인정해야 했다. 그의 눈을 똑바로 맞받으며, 그녀는 펜을 들어 책상 위의 계약서 위로 가져갔다.

"그거야 상황에 따라 다르지."

그녀가 무뚝뚝하게 말했다.

"왜 내 도움이 필요한데?"

왜냐하면 그는 지금 타블로이드란 이름으로 알려진 언론계의 쓰레기들 사이에 홍정 전쟁을 붙여놓았으니까. 평생 처음으로 그는 명예를, 자신의 분신인 사진을 팔아 넘기려 하고 있었다.

이번 결과로 틀림없이 사교계에서 그의 신뢰도에 큰 타격이 올 것이다. J. 피츠제럴드가 그냥 그의 평판을 믿고 가만 내버려두었다면, 그 노인네의 무분별함을 팔아 돈을 챙기자는 생각은 결코 닉의 뇌리에 떠오르지 않았으리라.

하지만 더글러스는 그를 가만 내버려두지 않았고, 정치적 야망을 가진 위선자의 중요성과 여동생의 중요성을 비교하라면 닉으로선 생각하고 말고 할 것도 없었다.

물론 그가 데이지에게 진실을 털어놓으면 그녀는 아마 그를 걷어차서 쫓아내고 말 것이다. 그녀는 타블로이드 신문을 증오했다. 그들이 그녀의 어머니를 공개적으로 창녀라 낙인찍었으니 그녀를 탓하기란 어려웠지만, 그는 이 위험한 게임에서 최고 입찰자가 결정될 금요일 밤까지 그의 뒤를 지켜줄 사람이 필요하리란 불길한 기분이 들었다.

그는 제일 매력적인 미소를 띠며 주저 없이 거짓말을 해댔다.

"내가 말이야…… 어떤 여자의 좀…… 그렇고 그런 사진을 찍었거든. 그 여자의 별거 중인 남편이 조금 열을 받았어."

데이지는 그의 말을 한순간도 의심치 않았다. 닉에게는 넘쳐나는 카리스마가 있고 아마 요일마다 상대를 바꿔 가며 데이트를 나갔을 것이다. 유부녀와 놀아날 정도로 타락했다는 그의 고백에, 욕을 한 바탕 해 주고 귀를 붙잡아 밖에 내동댕이치고 싶은 마음이 굴뚝같았지만 의뢰비 4천 달러 생각에 꾹 참았다.

"얼마나 열받았기에?"

"그자의 부하 둘이 내 팔을 탈구시키고 암실을 뒤집어 놨지."

그녀 눈엔 그는 멀쩡해 보였다.

"어느 쪽 팔?"

"왼쪽."

"지금 상태는 어때?"

"힘이 없긴 하지만 영구적인 손상은 없어. 한 일주일쯤 염증약을 쓰고 있어."

그녀는 일어나서 책상을 돌아 나왔다.

"어디 좀 봐."

그는 그녀를 잠시 응시하다가, 스웨터 왼쪽을 벗으려 꿈틀거렸다. 그 어색한 동작에서 그녀는 아직 팔이 불편하다는 걸 알 수 있었다.

팔이 소매 밖으로 나오는 순간 데이지는 그 이유를 알았다. 팔꿈치부터 단단한 알통을 감싼 흰색 반팔 티 소매선까지가 진한 보라색으로 멍이 들어 있었다. 그녀는 옆에 쪼그리고 앉아 살살 소매를 최대한 걷어올렸다. 얼룩덜룩한 색깔을 찬찬히 들여다보고, 손가락으로 살짝 눌러본 다음 그의 얼굴을 올려다보았다.

"아프게 생겼네."

"그렇게 심하진 않아. 다만 힘이 안 들어간다뿐이지. 하지만 점차 힘을 쓸 수 있을 거라고 의사가 그랬어."

"흐으음."

그녀는 소매를 도로 내린 다음, 엄격한 표정으로 그를 제자리에 못박았다.

"유부녀랑 놀아나니까 이런 꼴을 당하지."

날카로운 웃음소리가 닉의 입에서 터져나왔다.

"근사하군. 요즘 보디가드들은 그런 종류의 배려심 교육도 받나 보지?"

"경호 전문가라니까!"

그는 어깨를 으쓱하다가 얼굴을 찌푸렸다.

"뭐든 간에. 고객은 늘 옳다고 가르치지 않니? 다정하고 사랑이 담긴 보살핌은 어떻게 된 거야?"

그녀는 자리로 돌아가며 그를 노려보았다.

“만약 내가 이 일을 맡는다면—진짜 ‘만약’—다정하고 사랑이 담긴 보살핌은 포함되지 않을 거야. 그대로 받아들이든가 아님 집으로 돌아가.”

그녀는 연필을 들어 짜증스레 책상을 톡톡 두들겼다.

“그 패거리들이 무기를 썼어?”

“어마어마한 주먹을 썼지, 귀염둥이. 아마 총도 가지고 있었겠지만, 그자들이 그걸 꺼내기 전에 경찰이 도착했거든.”

“누가 경찰에 신고를?”

“이웃집 사람. 내가 집에 오기 전에 그자들이 침입하는 걸 봤대. 한창 뒤지고 있는 참에 내가 들어간 거지.”

“왜 그냥 그 남자 부인의 사진을 줘버리지 않는 거야, 닉? 애초에 그딴 걸 찍은 것부터가 고약해. 그걸 붙들고 매달리는 건 좀 비열해 보여.”

무언가 그의 얼굴을 스치고 지나갔지만, 그녀가 뭐라고 딱 집어내기 전에 그가 말했다.

“나한테는 없어. 필름을 그 여자에게 줘버렸거든. 그녀가 그걸 갖고 뭘 어쩌든 그건 그녀 일이야.”

“그럼 뭐가 문제야? 그 남자에게 그렇게 말하고 떨쳐버리면 되잖아.”

“문제는 말이야, 블론디. 난 그자를 그녀에게 몰아붙일 수가 없다는 거지. 그 남자가 무슨 짓을 할지 모르잖아. 봐, 헤어질 아내의 누드 사진을 몇 장 찍었다고 청부 폭력배를 보내는 게 이성적인 사람의 행동이라고 생각해?”

그는 한 손을 들어 그녀의 대답을 막았다.

“됐어, 대답할 거 없어. 그들은 별거한 지 한참 되었고, 그녀가 스스로 남편에게 필름에 대해 말하기 전까진 근육질에 권총 든 머저리들 두어 명이 날 가는 곳마다 따라다니며 두들겨 패서 필름의 행방에 대한 정보를 얻어내려 들 거란 말이야.”

그녀는 서류철 위로 몸을 숙였다.

“남편 씨의 이름을 알아야겠는데.”

닉은 입을 꽉 다물었다.

“그 사람을 잔뜩 독오르게 하고 싶지 않아.”

“내겐 그 사람을 취조할 권한이 없어, 닉.”

그녀는 목소리를 무덤덤하게 유지했다.

“그리고 당신을 온 세상으로부터 지킬 수도 없다고. 그러니 출발점을 좀 말해 봐.”

그는 망설이다가 말했다.

“존 존슨.”

“존 존슨이라.”

조회하기 힘든 가명에 그녀는 의심이 들었다.

“차라리 스미스로 하지 그래? 그럼 범위가 한참 줄 텐데.”

“됐어, 이걸로 끝이야. 난 노력했다고.”

그는 의자를 뒤로 밀어내고 일어났다.

“네가 내 입에서 나오는 말 한 마디 한 마디마다 의심하면, 어떻게 일을 해 나가겠어?”

그의 말 중에 한 단어가 그녀의 주의를 끌었다.

“무슨 말이야, 노력했다니?”

그는 질문을 무시하고 가늘게 뜬 눈으로 그녀를 쳐다보았다.

“여기 온 건 애초부터 안 될 게 뻔한 멍청한 짓이었어. 괜히 시간 빼앗아서 미안하다.”

닉은 문을 향해 나아갔다.

데이지는 그를 그냥 보내고 싶었다. 정말로 진짜 그러고 싶었다. 하지만 4천 달러가…….

그녀의 사무실은 개업한 지 여섯 달밖에 안 되었고 거우겨우 유지해 나가고 있었다. 사무실 임대료에 아파트 임대료도 내야 하고, 레기의 봉급도 줘야 한다.

“닉, 잠깐만.”

멈춰 서서 그녀를 돌아본 그의 푸른 눈에는 아무런 표정이 없었다.

"제발. 좀 앉아. 사과할게."

그녀는 책상 서랍에서 계약서를 꺼내 놓고 인터폰 단추를 누른 후 말했다.

"레기, 들어와 볼래?"

닉이 자리에 도로 앉자, 그녀는 책상 너머 그를 쳐다보았다.

그리고는 평생 가장 큰 실수를 하는 게 아니기를 빌며 계약서에서 수수료 계획서를 떼어내 책상 너머 그에게로 밀어주고 말했다.

"의뢰비가 어떤 식으로 책정되는지 설명할게."

2

그날 늦은 오후, 데이지는 닉의 집으로 향하는 버스에 올랐다. 창밖의 경치를 멍하니 내다보며 버스의 잔잔한 흔들림과 단조로운 정지와 출발에 몸을 맡기자 나른해지며 거의 최면에 걸린 상태로 빠져들었다. 마음도 멋대로 헤매기 시작했다.

스물여덟 해를 살면서 그녀가 배운 것이 한 가지 있다면, 남자들은 곁에 머무르지 않는단 사실이었다. 자라는 동안 그녀에게 가족은 엄마뿐이었다. 교외에 있는 소박한 그들의 집에 왔다가 가버리는 남자들은 가족이라기보다는 손님 같았다. 그녀의 아버지는 가족 축에 낄 법도 하지만, 거의 내내 여행 중이었고 게다가 그녀가 아홉 살 때 아주 떠나버렸다.

엄마는 종종 자신은 남자가 있어야만 완전해진다고 느끼는 여자라고 말했다.

<데이지, 조금 더 나이를 먹으면 너도 이해하게 될 거야.>

하지만 데이지는 절대로 이해가 되지 않았다. 그녀가 지켜봐 온 바에 따르면, 그건 한마디로 평생의 대부분을 불완전하다고 느끼면

서 살아야 한다는 뜻이었다. 예를 들어, 그녀의 어머니는 데이지가 열한 살 때 재혼했지만 레이 아저씨는 그녀가 열두 살이 되었을 쯤 엔 이미 떠나버린 후였다.

열여섯 생일을 넘긴 후의 여름, 그녀의 어머니는 닉의 아버지 데 일 콜트레인에게 푹 빠져 있었다. 그리고 그들의 삶은 완전히 다른 세계로 뒤바뀌었다.

처음 데이지는 평생의 염원이 이루어져, 곁에 있어 주는 아버지와 언니 오빠를 갖춘 안정된 가족이란 꿈이 현실화되었다고 진정으로 믿었다. 그때까지만 해도 여전히 대책 없는 낙관주의자였던 것이다.

허나 그녀와 엄마는 콜트레인 가의 세계에 속하지 않았고, 그 세 계 사람들은 그걸 결코 간과해 주지 않았다. 자신들이 모자라는 점 이 그렇게 많은 줄은 정말 몰랐다. 비판이 끊이지 않았으나 늘 지극 히 예의바르고 은근하게 돌려 말하니 뭐라 항변하기도 어려웠다. 그 래서 데이지도 계속해서 노력했다. 그렇지 않으면 점수만 더 깎일 뿐이었다. 그녀가 속물주의를 조롱한 반면, 엄마는 거기에 맞추려고 무척이나 애를 썼다.

언니 오빠와의 친분도 데이지의 소망처럼 잘되어 가지 않았다. 모 는 상냥하고 친근했으며 기꺼이 데이지를 자신의 날개 아래 품어주 었다. 하지만 다섯 살 위인데다 그녀만의 관심거리와 친구들이 있었 다. 그리고 닉은 데이지가 어디고 들어갈 때마다 그곳을 나가 근육 질의 등만 보일 뿐이었다. 간혹 그들이 함께 있게 되는 경우, 그는 그녀를 마치 외국에서 온 재미있는 골칫거리쯤으로 취급했다. 그리 고 데이지가 그를 늘 바라던 오빠로 바꿔놓을 기회가 생기기도 전 에, 그들 부모의 결혼은 입에 담지 못할 추악함으로 막을 내렸다.

처음엔 데이지가 전에 다 들어보았던 것들이었다. 닫힌 문 뒤에서 들려 오는 격한 목소리, 차가운 침묵, 소리 죽인 흐느낌. 하지만 데 일은 의도적으로 잔인하게, 그녀가 지금까지도 이해할 수 없을 지경 까지 일을 몰아갔다. 그는 언론에다 그녀의 어머니를 중상모략하여 평판을 망쳐놓았다. 부자가 되고 더 부자인 친구들을 사귀려면 그만한 대가를 치러야 하는 모양이었다. 아니라면 어떻게 엄마가 그의 친구인 캠맨 위너리와 지저분하게 놀아났다는 말도 안 되는 이야기를 타블로이드에 팔아 넘길 수 있었단 말인가?

캠맨의 쌀쌀맞은 부정과 타블로이드 사진기자에게 잡힌, 엄마를 다감하게 위로해 주던 장면은 데일의 주장만으로는 부족한 신빙성을 이야기에 보탰을 뿐이었다.

그들의 결혼이 끝날 무렵엔, 데이지는 자신은 결코 코스비 타입 가족의 일원은 되지 못하리라는 것을 깨닫게 되었다. 그 점은 그녀가 어떻게 할 수 없는 영역이었으나, 결코 어머니의 전철을 밟지는 않겠노라 결심했다. 죽음이 갈라놓을 때까지 그녀를 사랑해 주리라고 100퍼센트 믿을 수 있는 남자가 어딘가에 있으리라 믿고, 나이 열일곱에 그 사람을 위해 자신을 아끼겠다고 맹세했다.

그럼 도대체 뭐에 홀렸기에 단 2년 만에 그 맹세를 깨도록 그녀를 유혹한 남자와의 계약서에 서명을 했단 말인가?

버스가 전차 철로 위를 덜컹거리며 지나자 그녀는 우중충한 하늘을 향해 얼굴을 찌푸렸다. 물론 그녀처럼 쪼들리는 형편인 입장에서 돈이 하찮은 이유라 할 수는 없었다. 그러나 자신의 정신적 안위도 고려해야만 했고, 힘든 경험 끝에 닉 콜트레인은 그 방면에서 그녀에게 좋지 못하다는 걸 배운 바였다.

내릴 정거장에 거의 다 도착할 때쯤, 그녀는 벨을 누르기 위해 손을 뻗었다. 그냥 의심을 밀쳐 두는 수밖에 없었다. 계약은 계약이고, 이제 와 물리기엔 너무 늦었기 때문이다.

그녀는 짐과 다른 소지품들을 버스에서 끙끙대며 끌어내리면서, 몸에 배인 절약정신을 저주했다. 택시를 탄다고 파산하는 것도 아니고, 그쪽이 불쌍한 성냥팔이 소녀마냥 닉의 집 앞에 나타나는 것보다 훨씬 보기 나았을 텐데. 그 남자 곁에만 가면 늘 그런 역할에 쉽게 빠져드는 것 같았다. 딱 한 번이라도 힘있는 입장이 되면 좀 좋

아. 뭐, 다음 번에.

데이지는 거의 수직에 가깝게 고개를 들어 올려다보고, 마지막으로 최대한 짐을 잘 추스른 다음 크게 숨을 들이쉬고 걷기 시작했다.

몇 블록 후, 그녀는 거대한 벽돌 저택을 둘러싼 담 앞에 멈춰 섰다. 뒷주머니에서 종이쪽지를 꺼내어 갈겨쓴 숫자와 진입로 문기둥 동판의 숫자를 확인했다. 바로 여기였다.

그 규모와 화려함을 바라보고 있자니, 닉의 같잖은 '가난하다' 소리에 어이없어해야 할지 자축해야 할지 알 수가 없었다. 이건 바로 그를 지켜주기 위해 들어와 살기로 동의했을 때 그녀가 상상한 '손바닥만한' 크기의 집이었다. 대문 달린 벽은 좀 과시적이긴 했으나, 닉을 안전히 지키기엔 도움이 될 것이다. 식료품만 충분히 비축되어 있다면 아예 집 밖에 나서지 않아도 될 테고 그가 위험에 처할 경우의 수를 현저히 줄일 수 있다. 그녀는 기둥에 달린 벨을 눌렀다.

잠시 후 스피커가 삑삑거렸다.

"누구세요?"

여자 목소리가 들렸다.

"제 이름은 데이지 파커……."

"어머나! 니콜라스의 보디가드군요!"

"경호 전문가요. 네, 맞습니다."

"보디가드를 할 만큼 체격이 커 보이진 않네요."

데이지는 기둥 꼭대기 카메라를 향해 미간을 찌푸렸다. 저 소리를 들을 때마다 1달러씩 받았으면 그 배신자 닉더러 다른 경호원을 찾아보라고 말할 수 있을 만큼 부자가 되었을 텐데. 게다가 그녀가 딱히 작은 것도 아니었다. 그게 정말로 신경에 거슬리는 점이었다. 그녀의 키는 거의 168센티미터였지만, 그래 봤자 아무도 알아주지 않았다.

진짜 문제는 그녀가 남자가 아니라는 사실이었다.

여자가 대답을 기다리고 있는 듯해서, 데이지는 말했다.

"직접 보면 더 커요."

돌아온 대답은 침묵뿐이라 그녀는 다시 덧붙였다.

"확실히 말씀드리자면 저는 상당히 유능하답니다."

그래도 여자는 대꾸하지 않았고, 데이지는 마침내 인내심을 잃었다.

"보세요, 아주머니. 들여보내 주지 않으면 제 일을 할 수가 없다고요."

"아가씨가 퉁명스럽게 나올 거라고 니콜라스가 일러주더군요."

대문이 삐익 소리를 내며 천천히 양쪽으로 열리자 오른쪽으로 꺾어진 진입로가 드러났다.

"니콜라스는 차고 집에 있을 거예요."

"아가씨가 퉁명스럽게 나올 거라고 니콜라스가 일러주더군요."

데이지는 불퉁해져 되뇌었다. 끝내주는군! 그의 세상에 들어온 지 5분만에 벌써 악명을 접하다니.

그녀는 가방을 고쳐 들고 문 안에 발을 디뎠다. 그리고 차고 집은 또 뭐야? 샌프란시스코의 이런 일등급 지역에다가 여러 대의 차를 주차할 수 있는 차고까지 지을 수 있을 만큼의 공간을 갖고 있다는 건 사치의 극치로 보였다. 형편이 빠듯하다느니 어쩌느니 하더니 닉의 뻔뻔함도 알아줘야 해.

차고 자동문은 두 개가 천장으로 밀려 올라가 열려 있었다. 짐을 내려놓게 되어 한숨 놓으며, 데이지는 어둠침침한 차고 안을 들여다보았다. 클래식 다이믈러가 한 자리를 차지했고 포르세가 다른 한 구획에 있었다. 세 번째 구획은 구석에 놓인 냉장고를 제외하면 비어 있었다. 주위에 아무도 없기에 그녀는 닉의 이름을 소리쳐 불렀다.

"닉!"

"블론디, 너냐?"

목소리는 위에서 들려 왔지만 데이지가 올려다보자 서까래 외엔 아무 것도 보이지 않았다. 그리고는 밖에서 소리가 들려 그녀는 차고 앞으로 걸어나갔다. 발걸음 소리를 따라 코너를 돌자 닉이 막 실외 나무 계단의 마지막 칸을 내려오고 있었다.

그는 그녀를 향해 펄쩍 다가왔다.

"네 짐은 어디 있어?"

목이 콱 막혀서 그녀는 차고 바로 안의 짐더미를 향해 손짓을 해보일 수밖에 없었다. 다시금 그녀는 이 일을 받아들인 자신의 지성에 대해 회의를 품었다. 보통 고객과 얼굴을 딱 마주했을 때는 처음으로 홀딱 반한 상대를 대면한 여중생마냥 심장이 벌렁벌렁 뛰지는 않는데.

데이지는 등을 곧게 폈다. 젠장, 이런 기분은 느끼지 않을 테야. 그녀는 열세 살이 아니라 성인 여자였다. 프로이며, 거기에 한때는 경찰이지 않았던가. 그녀는 수제 무기 케이스를 닉의 손에서 잡아챘다.

"이건 내가 들게. 당신은 나머지를 들어."

그의 안 좋은 어깨를 떠올리고, 그녀는 미안한 마음에 수트케이스도 챙겨 들고 그에겐 이것저것 잡동사니를 넣은 비닐봉지들만 남겼다.

주위를 둘러보니 작고 아름다운 마당을 빙 돌아 저택 뒷문으로 이어진 좁은 길이 보였다.

"어디로 가면 돼?"

그녀 짐작으로는 뒷문 쪽이겠지만, 지금은 손님답게 행동하기로 했으니 그냥 혼자서 성큼성큼 쳐들어가지 않고 자제했다.

"이쪽 위."

양손에 짐이 들려 있어 닉은 차고 집에 달린 계단 쪽을 턱으로 가리켰다. 봉지 하나가 미끄러져 내리자 그는 고쳐 들었다.

"맙소사, 데이지. 도대체 이게 다 뭐야?"

데이지는 계단을 올려다보았다. 분명 저 위엔 그가 그녀를 위해 준비해 둔 방이 있는 모양이었다. 또한 분명 그는 경호의 기본개념을 파악하지 못하고 있었다.

"이러면 당신을 경호할 수 없어, 콜트레인."

그녀는 넌더리가 나서 중얼거렸다.

"난 이쪽에 있고 당신은 딴 데 가 있으면 어쩌라고?"

닉은 영문을 모르겠다는 표정이었다.

"내가 딴 데라니⋯⋯."

갑작스런 웃음이 그의 입에서 터져나왔다.

"내가 본채에 산다고 생각하는구나? 저런, 내가 부자라고 말할 때 제대로 듣지 않았군, 안 그래? 난 차고 집에 세 들어 살아. 따라와."

데이지는 조심스레 그를 따라 계단을 올라갔다. 문을 들어선 순간 자신이 아주, 아주 큰 문제에 직면했음을 알았다. 그녀가 예상한 차가운 금속과 가죽으로 온통 치장된 널따란 공간이 아니라 인형집이었다. 깔끔하고, 아늑하고, 정감 가는 조그만 인형집. 주공간으로 향하는 짧은 복도를 들여다보자 위가 발끝까지 다이빙하는 기분이었다.

이건 말도 안 돼.

천장은 높고 바닥은 반들거리는 단단한 목재, 벽은 벽돌이었다. 창살 달린 창문이 진입로와 조그만 마당을 향해 나 있었고, 닉의 작품일 법한 눈길을 끄는 흑백 사진이 벽을 장식했다. 방 한끝에 긴 바가 부엌 공간을 분리했고, 중간에는 적갈색 벨벳 소파와 두 개의 푹신한 태피스트리 의자가 벽난로와 오락공간을 마주하고 있었다. 닉이 그녀의 어깨 너머로 넘겨다보자, 데이지는 자신이 복도 끝 석고벽 앞에 우뚝 멈춰 서 있음을 깨달았다. 그곳에는 침실들로 통하리라 여겨지는 문이 둘 있었다. 혹은 침실과 욕실일지도.

"저기, 그 암실은 어디야?"

그녀는 한쪽으로 비켜나며 물었다. 정말로 알고 싶은 것은 자신이 잘 곳은 어디인지였지만, 물어 볼 용기가 나질 않았다. 이래선 안 돼. 전체 상황의 통제력을 잃고 싶지 않다면 좀더 세게 나가야만 한다.

"아래 차고 안에."

닉은 그녀가 수트케이스를 바닥에, 좀더 작은 케이스는 커피 테이블로 쓰는 골동품 트렁크 위에 내려놓는 것을 지켜보며 말했다.

"어제 난리통 이후로 간신히 정리를 마쳤어."

청바지와 짙은 오렌지색 스웨터 차림으로 갈아입고 온 데이지는 집 안을 성큼성큼 돌아다니며 이것저것 살펴보고 들춰보았다.

그녀는 창문 아래의 트렁크에 멈춰 서더니 그 앞에 쪼그리고 앉았다. 그녀가 뚜껑을 들어 올리자 치켜보고 있던 그의 눈썹도 따라 올라갔다.

"거기서 뭘 찾고 있는 거야, 블론디?"

"그냥 주위에 뭐가 있는지 알고 싶어서."

그녀는 어깨 너머로 그에게 인상을 썼다.

"그리고 아까도 말했지만, 콜트레인, 날 블론디라고 부르지 마."

"좋아. 그럼 데이지, 내 물건에서 손 떼. 너희 어머니는 네가 남의 옷장이나 뒤적거리도록 키우진 않으셨을 텐데."

"노력이야 하셨지만, 보다시피 먹히질 않았거든. 뭐가 안에 있다면 난 봐야겠어."

그녀는 벌떡 일어섰다.

"난 어디서 잘까?"

뇌리에 떠오른 대답에 근육이 굳어졌지만 그는 억지로 긴장을 풀고 몸을 돌려 침실로 향했다. 문을 열고 뒤돌아보자 그녀가 바로 뒤에 와 있었다.

"여기."

그녀는 그를 스쳐 방에 들어가 아까와 마찬가지로 모든 것을 샅샅이 조사했다. 그의 자질구레한 물건들을 집어 들었다가 제자리에 놓고, 침대 협탁 서랍을 열어 안을 들여다보고는 도로 닫았다. 방 한 구석에 걸린 프로용 펀칭백에다 레프트, 라이트, 레프트 잽을 먹이고는 침대에 걸터앉아 두어 번 통통 튀었다.

"근사하네. 이게 당신 방? 그리고 아마 유일한 침실이겠지?"

그는 고개를 끄덕였다.

"그럼 이걸 나한테 내주면 당신은 어디서 자려고?"

"소파에서."

그녀는 그의 다리 길이를 눈으로 재보고는 기가 차다는 식의 웃음소리를 냈다.

"아, 그렇겠지."

그녀는 자리에서 일어섰다.

"방은 그냥 써. 내가 소파에서 잘게."

그의 머리에 주입된 모든 기사도 학습이 그 제안에 반발했다.

"그럴 필요 없어."

"사실, 그래야만 해. 우선 내가 당신보다 소파에 더 맞는 사이즈지. 더 중요한 점은, 만약 남편 씨의 부하들이 침입에 성공해서 당신을 작살나게 두들겨패고 있는 동안 난 방에서 쿨쿨 자고 있으면 내 경호는 당신에게 하등 쓸모가 없게 된단 말씀이야. 요점은 악당들이 당신을 잡으려면 날 지나쳐야 한다는 점이지."

그녀는 그의 옆을 지나갔다.

"이리 와, 당신이 비상약품 칸에 뭘 챙겨 두고 사는지 좀 보자고."

건방진 태도가 신경에 거슬려 그는 그러지 말라고 말하려 충동적으로 그녀의 팔을 잡아챘다. 하지만 그녀가 관성의 힘에 의해 빙글 돌아 그의 앞에 멈춰 서자 그녀의 향기가 느껴졌고 닉은 자신이 무슨 말을 하려고 했는지 잊어버렸다. 그녀에게선 향긋한 비누와 샴푸 그리고 희미하고 은은한 여자 내음이 났고, 그는 그녀를 제일 가까운 벽에 밀어붙이고 그 향기가 전부 어디서 나는지 하나하나 맡아보고 싶은 정신나간 충동을 느꼈다.

그러다 그녀의 차갑게 분노한 얼굴이 그의 눈에 들어왔다. 주먹을 움켜쥐고 팔을 뒤로 약간 당긴 채, 그녀는 딱딱하게 굳어져 처음엔 그의 손가락을, 그 다음엔 그의 얼굴을 응시했다.

"손 떼."

그는 어떻게 해야 할지 정확히 알고 있었으나, 그의 내면에서 무언가가 따르기를 거부했다.

"안 그럼 어쩌게?"

그녀는 손을 뻗어 그의 청바지 지퍼 위를 경고조로 쓸었다.

"안 그럼 당신의 자랑스러운 기쁨조를 깨끗하게 잘라내서 제일 처음 눈에 띄는 개한테 먹여 버리겠어."

얼마나 후닥닥 그녀에게서 손을 뗐던지 자존심에 멍이 든 그는 으르렁거렸다.

"여전히 모두가 개탄해 마지않던 그 뒷골목 싸움꾼이군 그래. 이게 잘될 거라고 생각한 내가 미쳤지."

데이지의 얼굴이 무표정해졌다. 그리고는 몸을 돌려 아무 말 없이 잡다한 자신의 짐을 챙겨 들기 시작했다.

"뭘 하는 거야?"

어떤 멍청이라도 보면 뻔히 알 일이긴 했지만, 어쨌든 그로선 물어 보지 않을 수 없었다. 허나 그녀가 그를 돌아보자 정말로 물어 보지 말 것을 그랬다고 후회했다. 그녀의 눈에 담긴 경멸이 그의 뼛속까지 파고들었다.

"내 물건을 챙겨서 집에 가려고. 당신 의뢰비는 아침에 돌려주지."

어쩌면 그녀가 옳은지도 모른다. 그들의 파란만장한 역사에다가 좁은 거주공간을 고려하면, 그녀가 여기에서 같이 사는 걸 자신이 감당할 수 있을지 알 수 없었다. 그렇지만 반대의 경우는 더 마음에 들지 않았다. '그녀를 고용하는 게 안전한 대책'이란 생각과 '이건 내 평생 최악의 발상이야' 사이를 계속 왔다갔다하느라 신경이 곤두선 닉의 가슴속 깊이 낮게 불이 이글이글 타오르기 시작했다. 그는 머리칼을 갈퀴질하듯 쓸어 올렸다.

"그럼 그걸로 끝? 날 그냥 여기에 희생제물마냥 내버려두고 가겠다 그거야?"

그녀의 가방이 쿵 소리를 내며 바닥에 떨어졌고, 그녀는 턱을 치켜들고 옆구리에 주먹을 단단히 쥔 채 그를 마주했다.

"나한테 뭘 바라는데, 콜트레인? 여기 있으란 거야, 아니면 가라는 거야?"

"나도 몰라, 젠장! 널 고용한 건 일시적인 충동이었어. 아마 얼마 전에 네가 뭘 해서 먹고사는지 모한테 들어서겠지."

"흥, 애초에 그 날쌘 손이 유부녀 근처에 얼씬거리지 않았으면 누구든 고용할 필요도 없었을 거 아냐."

그녀가 맵게 쏘아붙였다.

그는 그녀한테 얼굴을 바짝 들이대고 경고했다.

"그 얘기는 꺼내지도 마."

그녀가 입을 다물자 대단히 만족스러워하며, 그는 한 걸음 훌쩍 물러나 몸을 폈다. 무슨 이유에서인지 자신이 유부녀와 놀아났다고 그녀가 믿는다는 게 무척이나 신경에 거슬렸다―바로 그 자신이 그렇게 말했는데도.

"내 도덕성에 대해 설교하라고 널 고용한 거 아냐."

그는 딱 잘라 말했다.

"내 돈을 받기 싫다면 모를까. 의뢰인으로서 진작에 물었어야 할 정보를 좀 알아야겠어. 시범을 보이겠단 아까의 제의 빼고는 사실 네 자격에 대해 눈곱만큼도 모르거든."

그녀의 섬세한 골격과 날씬한 체구 그리고 그의 가슴 한복판에 간신히 닿을까 말까 한 고집 센 자그마한 턱은 그로 하여금 심각한 회의에 잠기게 했다.

"솔직히 넌 사람들이 생각하는 보디가드의 이미지와는 하나도 안 닮았잖아."

그녀는 목 깊숙이에서 지긋지긋하다는 혐오의 소리를 냈지만 표정은 무덤덤했다.

"믿거나 말거나, 콜트레인, 그 점은 사실 당신에게 유리해. 왜냐하면 사람들은 허구한 날, 날 너무 과소평가하거든. 그렇지만 자격은 차고 넘친다고."

"그래? ITT 피터슨 보디가드 학교나 뭐 그런 데라도 다녔나?"

그녀의 턱이 조금 더 치켜 올라갔다.

"아, 진짜 깜찍하네. 당신들 부잣집 도련님들은 확실히 그 재치 대결을 예술의 경지로 끌어올렸다니까, 안 그래?"

그는 카메라를 들어 뷰파인더를 통해 그녀를 쳐다보았다.

"내 질문에 대답해, 데이지?"

"반에서 3등으로 경찰학교를 졸업했어."

"경찰이었단 말야?"

의외의 말에 놀라 그는 카메라를 내렸다. 그녀와 모는 이따금 연락을 하고 지내서, 그 역시 수년간 그녀에 대한 이야기를 전해 들었다. 하지만 단 한 번도 모는 데이지가 경찰학교에 들어갔단 말을 하지 않았다. 그는 카메라를 내리고 의심의 눈길로 그녀를 한번 주욱 훑어보았다.

"헛소리 집어 치워."

"당신이나 그만해. 정말이라구."

"어디서?"

저기 어느 촌구석 작은 마을이겠지.

"오클랜드 경찰에 4년 간 있었어."

좋아, 작은 마을도 아니고 대도시였다. 그는 흥미진진한 눈길로 그녀를 보며 오클랜드의 험악한 시내를 순찰하는 그녀를 상상하려 했다.

"그럼 왜 관뒀지?"

"그런 종류의 관료사회엔 수없이 많은 역학 관계가 있거든."

그녀는 머뭇거리다가 털어놓았다.

"난 그런 종류의 게임엔 그리 능하질 못해서."

그 대답에 그의 입끝이 올라갔다.

"그래, 나도 그런 네 모습은 상상이 안 가. 옛날부터 사교성은 영 아니었으니."

그녀는 어깨를 으쓱해서 인정했다.

"그리고 공무원 사회에서 정직은 최선의 방책이 아니니까."

데이지의 눈이 그를 향해 가늘어졌다.

"경찰에서의 경력이 전하께서 만족하실 만한 자격조건이 되올까요?"

무슨 말을 할 수 있겠는가? 4년 간 오클랜드 경찰에 있었다면, 미운 말만 골라 하는 어린애든 아니든 자격조건은 충분하다. 그는 고개를 끄덕였다.

"좋아. 그럼 여기 남을까 아니면 그냥 갈까? 빨리 결정해. 다시는 이런 장난 받아 주지 않을 테니까."

"있어 줘."

젠장. 그는 그 말이 입밖에 나간 즉시 후회했지만, 그에겐 사람이 필요했고 그녀는 지금 여기 있는데다가 자격조건을 갖추었다. 그냥 참고 사는 수밖에.

하지만 혼자만 일방적으로 몽땅 양보할 수는 없지.

"네가 경찰학교에서 훈련받은 프로답게 군다는 조건이야. 제멋대로인 여전사 대장이 아니라."

턱이 불끈 굳어졌지만 그녀는 무덤덤하게 말했다.

"그래."

그녀는 몸을 숙여 두 개의 비닐봉지를 집어들고 부엌으로 걸어가 냉장고를 열더니 봉지 안에 든 물건을 꺼내기 시작했다.

"식료품을 가져온 거야?"

그는 곁에 가서 넘겨다보았다.

"여기에 얼마나 오래 있을지 모르는데 집에 갔을 때 음식이 다 상해 있으면 짜증나잖아."

그녀는 2리터 우유팩을 방금 전에 넣은 1리터 주스 옆에 넣고 봉지 안에서 오렌지 두 개, 파인애플이 담긴 통 하나, 네모썰기한 멜론을 담은 통 하나를 꺼냈다.

"그냥 내버리는 게 더 편하지 않아?"

"난 멀쩡한 음식을 낭비하지 않아, 부잣집 도련님."

그는 짜증스런 한숨을 내쉬었다. 아무래도 화제를 바꿔야 저 길고 가느다란 목을 비틀어주면 얼마나 기분 좋을까 하는 생각에서 벗어날 수 있겠다.

"네 차를 들여오고 싶다면 차고에 자리가 있어. 용케 바깥 거리에 주차할 데를 찾았구나."

"아니야."

데이지는 냉장고 문을 닫고 몸을 돌려 그를 마주했다.

"버스로 왔어."

"버스? 차가 없어?"

그로선 자가용 없는 삶이란 상상할 수조차 없었다.

그녀의 표정은 험악했다.

"모든 사람이 누구처럼 재벌 2세로 태어나는 건 아니야."

"젠장, 데이지, 좀 어지간히 해 두면 안 돼?"

그녀와 한 10분이나 있었을까 싶은데 그의 속은 온통 부글부글 끓었다.

"난 부자 아니야, 알았어? 내 친구들에 비하면 난 알거지나 마찬가지라고."

"나한테 4천 달러짜리 수표를 써줄 수 있다면 내 장담컨대 거지가 아냐. 나야말로 거지라고. 레기가 당신 수표를 입금할 때까진 내 계좌엔 정확히 138달러 41센트밖에 없어."

"그래? 그렇다면 나한테 훨씬 더 상냥해야 할 텐데?"

그녀는 흥 소리를 냈다.

"오, 어디 숨죽이며 기다려 보시지."

"널 늑대에게서 구해 줄 용사는 나뿐인 것처럼 들리는데, 컵케이크."

그녀는 그의 눈을 똑바로 쳐다보았다.

"참 우스운 일이네, 당신을 볼 때마다 떠오르는 거라곤 '이빨이 참 크네요, 할머니.' 뿐인데."

그녀는 소름이라도 돋은 듯이 팔을 문질러댔다.

"그런데도 내 발로 같이 살러 들어오다니."

닉은 그녀가 긴 바 뒤에서 걸어나오는 것을 지켜보다 말했다.

"이봐, 데이지. 아무래도 우리 분명히 짚고 넘어가는 게 좋을 거 같아."

그녀는 소파로 가 앉더니 몸을 굽혀 아까 트렁크 위에 올려놓았던 케이스의 잠금장치를 풀었다.

"뭘 짚고 넘어가?"

그녀는 케이스 뚜껑을 열어 안에 손을 넣었다.

닉은 고개를 돌렸다가 그녀의 옆모습을 쳐다보았다.

"우린 모의 결혼식날 밤에 대해 얘기해야 해."

그가 오랫동안 미뤄 온 사과를 해야 한다.

데이지로선 그때의 기억을 모두 잊을 수 있다면 잊고 싶었다. 자리에서 벌떡 일어나 그를 마주 바라보는 그녀의 얼굴은 돌처럼 딱딱했고 케이스에서 꺼낸 권총을 옆에 들고 있었다.

"끔찍하게 머리가 안 돌아가는 모양이네."

그녀는 무덤덤하게 말했다.

"그렇지 않으면 내가 손에 총을 들고 있을 때 그날 밤 애기를 꺼낼 리가 없지."

특히 그 손이 그의 거짓된 심장을 똑바로 겨누고 싶은 압도적인 욕망에 부들부들 떨리고 있을 때는. 그녀는 몸을 돌려 조심스레 무기를 케이스의 제자리에 돌려놓았다.

"당신에게는 다행스럽게도, 난 프로야."

"이봐, 내가 하고 싶은 말은……."

"당신이 무슨 말을 하고 싶든 난 쥐뿔만큼도 신경 안 써, 알았어? 그냥 관두자고."

"제길, 데이지. 난……."

일부러 그를 싹 무시하며 그녀는 욕실로 향했다. 문을 잠그고 그의 목소리를 지워버리기 위해 물을 틀어 놨다. 그는 계속 고집할 모양이었고, 그녀는 자신이 돌이키지 못할 멍청한 짓을 저지르게 될까 두려웠다.

그날 밤 닉이 했던 것처럼 그녀를 반응하게 만든 사람은 아무도 없었고, 사적인 감정을 표출하고픈 마음을 떨쳐낼 때까지 이 상황에서 벗어나는 것이 현명한 일이었다. 프로다운 자세를 방탄조끼처럼 몸에 둘러야 한다.

갑자기 강철 같은 손아귀가 그녀의 손목을 확 잡아채 돌려세우자, 그녀는 생각하고 말고도 할 수 없었다—그냥 반응했다. 빙글 돌아 그의 앞에 등을 밀착시키고, 팔뚝을 붙잡아 비틀며 확 몸을 앞으로 꺾었다.

닉은 그녀의 엎어치기에 휙 날아가 등부터 바닥에 나가떨어졌다.

3

"젠장, 데이지!"

닉은 한쪽 팔꿈치로 몸을 받치고 조심조심 숨을 들이켰다.

"난 네게 사과하려던 거였다고."

"누구 신경 쓰는 사람을 위해 아껴 둬."

"내가 보기엔 너야말로 엄청 신경 쓰는 거 같은데? 아니라면 날 숨 넘어가게 내던질 이유가 없지."

그녀는 우스운 기색이라곤 하나 없는 웃음소리를 냈다.

"웃기지 마. 한때는 신경 썼지만, 이젠 아냐."

그녀는 그래도 허리를 굽혀 그에게 한 손을 내밀었고, 그가 그 손을 붙들자 휙 잡아당겨 일으켜 세웠다. 다음 순간 그녀가 손을 놓았다고 그 손의 온기를 아쉬워한다는 건 웃긴 소리였지만, 그는 그랬다.

"이 계약이 잘 풀려 갈 쥐꼬리만큼의 가능성은 우리 사이를 순전히 일 관계로만 한정하는 거야."

그녀는 차갑게 말했다.

"맞아. 방금 행동은 제대로 된 시작은 아닐지도 모른다는 점 인정해."

　어깨를 으쓱하는 그녀의 모습은 닉에겐 그다지 뉘우치는 듯 보이지 않았고, 그녀는 턱을 치켜들더니 거기에 덧붙였다.

　"그냥 묻어 둬, 닉. 내 순결을 빼앗아 가고 유유히 떠났을 때 당신이 원한 건 가졌잖아."

　그녀는 등을 돌려 가버렸다.

　맙소사! 이건 거의 우습기조차 했다. 그는 유유히 떠난 게 아니라, 눈썹이 휘날리게 도망갔었다. 그리고 그건 순전한 자기방어 차원의 행동이었다.

　평생 그는 아이들이 장난감 사탕통을 모으듯 여러 아내들을 거치는 아버지를 지켜봐 왔고, 그로 인한 난장판도 확실히 경험했다. 그 바람에 그는 절대 어린 나이에 결혼하지 않겠다고 결심하게 되었고, 각양각색의 의붓형제들과 가까워지려고조차 하지 않았다. 어차피 노력할 가치가 있을 만큼 오래도록 결혼이 유지된 경우가 절대 없었으니까. 궂을 때나 좋을 때나 내내 곁에 있어 준 사람은 여동생 모뿐이었다.

　그러던 중 그가 대학을 졸업하던 해, 데이지가 그들의 삶에 나타났다.

　처음부터 그녀는 이전에 왔다가 사라진 의붓형제들과 달랐다. 콜트레인 저택에 온 지 한 시간도 채 되지 않아 존재감을 또렷이 드러냈다.

　열여섯 살의 나이에도 벌써 거리낌이 없었고 도전적이었다. 복도를 뛰어다니고, 가구 위에 풀썩 주저앉고, 망설임 없이 커다란 발을 소파나 커피 테이블 위에 턱 하니 얹어 놓았다. 그녀는 그와 모가 거의 해 볼 엄두를 내지 못했던 일을 전부 해치웠다. 그녀에게는 뭔가 특별한 것이, 주위의 모든 이들을 끌어들이는 따스함이 있었고, 강아지만큼이나 열성적으로 그와 모의 여동생이 되고자 했다.

　그녀의 풍부하고 자유분방한 감성은 그의 내면에 있는 무엇인가를 자극했다. 어쩌면 그가 늘 자신의 감정을 엄격하게 자제하려 신경 써 왔기 때문일 수도 있었다. 그는 그녀의 스스럼없는 웃음만이 아니라 불 같은 분노에도 끌렸으며, 그녀의 활달한 성격은 그로 하여금 그녀와 가까워지고 싶어 안달나게 했다. 하지만 그의 감정은 절대 털끝만큼도 오빠다운 것이 아니었고, 그건 단연코 위험했다. 그래서 그는 집에 있을 때면 늘 그녀를 멀찍이서 바라만 보았을 뿐, 친해지려는 그녀의 시도는 모두 조심스레 물리쳤다.

시간이 지나자 결과적으로 옳은 결정이었음이 밝혀졌다. 왜냐하면 그들 부모의 결혼은 첫번째 결혼 기념일이 되기 몇 주 전부터 엉망이 되기 시작했으니까. 그리고 위자료를 내지 않기로 결심하고 음모를 꾸민 아버지 덕에, 데이지와 그녀의 어머니는 결혼기념일이 되기도 전에 쫓겨났다.

닉은 데이지가 소파에 앉아 다른 권총을 집어들어 능숙하게 꺾어 열더니 안에 든 뭔가를 찾고 있는 걸 보았다.

그는 소파의 오른쪽으로 놓인 2인용 소파에 앉아 카메라를 들어 뷰파인더를 통해 그녀를 쳐다보았다. 몇 장 찰칵찰칵 찍는 소리가 나자 그녀가 고개를 들었다.

"내 사진 찍지 마."

"왜? 난 늘 네 얼굴이 마음에 들었는 걸."

그녀는 그를 향해 인상을 썼고 그는 그 모습 역시 카메라에 담았다. 그녀는 싸울 가치도 없다고 여긴 듯, 다시 총에 몰두해 손질하여 장전해 놓고는, 다른 무기로 손을 뻗었다.

그는 처음 본 그 순간부터 늘 그녀의 얼굴이 좋았다. 표정이 잘 드러나고 개성이 풍부한 얼굴. 커다란 허쉬 키세스 초콜릿색의 눈과 높은 광대뼈. 머리카락보다 조금 짙은 눈썹은 바깥쪽으로 휘었고 코는 도드라졌으며 부드러운 입매가 고집 센 턱선의 느낌을 상쇄시켜 주었다. 보통 데이지가 무슨 생각을 하는지 얼굴만 보면 누구나 다 알 수 있었지만, 요즘은 그걸 감추는 데 무척이나 능숙해진 것이 분명했다. 그는 다시 한 장을 찍었다.

"그 멍청한 카메라 저리 치우지 못해!"

데이지가 벌떡 일어나 총을 청바지 안의 총집에 넣고 스웨터 자락으로 총 손잡이를 가렸다.

"이 멍청한 카메라가 너한테 줄 4천 달러를 벌어 준 물건이라고."

닉의 말에 그녀는 초조히 이리저리 움직였다.

"여기서 잠깐 나가고 싶어. 마당을 좀 산책하자. 이 집 담은 상당히 튼튼해 보이던데, 어제 어떻게 남편 씨의 부하들이 들어왔는지 보고 싶어."

"그래, 좋아."

그는 추억의 세계에서 빠져나오게 된 것을 기뻐하며 일어났다. 데이지의 말이 옳다. 둘 사이를 순전히 직업적으로만 한정해야 한다.

그러므로 9년 전 여동생의 결혼 피로연장 10층에서 블론디와 함께 있던 그 추억을 되짚어가선 안 되는 것이다.

레이드 캐버너는 아내를 찾아 서재로 갔다. 그는 모가 수치를 계산하고 있는 책상으로 곧장 뚜벅뚜벅 걸어가 손에 들고 있던 서류를 그녀 앞에 탁 내려놓았다.

"이게 뭔지 설명 좀 해 보지?"

그녀는 숫자의 나열 위에 손가락을 짚어 마친 곳을 표시하고는 먼저 그의 얼굴을, 그리고 앞에 놓인 법률서류를 쳐다보았다. 잠시 후 그녀가 다시 그를 올려다보자, 레이드의 속은 뒤틀렸다. 맙소사, 요즘의 그녀는 너무나도 무덤덤했다.

"대출금 갚았다는 통지서네."

"당신이 갚은."

"그래."

"원래 대출서류에 당신 이름이 있었어, 모린?"

"아니, 그렇지만……."

"아니지, 그래. 내 이름이 올라 있었어. 내가 이…… 대출에 보증을 섰어."

손을 책상에 짚은 채 그는 몸을 앞으로 숙여 그녀의 맑은 푸른 눈을 똑바로 응시했다.

"당신이 아니라 나라고."

"그건 다 괜찮아, 레이드. 하지만 당신은 페티그루에게 캐버너 은행을 통해 대출을 해 주지 않았던 걸."

"맞아. 대출 위원회를 만족시킬 담보가 그 친구에겐 없었거든."

"그런데도 개인적으로 보증을 섰단 말야?"

"그에겐 돈이 필요했어, 모."

"다들 늘 돈이 필요하다 그러지, 레이드! 맙소사, 당신은 진짜 남들 밥이야! 그리고 얼굴에 철판 깐 당신 동창들은 전부 그걸 알고. 이번엔 페티그루가 무슨 화급한 일이래? 갑자기 새 폴로 경기용 조랑말이라도 필요하대?"

"정말로 알고 싶은 거야, 아니면 그렇게 도도하고 고결한 자세로 비꼬는 말을 하고 싶은 거야?"

"당신이 공적으로 고려했다면 절대 내주지 않을 사람에게 우리 돈을 빌려줬잖아!"

"아, 그럼 오늘은 우리 돈인가 보지, 응? 지난 몇 년간 당신이 우리의 재정 상태에 대해 언급할 때면 딱 잘라 당신 돈 내 돈 나누던 걸 고려하면 좀 위선적이란 생각 안 들어? 게다가 그 친구는 갚을 거야."

"당신이 요전날 전화로 누군가에게 페티그루가 채무를 불이행하고 당신에게 떠넘겼다고 말하는 걸 들었어."

"그래? 만약 당신이 몇 분 더 엿들었더라면, 혹은 내가 전화를 끊었을 때 말을 걸었더라면, 결국에는 그 친구가 갚을 거라고 하는 소리 들었을 거야."

그녀는 그저 참 불쌍하단 표정으로 그를 쳐다볼 뿐이었고, 레이드는 모가 자신이 꿈꾸고 있다고 생각한다는 걸 알았다. 또다시. 그의 판단력에 대한 그녀의 불신에 화가 치밀었다.

"그건 내 문제야, 모! 페티그루가 깊을 때까지 내가 긴급 계획을 세워 가던 참이었는데, 당신은 내가 혼자서 해결할 수 있다고 믿어 줬어? 천만에, 어림도 없지. 누구한테 감사해야 할지 궁금해지는군? 아마 손 큰 당신 아버지겠지. 당신과 당신 오빠가 누굴 의지할 일이 생기면 늘 그렇듯이 말야."

뺨이 벌게진 그녀는 자리에서 벌떡 일어났다.

"저열해. 부당하기도 하고."

그들 사이의 공간이 갑자기 1분 전보다 확 좁아진 듯했고 감정의 기류로 짜릿짜릿했다.

그는 몸을 숙여 그들 사이를 더 좁혔다.

"그럴지도. 하지만 지극히 정확하잖아. 지금껏 우린 엉망진창이 된 우리 사이를 놓고 너무 오랫동안 조심조심 변죽만 울려댔어. 당신 아버지는 정서적 파산자고, 그래서 닉은 연애하다 조금이라도 진지해질 기미가 보이면 발을 빼지. 그리고 당신은……."

그는 건조한 웃음소리를 냈다.

"흠, 당신은 쓰건 달건 끝까지 내게 매달리기로 작심했지. 안 그래, 모? 그 아버지에 그 딸이라는 소리를 듣고 싶지 않으니까 말야."

벌겋던 그녀의 뺨이 새하얘졌다.

"이게 다 그 얘기야? 이혼을 원해?"

"내가 원하는 건 당신이 딱 1분만 나를 믿어줬으면 하는 거야. 엄마가 곤경에서 구해 줘야 하는 십대 문제아가 아니라 이 집안의 신뢰받는 일원으로 대접받고 싶다고."

그가 원하는 것은 예전의 모로 돌아오는 것이었다―하지만 그녀는 변해버린 지 너무나 오래 되었고, 이제 다시는 되돌아갈 수 없을지도. 행복과 사랑 그리고 희망을 한아름 안고 시작했던 그들의 결혼 생활은 언제부터인가 변질되고 퇴색되어 갔다. 한때는 단 1초라도 더 함께 있고 싶어 안달했던 적이 있었다. 하지만 이제는 서로 얼굴조차 보지 않는다. 그리고 한때 그녀가 제일 사랑했던 점, 곤경에 처한 친구를 기꺼이 도우려는 그의 낙관주의가 바로 그들 사이에 쐐기를 박아넣는 문젯거리가 되었다. 그녀야말로 늘 남의 문제를 해결해 주려 뛰어드는 사람이란 점을 고려하면 참으로 아이러니한 일이었다.

"도대체 당신이란 사람 이해가 안 가."

그는 속이 터졌다.

"내가 한번이라도 우리가 사는 집이나 식탁에 오를 끼니 걱정을 하게 만든 적이 있어? 당신이 끼여들 일이 아냐. 그냥 곱게 내버려 뒀어야지."

그녀는 머뭇거리다 마지못해 미소를 지었다.

"그랬더라면 얼마나 좋았을까 하고 내가 얼마나 바라는지 당신은 몰라. 자, 미안하지만 난 할 일이 좀 있어서."

더 이상 아무 말 않고 그녀는 자리에 앉아 그가 그곳에 존재하지 않는 듯이 숫자를 계산하던 일로 돌아갔다.

4

화요일.

데이지가 잠에서 깨어 보니 닉이 그녀의 얼굴에서 30센티미터도 떨어지지 않은 곳에서 웅크리고 앉아 쳐다보고 있었다. 욕설을 중얼거리며 그녀는 몸을 일으키고 총을 감춰둔 베개 밑에 손을 밀어넣으면서 아파트 안을 훑었다.

"왜? 무슨 일이야? 누가 침입하려 해?"

그는 바로 대답하지 않았다.

그의 눈길을 좇은 그녀는 담요가 미끄러져 내려가 자신이 입고 잔 탱크탑과 팬티가 드러난 것을 보았다.

비록 둘 다 딱히 노출이 심하다고는 할 수 없어도, 그녀는 소파 끝에 똑바로 앉아 제멋대로인 담요를 목까지 끌어올렸다. 예민해진 경각심이 신경 말단에 전해졌다.

"뭐야, 닉?"

"미안, 놀래킬 생각은 없었어."

창문 사이로 쏟아지는 아침 햇살이 그의 숱 많은 갈색머리에서 미묘한 황금빛, 적갈색, 밤색 가닥을 비추었다.

좀 긴 편인 곱슬기 없는 직모에 동물의 털마냥 반드르르 윤기가 흘렀다.

그가 그녀의 얼굴 앞에서 손가락을 딱 튕겼다.

"여기는 지구, 응답하라, 블론디."

그녀는 눈을 깜박였다. 닉이 말했다.

"45분 후에 나가야 한다고 말했어. 샤워하고 싶거든 지금 하는 게 어때? 여자들이 외출 준비하는 데 얼마나 시간을 잡아먹는지 다 알아."

그녀는 눈을 비벼 잠기운을 털어냈다. 그의 멍청한 헛소리엔 당연히 조금도 귀기울이지 않고, 중요한 딱 한 단어에 집중했다.

"나가? 어딜?"

입이 찢어져라 하품을 하던 그녀는 자책감에 고개를 내저었다.

"미안. 난 아침 커피를 마시기 전에는 머리가 제대로 돌아가질 않아."

"내가 끓일게. 넌 가서 샤워해."

그는 부엌으로 향했다.

그녀는 어깨에 담요를 둘러 한 손으로 붙들고 다른 한 손으로는 총을 꺼냈다. 그리고는 그를 좇아갔다.

"잠깐만. 45분 후에 나간단 말이 무슨 뜻이야?"

닉은 자신의 롤렉스 시계를 내려다보았다.

"이젠 40분."

"숫자가 문제가 아니야, 콜트레인. 웬만하면 아무 데도 가지 마. 당신 안전을 보장하려면 어느 정도의 한계를 두어야 하니까."

"그 한계치를 옮길 수밖에 없겠네, 컵케이크. 지켜야 할 약속이 있어."

"뭐길래? 화끈한 데이트라도?"

오! 안 돼, 데이지. 네 직업 정신을 명심하라고.

"아니."

그는 덤덤히 대답했다.

"사진 촬영 스케줄이 연달아 있어."

그녀는 숨을 깊이 들이쉬고 천천히 내뱉었다.

"가능한 한 그 예약들을 줄이는 쪽으로 해. 이 분야에서 정말 유능하긴 하지만, 내 몸은 하나뿐이고 당신이 공공장소에 나설 때마다 위험지수가 기하급수적으로 높아진다고."

"그냥 네가 할 수 있는 만큼만 해, 데이지. 그 촬영 예약은 한두 개만 빼고 몇 달 전에 잡은 거고, 다 기념일 이벤트라 연기할 수가 없어."

"다른 사진가를 보내면 되잖아."

그는 막 갈아낸 원두를 필터에 붓고, 유리 포트 위에다 걸치고는 순간온수기 아래에 받쳤다. 김이 모락모락 올랐다.

"그 사람들은 최고를 원해."

그녀는 코웃음을 쳤다.

"그럼 뭐? 애니 레보비츠(유명한 인물 사진가)는 바쁘대?"

"아얏."

씨익 웃으며 그는 마치 치명상을 입은 듯이 심장에 손을 가져다 댔다.

그러고는 커피 잔을 그녀 앞 카운터에 놓아주고 포트로 손을 뻗었다. 그녀의 컵이 다 차자 닉은 그녀를 올려다보았고 그 얼굴에는 미소가 사라져 있었다.

"난 그 사람들에게 약속을 했어."

데이지는 한숨을 내쉬었다. 약속은 그녀가 이해할 수 있는 개념이었다. 다만 그가 약속을 중시한다는 것에 놀랐다.

손이 나오도록 담요를 고쳐 둘렀다. 그리고 그녀는 카운터에 총을 내려놓은 다음 커피 잔을 들었다.

닉이 눈길을 들어올렸다.

"꼭 그걸 아침상까지 들고 와야 되겠어?"

그녀는 으쓱 어깻짓을 했다.

"아마 괜찮겠지. 하지만 남편 씨의 조무래기들이 쳐들어 왔는데 이걸 소파에다 두고 왔다면 완전 바보가 된 기분이 들 거 아냐?"

그녀는 어떻게 권총과 커피 잔을 둘 다 들고 동시에 담요를 붙잡을지 궁리했다.

잔을 카운터에 도로 내려놓고 닉에게 등을 돌려 담요를 상반신에 감고는, 한쪽 끝을 왼쪽 겨드랑이 아래로 밀어넣었다. 그리고는 돌아서서 무기와 커피를 들었다.

"가서 준비할게."

커피를 홀짝이며 그녀는 욕실로 향했다.

"33분 남았어."

뒤돌아보지 않은 채 그녀는 총 손잡이로 작은 원을 그려 들었다는 표시를 했다.

"정말이야, 데이지. 지각하게 만들지 마."

"네, 네, 네."

그녀는 정확히 15분만에 옷을 입고, 이를 닦고, 빗자국이 난 젖은 머리로 나왔다. 왜 여자들이 그렇게 악담을 듣는지 그녀로선 알 수가 없었다.

오히려 레기와 그녀가 아는 다른 남자들이 그녀보다 더 외출 준비에 시간이 걸리는데. 물론, 인정할 건 인정하자면 그들 대부분은 여자가 되고 싶어하니까.

그녀는 닉의 실크 합섬 티셔츠와 플란넬 바지, 린넨 재킷을 의식하고 청바지와 부츠, 흰색 티셔츠 위에 받쳐입을 금빛 모직 상의를 들고 나왔다. 상의를 걸치기 전에 그녀는 팔뚝에 나이프를 끈으로 감아 묶고 총을 안쪽 총집에 넣었다.

"아예 걸어다니는 무기창고구나?"

"악당들에게 좋은 말로 타일러서 안 통할 경우를 대비해 만반의 준비를 하고 싶을 뿐이야."

그리고 그녀는 진지하게 덧붙였다.

"아예 나가지 않으면 더 좋겠는데. 정말 예약을 연기할 수 없는 거야?"

"대부분은. 하지만 네가 샤워하는 동안 변경 가능한 몇 건은 다시 스케줄을 조정했어."

그는 열쇠를 집어들었다.

"갈 준비 다 했어?"

"당신 차로 가는 거야?"

닉이 고개를 끄덕이자 그녀가 말했다.

"그럼 몇 가지만 더 챙길게."

"내가 맞춰 보지. 음, 바주카포를 빼먹었구나?"

"당신은 진짜 코미디언이야, 콜트레인."

그녀는 침실로 달려가 가방을 뒤져 뭔가를 꺼내 왔다. 거실로 돌아와서는 도구의 두 부분을 감싼 벨크로 고정끈을 떼어내고 비틀자, 한쪽 끝에 거울이 달린 긴 막대가 되었다.

닉이 커다란 더플 가방을 들어올리자, 그녀는 그를 앞서려 후닥닥 나섰고 그가 길을 내주지 않자 옆을 스쳐 지나갔다. 그녀는 그렇게나 편한 삶을 살아온 사람치고는 근사한 옷 아래의 그의 몸이 굉장히 단단하다는 사실을 무시하려 애썼다.

"내가 먼저 가야겠어."

"뭐, 뜻대로, 레이디 퍼스트."

"지금 고려해야 하는 건 성별 문제가 아니야, 콜트레인. 직업 문제지."

총에 손을 가져다대고 그녀는 조그만 계단으로 나가 마당과 진입로를 훑어보며, 그늘 쪽에 특히 주의를 기울였다.

"좋아, 안전해."

닉은 가방을 끌며 나왔다.

"바보가 된 기분이야."

"그럴 거 없어. 팔은 좀 어때?"

그는 왼쪽 주먹을 쥐었다 폈다 해 보았다.

"어제보단 강해진 거 같아."

그녀는 계단을 내려가기 시작했다.

"그래? 팔씨름 한 판 해 볼까?"

"아예 대답을 안 하련다."

"내가 당신을 납작하게 눌러 버릴까 겁나서?"

"진짜 사람 짜증나게 만드는 데 일가견이 있구나. 알아, 블론디?"

닉은 거의 그녀의 뒤꿈치를 짓밟다시피 해서 차고로 들어섰다.

데이지는 우뚝 멈춰 선 후 팔을 뻗어 그를 앞서가지 못하게 막고 그늘을 살폈다. 그의 복근은 단단하고 따뜻했다. 잠시 후 팔을 내리며 그녀는 안도감을 느꼈다.

"좋아, 어느 게 당신 차야?"

"포르셰."

"그럴 줄 알았어. 잠깐 점검한 다음에 가자."

그녀는 막대의 거울 달린 쪽을 차 아래에 밀어넣고 구석구석 살폈다.

"폭탄을 찾고 있는 거야?"

"그래."

그녀는 막대를 차 밑에서 끌어내 반으로 꺾어 다시 벨크로 끈으로 묶었다.

"후드 열어 봐."

그가 시킨 대로 하자 그녀는 엔진부를 훑어보고, 그 다음엔 차에 올라 계기반 아래를 들여다보았다. 마침내 그녀가 허리를 펴고 자리에 앉았다.

"좋아, 안전해."

"원 세상에."

그는 열쇠를 꽂으며 꿍얼거렸다. 닉의 질린 표정에 그녀는 씩 웃지 않을 수 없었다.

"알지, 다음부턴 이런 일을 방지할 수 있는 확실한 방법이 있어, 콜트레인."

그는 걱정스런 표정을 던졌다.

"묻기 무서운데."

몇 초간 침묵이 흘렀다.

"제길, 그래. 어떻게 하면 다음부턴 이런 일을 방지할 수 있지?"

"다음번에 당신을 제법 귀엽다고 여기는 유부녀를 만나거든 말야, 바지 지퍼 단속 잘해."

모는 손님들에게 손을 흔들어 보내고, 방금 그들에게 보여준 퍼시픽 하이츠 맨션의 현관 자물쇠를 채운 후 차로 향했다. 차문을 열고 손을 차 지붕에 얹은 채 한동안 그 자리에 서서 언덕 아래 천문관과 안개에 싸인 만을 내려다보았다.

당신이 끼여들 일이 아냐.

레이드의 목소리가 거듭거듭 울려왔다.

그냥 곱게 내버려뒀어야지.

아, 그랬더라면 얼마나 좋았을까. 하지만 그녀는 레이드의 문제를 해결하기 위해 뛰어들 수밖에 없었다.

그 방식이 범죄이기 때문에 그가 알면 절대 고마워하지 않으리란 걸 알면서도.

그리고 그것도 문제였다. 어쩌면 더 큰 문제.

자신이 무슨 일을 저질렀는지 그에게 말했어야 했는데. 말할 생각이었지만 자존심이 버팅기는 바람에 그에게 설명하려 들지 않고 서재를 나와버렸다. 아니, 그보다 더한 짓을 저질렀다. 그를 몰아내고 만 것이다.

엄마가 곤경에서 구해 줘야 하는 십대 문제아가 아니라 이 집안의 신뢰받는 일원으로 대접받고 싶어.

"오, 입 다물어, 레이드."

그녀는 중얼거리며 차에 올라 문을 닫았다. 그녀는 그런 적이 없었다. 아닌가?

그녀가 돈 걱정을 하는 건 사실이었다. 그녀가 자랄 적에, 그들 주변의 부유한 생활방식에도 불구하고 그녀의 아버지는 아슬아슬하게 빚을 지지 않고 살아가는 형편이었다.

그리고 그건 캐버너 은행의 재산을 뒤에 업은 레이드로선 이해하지 못하는 걱정거리였다.

어쩌면 그녀가 좀 바가지를 긁었는지도 모르지만, 그는 누구든 신세한탄을 늘어놓는 사람들에게 기꺼이 자신의 신탁기금을 털어주고 있었다. 그게 그녀가 캐버너 부동산을 시작한 이유였고, 안정감이 필요해서 그런 것이니 사과할 생각은 없었다.

그가 정말로 그녀 생각을 했다면, 애초에 그녀를 이런 입장에 처하게 하지 않았을 것이다. 하지만 그녀가 겁이 나서 그의 금전적 책임감에 대해 잔소리를 할라치면 그는 늘 자기만의 세계로 움츠러들곤 했다.

그녀로선 자신의 능력을 최대한 갈고 닦는 것밖에 달리 선택의 여지가 없었다. 그렇게 해야만 채무자들에게 쫓기기 직전까지 아슬아슬하게 몰리지나 않을까 하는 걱정을 덜 수 있었다.

모는 건조한 웃음소리를 냈다. 꽤나 아이러니하지 않은가. 그 칭찬받던 능력 때문에 지금 그녀의 처지가 어떻게 되었는지.

그녀는 열쇠를 향해 손을 뻗었지만 시동을 걸지 않은 채 그냥 운전석에 도로 등을 기댔다. 조수석 창밖을 내다보며, 그녀는 만을 뒤덮은 안개가 물러가고 희미한 봄 햇살이 스며드는 것을 지켜보았다.

그녀는 레이드와의 사이가 너무나 벌어져 있음에도, 그의 빚을 해결해 주려는 굳은 결의에 스스로도 놀랐다. 그러나 사실 그에게 뭐든 나쁜 일이 생긴다는 생각을 하면 견딜 수가 없었다.

그녀는 목 깊숙이에서 흥 소리를 냈다. 그의 이름을 진흙탕에서 끌어내 줬다고 그가 고마워하리란 생각은 왠지 들지 않았다. 빚을 갚느라 그녀가 무슨 짓을 했는지 정말로 그에게 말해야만 하는데. 그녀의 체포영장이 현관에 들이닥치기 전에.

하지만 아직은 아니다.

방금 그녀가 맨션을 보여준 커플은 아주 열의가 있었다. 며칠 더 버텨 보고, 정말로 진짜 운이 좋으면, 그녀가 얼마나 일을 엉망으로 망쳐놓았는지 레이드에게 말할 필요가 없어질지도 모른다.

하나님 제발, 그럴 필요가 없게 해 주세요. 제가 얼마나 어리석었는지 그에게 말하지 않아도 되게 해 주세요. 딱 이삼 일만 더—그게 그리 큰 부탁은 아닐 텐데.

그런 후, 돈을 마련할 수 없다면 그에게 모두 털어놓으리라.

J. 피츠제럴드 더글러스는 거울 속 자신의 모습을 감상했다.

잿빛 머리칼은 완벽하게 다듬어져 있었고 면도를 말끔히 한 뺨은 반들거렸다.

그는 가슴 포켓의 실크 손수건을 반듯하게 가다듬고, 매치되는 넥타이 매무새를 고쳤다.

자신의 모습에 완전히 만족하고 나서야 거울 달린 벽장문을 닫고 돌아서서 그를 기다리던 두 남자를 마주했다. 그들의 존재에 그는 불쾌했다.

"자네들을 고용할 때의 계약조건은 언제나와 마찬가지야. 전화로 연락할 것. 여긴 다시 오지 마. 꼭 만나야 한다면, 다른 곳에서 만날 약속을 잡을 수 있잖나."

그의 시선이 그들 위를 헤맸다.

"하지만 어차피 여기까지 왔으니. 제이콥슨은 어디 있나?"

"콜트레인의 소굴을 감시하고 있습니다."

"좋아. 보고할 일은?"

둘 중에서 덩치가 큰 쪽, 셔먼 탱크 같은 체격의 사내가 입을 열었다.

"웬 금발 여자가 어제 저택에 들어갔습니다. 걸어서 왔고 본채에 볼일이 있을 타입으론 보이지 않던데요. 콜트레인과 동거하는 모양입니다."

"난 그자의 성생활에는 관심 없어, 오트리. 내 필름은 어디 있지?"

"어제 암실을 뒤졌습니다, 더글러스 씨. 그런데 콜트레인의 입을 열기 전에 누가 경찰을 불러서요. 하지만 녀석은 병원에 갔습니다."

J. 피츠제럴드는 책상 뒤에 앉았다. 그러나 해결사들에게는 앉으라고 권하지 않았다.

"아직 거기 있나?"

"아뇨, 집으로 돌아갔습니다. 하지만 오늘 아침엔 놈에게 접근할 수가 없었어요, 녀석의 집 근처에서 얼씬거리는 게 불가능해졌습니다. 본채 쪽에서 근처를 어슬렁거리는 외부인들을 경계하고 있는 모양입니다."

J. 피츠제럴드는 목 굵은 남자와 다른 남자를 번갈아 보았다.

"보아하니 골목 양끝에다가 감시장치를 설치하자는 생각은 아무도 못해 본 모양이군."

"네에?"

그는 한숨을 억눌렀다. 화를 내봐야 소용없다. 머리를 보고 이자들을 고용한 것도 아니니까.

그러나 그가 시킨 일을 끝내는 쪽이, 그것도 빨리 하는 쪽이 저들에겐 좋을 것이다. 평생 쌓아올린 업적을 가난뱅이 상류층 사진가 때문에 망칠 수는 없었다.

그는 일요일 오후 이 둘을 고용한 이후로 콜트레인에 대해 몇 가지를 더 알아냈다. 그가 발견한 가장 중요한 사실은 어쩌면 해결사들을 끌어들인 것이 좀 성급했는지도 모르겠다는 것이었다. 불운한 일이었지만, 이제 와서 어쩌기엔 이미 늦었다.

반응은 뻔했다. 만약 가만 내버려뒀다면 콜트레인은 일요일 밤 필름을 폐기했을지도 모르지만, 이제는 그렇게 하지 않을 터였다.

"좋아, 이게 자네들이 할 일이야."

그는 총잡이들에게 눈에 띄지 않고 콜트레인을 감시할 용의주도한 방법을 설명했다.

"필요한 일이라면 뭐든 해."

그들을 내보내며 그는 그렇게 말했다.

"난 꼭 그 사진들을 손에 넣어야겠어."

5

퍼시픽 하이츠와 놉 힐 사이에 교통사고와 가스관 공사가 겹쳐, 평소 5분 내지 10분이면 갈 수 있는 길이 거의 30분이나 걸렸다. 그들은 약속시간보다 15분 늦게 도착했다.

데이지는 닉이 그 일로 긴장해 있음을 알 수 있었다. 비록 평소 자신이 시간 관념에 대해 고지식하긴 해도 딱히 스트레스를 받진 않았다. 물론 이건 그녀의 고객이 아니라 그의 고객이니, 아주 커다란 차이가 있긴 했다. 그녀는 씩 미소지었다. 어쨌든 경적을 울려대는 운전자들은 뒤에 멀찍이 떼놓았고, 아무도 그들을 미행하지 않는 듯했으니, 15분쯤 늦었다 한들 뭐 큰일일까 싶었다.

그러나 그녀의 생각은 틀렸다.

교통체증에 걸려 있는 동안 닉은 모리슨 가족이 재촬영 예정이라는 말을 했었다. 그리고 일하는 사람의 안내를 받아 안으로 들어온 그들에게 모리슨 부인이 두 번째로 한 말은 재촬영을 하게 되어 자신이 몹시 못마땅해하고 있다는 것이었다. 그녀의 첫 번째 불평은 그들의 지각이었다.

"늦었군요."

그녀는 닉과 데이지가 문을 채 지나기도 전에 그렇게 말했다. 요트 스포츠풍으로 차려입은 그녀의 산뜻한 모습은 고상한 이마의 찡그린 주름으로 인해 망가져 있었다.

"난 지각을 싫어해요. 지극히 비양심적인 행위죠."

그녀는 닉의 흠잡을 데 없는 차림을 불쾌한 듯 위아래로 훑어보았다.

"아마 머리 드라이하고 옷차림에 수선 떠는 시간을 좀 줄였더라면, 약속한 시간에 도착할 수도 있었을 텐데요, 콜트레인 씨."

데이지는 입이 떡 벌어졌다. 나름대로 닉에게 불평이 있지만, 그래도 그런 그녀조차 허영심을 닉의 단점으로 꼽을 수는 없었다. 그는 끝내주는 머리칼과 자신만의 스타일 감각을 가지고 있었으나 그가 거울 앞에서 필요 이상 시간을 들이는 모습을 본 적은 없었다.

"애초에 댁을 고용한 이유는 최고일 뿐만 아니라 샌프란시스코에서 가장 프로다운 사진가라고 마리아 보샹이 말했기 때문이에요."

모리슨 부인의 표정은 조소라고 부르기엔 지나치게 고상했으나 불쾌감을 역력히 잘 전달하고 있었다.

"나라면 댁한테 프로답다는 표현을 쓰지 않겠어요. 진작에 했던 일을 또 하기 위해 바쁜 우리 셋의 스케줄을 다시 잡아야 한데다가, 이젠 우릴 기다리게까지 만들었으니."

그녀는 데이지를 향해 마땅찮은 눈길을 돌렸다.

"그리고 이쪽은 누구죠? 저번에는 혼자 왔었잖아요."

닉은 더플 가방에서 장비를 꺼내다 말고 손을 멈췄다.

"이쪽은 데이지 파커입니다."

그는 붙임성 있게 말했다.

"오늘 작업을 신속히 하기 위해 절 도와주기로 했지요. 데이지, 헬레나 모리슨 부인이셔, 부군은 허버트, 아드님은 도널드."

엄마, 아빠, 그리고 아기곰. 다만 도널드는 진짜 아기가 아니었지만. 아마 열서너 살쯤—어머니의 무례한 언행에 창피해할 만큼의 나이였다. 그래도 데이지는 거기에 대해 뭐라 군말을 하지 않는다는 점에 그에게 점수를 주었다. 저 또래 대다수 남자애들은 어머니 입에서 남부끄러운 말이 나올 때마다 "엄마아아아." 하고 칭얼거리기 마련인데.

닉이 교통사정에 대해 설명했으나 모리슨 부인은 그의 변명에 전혀 관심 두지 않았다. 데이지는 어쩌면 그가 때려치자고 말할 거라 예상했지만, 그는 계속 지껄여댈 뿐이었다.

헬레나 모리슨이 갑자기 날카로운 눈을 데이지에게 돌렸다. 그녀의 시선은 데이지의 머리에—마르면서 제멋대로 뻗친 것이 느껴지는 머리칼에—가 있었다.

"그리고 이 아가씨는 무슨 이유에서 프로다운 옷차림을 면제받았다죠?"

닉과 달리, 데이지는 가만히 듣고 있을 마음이 없었다. 그녀는 앞으로 나섰다.

"좀더 일관성 있게 행동하시는 게 어떨까요? 방금까지 닉이 근사한 차림이라고 멋부린다느니 비난하다가, 그 다음엔—."

"그에게 자기 외모에 신경도 안 쓰는 친구를 둔 바보라고 말한다 그건가요?"

여자는 냉담하게 말을 맺었다.

"바로 그렇습니다."

그녀는 자신의 티셔츠, 청바지, 재킷을 내려다보고 모리슨 부인의 못마땅한 눈길을 정면으로 맞받았다.

"깨끗하고 가릴 데 제대로 다 가렸잖아요. 도대체 정확히 뭐가 불만이시죠?"

"데이지, 그만해."

닉이 돌연 그녀의 팔뚝을 꽉 잡아 뒤로 당기며 앞으로 나섰다.

처음 든 생각은 그의 손길을 뿌리치는 것이었다. 하지만 자신이 닉을 떨쳐내는 모습을 모리슨 부인에게 보여주고 싶지 않았던 데다, 두 여자 사이에 끼여든 그의 눈에 담긴 일종의 슬픔이 분노를 누그러뜨렸다. 데이지는 그에게 팔을 잡힌 채 조용히 서 있었다.

그녀를 놓지 않은 채 닉은 헬레나에게로 돌아섰다.

"촬영을 다시 할 수밖에 없게 되어 죄송합니다, 모리슨 부인."

그는 부드럽게 말했다.

"하지만 전화로 말씀드렸다시피, 일요일 밤 제 암실이 털려 지난주 찍어 작업 중이던 모든 작품이 훼손되었거든요."

"도대체 누가 무엇 때문에 가족사진 같은 별것도 아닌 걸 망가뜨리려 들었단 말이죠?"

"니콜라스 콜트레인의 사진에 별것도 아닌 것이란 없습니다."

그는 자신감 넘치는 차분한 목소리로 말했다.

"그저 무차별적인 파괴행위였다는 말씀밖에 드릴 수가 없군요. 그자들은 자기들이 망가뜨린 게 뭔지 보지도 않았을 겁니다."

"흐음."

그녀가 한 말은 그게 전부였지만, 분을 삭이지 못하고 있는 데이지는 닉의 참을성에 감탄했다. 입장이 바뀌었다면 그녀는 저렇게 공손하게 대하진 못했을 터였다. 저 여자는 험담꾼이었다. 암실이 어지럽혀진 일은 닉이 어쩔 수 있었던 것도 아닌데. 애초에 유부녀한테서 멀찍이 거리를 두어야 했던 것만 제외하면. 하지만 스스로 내내 되새겼다시피, 그건 그녀가 이러쿵저러쿵 할 일이 아니었다.

"일주일 치의 일을 무료로 다시 하는 건 닉으로서도 시간을 유용하게 쓰는 일이라고는 할 수 없죠."

문득 정신을 차려 보니 자신이 그렇게 말하고 있었다. 닉의 손이 그녀의 팔목으로 내려와 경고조로 꽉 움켜쥐었지만, 그녀는 한마디 더 덧붙였다.

"이 일은 관련된 모든 사람들에게 불행한 재난이라고 할 수 있습니다."

그리고는 살며시 그의 손아귀에서 팔을 빼냈다.

헬레나는 서늘한 푸른 눈으로 그녀를 자리에 못박았다.

"아가씨 말대로예요. 하지만 이 근방에서는 그런 사건은 벌어지지 않아요."

데이지는 웃음을 터뜨렸다. 어쩔 수가 없었다.

"퍼시픽 하이츠를 우범지대라고는 할 수 없죠, 모리슨 부인. 그러나 4년간 경찰에 근무하고 있었던 사람으로서 말하는데, 범죄는 어떤 곳에서든 일어납니다. 예외적인 곳은 아직 본 바가 없어요."

여자는 노골적으로 시계를 쳐다보았다.

"해 떨어지기 전에 시작하죠? 난 12시 45분 약속이 있어서."

아, 그러세요. 데이지는 질려버렸다. 새 드레스 가봉 약속을 빼먹게 되면 얼마나 유감이실까. 15분 차이가 그렇게 큰 문제라면 차라리 스케줄을 새로 잡지 않고서.

또한 피사체 중의 한 명이 저렇게나 성미가 틀어진 마당에 닉이 어떻게 눈곱만큼이라도 쓸 만한 걸 건질 수 있을지 궁금했다.

하지만 그녀는 그를 심각하게 과소평가하고 있었다. 그는 나직한 목소리로 모리슨 가족에게 말을 걸고 차분한 매력으로 그들의 긴장을 풀게 했다. 남자들이 먼저 마음을 풀었다. 그리고 닉이 오늘 사진을 손봐 지난주에 찍은 것만큼 잘 나오게 만들 방법에 대해 얘기하기 시작하자 헬레나도 긴장을 풀었다.

가족 전원이 다 준수한 외모의 소유자들이었다. 모리슨 씨는 키가 크고 이목구비가 뚜렷하며, 짙은 머리칼은 관자놀이 부분부터 희끗희끗해져 가기 시작하는 참이었다. 도널드는 아직 윤곽이 덜 잡히긴 했지만, 언젠가는 아버지의 큰 키와 어머니의 뛰어난 외모를 물려받을 징조를 보이고 있었다.

그리고 그들은 친밀해 보였다. 데이지는 그들이 부드러운 손길과 격려의 말을 주고받으며 긴장을 풀어 가는 모습을 지켜보았다. 그녀로선 이해할 수가 없었다. 모리슨 부인은 모든 것을 다 갖춘 듯했다

―돈, 미모, 헌신적인 가족. 그런데 왜 저렇게 불평불만이지?

닉은 촬영을 기록적인 시간 안에 마치고 곧장 가방을 꾸리기 시작했다. 데이지는 조명용 우산을 챙기러 갔다. 그녀가 그걸 닉의 더플 가방에 넣으려 몸을 돌렸을 때, 헬레나가 그녀의 팔을 건드렸다. 데이지는 경계하며 쳐다봤다. 특히 헬레나의 코끝이 거만한 각도로 치켜 올라간 것을 보고 더더욱.

그랬기에 모리슨 부인이 크게 숨을 들이쉬고 한 말은 그야말로 의외였다.

"그저 아가씨가 앞에 나서서 친구를 감싸는 모양이 보기 좋았다고 말하고 싶었어요. 의리야말로 사람이 지닐 수 있는 가장 중요한 미덕이라고 봐요."

그녀는 손을 내밀었고, 그 손엔 명함이 들려 있었다.

"여기, 내 헤어 살롱에 한번쯤 가 보면 어떨까 해서. 아마 아가씨 머리를 어떻게 해 줄 수 있을 거예요."

마치 그녀 자신의 줄어드는 머리숱에 대한 빈정거림을 기다리기라도 하는 듯 헬레나의 턱이 치켜 올라갔다.

데이지는 그저 그녀를 향해 눈을 깜박거리며, 아무래도 칭찬으로 들리는 말을 이해하려 애쓰고 있었다. 그녀는 들고 있던 우산을 겨드랑이에 끼고 명함을 받아 들었다.

"고맙…… 습니다."

그녀는 명함을 상의 주머니에 넣고 여자의 눈을 마주했다.

"약속 시간에 늦지나 않으셨으면 좋겠네요."

헬레나는 손목시계에 흘끗 눈길을 주었다.

"뭐, 그럭저럭 맞출 것 같군요."

몇 분 후, 닉의 차 조수석에 앉은 데이지는 그를 향해 고개를 돌렸다.

"좋아. 나 그야말로 어리둥절이야. 막 완전 악녀로 단정짓고 났더니…… 모리슨 부인이 날 칭찬했다고. 믿어져? 내가 나서서 당신을 변호한 게 마음에 들었대. 아, 그리고 이거 봐."

그녀는 주머니를 뒤졌다.

"자기 헤어스타일리스트 명함을 줬어. 내 머리의 뭐가 그렇게 사람들 신경을 긁는 거야, 도대체?"

닉은 도로에서 눈길을 떼어 잠깐 그녀를 쳐다보았다.

"네가 천연 금발이라는 사실 빼고? 아마 손톱 가위로 직접 자른 모양새라 그렇겠지."

그녀는 뺨에 열기가 스물스물 올라오는 것을 느꼈다.

"그래? 그럼, 뭐가 어때서?"

"원 세상에."

닉은 웃음을 터뜨렸다.

"정말로 그랬구나, 그렇지?"

"어, 미장원에다 그 많은 시간을 들일 사람이 누가 있어?"

무슨 말을 하겠는가? 어째서인지 그녀는 여자다운 유전자가 결여된 채 태어난 모양이었다. 한마디로 머리며 화장을 갖고 그 난리를 쳐야 할 이유를 도무지 알 수가 없었다. 화제를 바꾸려는 뻔한 속셈으로, 그녀는 다그쳤다.

"대체 모리슨 부인이 왜 그러는 거야? 내가 아는 드랙 퀸*들에게 한 수 가르쳐도 되겠더라. 오늘까지만 해도 걔들 성깔도 장난 아니라고 생각했는데 더 하잖아. 그래도 끝에는 좋아지더라구."

그녀는 헬레나가 분명히 거절당하리라 여기면서도 턱을 치켜드는 그 모습에서 자신의 동족임을 감지했다.

"암에 걸렸어."

충격이 그녀를 뒤흔들었다.

"뭐?"

목소리가 속삭임이 되어 흘러나왔고, 그녀는 자리에서 돌아앉아 닉을 응시했다.

---

* 화려한 여장을 한 남자 동성애자.

"모리슨 부인이 그렇게 군 이유는 아직 머리카락이 다 있을 때 가족사진을 찍고 싶어했기 때문이야."

그는 그녀를 넘겨다보았다.

"그리고 자신이 아직 여기 있는 동안."

"맙소사. 무슨 암이야?"

"난소암. 초기에 발견했으니 치료가 다 끝날 때까지 괜찮을 가능성은 있어. 하지만 암이란 게 어떤지 너도 알잖아. 아닐 수도 있으니."

"그럼 오늘 오후 당신 때문에 늦어질 거라던 약속은?"

"항암 치료."

"아, 젠장. 그래서 머리숱이 줄어들고 있었구나."

"그래. 지난주엔 더 많았지."

"그렇겠지. 당신이 오늘 사진을 손봐서 지난주에 찍은 것만큼 잘 나오게 하겠다고 했을 때야 그녀가 긴장을 푼 이유가 이제 이해가 되네."

그녀는 한동안 침묵 속에 그를 뜯어보았다.

"그리고 그런 건강 상태 때문에 그 여자가 쪼아대도 때려친다는 소리를 안 한 거구나."

"난 내 고객들에게 때려친다는 말 같은 거 안 해, 블론디. 그쪽에서 내게 촬영료를 지불하는 한은. 그저 한 귀로 흘리고 내가 할 수 있는 최선의 사진을 찍어주지."

그는 신호에 차를 세우고 강렬한 푸른 시선으로 그녀를 자리에 못박았다.

"이 얘기를 비밀로 지킬 거라 믿겠어."

데이지는 코웃음쳤다.

"내가 누구한테 말을 하겠어, 콜트레인? 레기와 친구들에게? 걔들이 듣고 기뻐 날뛰기나 하겠다."

J. 피츠제럴드가 고용한 폭력배들이 닉의 차고 집이 자리한 퍼시픽 하이츠의 저택으로 돌아가고 있을 때 카폰이 울렸다. 오트리가

수화기를 들고 통화 버튼을 눌렀다.

"네."

"이봐, 오트리, 제이콥슨이야. 콜트레인과 어제 봤던 금발이 이동 중이야. 아까는 차들이 붐벼서 놓쳤지만 바로 몇 분 전 놉 힐에서 다시 따라잡았어."

"진짜로?"

오트리는 똑바로 앉았다.

"잘했어, 제이크 지금 어디야?"

"브로드웨이. 막 터널로 들어가려는 참이야."

"좋아, 우리도 그쪽으로 가지. 찰싹 붙어 있어, 우린 너와 연결되도록 최선을 다할 테니까. 아, 제이콥슨?"

"응?"

"더글러스가 필요한 일은 뭐든 하라고 했어. 그 사진이 나타나지 못하도록."

무선 연결이 멀어졌다 가까워졌다 하기 시작했다. 하지만 오트리는 통화가 끊기기 직전 제이콥슨이 "알았어."라고 말하는 것을 들었다.

6

그들은 점심을 먹고, 닉의 그날 마지막 약속장소로 향했다. 트레버 부부는 만과 골든 게이트 다리의 근사한 전망이 내려다보이는 호화로운 텔레그래프 힐 콘도에 사는 노부부였다.

유도라 트레버는 마른 체구에 깐깐한 용모, 막대처럼 곧은 자세, 수수한 옷차림, 자연스레 처진 입매의 소유자로 데이지는 즉각 신경을 곤두세웠다. 하지만 겉모습으로 사람을 판단해선 안 된다는, 그리고 그날 하루 그때까지의 상황으로 성급히 결론지어서는 안 된다는 것을 곧 깨달았다.

닉의 소개가 끝나자, 노부인은 대단히 따스하고 다정한 미소로 그녀를 맞았던 것이다.

"어쩜, 참하기도 해라! 스탠리, 니콜라스의 아가씨 자세 좀 봐요. 젊은 전사 여왕 같잖아요."

그녀는 데이지의 손을 토닥였다.

"올바른 몸가짐을 보면 얼마나 반가운지."

유도라는 더플 가방 앞에 주저앉아 지퍼를 열고 있는 닉에게로 돌아섰다.

"자아, 짐 풀지 말아요. 스탠리와 난 골든 게이트 공원에 나가서 사진을 찍었으면 하거든요."

데이지의 심장이 덜컹 내려앉았다.

"어, 하지만……."

그녀의 반사적인 항변은 유도라가 도로 돌아서자 딱 잘리고 말았다.

"애초에 그곳으로 약속을 정해 여기까지 오는 수고를 덜어줬어야 하는 건 알아요. 그러나 날씨가 괜찮을지 확신할 수가 없었거든요. 하지만 날이 아주 화창하네요. 안 그래요, 스탠리?"

스탠리에게 대답할 기회도 주지 않고, 그녀는 상냥하게 미소지으며 이야기했다.

"우린 결혼 50주년 기념사진을 찍을 참이에요. 그리고 골든 게이트 공원은 우리에게 아주 특별하거든요. 첫 데이트를 한 곳이라."

닉이 고객들의 청을 들어주기 위해 뭐든 하려 들리라는 것을 익히 아는 데이지는 잠깐 실례를 구하고 전화를 걸러 나왔다. 트레버가의 테라스에서 그녀는 상의 주머니 안에 있는 휴대폰을 꺼내 사무실 번호를 눌렀다.

"파커 경호 사무실입니다."

"레기, 누구 시간 나는 사람이 있나 찾아봐. 닉이 골든 게이트 공원에서 촬영이 잡혔어."

레기는 무례한 소리를 냈다.

"그래, 내 기분도 딱 그래. 연계 감시를 할 만큼의 인원이 필요해. 누가 시간 되나 보고 전화 줘."

그녀는 발을 타닥거리며 만과 다리를 내다보다가, 돌아서서 햇볕에 따스해진 난간에 기대 콘도 안에 있는 닉과 트레버 부부를 훔쳐보았다.

자신의 시계를 내려다보고 답답함에 숨을 내쉬었다. 그리곤 난간에서 떨어져 프렌치 도어를 열고 고개를 안으로 들이밀었다.

"닉, 잠깐 얘기 좀 할래?"

그녀는 유도라와 스탠리에게 아마 아무도 안 속아넘어갈 억지미소를 지어 보였다.

그는 밖으로 나와 조심스레 그녀를 살폈다.

"블론디, 만약 트레버 부부가 공원에서 사진을 찍고 싶다고 하면, 난 그분들의 청을 들어드리는 것 외엔 선택의 여지가 없어."

"알아."

그의 입이 약간 벌어졌다.

"안다고?"

"그래. 하지만 공원의 크기를 고려하면, 감시하는 데 도움이 필요할 거야. 우리 쪽 사람들을 어디다 배치할지 알아야 해."

"오. 난 네가 그 고상한 파란 전투화로 내 목을 짓밟으려들 줄만 알았지."

그의 눈이 따스해지더니 그들 사이의 거리를 좁히고 그녀의 골반 양쪽 테라스 난간에 양손을 짚었다. 햇살이 그의 반드르르한 갈색머리에서 적갈색과 황갈색 가닥을 잡아내고 눈을 카리브 해보다 더 푸르게 만들었다. 그 모습에 데이지의 심장은 쿵 하고 흔들렸다.

"있지,"

닉이 나직이 말했다.

"유도라는 네가 내 여자친구라고 생각해. 상당히 그럴싸한 위장이잖아. 어쩌면 우리……."

그녀의 양손이 올라가 그의 따스하고 탄탄한 목을 감싸는 바람에 닉은 말을 뚝 그쳤다.

"여기 발코니 아래 좀 내려다봐."

그녀는 낮은 목소리로 청하고 그의 고개를 자신의 어깨 너머로 당겨 보게 했다. 콘도 안에서 보면 아마 둘이 엄청 끈적거리는 것으로 보일 터였다. 그녀는 확실히 하려 그의 귀를 만지작거렸다.

"가파르네."

하지만 딱히 걱정하는 듯한 말투는 아니었다. 그가 고개를 돌리자 데이지는 먼저 그의 따스한 숨결을, 그 다음 더욱 따스한 입이 그녀의 목 옆을 부드럽게 눌러 오는 것을 느꼈다.

뜨거운 떨림이 척추를 따라 질주했고, 데이지는 한순간 눈을 감았다. 그러다 팍 뜨고 경고조로 으르렁거렸다.

"내 엎어치기 시범을 다시 보고 싶은 건 아니겠지, 콜트레인?"

"아니, 그건 내가 경험하고 싶지 않은 일 목록 1순위에 올라가 있지. 2순위는 내 거기가 뜯겨져 나가 개밥이 되는 거고."

하지만 물러나기는커녕 그는 무릎을 굽혔고 그러자 그녀의 목보다 조금 더 낮은 곳에 입맞출 수 있게 되었다. 그의 머리칼이 그녀의 턱과 목선을 따라 뜨겁게 비단결처럼 사르륵 스쳤다.

데이지의 심장은 쿵쾅거렸고, 그가 전해 주는 느낌이 너무 좋아서 더럭 겁이 났다. 그를 물러나게 하려 나이프로 손을 뻗는데 주머니 속의 전화가 울렸다.

운이 좋았다. 경호하기로 한 상대를 위협하는 건 아무래도 프로다운 이미지 홍보에 최선책이 아닐 테니까.

그녀가 닉의 넓은 어깨로 손을 미끄러뜨리며 밀어젖히자, 그는 뒤로 물러났다. 그녀는 휴대폰을 꺼내 버튼을 눌렀다.

"여보세요!"

숨결은 빠르고 가빴고 그녀는 닉을 보지 않으려 고개를 숙였다.

"존과 지어, 베니를 확보했어."

레기가 말했다.

"하지만 미리 경고해 두는데, 베니는 끝장난 창녀 차림이야."

"지금 일할 수만 있다면야 뭘 입었든 난 상관 안 해."

그리고는 레기가 보지 못할 테지만 고개를 내저었다.

"아니, 정확히 그렇진 않아. 사실 좀 눈에 덜 띄는 차림이었으면 좋겠지만, 그런 거 따질 여유가 없지."

그녀는 마음을 가라앉히려 숨을 들이쉬고 내뱉었다.

"이런 상황에 처하게 될 줄은 꿈에도 몰랐어, 레기. 그래서 이어 폰 장비를 안 갖고 왔거든. 모두에게 하나씩 주고, 서로 연락을 취하 도록 해. 여분의 세트 하나를 누구한테 들려 보내서 상황이 가능하 다면 내게 넘기도록 하고. 방법은 다들 알 거야."

"어떤 사람을 경계해야 해?"

"떡대 깡패 타입. 잠깐만."

그녀는 닉을 올려다보았다.

"당신을 공격한 사람들이 어떻게 생겼나 말해 봐."

그는 설명했고 그녀는 레기에게 정보를 전달했다.

"닉의 인상착의를 개들에게 타깃으로 알려줘. 흰색 바지에다가 나 라면 연한 갈색이라고 부르겠지만 너라면 아마 좀더 그럴싸한 이름 으로 부를 색의 티셔츠, 그리고……."

"낙타색?"

레기가 말을 꺼냈다.

"모카?"

"그래, 하여간. 그리고 네가 침 흘릴 만한 오트밀색 재킷도. 아, 그 리고 카메라—카메라를 들고 다녀. 잠깐만."

그녀는 전화기를 손으로 막고 닉을 건너다보았다.

"우리가 공원 어디쯤 있을지 대략이라도 알려줘."

닉은 데이지 목의 팔딱이는 맥박에서 눈길을 떼고 찡그린 인상을 폈다.

"과학 아카데미 옆길."

그런 후 닉은 주머니에 손을 찔러넣었다. 도대체 내가 무슨 생각 으로? 좋아, 사실 그는 전혀 생각을 안 하고 있었다. 데이지가 햇빛 아래 서서, 간만에 그에게 화를 내지 않고 있는 모습을 보자 유도라 의 말이 옳다고 생각했다.

젊은 전사 여왕 같은 몸가짐. 그녀의 가녀린 긴 목과 섬세한 골격 의 손목을 보고 있자니, 불현듯 중간 체격의 매끄러운 피부와 엉망인 머리 스타일의 금발을 보디가드로 두다니 내가 뭘 하고 있나 하는 생각이 들었다.

그녀는 놀이 상대로 훨씬 더 적당해 보였다—침대에서 구르고 얽힐 상대로. 그녀가 자신을 철저히 고객으로만 본다고 생각하면 자존심이 상했다. 그들의 과거사와 애초에 그가 먼저 그녀에게 일자리를 제의했단 사실을 고려하면 단연코 유치하기 짝이 없지만.

자신이 그녀를 동요시킬 수 있다는, 그녀가 자신에게 완전히 무관심하지 않다는 확신이 필요했다. 단지 그것뿐이었다. 그래서 그녀가 업어치기를 해 난간 너머로 넘겨버리겠다고 위협했을 때, 그는 그저 상황의 흐름에 따랐다.

그녀의 목을 지분거리는 것이 자연스럽고 옳은 일처럼 느껴졌고, 최소한 이제 그녀가 무관심하지 않다는 것을 알았다. 그리고 그걸 알게 되어 기분이 매우 좋았다.

그는 그녀와의 첫날밤을 생각하자 움찔 굳어졌다. 그건 좋은 게 아니니까. 둘 중 누구에게게든 그날 밤의 추억을 끌어내어 이로울 것이란 전혀 없었다.

데이지가 휴대폰을 딸칵 닫는 소리에 그는 몽상에서 퍼뜩 깨어났다. 닉은 그녀가 턱을 치켜들고 눈을 마주보는 모습을 지켜보았다.

"흠, 이윤 마진이 아슬아슬하겠어."

그녀가 부루퉁하게 말했다.

"복잡한 계획이라 당신이 준 의뢰비 가지고는 남는 게 없겠어. 안 그래?"

그의 눈썹이 치켜 올라갔다.

"이봐, 의뢰비는 그냥 착수금이고 나중에 완불할 거잖아, 깜찍이."

그녀는 푸욱 한숨을 내쉬었다.

"알아, 콜트레인. 하지만 당신을 충분히 파 들어가기만 하면, 당신이 날 고용한 구실 뒤에 숨겨져 있는 불순한 동기를 파낼 수 있을 거란 확신이 팍팍 든단 말야."

논리적으로는 전혀 말이 안 되지만, 그녀의 의심에 그는 기분이 밝아졌다. 그녀에게 씨익 웃어 보이며 그는 손을 뻗어 그녀의 상의 소맷자락을 잡아당겨 드러난 나이프 손잡이를 가렸다.

"구실 따위는 없어, 데이지 매."

그녀가 벌컥 성질을 냈다.

"내 이름은 그딴 게 아……."

"그래, 그래, 그래. 가자."

그는 문손잡이를 잡고 다른 손을 뻗어 그녀를 앞세웠다.

"트레버 부부는 쩍쩍이들에게 방긋 미소지을 준비를 다 마치셨어."

그와 스탠리 둘 다 자신들의 차를 가져가길 원했기에, 그들은 캘리포니아 과학 아카데미 앞에서 만나기로 약속했다.

교통 상황이 꽤나 수월해서 잠시 후 닉은 풀튼 가의 비어 있는 자리에 차를 주차했다. 그와 데이지는 길을 건너 공원으로 들어갔다.

"이건 미친 짓이야."

그녀는 공원 바로 안의 존 F. 케네디 로(路)를 가로지르려 차들을 피하며 꿍얼거렸다.

닉이 지난번에 왔을 때는 인라인 스케이트와 자전거를 타는 사람들, 그리고 보행자들로 거리가 꽉 메워져 있었다. 비록 일요일이긴 했지만, 그는 데이지가 한쪽 눈은 쌩쌩 지나가는 차들을, 다른 한쪽 눈으론 위험 가능성에 대해 살피는 것을 지켜보았다. 그가 주위를 둘러보자 위험이 곳곳에 도사리고 있다는 것을 알 수 있었다. 그들의 시선이 마주쳤을 때 데이지가 그에게 던진 눈길은 넌더리를 치고 있었다.

"알지? 이렇게 무방비한 장소에 몸을 드러냈을 때는 아예 '날 잡아 잡수쇼.' 하는 거나 마찬가지라는 거?"

솔직히, 동시에 모든 것을 날카롭게 주시하려는 그녀의 모습을 보고 있자니 닉은 꽤나 무방비한 기분이었지만, 그는 그녀를 안심시키려 무심하게 어깨를 으쓱해 보였다.

"그냥 네가 할 수 있는 최선을 다해, 데이즈."

"늘 그러고 있어, 니키."

그는 이를 갈았지만, 다시는 그녀를 그렇게 부르지 말자고 명심했다. 분명 그녀는 애칭은 자기 비서 같은 좋은 친구들만을 위해 아껴 두는 모양이었다.

"그럼,"

그는 자신의 입에서 나온 질문을 듣고 경악했다.

"너랑 레기는 커플이야?"

그녀의 고개가 휙 돌아왔다.

"뭐?"

"너와 네 비서가 커……."

"무슨 말인지 알아들었어. 다만 그게 당신이 상관할 일이라고 생각했다니 믿을 수 없다뿐이지."

그는 사과하지 않고 어깨를 으쓱했다.

"그래도 궁금한 건 어쩔 수가 없었어."

데이지는 주위를 둘러보고 그에게 따끔한 눈길을 던진 다음 길가에 늘어선 수풀과 나무들로 눈을 돌렸다.

"그 잘난 콜트레인 가의 예의범절은 어쩌시고?"

"두 발로 깔아뭉개고 있지. 빌어먹을 질문에나 대답해."

"아냐."

"아니라는 게 레기와 데이트하지 않는다는 거야, 아니면 질문에 대답하지 않겠다는 거야?"

대충 찍어라, 멍청이. 그는 자신을 욕했다.

"아니, 난 레기랑 데이트 안 해."

그녀는 그런 생각에 충격받은 듯했다.

"내 제일 친한 친구일 뿐이야."

그녀가 남자와 데이트를 하건 말건 그에게는 털끝만큼의 상관도 없어야 마땅했지만, 닉의 기분은 어쨌든 가벼워졌다. 딱 잘라 아니라고 말해 주기를 바라며 그는 더 말했다.

"그래도 언젠가는 좀더 깊은 감정으로 무르익을지도 모르잖아."

짧고 날카로운 웃음소리가 데이지의 입에서 튀어나왔다.

"그럴 가망 없어, 콜트레인. 레기는 게이야."

만세.

"아."

그는 무심한 척 말했다.

"그럼 아무래도 아니겠군."

허나 그녀의 연애에 관한 자신의 맹렬한 관심에 그는 심란했다. 무슨 수작이야? 분명 그녀를 자기 걸로 찍으려는 건 아니면서— 자신은 필요 없어도 남 주기는 싫다는 그런 고약한 심보는 그답지 않았다. 닉은 발걸음을 빨리 해 듬직한 야자수와 동상을 지나 완만하게 경사진 비탈을 내려갔다.

드영 미술관, 아시아 미술관, 그리고 과학 아카데미에 둘러싸인, 거대하고 화려한 원형극장의 옆을 지나는 음악관에 들어선 다음, 그들은 분수를 돌아 막 파릇파릇 잎을 틔우기 시작한 옹이진 나무숲을 가로질렀다.

목적지로 향하는 야트막한 계단을 향하고 있을 때 여장남자가 그들에게 접근했다.

한순간 닉은 그 남자를 20달러짜리 창녀로 착각했다. 그의 관심을 끈 것은 구두였다. 전에 한번도 그런 것을 본 적이 없는지라, 신은 사람의 발목 위로 눈길이 올라갔다.

새것이었을 적엔 아마도 가는 굽의 무난한 검은 구두였을 것이다. 그러나 지금 그 뒤축은 그물 스타킹을 신은 발꿈치에 납작하게 눌려 구두가 뮬*이 되어 있었다. 뾰족한 굽이 지면과 45도 각도로 기울어져 있어, 닉으로선 사람이 저걸 신고 제대로 걸을 수 있다는 게 신기할 따름이었다. 구두에 정신이 팔려 있던 그는 니콘을 들어 두어

---

* 뒤축 없는 구두.

방 찍었다.

렌즈를 통해서야 그의 관심은 사람 전체로 확장되었다. 그는 숱 많은 검은 머리칼과 능란한 화장, 이국적으로 치켜 올라간 눈매와 예쁘장한 얼굴을 인식했다. 또한 타이트한 검은 미니스커트 아래 있어야 할 엉덩이가 흔적조차 없고, 약간 휜 다리는 지나치게 근육질이며 촌스러운 핑크색 튜브탑 위로 솟은 맨어깨는 여자의 것이라기엔 너무 벌어져 있었다.

그건 여장남자였고, 그들을 향해 곧장 다가오며 지갑 속에 손을 집어넣고 있었다.

데이지가 그를 스치며 앞으로 나섰고, 닉은 그녀가 총을 뽑아들 줄 알았다. 하지만 그건 착각이었다. 그녀와 드랙 퀸이 스쳐 가는 동안, 손 안에 들어올 크기의 검은 기계가 조심스레 건네졌다.

"고마워, 베니."

그녀는 중얼거리고 계속 걸어갔다.

"내가 더 고맙지, 데이즈. 수당이 생기는 걸."

여장남자의 눈길이 잠깐 닉에게 머무르더니, 짓궂은 미소를 번뜩였다.

"오호."

그는 닉의 재킷 소매를 튀는 핑크색 손톱으로 스윽 스치며 지나갔다. 그의 목소리가 바람결에 실려왔다.

"레기는 저 사람 얼굴을 제대로 묘사하지 못했네. 공원에 얼씬거릴 만큼 멍청하단 이유만으로 저 얼굴이 뭉개지는 꼴을 보면 정말 슬플 거야."

데이지는 코웃음치고 닉과 나란히 걸어가며, 옷자락을 젖히고 조그만 워크맨처럼 보이는 것을 청바지 허리에 끼웠다. 그리고 마이크를 재킷 칼라 뒷면에 달고 이어폰을 귀에 꽂았다. 닉이 그녀의 손이 재킷 안으로 들어가 장비 버튼을 누르는 것을 지켜보는 동안 그들은 막 과학 아카데미 계단을 오르기 시작했다.

"좋아, 다들."

그녀가 낮은 목소리로 말했다.

"모두들 자기 위치를 말해 줘."

"워키토키?"

닉이 짐작해 보았다.

데이지는 그를 흘끗 한 번 올려다보았다. 이내 그녀의 눈길은 끊임없이 주위를 훑으며 움직였다.

"뭐, 비슷해. 무선 통신장비지."

"비밀 경호원들이 쓰는 그런 거?"

"그래, 들려."

데이지는 지원팀에게 중얼거리곤 닉의 질문에 고개를 끄덕여 답했다.

"바로 그거야."

그녀는 닉의 뒤편을 쳐다보곤 손가락으로 그를 찔렀다.

"트레버 부부 오셨어."

그들은 노부부를 맞이하러 계단을 도로 내려갔다. 유도라는 다가오면서 다정한 미소를 그들에게 던졌다.

"방금 정말로 희한한 사람을 봤어요! 그 여자의 신발을 표현할 말을 알았으면 좋겠는데."

"난 왜 그 여자 목에 결후가 있는지 그 이유를 설명할 말을 알았으면 좋겠구만."

스탠리는 무뚝뚝하게 중얼거렸으나, 유도라가 흘겨보자 부드러운 미소를 지으며 그녀의 손을 토닥였다.

"내 말은 귀담아 들을 거 없어, 여보. 그냥 해 보는 소리니까."

그는 데이지를 향해 찡긋 윙크했다.

닉은 그들을 이끌고 미술관 옆길로 향했고 데이지는 일단 개방된 광장과 그에 따른 무한한 습격 가능성에서 벗어나자 훨씬 마음이 놓였다. 정원 샛길 지키기 쪽이 훨씬 감당하기 쉬운 일이니까.

닉은 길가에 쓰러진 나무까지 오자 멈춰 섰다.

"여기서 시작하죠. 유도라, 스탠리, 나무에 걸터앉으세요. 아니, 약간 아래쪽으로. 거기, 좋습니다. 숲이 근사한 배경이 되겠군요."

그는 가방을 내려놓고 장비를 꺼내기 시작했다.

데이지는 길이 다른 길과 교차되는 곳으로 이동하며, 무선기의 발신 버튼을 누르고 말했다.

"베니, 우리가 들어온 샛길 입구를 주시해. 존, 지어, 우리를 지나쳐서 다음 두 갈림길에 포진해. 자리잡으면 상황 보고하고."

잠시 후 존과 지어가 그들을 지나쳤다. 15분 후 닉은 트레버 부부를 뒤얽힌 샛길의 그물망 안 다른 장소로 옮겼고, 그로 인해 그녀의 친구들도 이동해야 했다. 하지만 그런 다음엔 조용했다.

세 명의 조수가 닉에 대해 예찬을 읊어대는 것을 들으며, 그녀는 길을 감시하고 닉이 트레버 부부에게서 미소를 끌어내는 모습을 지켜보았다. 직업적 측면에서, 평안무사하다는 건 바람직한 일이다. 하지만 개인적 측면에선, 이 일을 맡다니 정말 바보였다는 생각을 할 시간이 너무 많이 생겼다.

충분한 시간이 흘렀으니까, 닉을 믿지 말아야 한다는 것을 익히 알았으니까, 다시 그에게 상처받지 않을 능력이 생겼다고, 정말로 그렇게 생각했던 거야? 그에게 다시 끌리지 않을 거라고?

그래, 그랬었다. 그런 자기기만을 돌이키자니 뇌리에 떠오르는 단어는 딱 하나 '얼간이'였다. 커다랗고, 굵고, 또렷한 글자로.

그가 호텔방에 그녀를 혼자 버려두고 떠난 이후로 그녀는 닉에 대해 생각하지 않으려 엄청 애써 왔다. 그리고 그를 생각할 때면, 기억나는 건 전부 나쁜 것뿐이었다.

그에게서 사랑한다는 말을 들었던 거라든가―그러고는 금방 돌아서서 어른이 되라는 식의 말을 했었지.

섹스의 열기 중에 한 말은 믿을 게 못 된다고. 그리고 등을 돌려 그녀를 두고 가 버렸다. 그 아픈 상처를 기억하면 다시 그의 마력에 빠지지 않을 줄만 알았다.

그러나 그것은 그녀의 착각이었다. 그가 얼마나 카리스마가 넘치는 사람인지 망각했었던 것이다. 그의 넘쳐 나는 매력을, 사람을 홀리는 유머감각을 잊고 있었다.

그는 그 두 가지를 이용해서 사람들과 일정한 거리를 두었고, 아무도 그 점을 알아채지 못하는 걸 보면 그의 위력을 알 만했다. 그녀 외엔 누구를 대하든 그 매력이 흐트러지는 것을 본 적이 없었다. 그걸로 감을 잡았어야 했는데, 멍청하게도 그 사실조차 낭만적으로 해석하여 자신이야말로 닉이 본 모습을 보일 수 있는 유일한 사람이라고 믿어버렸다.

완전 어수룩한 봉이었지.

그녀는 깊이 숨을 들이쉬고 내뱉었다.

좋아. 아직 아주 약간 그에게 끌리고 있다. 뭐 어때? 그걸 인정하면 반은 이긴 셈. 감당할 수 있다. 그가 목에 입맞추지 못하게 거리를 두는 것부터 시작하면 된다.

하지만 정신을 집중하게 해 줄 액션은 다 어딜 갔담? 맞서 싸울 나쁜 놈들이 있으면 도움이 될 텐데.

물리적 대결로 인한 아드레날린의 분출은 성적 욕구불만에 끝내주는 해독제다.

아무래도 부정한 아내의 사진을 되찾으려는 존슨의 집념을 닉이 과대평가한 게 아닌가 싶은 생각이 들기 시작했다.

사진 촬영이 마무리에 들어가는 것을 보았을 때 그녀는 팀원들에게 중계 감시 체계를 하라고 지시했다. 지어는 길목의 베니 자리로, 베니는 케네디 로와 광장의 경계를 이루는 풀 비탈로, 그리고 존은 뒤를 따랐다.

닉과 함께 트레버 부부에게 작별인사를 하고 차로 돌아오면서 그녀는 그들의 딱 맞는 호흡이 자랑스러웠다.

동료들은 서로를 스쳐 지나고 또 지나면서, 한 명이 다른 한 명이

있던 자리를 맡아 언제나 앞뒤에 누군가가 감시를 하도록 했다. 그
리고 아주 은근하게 이루어져 닉은 알아채지도 못한 듯했다. 만약
남편 씨의 부하가 어디 근처에 있다면(점점 더 있을 법하지 않긴 했지만)
그들 역시 알아채지 못했을 터였다.

"이걸로 파장이야."

닉의 차까지 온 그녀는 마이크에 속삭였다.

"잘했어들. 레기에게 전화해서 수표 끊어주라고 할게."

닉은 그녀 쪽 문을 열어주고 빙 돌아 자기 쪽으로 갔다. 그녀는
그가 나직이 욕설을 내뱉고 장비가방을 뒤적뒤적 헤집기 시작하는
것을 들었다.

"왜 그래?"

"첫번째 장소에서 필터를 썼는데."

그는 올려다보지도 않은 채 대답했다.

"빼서 통나무 위에 올려 둔 건 기억나는데 도로 집어 든 기억이
안 나."

닉은 가방을 좀더 뒤지더니 차문을 열고 가방을 좌석 아래 조그
만 공간에 쑤셔박았다. 가방을 처박는 모습만 봐도 짜증난 기색이
역력했다. 허리를 펴고 그가 차 지붕 너머로 그녀를 응시했다.

"젠장맞을. 가서 챙겨 와야겠어."

그는 문을 쾅 닫고 다시 풀튼 가를 건너기 시작했다.

"닉, 잠깐만."

그녀는 주차된 차들 사이를 빠져나갔다. 거리 저편에서 부르릉 엔
진이 살아나는 소리가 들렸고 결코 무시해 본 적 없는 육감에 뒷덜
미 잔털이 오싹 곤두섰다. 그녀는 후닥닥 뛰었다.

"콜트레인, 냉큼 거리에서 비켜나!"

데이지의 목소리가 짜증난 닉의 뇌리에 파고들었고, 돌아보자 그
녀가 전속력으로 달려오며 허리의 총을 향해 손을 가져가고 있는 게
보였다. 그녀의 시선을 따라 고개를 빙글 돌리며, 그는 지난번 그의

집에 침입했던 남자를 보게 될 줄만 알았다.

　그런데 침입자 대신 짙은 차창의 검은 차가 눈에 들어왔다. 커브에서 빠져나와 부르릉 소리를 내며 10초만에 0에서 시속 100킬로미터로 속력을 올려 그를 향해 돌진하고 있었다.

7

그는 너무 놀란 나머지 순간 얼어붙었고 차는 그를 향해 돌진해 왔다. 으르렁거리며 점점 더 빠르게, 더 시끄러워져 가는 치명적인 속도의 번뜩이는 검은 차. 서 있는 그를 차가 그대로 깔아뭉개기 직전 데이지가 몸을 날려 그를 밀어냈다. 차가 끼익 소리를 내며 겨우 10여 센티미터 차이로 그들을 비껴 가자 닉은 후끈한 바람을 느꼈다.

일 초 후, 그와 데이지는 주차 구역에 쾅 떨어졌다. 나아가던 어깨가 다시 호되게 땅에 부딪치자 그의 입에서는 자신도 모르게 신음소리가 흘러나왔다. 그런데 데이지가 그의 골반 위로 엎어지면서 다시금 어깨를 뒤흔들었다. 그녀는 초광속으로 몰아닥치는 바닥에 코부터 처박지 않으려 손을 휘저어댔다. 닉은 그녀의 배를 찌르지 않게끔 등을 바닥에 대고 돌아누웠고, 데이지는 그의 상반신 위로 털썩 쓰러졌다.

그녀는 잠시 그의 위에 엎드려 씩씩대며 호흡을 골랐다. 그리고는 무릎을 대고 몸을 일으켜 휘익 돌아보는 그녀의 손엔 총이 들려 있었고 차가 사라진 방향을 주시하는 눈빛은 강렬했다. 잠시 후 그녀는 총을 내렸고 닉은 그녀의 어깨가 풀어지며 자신을 향해 돌아서는 것을 보았다.

"그자들이 돌아올 거 같지는 않아."

그녀는 총을 안쪽 총집에 넣고 그를 쳐다보았다.

"괜찮아?"

"응."

"어깨는 어때?"

그녀가 손을 뻗어 어루만졌다.

"꽤나 세게 부딪쳤는데."

"이 판에 멍이 하나 더 늘었다 한들 무슨 큰 차이가 있겠어?"

그는 무릎을 대고 몸을 일으켰다. 아드레날린이 혈관을 따라 용솟음쳤고 그 상황에서 생각할 수 있는 것은 딱 하나뿐이었다.

"네가 내 목숨을 구했어."

데이지는 어깨를 으쓱했다.

"그냥 내 할 일을 한……."

"세상에, 데이즈, 그자들이 날 깔아뭉개려 들었어. 믿어져? 날 죽이려 했단 말이야. 네가 날 살렸어!"

그는 그녀의 목 뒤로 손을 감아 자신에게로 확 끌어당겼다.

그녀는 그만큼이나 눈이 휘둥그래져 있었고, 그는 고개를 숙여 그녀에게 격하고 깊게 키스했다. 그의 굶주림이 자제력을 넘어섰다. 짧은 한순간 그는 뜨거운 그녀의 입술과 무릎부터 가슴까지 맞닿은 그녀의 탄탄한 몸을 의식했다. 그리곤 지각기능은 뚝 끊어지고 그는 감각을 향해 머리부터 다이빙했다.

1초만 대비할 시간이 있었어도 그를 저지했으리라. 하지만 닉은 완전히 그녀의 허를 찔렀고, 그의 키스 솜씨는 다이너마이트급이었다. 그의 입은 집요했고, 혀는 적극적이었으며 그의 목에서 낮게 울려나오는 급박한 소리 하나하나에 그녀의 혈관에선 불꽃이 일었다. 바로 9년 전 그때와 마찬가지로 그의 손길에 데이지는 녹아 내렸다.

닉의 목에 팔을 휘감고 그녀는 키스에 열정적으로 반응했다.

그는 신음했고 그녀를 감싼 팔은 그녀가 거의 숨을 못 쉴 정도로 조여들었다. 닉의 한 손이 그녀의 머리칼을 헤집고 머리를 움켜잡았으며 다른 한 손은 엉덩이를 감쌌다. 그가 닿는 모든 곳마다 열기가 일렁였다. 데이지는 그의 입이 부드러워지는 것을 느꼈고 닉은 딱 키스 각도를 바꿀 만큼만 고개를 들었다. 그녀를 내려다보는 그의 눈은 푸른 불꽃이 되어 타올랐고, 데이지는 목에서 새어나오는 자그마한 갈망의 소리를 막을 수가 없었다.

"그래."

그는 거칠게 중얼거렸다. 그리곤 다시 그의 입은 뜨겁고 격렬하게 다그쳐 왔다.

그의 대담한 혀놀림을 받아들여 호응하던 데이지는 열기에 휘말려 이성을 잃어버렸다. 손목과 목, 다리 사이의 고동치는 맥박을 희미하게 의식하며 그에게 매달렸다. 숱 많은 닉의 머리칼에 손을 파묻고 손가락을 오므려 그를 격렬하게 붙들었다.

그런 외중에 누군가가 다그쳤다.

"맙소사, 두 사람 괜찮아요?"

그 목소리에 그녀를 사로잡았던 열띤 정열의 환각상태는 산산조각나고, 인도에 발소리가 울려퍼지는 가운데 깨달음이 데이지의 의식에 차이나타운 퍼레이드의 불꽃놀이처럼 파곽 터졌다.

닉은 전혀 알아채지 못한 듯했다. 그녀는 허겁지겁 자신의 손가락에 감긴 머리칼을 잡아당겼다. 그는 저항하며 더 격렬히 키스했고, 죽고 싶을 만큼 창피스럽게도 그녀는 다시금 감각의 세계로 빠지고픈 마음이 굴뚝같았다. 하지만 그건 일찌감치 자신의 순결과 사랑의 믿음을 배신했던 남자에게 감정적으로 거리를 둘 수 있는 방법이 아니었다. 그녀는 그의 머리칼을 움켜쥐고 홱 잡아당겼다.

그러자 닉은 고개를 들고 초점 없는 눈으로 그녀를 향해 껌벅거렸다. 서로를 응시하는 그들의 숨결이 씩씩거리며 폐를 들고났다.

데이지는 그의 머리칼을 쥐고 있던 손가락을 풀고 손을 어깨로 내려 닉을 떠밀었다. 그녀는 벌떡 자리에서 일어났다.

하나님 맙소사, 도대체 내가 무슨 생각을 하고 있었담? 도로변 주차장 한복판에서 발정한 고양이 한 쌍마냥 일을 벌일 뻔했잖아! 심장이 쿵쾅쿵쾅 바쁘게 고동치는 가운데, 그녀는 손가락으로 입술을 눌렀다가 쓸리고 부푼 상태 때문에 찡그렸다.

어쩌다 이 지경까지 왔지? 아슬아슬하게 차에 치일 뻔한 걸 면한 덕에 치솟은 아드레날린이 뇌를 마비시켰던 게 틀림없다.

늘 스스로에게 정직하라고 주장하는 귀찮기 짝이 없는 마음 한 구석에 그보다 더한 무언가가 있지 않을까 두려워했다. 하지만 지금 당장으로선, 아까의 해석을 밀고 나가야 한다.

"데이지……."

닉이 일어나서 손을 뻗었지만 그녀는 그의 손가락에 불이라도 붙은 듯이 획 팔을 잡아 뺐다.

차가 닉을 깔아뭉개려고 했던 것이 천년 전만 같은데, 실제로는 오직 몇 초만이 흘렀을 뿐이었다.

그들의 키스를 방해한 목소리의 주인인 듯한 남자가 다급히 멈춰 서서 손을 무릎에 짚고 헉헉대며 숨을 들이쉬었다. 폴리에스터 바지 허리 위로 늘어진 배가 출렁거렸다.

"사고를 보셨나요?"

데이지는 프로다움을 되찾으려 애쓰며 남자의 벗겨져 가는 정수리 부분에 대고 말을 걸었다. 그녀는 남자의 등, 양팔, 허벅지가 그리는 삼각형 속에서 앞뒤로 흔들거리는 자동 카메라를 쳐다보았다.

여전히 무릎을 짚은 채 그가 고개를 들었다.

"그래요."

그는 헐떡였다.

"발 한번 빠르더군요, 아가씨."

고개를 갸웃하며 그는 닉을 쳐다보았다.

"하마터면 끝장날 뻔했더구만. 이쪽 아가씨에게 키스하고 있었던
이유는 알겠수다. 고맙기도 하고, 가끔 남자란 자기 목숨이 여전히
붙어 있다는 걸 확인할 필요가 있는 법이니까."
그는 두 사람을 번갈아 보았다.
"그럼, 둘 다 괜찮은 거요?"
잠깐 침묵이 흘렀다.
"네."
닉이 대답했고, 데이지는 고개를 끄덕였다. 뺨에 화끈거리는 열기를
기준으로 판단하자면 자신의 뺨은 필경 사과마냥 새빨간 색이리라.
"그 차가 댁을 향해 돌진하는 걸 보고 내 눈을 믿을 수가 없더라
니까."
남자는 허리를 펴고 고개를 설레설레 저었다.
"코가 삐뚤어지도록 취한 작자가 틀림없어."
아니면 아주 작정을 했거나. 데이지는 속으로 그렇게 생각했다.
"혹시 차 번호판 보셨나요?"
"아뇨, 미안. 나랑 어머니는 저기 한 블록 위에 있었던지라."
그는 그들 뒤편의 길 건너를 가리켰고, 데이지는 위치상 그가 그
녀의 총 뽑아 드는 모습을 못 봤다는 사실에 감사했다. 일반인들은
공공도로에서 총 겨누는 모습을 보면 겁을 집어먹는 경향이 있었다.
"너무 빨리 지나가 버려서. 게다가 난 멀리 떨어져 있기도 했고."
여행객이 덧붙였다.
"닉?"
데이지는 억지로 그를 쳐다보았다.
"번호판 봤어?"
아까 그녀가 온통 헝클어놓았던 그의 머리에서 반드르르한 한 가
닥이 깜박이지도 않고 그녀를 응시하고 있는 그의 나른한 눈 위로
흘러내렸다. 그는 신경이 곤두설 만큼 위험하고 육욕적으로 보였다.
"아니."

그의 눈은 나른한 기색이 사라지더니 강렬하게 불타올랐다.

"이봐, 데이지. 우리 얘기 좀—."

"나도 못 봤어. 젠장, 경찰에 얘기할 게 별로 없겠는데."

여행객은 경계하는 모습이었다.

"내가 필요하진 않겠죠, 네?"

그는 어깨 너머를 돌아보았다.

"아내에게 돌아가야 하는데. 휴가가 오늘하고 내일밖에 안 남았고, 댁들만 상관없다면 오후 내내 경찰서에서 보내는 일은 피하고 싶은 심정이거든요."

"제가 보기에도 그럴 필요까진 없으실 듯해요."

데이지는 동의했다. 자신을 쳐다보고 있는 닉이 신경 쓰여 집중하기가 어려웠다.

"저나 닉이 보지 못한 걸 보신 것도 아니니 딱히 그쪽에서도 드릴 질문은 없을 겁니다. 그래도 괜찮으시다면 성함과 머무시는 호텔을 좀 알았으면 하는데요. 만약 그쪽에서 조사할 게 있다면 연락을 취할 수 있을 테니까요."

그는 그녀에게 연락처를 알려주었고, 그녀는 일할 때면 늘 들고 다니는 조그만 스프링 수첩에 받아 적었다. 남자가 간 다음 그녀는 닉에게 돌아서며, 그 후회스런 키스에 대한 말이 나오지 못하게끔 대들 듯이 턱을 치켜들었다.

닉에게 있어서도 그 얘기는 하고 싶지 않은 대화 일순위였던지라, 그는 침묵 속에 그녀를 차로 에스코트했다. 그녀의 맛이 여전히 그의 혀끝에 남아 있던 한순간, 그는 그들의 관계가 정확히 어떻게 되어야 할지 그녀와 함께 결정하려는 충동에 휘말렸었다. 그러나 다행스럽게도, 그 순간적인 미친 생각은 금방 지나가 버렸다. 그들에게 '관계'란 없다. 그 단어만으로도 소름이 쫙 끼쳐야 마땅했다. 그건 눈을 반짝이는 몽상가들에게나 맞는 단어니까.

하지만 지금 그건 그의 가장 큰 문제라고 할 수 없었다. 오늘의 대사건은 J. 피츠제럴드가 벌인 일이었다.

그 남자는 사람을 시켜 그를 죽이려 들었다. 세상에 맙소사. 이런 일은 꿈에도 상상해 보지 못했다. 하지만 그 차가 그를 깔아뭉개는 데 성공했다면, 분명하고 확실한 살인이 되는 것이다. 그가 상대하는 사람들 사이에선 매일 벌어지는 일이 아니었다.

그리고 열받는 일은 닉에겐 그걸 증명할 방도가 전혀 없다는 것이었다. 충격이 물러가고 순수한, 차가운 분노에 자리를 내주었다.

"리치먼드 경찰서로 가야 해."

데이지가 말했다.

"그쪽 관할 구역이거든."

그는 그녀를 향해 인상을 찌푸렸다.

"증거로 내놓을 거라곤 머리털 하나 없다는 건 알지?"

"응."

"그럼 신고해 봐야 무슨 소용이 있단 말야?"

그녀는 한 손으로 머리칼을 쓸어 올렸고 닉은 그녀의 손가락이 지나간 자리를 따라 머리칼이 다시 일어서는 것을 지켜보았다.

"폭력 수위가 높아지고 있어, 닉. 최소한 이번 시도를 기록에 남겨놓기라도 해야 해. 증명할 수 있는 건이 생겼을 때 패턴을 성립하는 데 도움이 될 거야."

혹여 데이지를 따돌리고 더글러스가 배후에 있다는 의심을 경찰에 털어놓는다 해도, 그로선 별로 믿음이 가지 않았다. 그들에게 사진을 보여준다 한들, 사실 그걸로 증명할 수 있는 거라곤 J. 피츠제럴드가 불륜을 저지르는 색골이란 것뿐이니.

정말 이 갈리는 일이었다.

그는 포르셰의 기어를 콱 바꾸었고, 언덕을 너무 빨리 오르자 차가 덜컹 공중에 떴다. 데이지에게 흘끗 눈길을 주며, 그는 속도 줄이란 소리를 예상했지만 그녀는 한 마디도 하지 않았다. 어쨌든 그는 속력을 줄였다. 경찰서는 기껏해야 몇 블록 거리였다.

사진을 내놓으면 최소한 경찰이 J. 피츠제럴드를 조사할 이유는 충분하리라. 그게 시작이 될 것이다. 닉은 그 위선적인 늙은 변태가 혼쭐나는 꼴이 너무나 보고 싶었지만, 그 생각이 달콤하긴 해도 실제적으로는 벌어지기 힘든 일이라는 것을 잘 알고 있었다.

하지만 만약 그렇다면 참 묘한 아이러니가 되겠지? 무슨 기적이 벌어져 경찰들이 더글러스를 체포할 증거를 찾아낸다면, 닉의 사진은 지금보다 더 타블로이드 신문에서 가치가 뛸 테고, 그에 따라 입찰가도 뛸 것이다. 또한 여동생이 감방 신세를 지지 않게 될 뿐만 아니라 그 역시 대중에 드러나지 않게 된다.

가망성은 별로 안 높지만, 그래도 잘될 확률이 아주 조금은 있었다. 다만, 경찰과 이야기할 때 데이지가 주위에 없도록 해야만 한다.

그는 경찰서 옆의 주차장으로 들어섰다. 엔진을 끄고 핸드 브레이크를 당긴 다음, 그녀를 건너다 보았다.

"여기서 기다릴래?"

데이지는 코웃음을 치며 차에서 내렸다.

좋아, 정말로 그녀가 그 말에 따를 거라 생각한 건 아니니까. 경찰서 바로 앞에서 일을 벌이려 드는 간 큰 멍청이가 있을 거라 상상하긴 어렵지만, 그는 그녀가 결코 자신을 무방비하게 주차장에서 나가도록 두지 않으리라는 것을 알고 있었다. 그는 차에서 내렸다.

리치먼드 경찰서는 성당식 창문이 달린 매력적인 오래 된 벽돌 건물이었다. 양옆으로 둔중하게 뻗은 건물에, 하얀 벽돌이 창문과 입구 주위의 아치를 그리고 있었다. 닉은 그녀를 앞질러 문을 열어주었고, 데이지가 지은 '정말 못 말려.' 표정에 삐딱한 미소를 지어 보였다. 그리고는 그녀를 따라 안으로 들어갔다.

조서를 작성할 동안 어떻게 그녀를 따돌릴지 머리를 쥐어짜고 있는데, 여자의 놀란 목소리가 "파커?" 하고 불렀다. 하나님, 진정 그 위에 계시는군요.

사복 차림을 한 짙은 머리칼의 여자가 그들을 향해 잰 발걸음으로 걸어오며 따스하게 미소지었다.

"내 눈을 의심할 뻔했다. 정말 너 맞아?"

"겔러티?"

데이지가 웃음을 터트리자, 그녀가 요즘은 거의 웃지 않는다는 생각이 닉의 뇌리를 스쳐갔다. 그녀가 어렸을 때는 아주 많이 웃었던 걸로 기억하는데.

"여기서 뭘 하는 거야?"

그녀는 여자를 맞이하러 앞으로 걸어갔다.

"자리가 생겨서 두어 달 전에 오클랜드에서 전근 왔지."

겔러티가 대답했다.

"형사가 되었어?"

데이지는 다시 환하게 웃으며 여자를 포옹했다.

"축하해!"

"또 누가 여기 있는지 알아? 잠깐만 기다려."

여형사는 휙 돌아서 복도 중간까지 돌아갔다. 그리곤 문간에 고개를 들이밀었다.

"이봐, 매기. 나와서 누가 납셨는지 좀 봐."

키 큰 흑인 여자가 나와서 복도를 훑어보았다. 순간 그녀의 짙은 얼굴이 환한 하얀 미소로 바뀌었다.

"데이지 파커, 살아 있으니 이런 날도 다 있네!"

"아하, 우리 아가씨는 어떻게 지내셨어?"

데이지의 목 깊숙이 울려나오는 웃음소리는 듣는 사람도 웃고 싶어지게 만들었다. 여자들은 중간에서 만나 열성적인 포옹을 나누었다.

닉은 미소지으며 접수대를 맡은 경찰에게로 걸어가 형사를 만날 수 있는지 물었다. 데이지가 저렇게 마음을 열고 기뻐하는 모습을 보니 무언가 신경에 걸리는 구석이 있었다. 그녀가 그에게 지은 미소라고는 냉소가 뚝뚝 흐르는 것뿐이었는데.

접수대 경찰관은 적당한 형사를 찾는 동안 그더러 좀 앉아 있으라고 권했다. 닉은 앉는 대신 가까운 벽에 기대어 한쪽 발바닥을 벽에 대고 지탱했다. 잠시 후 닉은 카메라를 들어올려, 여자들이 친구들 사이의 악의 없는 흉과 경찰서 안 가십을 주고받는 동안 몇 장의 사진을 찍었다.

"넌 요즘 어때, 데이지?"

짙은 머리의 여자가 물었다.

"경찰 그만둔 이후로 뭘 하고 지냈어?"

"경호 사무실을 차렸어. 지금으로선 병아리 수준이지만, 곧 기반이 잡히기를 바라고 있어."

그녀는 어깨 너머로 닉을 돌아보고는 친구들에게로 돌아섰다.

"그러고 보니 여기 온 이유가 생각나네."

젠장! 그의 미소는 순식간에 사라졌다. 닉은 발을 벽에서 떼어 제대로 섰다.

"어, 데이지? 잠깐 얘기 좀—."

바로 그때 사복 형사가 나와서 "콜트레인 씨?" 하고 불렀고, 그와 동시에 데이지는 동료들에게로 돌아서서 말했다.

"누군가가 내 고객을 차로 치여 죽이려 했어. 그는 얼마 전에 유부녀의 누드 사진을 찍었는데, 남편이 해결사들을 고용해서 그걸 뺏으려 했거든. 그자들은 벌써 그의 어깨를 탈구시킨 적이 있고 우린 최근 사건 조서를 꾸미러 왔어."

그녀는 닉에게로 돌아섰다.

"내가 후딱 끝내버릴까, 아니면 당신이 직접 하고 싶어?"

세 여자가 모두 그를 기대하는 표정으로 쳐다보았고, 남자 형사조차 그에게 전적으로 주의를 쏟았다. 다만 좀 어리둥절해 보였지만.

이런, 젠장맞을. 완전 망했다. 닉은 등 뒤 벽에다 머리를 쾅쾅 박아 대고 싶은 충동을 간신히 억눌렀다.

이제 어째야 한다? 데이지의 설명 뒤에다 그가 진실을 말한다면, 옛 동료들 앞에서 그녀를 망신시키는 꼴이 된다. 그녀는 남들 눈에 멍청이가 될 테고 창피를 당할 것이다. 하지만 그로서는 지어낸 남편과 아내가 나오는 가짜 조서를 꾸밀 수도 없었다. 제 무덤을 팔 수는 없는 노릇.

남은 선택안이라곤 딱 하나뿐이었다. 블론디의 자존심을 살리기 위해, 그는 협조를 거절해야만 한다. 그가 거짓말을 하고 있었단 걸 그녀가 알게 되면 그의 목숨은 파리 목숨만도 못하게 되리라는 사실과는 전혀 무관한 결정이었다. 이건 순전히 그녀를 위한 희생이었다.

"마음이 바뀌었어. 조서를 꾸미고 싶지 않아."

"뭐야?"

데이지는 작게 말했다. 설령 닉이 그녀 어머니에 대해 뭔가 말도 안 되는 모욕을 지껄였다 해도 이 이상 어이없진 않았으리라. 프로로서의 전문성이 공격받는 듯한 기분이 되어, 그녀는 친구들을 쳐다보았다. 그들은 경찰의 표정으로 바뀌어 있었다—뭔가 상황에 직면했을 때 세상 모든 경찰들이 짓는 무심하고 무표정한 얼굴.

그녀는 방금 나타난 형사에게 흘끗 눈길을 주었다. 그는 어깨를 으쓱하고 담뱃갑으로 툭 불거진 포켓을 토닥이더니, 입구를 향해 안타까워하는 표정을 지으며 벽에 기대었다. 데이지는 '유다' 콜트레인을 다시 돌아보았다.

"왜?"

그는 꼿꼿이 서더니 다그쳤다.

"이게 경찰에서 일 처리하는 방식이야? 복도 한복판에서?"

그의 말이 옳았다. 옛 친구를 보게 된 흥분에, 그만 평소의 절차를 건너뛰었던 것이다. 하지만 그녀는 그를 한 대 때려주고 싶었다.

허나 그는 대답에는 관심이 없어 보였다. 재킷 호주머니에 손을 찔러넣고, 그가 때로 써먹는 사립학교 말투로 말했다.

"여기 파커 씨가 미처 말하지 못했는데, 우리는 번호판을 보지 못했으니 아무런 증거도 없습니다."

모두들 그녀를 돌아보았다.

아, 망할, 갈수록 태산이군. 저걸 그 빌어먹을 차에 치이게 됐어야 했는데.

남아 있는 권위를 박박 긁어모아, 그녀는 왜 그더러 증거도 없는 사건 조서를 꾸미도록 권했는지 차분하게 설명하려 입을 열었다.

닉이 거기에 덧붙여 말해 주어 눈곱만큼이나마 만회할 수 있었다.

"그녀는 조서를 꾸미면 우리가 증거를 얻는 사건이 생겼을 때 패턴을 보여줄 거라고 말했고, 저도 납득하고 동의했죠."

남들의 인정에 그렇게나 신경 쓰는 건 아마 어린애 같겠지만, 데이지는 그래도 형사들이 수긍하듯 고개를 끄덕이자 기분이 훨씬 나아졌다.

그러나 분명 닉은 언제 입을 다물어야 할지 모르는 모양이었다.

"허나 여기서 형사님을 기다리는 동안 대국적인 관점에서 고려할 시간이 있었죠."

그는 벽에 기댄 남자를 향해 고개를 끄덕이며 말했다.

"그리고 이득보다 위험이 더 크다는 결론에 도달했습니다."

"무슨 위험?"

데이지는 다그쳤다.

"그냥 진술만 하면 되는 거야."

"그럼 그 진술서는 서류더미 바닥으로 휩쓸려 들어가거나 아예 묻히는 거 아냐?"

"물론 아닙니다."

겔러티 형사가 책망하는 표정으로 말했다.

"형사가 배정되어 그 남편분과 얘기를 나눌 거예요."

"바로 그겁니다. 거기서부터 나한테는 문제가 되는 거죠. 내 친구는 남편과 별거 중입니다. 남편은 그걸 별로 기뻐하지 않는데다, 경찰이 그를 탐문하는 건 지금으로선 내가 감당할 준비가 안 된 위험이라 그겁니다. 그 작자를 정말 열받게 만들 수도 있을 테고."

그는 그들 전부를 둘러보았다.

"보십시오. 오늘 날 죽이려고 든 것만 봐도 이성적인 사람의 행동은
아니죠. 경찰이 연관되는 바람에 그가 완전히 확 맛이 가버려서 갈라
선 아내한테 화풀이를 하면 어쩝니까? 그럼 내 잘못이 될 텐데."
데이지는 애초부터 유부녀와 연관된 그의 잘못이었다고 말하고
싶어 입이 근질거렸다. 하지만 남자 형사는 고개를 끄덕였고, 매기
가 말했다.
"말 되는 딜레마네요."
이전 동료들 앞에서 이 이상 무능해 보이고 싶지 않아, 데이지는
그들에게 돌아서서 말했다.
"누가 저지른 짓인지는 모르니 그 부분은 공란으로 남겨 뒤도 되겠
죠. 하지만 그래도 사고 미수 경위 조서는 꾸미도록 권하고 싶어요"
"그 말이 옳습니다."
형사가 벽에서 몸을 일으켰다.
"친구분이 제시한 이유는 그래도 타당합니다, 콜트레인 씨. 그러
니 두 분 다 이리 오셔서 오늘 사건을 기록에 남기기로 하죠."
그는 문을 열고 그들이 먼저 지나가게끔 물러섰다.
닉은 데이지를 쳐다보고 어깨를 으쓱했다. 얼굴 표정을 조심스레
관리하면서, 그녀는 문을 향해 손을 뻗었다.
"콜트레인 씨,"
그녀는 딱딱하게 말했다.
"먼저 들어가시죠."

8

"뭘 어쨌다고? 잠깐만."

J. 피츠제럴드는 손으로 송화구를 막고 운전사에게 말했다.

"실내창 좀 올려주게."

운전사는 조용히 실내창을 천장까지 올렸고 그는 수화기에서 손을 뗐다.

"도대체 그게 누구의 기발한 발상이야?"

"필요한 일은 뭐든 하라고 하셨잖습니까."

오트리가 말했다.

"그래서 콜트레인을 처치할 기회를 잡았을 때, 제이콥슨이 실행에 옮긴 거죠."

"그자를 죽이란 소리는 한 적 없어!"

앞으로 혹 어쩔 수 없다면 모를까, 하지만 지금 당장으로선 콜트레인이 죽어봐야 별 소용이 없었다.

"필름을 되찾기 위해 필요한 일은 뭐든 하라고 했을 뿐이야. 콜트레인을 죽여 봤자 그 빌어먹을 사진들이 드러나면 아무런 쓸모가 없다고.”

“아, 물론 그렇죠. 죄송합니다, 더글러스 씨.”

그는 속에서 부글부글 타오르는 분노에 이를 갈았다. 대사직을 얻기까지 결코 쉽지 않았고 허송세월만 한 것은 아니었다. 그의 목소리는 평온하고 동정적이었다.

“자네 잘못은 아니야. 하지만 다른 사람들에게 제대로 의사 전달을 해 주리라 믿고 있어. 이 이상의 실수는 없길 바라네.”

“네, 알겠습니다.”

“고맙네, 오트리. 자넨 믿을 만하다는 거 내 알지.”

J. 피츠제럴드는 휴대폰을 끊고 턱시도 안주머니에 밀어넣었다. 빌어먹을 돌대가리들. 요즘은 도대체 어째야 제대로 된 사람을 구할 수 있는 거야?

리무진은 캘리포니아 가의 꼭대기에 있는 그레이스 성당 앞을 조용히 미끄러져 갔다. 몇 분 후 차는 페어먼트 호텔 앞에 스르륵 멈춰 섰다. 그는 나비넥타이를 가다듬고 한 손으로 머리를 쓸어 넘겼다. 밖에서 문이 열리고 사람들을 만나기 위해 차에서 내릴 때, 그의 얼굴엔 트레이드마크인 인자한 미소가 믿음직하게 자리하고 있었다.

닉은 전화기를 침실로 가지고 들어가 문을 닫았다. 목록의 첫 번째 번호를 돌리자 세 번 신호가 간 다음에 상대가 전화를 받았다.

“네! <내셔널 인퀴지터>입니다.”

“행크 베렌티니 부탁합니다.”

어수선한 말소리들과 전화벨소리, 귀에 거슬리는 팩스의 삐익 소리가 배경음으로 닉의 귀에 들려 왔다.

“잠시만요.”

수화기가 단단한 바닥에 쾅 부딪혔다.

“베렌티니! 누가 너 찾는다.”

컴퓨터 키보드의 타닥거리는 독수리 타법 소리가 나직하게 들리더니 다른 쪽 수화기를 누가 받았다.

"네, 베렌티니입니다."

"니콜라스 콜트레인입니다."

"잠깐만요."

송화구를 손으로 덮어 대부분 차단된 베렌티니의 목소리가 외쳤다.

"잭슨! 수화기 좀 들어 봐."

찰칵 소리가 나고 배경의 소음이 몇 단계 줄어들었다. 쾌활하게 말하는 베렌티니의 목소리가 또렷하게 들렸다.

"이제 말해도 됩니다. 어쩐 일로?"

"그거야 그쪽 하기에 달렸죠. '뭐든 위에서 바라는 대로'라는 대답만 계속 밀고 나가든가, 아니면 내 단 한 번뿐인 제안을 진지하게 고려했으며 내가 거절할 수 없을 만큼 많은 값을 부를 준비가 되었다고 하든가."

"내 말 좀 들어 봐요, 닉, 닉이라고 불러도 될지?"

"아뇨."

"내 말 좀 들어 봐요, 콜트레인 씨. 우리 편집장한테 얘기를 했더니, 보지도 못한 사진을 사들이는 걸 영 탐탁지 않아 해서."

"흐음. 그럼 댁은 편집장에게 닉 콜트레인이 당신네 판매 부수를 폭발적으로 늘릴 사진을 갖고 있다고 말했겠고."

"그래요, 나야 바로 그렇게 말했지. 하지만 도대체 누구의 사진을 찍은 건지 그것조차 안 밝히고 있으니……."

물론 그는 말하지 않았다. 무슨 건수인지 감만 잡으면 타블로이드에선 득달같이 자기네들 특파원을 보낼 테니까. 딴 사람보다는 자기네 주머니를 불리고자 할 것이다. 백만 년이 지난다 한들 그들은 결코 그가 우연히 발견한 더글러스의 모습과 맞닥뜨릴 일이 없다는 사실은 계산에 들어가지 않는다. 수익이야말로 이 게임의 목표니까.

하지만 이번 것은 그가 방법을 아는 게임이다.

"흠, 그런가요. 관심 없으면 아닌 거지 뭐. 시간 낭비하게 해서 미안합니다."

그는 침대에 누워 천장을 올려다보았다.

"잠깐만요!"

베렌티니가 고함쳤다.

"관심 없다는 말은 안 했습니다. 다만 보지도 않은 물건을 덥석 사려니 탐탁지 않다고 했지."

얼마나 값을 깎을 수 있을까 알고 싶다 그거겠지.

"당신네 회사가 얼마나 오래 내 사진을 사 들이려 했던가요, 베렌티니?"

"모르겠군요. 꽤 오래 됐죠, 아마."

"맞습니다. 아주 오랫동안. 그러니 날 물 먹이려 들지 말아요 내가 갑자기 물건을 팔려고 한다면 돈이 필요해서라는 거 익히 알 텐데."

"그래요. 그럼 우리가 기꺼이 사 주겠다는 데 고마워해야 할 거 아닙니까."

순간 닉은 자신이 비슷한 말을 했을 때 데이지가 어떤 기분이었을지 알았다.

"흠, 비밀을 좀 알려드릴까, 행크"

그는 선선히 말했다.

"난 세상만사 이렇든 저렇든 그게 예정된 운명이겠거니 하는 사람이 아니랍니다. 그러니 내가 원하던 가격이 안 나오면, 인연이 아니란 거겠죠"

그의 목소리가 굳어졌다.

"어쩔 겁니까? <인퀴지터>는 낄 겁니까, 빠질 겁니까?"

"합니다, 해요. 다만 돈줄을 쥔 양반이 결정 내리는 데 며칠 더 시간이 걸린다 그거죠"

"금요일 오후 6시까지입니다. 입찰가를 이 주소로 배달시켜요"

그는 업무용으로 쓰는 사서함 주소를 불러주었다.

"난 절대 최고가를 부르는 쪽으로 결정 내릴 테니까, 그 점 명심하고. 금요일까지 연락 없으면 관둔 걸로 알죠. 다음에 봅시다.”

“잠깐만! 혹시 뭔가 물어 보게 될 경우 연락할 전화번호 하나만
줘요.”

“포기하시지. 그리고 다른 사람들에게 했던 것과 똑같은 말을 해
두죠. 집으로 전화를 걸거나 자동응답기에 메시지를 남기면, 자동적
으로 자격 상실입니다. 두 번째 기회는 없어요.”

그는 통화 종료 버튼을 누르고 목록의 다음 번호를 돌렸다.

45분 후 그는 마지막 통화를 끝냈다. 전화기를 침대에 내던지고,
손가락으로 머리칼을 쓸어 올렸다. 지끈거리는 두통을 어떻게 덜어
볼까 해서 양손바닥으로 관자놀이를 지그시 눌렀다.

기분이 근사해야 마땅했다. 젠장, 샴페인을 터트릴 만한 일 아닌
가. 여동생을 돕기 위해 필요한 돈을 구할 수 있게 되었으니. 이제
금요일 밤까지 살아 있기만 하면 된다.

하지만 그의 속이 바싹바싹 조여드는 건 더글러스의 부하들에 대
한 두려움 때문이 아니었다. 타블로이드에 사진을 파는 건 그의 모든
신념에 침을 뱉는 짓이다. 만약 모의 상황이 이렇듯 심각하지만 않았
다면—동생과 레이드가 단기간에 끌어 모을 수 있는 것 이상의 돈이
필요하지만 않았다면—그는 죽었다 깨어나도 황색 언론에 사진을 팔
지는 않을 것이다. 하지만 동생의 상황은 너무나 심각했고, 동생을 구
하기 위해 자신의 재능을 팔아야 한다면 그럴 수밖에 없다.

그는 머리를 더 세게 눌러댔다. 젠장, 일진 하나 끝내주는 날이었다.
몇 시간 사이 하마터면 차에 치일 뻔했고, 데이지에게 키스했고, 그녀
와 경찰에 거짓말을 하고, 시내에서 그에게 필요한 만큼의 자금 동원
능력이 있는 모든 포주들에게 작품을 사 달라고 애원했다.

그래. 일상적인 빨간 날이군.

일이 꼬일 때면, 닉은 펀칭 연습으로 스트레스를 날려버리곤 했
다. 그래서 그는 사각팬티만 입고 글러브를 낀 다음 침실 구석에 걸

려 있는 펀칭백을 향해 온몸에서 땀이 줄줄 흐를 때까지 페인트 동작을 하고 잽을 날렸다. 그런 후 아스피린을 몇 알 삼키고, 찬물로 세수를 한 뒤 티셔츠와 청바지를 입었다. 출출함이 느껴지자 뭔가 먹을 걸 준비하러 부엌으로 향했다.

평소에는 운동이 마음을 가라앉히는 효과를 발휘했지만 오늘은 아직도 혹사당한 기분이라는 것을 깨달았을 뿐이었다. 그는 도마 위에 올려놓은 야채더미에서 눈을 떼어 저편 푹신한 의자에 앉아 무기류를 만지작거리고 있는 데이지를 쳐다보았다. 그녀는 경찰서를 나온 이후 한마디도 하지 않았다. 처음엔 침묵을 기꺼워한 그였지만, 이젠 신경에 거슬리기 시작했다.

그녀가 탱크탑으로 갈아입었단 사실 역시 도움이 되지 않았다. 그녀의 지금 차림은 진작부터 누적된 긴장 상태에 한몫을 더 할 뿐이었다. 오후 내내 기온이 올라갔든 집이 후텁지근하든, 자기 말마따나 프로라면 긴 팔 티셔츠를 입어야 할 것이 아닌가. 단지 그를 약 올리기 위해 그녀가 저렇게 입었다는 데 전 재산을 걸 수도 있다. 그림의 떡 구경이나 잘하시지, 뭐 그런 심산으로.

이거 한 가지만은 빌어먹게 확실했다. 아까 오후 그녀에게 키스하지 말았어야 했다. 그랬더라면 지금 그녀가 뭘 입었든 이렇게 흥분되지는 않았을 거 아닌가.

혹은 그저 상황이 영향을 미치고 있는 것일 가능성도 충분히 있다. 여행객의 짐작이 정확했는지도. 구사일생으로 목숨을 건진 직후, 닉은 자신이 아직 멀쩡히 살아 있다는 것을 확신하기 위해 제일 가까이에 있던 사람에게 키스한 것이다. 뻔하디 뻔한 반응이다. 어느 누구라도 그렇게 했으리라.

그런데 문제는 그가 그저 아무에게나 키스하지 않았다는 점이다. 그는 데이지에게 키스했다. 그리고 그게 얼마나 좋을지 그는 분명하게 알고 있었다. 데이지 또한 다른 일을 할 때와 마찬가지로 전력을 다해, 뭐가 걸리적거리든 상관없다는 식의 열정으로 키스했다. 그건 몇 년이 흘렀든 간에 남자가 쉬이 잊어버릴 만한 것이 아니었다. 닉은 오래 전 묻어버렸다 생각한 예전의 갈망과 후회를 도로 풀어준 자신을 두들겨 패고 싶었다.

그는 식칼을 집어 셀러리 줄기 두 개의 끝을 잘랐다. 젠장, 전에도 그런 감정들을 묻어버린 적이 있었으니 다시 할 수 있을 것이다. 자신의 자제력은 제멋대로인 성적 충동보다 강하니까.

그는 이 평화를 유지하려 일이 분쯤 더 데이지의 침묵과 자신의 생각을 견뎌냈다. 하지만 결국에는 꺾이고 말았다.

"밤새도록 삐쳐 있을 거야, 블론디?"

그녀는 그에게 무덤덤한 눈길을 한 번 던지고 다시 칼과 총으로 눈을 돌렸다.

"난 삐치지 않아, 콜트레인."

인정하기는 싫었지만, 사실 그녀가 그러는 경우는 거의 없었다. 그녀는 토라지거나 불평하지 않았다. 다만 아주 조용해져선 그를 투명인간 취급할 따름이었다.

허나 그걸 인정하느니 콱 혀를 깨물고 말지. 그녀의 침묵이 이만큼 신경 쓰인다는 것 자체가 너무나 신경에 거슬렸다. 갑자기 그녀의 반응을 보고 싶었다. 뭔가 반응을 보이기만 한다면 부정적인 반응일지라도 상관없었다.

"네가 지금 나에게 침묵으로 일관하는 태도를 그럼 뭐라고 한단 말야?"

"혼자 생각하는 거지."

"흠, 그래."

그는 붉은 고추를 갈라 씨를 빼냈다.

"내가 말한 대로구만, 컵케이크 삐친 거지."

데이지는 어깨를 으쓱했다.

"맘대로 불러. 난 당신에게 할 말 같은 거 없으니까."

그는 포기했다. 그녀는 자기가 내킬 때까진 아무리 졸라도 입을 안 열 것이다. 그리고 어차피 그렇게 오래 기다릴 필요가 없을지도. 아직까지 한 시간 이상 입을 다물고 버티는 여자를 만나 본 바 없고, 데이지는 이미 그 한계를 훨씬 넘겼다.

"마음대로 해. 그럼 넌 네 전쟁 장난감들을 갖고 놀고, 난 저녁이나 준비하지. 배고파?"

그녀는 올려다보지조차 않았다.

"먹을 순 있어."

그는 그녀의 이가 딱딱 마주칠 때까지 흔들어주는 상상을 했다. 하지만 그 상상이 곧장 다른 방향으로 질주하자, 재빨리 상상의 나래를 동여매고 도마 위의 야채를 싸울 듯이 썰어댔다. 5분 후, 그는 스토브 위의 볶음 팬에 야채를 쓸어 담았다. 뜨거운 올리브 오일과 쌀식초에 야채가 닿아 치익 소리가 났다.

몇 분 후 저녁을 먹으라고 그녀를 불렀고 그들은 간이식탁으로 쓰는 카운터에 앉았다. 혹 그가 식사라는 평범한 행동이 들끓는 감정을 식혀주리라 기대했다면, 좌절할 수밖에 없는 팔자였다.

데이지가 우유잔으로 손을 뻗을 때마다, 파인 탱크탑 목선이 벌어졌다. 가슴 위 윤곽이 보일 듯 말 듯 했는데, 그렇다 해서 눈이 빠지도록 쳐다보지도 못했고 포기하지도 못했다. 얼핏 눈에 들어온 둥그런 가슴 일부분은 그녀가 브래지어를 안 하고 있다는 확신을 내리기에 충분했고, 그러자 그의 속에서 들끓는 폭풍은 더욱 격해졌다.

저녁식사를 마치고 그녀가 예의바르게 자신이 그릇들을 치우겠다고 할 무렵엔, 그는 벽에다 머리라도 박고 싶은 심정이었다. 그녀가 식기세척기에 설거지감을 넣으려 몸을 굽히자 청바지가 엉덩이 곡선에 팽팽하게 달라붙었다. 그녀가 카운터를 행주질하자 그의 시선은 그녀의 어깨에 흩뿌려진 주근깨를 따라 탄탄하게 근육이 붙은 팔로 내려왔다.

순간 그는 카운터에서 벌떡 일어났다.

"잠깐 암실에 내려갈 거야. 현상할 필름이 있어서."

데이지는 이를 갈았다. 끝내주는 그 길고 긴 하루에 또 이런 빌어먹을 일이. 게다가 그녀의 감정은 위험하리만큼 한계치에 아슬아슬하게 달해 있었다. 이거야말로 하루를 마무리짓는 데 딱이 아니겠는가—닉 콜트레인과 조그만 방에 갇히는 것.

그녀는 한숨을 누르고 스펀지를 싱크대에 내던졌다. 자신의 개인적 소망이 문제가 아니었다. 그녀의 일은 그를 경호하는 것이다.

"티셔츠 입게 1초만 줘."

차고는 아무래도 여기보다 서늘하겠지.

더플 가방을 집어들고 짧은 복도를 걸어가던 닉은 빈손을 문고리에 올린 채 딱 멈춰 선 후 그녀를 향해 인상을 썼다.

"뭐 하러? 넌 올 거 없어."

데이지는 말씨름할 기분이 아니었다.

"당연히 가야지. 내가 여기 있는 이유가 그건데."

"난 그냥 빌어먹을 암실에 내려가는 것뿐이야."

"흐음, 혹시 내가 잘못 알았다면 지적해 줘. 하지만 지난밤에 존슨의 똘마니들이 당신 어깨를 탈골시키기 직전에 난장판을 만들어놓은 데가 바로 거기 아냐?"

그는 어깨를 으쓱했다.

"문을 잠그면 되지."

그의 얼굴 표정을 보니 그녀는 그의 세계 사람들이 늘 벼락출세한 귀찮은 계집애쯤으로 여기던 때의 기분이 들었다. 다른 사람들이 그러는 거야 익숙했지만, 그에게서 그런 취급을 받은 적은 없었기에 그녀는 잠시 아무 말 않고 그를 응시했다. 그리고는 빙글 돌아 거실로 돌아갔다.

그녀는 그가 문을 쾅 닫고 집을 나갈 줄만 알았고, 한동안은 그가 그러든 말든 무슨 상관이랴 싶었다. 잔뜩 열받은데다 뭐라 설명할 수는 없지만 그 짧은 몇 시간 사이에 두 번째로 배신당했단 기분이 들었기 때문이다. 그러나 문 열리는 소리 대신 가방 내려놓는 소리와 그녀를 따라오는 그의 발소리가 들렸다. 소파에 몸을 던지고, 그녀는 잡지를 집어들어 혹시 백지였다 해도 모를 페이지에 관심이 있는 척했다.

그녀의 관심은 온통 닉에게 가 있었다. 그가 그녀의 앞에 우뚝 멈춰 서서 내려다보았다. 그녀는 즉각 그의 동요를 감지했다.

그거 잘됐군. 그녀 혼자만 잔뜩 신경이 곤두서 있다면 무지 억울하니까.

"숨을 쉴 수가 없단 말야, 제기랄!"

숨을 못 쉬겠다고? 하, 누가 할 소릴. 그가 그녀의 인생에 갑자기 끼여든 이래 그녀는 숨 한번 크게 쉬어 보질 못했는데. 그가 자신에게 얼마나 깊이 영향을 미쳤는지 내색하지 않으려 최선을 다했지만, 영원토록 누더기가 된 감정 상태로 사는 것 같은데다 이제 참을 만큼 참았다는 생각이 들었다. 그녀는 벌떡 일어나 잡지를 내던졌다.

"가버려, 그럼! 마음대로 목숨 내걸고 다니든 말든, 어차피 나야 상관없어. 어쨌든 의뢰비는 받으니까."

그는 우뚝 서서 그녀를 내려다보았다.

"네가 신경 쓰는 건 그것뿐이지. 안 그래, 데이지? 네 돈."

"사실 내 평판에 대해서도 엄청 신경 쓰고 있어. 오늘 오후 당신은 그걸 전혀 존중하지 않는다는 사실을 분명히 드러냈지. 그러니, 좋아."

그를 향해 턱을 치켜들고 나서야 그녀는 둘 사이가 얼마나 가까운지 깨닫고 한 걸음 성큼 물러났다. 잠시 후 조금 평정을 되찾은 그녀는 담담한 어투로 제의했다.

"혼자 암실로 내려가는 것에 대한 내 전문적인 의견은 말했지만, 당신에게 강제할 수는 없지. 그러니 뭐든 마음대로 하셔."

그녀는 몸을 돌렸다.

닉의 손이 그녀의 손목을 잡아채 휙 돌려세웠다. 균형을 잃은 그녀는 그의 단단한 가슴에 쿵 부딪혔고, 그의 다른 손이 그녀의 팔뚝을 붙잡아 바로 세웠다.

"단지 조서 작성을 거절했다고 해서 네가 한 일에 감사하지 않는다는 뜻은 아냐."

닉이 그 말을 한 후 팔은 놓았지만 손목은 그대로 잡은 채 문으로 향해서, 그녀로선 그를 따라 종종걸음치든가 아니면 넘어지든가 할 수밖에 없었다.

데이지는 눈앞이 시뻘개졌다. 빌어먹을 인간 같으니! 그는 우주 전체를 통틀어 별로 애쓰지도 않고 수시로 그녀의 평정을 잃게 만들 수 있는 유일한 인간이었다. 자제력을 되찾기 위해 씩씩대며, 그녀는 권총을 손에 들고 이걸로 저 작자의 콧대 높은 자존심을 쏴 버리면 얼마나 속이 시원할까 하는 상상을 했다.

시야 한구석에 그 모습이 잡힌 듯, 닉이 을러댔다.

"나한테 총을 들이대려면, 쏠 각오를 하는 게 좋을 거야."

가방을 도로 들기 위해 몸을 숙이다가 어깨 너머를 돌아보고 그가 덧붙였다.

"그리고 네 화려한 무술 솜씨로 날 또 내다 꽂을 생각은 꿈도 꾸지 마, 블론디. 그럼 널 고소해서 홀랑 벗겨먹을 테니까. 그렇게 잘난 프로라면, 프로답게 행동하라구."

그가 계단을 성큼성큼 내려가자 다시금 그녀는 그를 따라가든지 아니면 끈에 매달린 장난감마냥 질질 끌려가든지 해야 하는 상황에 처했다.

화르륵 달아오른 분노가 목까지 치밀었다.

"난 프로답게 행동했어! 당신이 내 노력을 번번이 퇴짜놓지만 않으면……."

"하, 철 좀 들어라. 네가 내 사생활을 경찰서 로비 한복판에서 떠벌리지만 않았어도, 난 기꺼이 마음이 바뀌어 조용한 자리에서 말했을 거야. 이유도 털어놨을 거라고."

벌써 그 점에 대해서는 엄청나게 죄책감을 느끼고 있던 데이지는 그의 지적에 입을 다물었다.

차고에 들어가자 위층의 집보다 훨씬 시원했다. 닉의 손에 끌려 암실이 있는 뒤쪽으로 향하는 데이지의 팔에 소름이 쫙 돋았다. 그녀를 안으로 끌어들인 다음, 닉은 문을 닫고 불을 켰다.

그녀는 팔을 홱 잡아 뺐다.

"이제 만족해, 타잔?"

"그 정신나간 살인마를 떨쳐내고 내 인생이 정상으로 돌아갈 때쯤이나 만족할 거야."

그녀가 소름 돋은 팔을 문질러대자 그는 이맛살을 찌푸렸다. 그의 눈길이 그녀의 가슴으로 내려가더니, 다음 순간 자기 티셔츠를 머리 위로 벗고 있었다.

"자."

그는 옷을 그녀에게 던지며 말했다.

"그거 입어. 너한테 걸칠 옷 챙길 짬을 안 줬구나."

작은 방이 눈앞에서 맨살의 벽 하나로 압축되는 듯했고 데이지의 입안 물기는 전부 말라버렸다. 그녀는 허겁지겁 셔츠를 머리 위로 뒤집어쓰며, 닉을 시야에서 차단할 핑계가 있음을 다행스러워했다. 하지만 머리가 옷에서 빠져나온 그 순간부터 그의 맨가슴은 바로 눈앞에서 그녀를 다시 괴롭히고 있었다. 그로 하여금 입은 옷을 벗어 그녀에게 주게 만든 것과는 전혀 원인이 다른 소름이 그녀의 팔에 좌악 돋아났다.

"정말 이럴 필요 없는데."

그렇게 말은 했지만, 그녀는 남아 있는 온기를 붙잡으려 셔츠 걸친 몸을 팔로 감쌌다. 그녀의 눈길은 도무지 그의 몸에서 떨어지려 들지 않았다.

오, 맙소사, 이건 정말 말도 안 돼. 옷을 안 입은 그의 모습이 얼마나 근사한지 어쩌다 잊어버렸을까? 깊이 숨을 들이쉬고, 그녀는 진짜로 잊어버렸던 것이 아니라 그 기억을 자신의 뇌리에서 차단하고 있었음을 어렵사리 인정했다.

그리고 아, 세상에, 그럴 만도 했다.

닉의 키에다가 유연한 움직임, 그리고 그가 선호하는 편안한 옷차림 때문에 그의 체격을 과소평가하기 쉬웠다. 허나 상반신을 벗으면, 그 박력을 무시하기란 불가능했다.

그의 어깨와 가슴은 그녀의 기억보다 더 넓고 듬직했으며, 여전히 늘씬한 근육이 뚜렷한 선을 그렸다. 연한 혈관이 팔뚝 살갗 아래에 뻗어 있고, 넓게 가슴에 퍼진 짙은 체모가 횡격막과 복부로 내려가며 가늘어져 청바지 허리 아래로 사라졌다. 그리고 전신의 피부는 황금빛이었다.

그것이야말로 그녀의 뇌리에 가장 크게 박혀 있는 그에 관한 기억 중 하나였다. 그는 늘 황금빛으로 보였다. 도대체 햇볕에 나가 누워 있는 남자도 아닌데 어떻게 그럴 수 있는지 그 이유를 그녀는 결코 짐작할 수가 없었다.

그녀가 열여섯 살 때 클럽의 테니스 코트에서 빛을 발하던 하얀 테니스복 차림의 그를 그녀는 기억했다. 그리고 차가운 11월의 저녁 그녀 위로 팔을 받치고 엎드린 그의 황갈색 피부가 땀으로 번들거리던 것을 기억했다.

오, 젠장, 젠장. 그걸 떠올리면 안 돼. 너무나 깊은 상처였으며 그 기억을 덮어둘 수 있게 되기까지 영원과도 같은 시간이 걸렸다. 이제 그게 다시 자신의 감정을 위협하도록 둘 수는 없다.

손바닥만한 방에서 걸리적거리지 않을 만한 구석을 찾으며, 그녀는 선반 꼭대기에서 병을 내리는 닉의 등 근육의 움직임을 지켜보았다. 지금 몸 속에서 똬리를 트는 긴장감은 맨살을 좀 본 것과는 아무런 상관이 없다고 스스로에게 단단히 타일렀다. 집중해! 그녀는 자신을 다그쳤다. 다른 뭔가에 집중하기만 하면 돼.

"불 좀 꺼 줘, 데이지."

그녀는 화들짝 놀랐다.

“뭐?”

그가 한때는 흰색이었을 구질구질한 실험용 가운을 걸치고 단추를 잠그기 시작하자 그녀는 정말 다행이다 싶었다.

“전등 말야. 좀 꺼 줄래? 스위치는 네 뒤의 벽에 있어.”

스위치를 내리고 방이 완전한 암흑에 파묻히자 그녀는 안도의 한숨을 들이쉬었다.

9

닉은 갑작스런 암흑이 반가웠다. 시각적 상상력이 워낙 강하다보니 불이 없어도 아직 그녀를 그대로 떠올릴 수 있었다. 하지만 이제 최소한 그를 몰아붙이던 광경과 감촉에 완전히 함락될 지경에서 벗어날 기회가 생긴 것이다.

닉은 필름을 놓을 카운터를 더듬어 찾은 다음, 조그만 플라스틱 용기의 뚜껑을 열어 손바닥에 쏟은 후 스테인리스 스틸 릴에다가 필름을 감았다. 릴을 축에 끼우고, 더듬어서 다른 필름을 찾아 같은 과정을 반복하여 다섯 개 필름 전부를 안전하게 빛이 차단되는 용기 속에 넣었다.

"좋아, 이제 다시 불 켜도 돼."

갑작스런 섬광에 눈을 찌푸리며, 그는 갈색 플라스틱 현상액 통을 들어 릴 용기가 든 탱크에 부었다. 타이머를 맞추고 탱크 앞에 서서 용기를 일정하게 옆으로 살살 흔들어, 필름에 잡티를 만들 수 있는 거품이 생기지 않게 조심했다.

"꽤나 노가다네, 응?"

데이지의 목소리에 그는 필름을 현상할 때면 늘 빠져드는 몰입 상태에서 퍼뜩 깨어났다. 지금 얘기하고 싶단 말야? 머피의 법칙이 확실하게 작용하고 있군.

짧은 순간 그는 자신이 최고로 화끈한 꿈에나 나올 키스를 나눈 여자와 아주 조그만 방에 같이 있다는 사실을 망각할 수 있었다. 그녀의 유두가 얇은 탱크탑 아래 뾰족하게 돌출된 모습을 잊을 수 있었고, 어제 그녀의 사무실에 들어갔을 때부터 자신을 팽팽하게 잡아 묶고 있던 성적 긴장감이 잠시나마 사라졌었다.

그러나 이제 그 모든 것이 한꺼번에 밀어닥쳤다.

"그래."

닉은 무뚝뚝하게 대꾸했다.

"보통 무슨 붉은 전등을 쓰지 않아?"

"지금은 인화지가 아니라 필름을 현상하는 거니까. 인화지를 뽑을 때는 붉은 등을 써."

타이머가 울리자 그는 현상액을 따라 내고, 중간정지액을 부은 다음 흔들며, 그녀가 다시 침묵으로 빠져들었다는 것을 다행스러워했다. 잠시 후 그는 다시 탱크를 비우고 정착액으로 손을 뻗었으나 통이 그 자리에 없었다.

더글러스의 부하들이 바닥에 온통 엎질렀었던 것이다. 나직이 욕설을 내뱉으며, 캐비닛에서 새 통을 꺼내기 위해 돌아섰다. 그런데 데이지가 캐비닛 문 앞에 서 있었고, 그는 아무 생각 없이 그녀의 골반을 잡아 한쪽으로 밀어냈다. 손에 감싸인 그녀가 뻣뻣해지는 것이 느껴졌다.

"이봐!"

"미안. 하지만 이게 당장 필요해서."

비록 시간이 생명이긴 하지만, 정말 그녀를 만지지 않았더라면 하고 그는 후회했다. 손이 아주 잠깐 그녀의 엉덩이를 감쌌을 뿐이지만, 따스하고 탄탄한 그녀를 인식하기엔 충분했다. 작은 암실 안의 긴장감이 몇 계단 더 상승했다.

새 통을 따면서 닉은 작업대로 돌아가 정착액을 탱크에 부었다.

몇 분간 그는 집중을 요구하는 작업이 있음을 감사해했다. 이따금 통을 흔들어주고, 필름을 확인한 다음 정착액에다 넣는 작업을 반복했다. 허나 일단 필름을 수세액에 넣자, 데이지를 무시할 핑계가 떨어졌다.

뒤에서 스륵 소리가 들리자 그는 그녀가 한쪽 발에서 다른 쪽 발로 몸무게를 옮겨 싣는 것을 그릴 수 있었다. 보지 않고도 그녀의 골반이 기울어지고 일 초 후 다른 쪽이 삐딱하니 올라가는 것을 알 수 있었다. 그는 손이 놀지 않게끔 잡다한 일들을 찾아, 약품통들 뚜껑을 닫고 치우고, 갈색으로 얼룩진 걸레로 흘린 것을 닦아냈다. 자신을 둘러싸고 계속 압박해 오는 암실을 모른 척하기 위해서라면 뭐든지. 그리고 그러는 내내 데이지의 숨결 하나하나, 움직임 하나하나를 전부 의식하고 있었다.

마침내 닉은 걸레를 내던지고 그녀에게로 돌아섰다.

"저기, 최소한 30분은 수세액에 필름을 담가 놔야 하거든. 위층에 가 있는 쪽이 낫겠어."

서로 쉴새없이 부딪히지 않고 움직일 공간이 있는 곳으로 말이야. 그는 실험용 가운을 벗어 옷걸이에다 집어던지곤, 돌아서서 그녀를 문으로 내몰았다.

그로선 이 고문 같은 예민한 자의식을 덜고 둘 사이에 거리를 두자는 의도였지만, 그들이 동시에 문손잡이로 손을 뻗친 순간 불꽃이 타오르고 말았다.

그의 맨팔이 그녀의 맨팔과 맞닿아 스쳤다. 그녀의 피부는 따스하며 부드럽고 매끈했으며, 그가 그렇게도 자신 있어 하던 냉철한 자제력은 화염방사기 앞의 안개처럼 증발해 버렸다. 짐승 같은 신음소리가 그의 목에서 낮게 울려나왔고 그는 그녀를 획 돌려 문에다 밀어붙이고는, 자신의 가슴에 맞닿아 눌리는 부드러운 젖가슴의 감촉을 만끽했다.

그는 고개를 숙여 그녀에게 키스했다—뜨겁고, 제어되지 않은, 지배력을 과시하는 키스. 그는 손가락으로 그녀의 머리를 움켜잡아 고정시키고 입을 침범했고, 그의 공격성에도 불구하고 데이지는 불타오르는 숨가쁜 한순간 그의 키스에 반응했다.

한 손을 빼내어, 그는 빌려준 자기 티셔츠를 그녀의 머리 위로 확 잡아당겨 올리고 탱크탑에 가려진 젖가슴으로 손을 가져갔다. 부드럽고 둥그런 젖가슴이 그의 손에 눌려 무게감을 전해 왔으며, 젖꼭지는 다이아몬드 조각처럼 그의 손바닥을 파고들었다. 닉은 손가락으로 감싸고 잡아당기며 그 사랑스런 형체를 자기 마음대로 주물렀다.

닉은 그녀의 손이 둘의 몸 사이에서 움직이는 것을 느꼈고, 데이지의 손가락이 가슴에 펼쳐지자 뜨거운 맨살이 맞닿는 감각에 신음했다. 그 다음 순간 그녀가 확 밀어젖혀 그는 비틀 뒤로 물러났다. 눈 위로 흘러내린 머리칼 사이로 데이지를 향해 눈을 깜박거리고, 그는 너무 큰 자신의 티셔츠 아래 가쁘게 오르내리는 데이지의 가슴을 지켜보며, 둔한 멍청이가 된 기분으로 이 갑작스런 상황 변화를 이해하려 애썼다.

"왜……?"

데이지는 그를 쳐다보았다. 오직 그와 함께여야만 반응하는 듯한 맥박이 몸 곳곳에서 쿵쿵 고동쳤고 마치 좁고 긴, 붉은 복도를 통해 그를 보는 것 같은 기분이었다. 하지만 그녀는 그를 지극히 분명하게 보고 있었다. 비록 어리둥절한 표정으로 뒤의 카운터에 팔을 대고 기대 있어도, 그에게는 무언가 끌어당기는 힘이 있었다.

그리고 만약 저것이 독을 머금은 덫이 아니라면, 과연 그 무엇을 그렇게 불러야 할지 그녀는 알지 못했다. 그녀는 닉이 몸을 일으키는 것을 지켜보았다.

"멀찍이 떨어져 있어, 콜트레인."

그가 한 걸음 다가서자 그녀는 거친 목소리로 명령했다. 불현듯,

길고 긴 9년의 시간 동안 눌러 왔던 씁쓸함을 안에 가둬 두는 게 그 물망으로 물을 가둬 두는 것과도 같았다. 돌아보는 곳마다 모조리 철철 새어나왔다. 거칠게 머리를 갈퀴질하듯 눈가로부터 쓸어 올리는 그를 지켜보며 그녀는 닉의 완벽한 얼굴이나 균형 잡힌 단단한 상체에 빠져들려는 마음을 뿌리쳤다.

"내가 열아홉 살 때 날 잡을 기회가 있었잖아―그런데 그때 날 오래 사귈 가치가 있는 여자라고 생각하지 않았지. 그게 당신의 유일한 기회였어, 나쁜 자식. 한 번 내던졌으면, 그걸로 끝인 거야."

그는 마치 그녀가 말도 안 되는 비난이라도 한 듯이 응시했다.

"난 내던지지 않았어! 그날 저녁 내 대응이 좀 서툴렀던 건 사실이지만……."

데이지는 그의 가슴에서 눈길을 떼고 쓰디쓴 웃음을 흘렸다.

"그걸 대응이 좀 '서툴렀다'고만 생각해? 당신네 사립학교 도련님들이 그렇게나 좋아하는 과소평가겠지. 난 당신을 왕자님이라고 생각했는데, 알고 보니 결국은 개구리일 뿐이었어. 맙소사, 난 처녀였다구……."

"난 몰랐잖아!"

"우리가 방에 올라갈 때까지는 그랬을 수도 있겠지."

그녀는 마지못해 인정했다.

"하지만……."

"난 몰랐어. 넌 쫙 달라붙는 조그만 드레스를 입고 있었고……."

그녀는 입이 떡 벌어졌다.

"그럼 내가 '날 잡아 잡수쇼' 하고 청하기라도 했단 소리야?"

"아니. 그래. 아냐, 젠장할. 하지만 알 거 다 안다는 듯이 행동했다는 건 너도 인정해야지."

"어떻게? 피로연에서 당신과 춤춘 거? 웃고 떠든 거? 맙소사, 닉. 당신은 내 혼을 빼놓았어. 난 당신이 정말로……."

황홀하다고, 나한테 관심이 있다고 생각했었어. 그날 밤 이전까지 그가 자신을 성가신 꼬맹이쯤으로 여긴다고 생각했는데.

그녀는 아직도 그에게서 여자 대접을 받던 그날의 스릴을 기억할 수 있었다. 그래, 그녀가 웃고 시시덕거리긴 했지만, 그럼 달리 어쩔 수 있었겠는가? 그는 눈부신 금빛의 흥미진진한 신과도 같았고, 그녀 역시 들뜨게 만들었었다.

허나 지금은 그런 걸 인정할 때가 아니었다. 영락없이 홀딱 반한 풋내기처럼 여겨질 테니까. 머리를 짜증스레 내젓고 그녀는 아까 하던 얘기가 뭐였던가 골똘히 되짚었다.

"게다가 내가 경험이 없다는 걸 처음엔 몰랐다 쳐도, 다 끝낸 다음엔 확실히 알았을 거 아냐."

맙소사, 그랬다. 닉은 자신에게 변명의 여지가 없다는 사실을 받아들여야 했다. 진한 애무 도중 처녀성의 증거를 발견했으니. 바로 그때 멈출 수 있었다, 멈췄어야 했다.

하지만 그러지 않았다. 밀레니엄과도 같이 느껴지는 그 오랜 시간 동안 자신의 원초적 본능과 싸워 온 이후, 그는 처음 본 순간부터 데이지에게로 향하던 그 강한 끌림에 굴복하고 말았다.

수년간 그녀는 그에게 있어 가장 화끈하고 땀에 푹 젖게 하는 꿈의 주연 배우였지만, 그때 그 순간까지 애초에 자신이 느껴선 안 될 욕망에 굴복하는 일은 결코 없을 거라 자신했었다. 자신의 자제력은 그것보다 강하다고, 명예를 안다고 여겼다. 둘이 같은 집에 살 적에 그녀와 안전한 거리를 두지 않았던가? 그리고 부모님들이 갈라서고 나자, 그녀를 분명히 뇌리에서 몰아내지 않았던가? 그래, 그랬다. 그는 또래 여자애들을 쫓아다니고, 자기 손을 벗삼았다. 평생 할 만큼의 찬물 샤워를 했다.

하지만 그날 밤 모가 결혼했다. 그리고 여동생이 잘되어 기쁘긴 했어도, 한편으로는 굳건한 동지였던 여동생이 새신랑과 하나가 되기 위해 다른 모두를 떠나는 것을 지켜보자니 버림받은 기분이기도 했다.

그리고 그곳에 데이지가 있었다. 환한 웃음과 따스함, 유혹적인 짧은 드레스와 숭배가 담긴 커다란 눈. 그는 정말 열심히 참았다. 그 것도 아주 오랫동안. 벌거벗고 달아오른 그녀가 품에 안겨 있는 마당에 더 이상 참으라는 건 그야말로 한계를 넘는 일이었다. 어차피 누구든 그녀의 순결을 없애주긴 할 테니, 자신이 한들 어떠랴 싶었다. 최소한 자신은 그녀가 즐기게 해 줄 수는 있다고 생각했다.

마치 그의 마음을 읽기라도 한 듯이, 데이지가 격렬하게 말했다.

"내 순결은 기꺼이 가져갔지만, 원하는 걸 손에 넣자마자 당신은 어서 빠져나가고만 싶어했지."

닉의 방어심리가 즉각 발동했다.

"넌 뭘 기대했는데, 블론디? 너와의 사랑 나누기가 그 어떤 경험보다도 더 근사했다고 말하기를? 당장 제일 가까운 치안판사에게로 달려가 결혼하자고 할 줄 알았어?"

그는 일부러 빈정거리듯 조롱조로 말했다. 사실 바로 그렇게 말하고 싶은 충동을 느꼈더랬으니까. 그리고 평정을 잃을 정도로 겁이 더럭 났었다.

데이지의 웃음소리는 신랄했다.

"아니, 확실히 그렇게 무지하진 않았어. 하지만 나랑 하고 있을 때는 사랑한다고 말했으니, 몸을 떼자마자 문으로 향할 줄은 예상하지 못했지."

그녀는 자기 몸을 껴안았다. 데이지가 떨고 있는 것을 깨닫고 그는 놀랐다.

"꿈 많은 소녀라 해도 좋아, 콜트레인. 하지만 난 그때 내 신랑을 위해 지키겠다고 맹세한 걸 당신한테 주었었다고. 좀 다정한 말을 해 준다 한들 그렇게 어울리지 않는 것도 아니잖아."

닉으로선 경악스러웠다. 데이지의 목소리가 갈라지고 큰 눈에 눈물이 고여 더욱 커다랗게 보였다. 입바르고 드센 데이지가…… 울어? 그가 반응하기 전에, 그녀는 빙글 돌아 문손잡이를 더듬거렸다.

그는 그녀 대신 열어주려 했지만, 그의 손이 그녀의 어깨에 닿는 순간, 데이지는 팔꿈치를 뒤로 찍어 배를 강타했다.

"저리 가!"

그녀는 문을 당겨 열었다.

"난 여기서 지키고 있을게."

그녀 뒤로 문이 쾅 닫혔고, 닉은 배를 문지르며 그 문에 기댔다. 그리고는 흐늘흐늘 미끄러져 내려 차가운 콘크리트 바닥에 주저앉았다. 팔꿈치를 무릎에 괴고, 그는 손바닥으로 눈두덩을 문질렀다. 마치 쇠망치로 미간을 얻어맞은 기분이었다. 맙소사, 자신은 바보였다. 눈먼 바보.

어떻게 그녀가 그날 밤을 잊었을 거라 생각할 수 있었지? 세상에, 그녀는 처녀였는데—물론 기억하겠지. 그건 여자가 그냥 깜박할 종류의 일이 아니었다. 그는 그녀의 첫 연인이었고 그녀에게 꽤나 중대한 것을 알려준 직후 그녀를 버리고 떠났다. 그녀 말처럼 심하지는 않았지만 진실은, 그는 그녀를 희생시켜 스스로를 보호했던 것이다. 어떻게 그녀가 정말로 그걸 잊었으리라 믿을 만큼 멍청했단 말인가?

손이 스르르 내려가고 머리가 문에 쿵 부딪혔다. 좋아, 그건 아무래도 현명한 판단이 아니었다. 데이지는 그냥 용서하고 잊어주는 타입의 여자가 아니었다. 하지만 2분 전까지만 해도, 그날 밤이 자신에게만 영향을 미쳤다고만 여겼고, 그 점에서 그녀를 인정하지 않을 수 없었다. 정말 쿨한 여자였다. 그가 아는 데이지는 늘 심하다 싶을 만큼 정직했기에, 함께 시트 사이에서 불타올랐던 기억을 그녀가 떠올린다고 생각하는 그를 그녀가 자만심 덩어리인양 쳐다보았을 때, 그는 덜컥 넘어가고 말았다.

그녀가 노골적으로 거짓말을 한 것도 아니었다. 기억 못한다고 그녀가 직접 말한 바는 없었다. 하지만 그녀는 그를 아무렇지도 않게 쳐다보았고, 그들이 마지막으로 본 지 몇 년이 되었는지조차 기억 못하는 척을 했기에, 그는 그녀가 의도한 대로 지레짐작하고 말았던 것이다.

그는 일어섰다. 이제 그는 알았다. 진짜 문제는, 이제 그들은 어떻게 하면 좋단 말인가였다.

"그야 아무 것도 안 하는 거지, 그게 바로 우리가 할 일이야."

위층 집으로 돌아가서, 데이지는 그에게 마치 머리가 하나 더 솟아나기라도 한 듯이 쳐다보며 말했다.

"자기가 9년 늦게 깨달음을 얻었다 해서 이게 무슨 완전 새로운 상황이라도 되는 줄 생각하나 보지?"

그녀는 그를 무시하는 눈길로 내려다보았다. 닉은 자기보다 족히 15센티미터는 작은 사람치곤 대단한 재주라고 심통 맞게 생각했다.

"다시 생각해 봐, 콜트레인."

그가 한 생각은 자신이 조금만 더 영리했어도, 그녀에게 마음 가라앉힐 시간을 한 시간쯤 더 주었으리라는 것이었다. 데이지의 눈초리는 가늘어졌고 입술은 꾹 다물려 부드러움이라고는 흔적도 없이 싹 사라졌다.

"이렇게 늦은 시점에서 내 사과를 받아들일 거 같진 않군, 안 그래?"

"제대로 찍었네. 그 같잖은 사과는 도로 챙겨넣으시지. 그걸 듣고 좋아할 만한 때는 이미 지나갔어. 이젠 신경 쓰지 않는다고."

그 말이 마음에 맺혔지만 어디 그걸 내색하나 봐라.

"그거 잘됐네. 그럼 그냥 여기 앉아서 꽁해 있으라고."

모욕에 분개하여 별로 우아하지 않게 위로 쳐들린 그녀의 콧날에 그의 본심은 위안을 얻었다.

"난 동생에게 전화 좀 해야겠어."

"어, 음…… 안부나 좀 전해 줘."

데이지는 웅얼거리고 쿵쿵 걸어가 버렸다.

레이드가 막 빈 집이 얼마나 조용한지 생각하고 있을 때 전화벨이 울렸다. 그는 두 번째 벨이 울리기 전에 수화기를 잡아챘다.

"캐버너입니다."

"레이드? 닉이야. 모는 집에 있어?"

"아뇨. 오늘밤 손님한테 부동산을 보여주기로 해서요."

"아."

전화선이 한동안 조용하더니, 닉이 나직이 한숨을 내뱉고 말했다.

"어차피 딱히 알릴 게 있었던 것도 아니니까. 걔를 곤경에서 구할 돈을 아직 구하지 못했지만, 타블로이드 몇 곳과 꽤 괜찮은 흥정을 진행중이고 금요일 밤까지는 확실한 답을 알게 될 거라고 전해 줘. 매제는 어때? 뭐 건진 거 있어?"

차가운 기운이 레이드의 뱃속에 응어리졌다. 닉은 타블로이드를 싫어했다―어지간히 심각한 문제가 아닌 이상 닉이 타블로이드에 사진을 팔 리가 없다. 하지만 그는 간신히 대꾸했다.

"저도 아직 별 운이 없군요."

맙소사. 모가 무슨 일에 말려든 거야? 그리고 왜 닉은 아는데, 난 모르는 거지?

"걔가 무슨 일로 돈이 필요했는지 알아냈어?"

닉이 물었다.

"걔는 말하려 들지 않지만, 모가 하는 일이면 뻔해. 누굴 곤경에서 구하기 위한 거겠지."

오, 젠장, 젠장, 젠장.

"접니다."

레이드가 말했다. 하지만 거의 들릴락말락한 목소리여서 그는 목청을 가다듬어야 했다.

"제가 보증을 선 대출을 갚아줬어요. 나 혼자 감당할 수 있을 거라 믿어주지 못한 아내에게 화를 냈죠. 그리고 이제 모는……."

"심각한 지경에 처했지."

닉은 숨을 후우 내쉬었다.

"그래도 매제 탓만은 아니야, 레이드. 매제나 나나 그 애가 다른 사람들의 골칫거리를 떠맡는 고약한 버릇이 있다는 거 알잖아. 상대가 그걸 바라든 아니든. 그리고 덤벙대고 뛰어들기 전에 찬찬히 생각을 안 한 게 분명하지."

닉은 잠시 조용했다가 말했다.

"그래, 뭔가 알릴 일이 생기면 연락할게. 그쪽도 그렇게 하고, 알았지?"

"네, 그럴게요."

레이드는 수화기를 내려놓은 것을 기억할 수가 없었다. 그는 망연자실하여 부드러운 가죽소파에 앉아 허벅지에 팔꿈치를 괴고, 어둠이 원목 바닥을 슬금슬금 침범해 오는 동안 느슨하게 깍지 낀 손가락을 초점 없이 응시하고 있었다.

실내 전체가 일몰 후의 어둠침침함에 감싸여 있을 무렵 현관문이 열렸다 닫히는 소리가 들렸다. 그는 현관을 가로지르는 아내를 지켜보며 그녀가 하이힐을 벗고 서류가방을 작은 테이블 위에 놓기를 기다렸다가 입을 열었다.

"당신 오빠가 전화했어."

모는 한 손을 가슴에 왁 올리고 빙글 돌았다.

"세상에, 레이드, 십년감수했잖아!"

그녀는 거실로 걸어 들어왔다.

"깜깜한 데 앉아 뭐하고 있어?"

그녀는 몸을 굽혀 테이블 램프를 켰다.

"당신이 어디서 돈이 나서 내 대출금을 갚았을까 궁리하고 있었지."

모는 얼어붙었다.

"닉 오빠랑 얘기했다고?"

"그랬지. 그리고 참 우습게도 말야, 모린. 닉은 당신이 처한 곤경에 대해 나도 알고 있는 줄만 알더라고."

손가락에 힘이 들어가고 그는 그녀의 눈을 마주했다.

“우리 둘 다 그게 사실이 아니란 걸 알고. 그래, 다시 묻도록 하지. 어디서 돈이 나서 내 대출금을 갚았어?”

그녀는 그의 의자와 수직으로 위치한 소파에 무너졌다.

“고객 계좌에서 빌렸어.”

레이드의 무릎에선 힘이 빠졌고, 마음 한구석으로 이미 앉아 있어서 다행이라고 인식했다.

“뭘 어째?”

그녀는 그저 입술을 누르느라 하얗게 된 손가락 관절 위로 그를 응시하고만 있을 뿐이었다.

“하지만 그건…… 불법이잖아.”

그리고 모는 절대 범죄를 저지를 사람이 아니었다.

“왜 그랬어?”

그녀는 손을 내려놓고 양손을 단단히 깍지끼어 무릎 위에 올렸다.

“당신을 돕느라고 그랬어.”

날 돕고 싶었다고? 그녀가 염려했다는 데 레이드는 놀랐다. 너무나 오랫동안 무덤덤한 태도를 보였기에 그는 그녀가 ‘그 아버지에 그 딸’이란 소리를 듣지 않으려는 고집 때문에 자신에게 붙어 있는 것뿐이라고 생각했던 것이다. 그녀가 그를 위해 평판만이 아니라 자유마저 걸었다는 생각에 그는 충격받았다.

몇 달만에 처음으로 레이드는 아내를 자세히 들여다보았다. 우아한 이목구비나 윤기 흐르는 갈색 머리칼만이 아니라, 그녀 전체를. 모는 키가 크고 풍만한, 체격이 큰 여자였다. 그는 늘 그녀를 껴안기를 좋아했다. 그의 품에 안긴 그녀는 든든한 느낌이었다. 그러나 오늘, 그녀는 작아 보였다.

어째서인지 그 사실로 인해 그의 희망이 솟아났다—틀림없이 이건 그의 성격에 대해 유쾌하지 못한 면을 반증하고 있었다. 하지만 그녀는 늘 매몰차리만치 유능했기에 그는 자신을 불필요한 존재로 느낀 지 오래 되었다. 바가지를 긁어 봤자 위험도 높은 개인적 대출을 받아주는 그의 버릇을 고칠 수 없다는 사실을 마침내 받아들였을 때, 그녀는 그에게선 털끝만큼의 도움도 받지 않고 부동산 사무소를 차렸다.

그건 그에게 상처가 되었고, 그는 자신의 관심사에만 집중하고 그녀의 관심사는 무시하는 것으로 반응했으며, 그로 인해 그녀와 더욱 멀어져 갔다. 허나 어쩌면 이제, 마침내 그가 그녀를 위해 뭔가 할 수 있을지도. 그는 손을 풀고 앞으로 몸을 숙였다.

"어째서 당신 자신을 위험에 몰아넣는 게 날 돕는 일이라고 생각했어?"

"그냥 하루 이틀만 빌릴 계획이었어. 놉 힐의 아파트 건물을 팔 참이었고, 그 중개비라면 내가 빌린 금액을 만회하고도 남았을 테지. 아무한테도 들키지 않고 돈을 돌려놓을 수 있었을 거야. 다만……."

그녀가 갈색 실크 스커트에 대조되는 창백한 손가락만 응시하고 있자, 그는 재우쳐 물었다.

"다만?"

그녀는 올려다보지 않았다.

"다만 검사 결과 배선이 기준치에 미치지 못하는 걸로 나왔는데, 소유주는 그게 자기 책임이 아니라고 생각하고 구매자는 그만 둘까 그러고 있는 거야. 그리고 그 일이 해결될 때까진……."

그녀의 포동포동한 어깨가 짧게 으쓱했다.

"수수료는 없는 거지."

그녀는 시선을 올려 그의 눈을 마주했다. 레이드는 그녀의 눈에 고인 눈물에 충격받았다. 그로선 눈물이란 모와 연결되는 것이 아니었다.

"난 진짜 멍청이야, 레이드. 멍청한 범죄자."

눈물이 흘러 넘쳐 조용히 그녀의 뺨을 타고 내렸다.

"아니, 당신은 그저 승산이 있다고 생각하고 도박을 했고, 운이 없었던 것뿐이야. 하지만 좋은 소식은……."

그는 손을 뻗어 그녀의 눈물을 손끝으로 살며시 닦아냈다.

"당신은 지금 악운의 황제와 얘기하고 있다는 거지. 악운을 괜찮
게 바꾸는 거라면 모르는 게 없어. 그러니 눈물 그쳐, 허니. 이 난장
판을 해결하는 걸 내 최우선 과제로 삼을 테니까."

10

수요일.

데이지는 천천히 깨어났다. 그녀는 등을 대고 누워, 눈꺼풀 사이로 파고드는 짜증스런 빛을 가리려 한 팔을 눈 위에 드리웠다. 기지개를 켜며 입을 쩍 벌리고 하품했다. 그리고는 천천히, 마지못해 팔을 내리고 눈을 떴다.

달랑 반바지 하나만을 입은 닉이 소파 옆에 쪼그려 앉아 있었고, 그를 보고 들이쉰 놀란 숨이 여자애 같은 '에엑' 소리가 되어 튀어나왔다. 그녀의 손은 펄떡 뛰어오른 심장을 누르려 반사적으로 가슴으로 올라갔고…… 따스한 맨살에 닿았다.

허둥지둥 일어나 앉은 그녀는 걷어찬 시트를 끌어 올리려 소파 발치로 손을 뻗으며 자신의 맨팔과 맨다리를 의식했다. 집안은 여전히 밤의 텁텁한 기운이 남아 있었고 창문으론 햇살이 쏟아져 들어왔다. 전부 어제보다 뜨거운 하루가 될 징조였다.

"왜?"

그녀는 시트를 끌어 올려 겨드랑이에 끼며 쏘아붙였다. 그리고 베개 밑에서 권총을 꺼냈다.

"이번엔 뭐야?"

"여기."

닉은 김이 모락모락 나는 머그컵을 그녀의 손에 쥐어주었고 갓 뽑은 커피향을 맡은 그녀의 눈이 황홀감에 절로 감겼다. 한쪽 눈을 뜨고, 그녀는 미심쩍게 그를 한번 훑으며 커피를 홀짝거렸다. 제발이지 셔츠 좀 입지. 저 맨살과 근육 때문에 영 정신이 산란했다.

그는 일어나서 커피 테이블로 쓰는 트렁크에 앉고는 뒤로 손을 뻗어 밑에 깔린 그녀의 무기 케이스 모서리를 밀어냈다. 그리고는 몸을 펴고 그녀를 무덤덤하게 쳐다보았다.

"아주 시체처럼 자더군."

"흐음, 미안도 해라. 내가 자는 시간에는 의뢰비를 청구하지 않는다는 걸 알면 기쁘시겠네."

"잘됐군. 깡패들이 까치발로 너를 지나쳐 침대에 든 내 머리를 날려버릴 때 큰 위안이 되겠어."

그녀는 머그컵을 내렸다.

"날더러 어쩌란 거야, 닉. 한쪽 눈을 뜨고 자라고? 아니면 내가 아예 안 자는 쪽이 나을라나."

"난 그런 말 안 했어!"

"안 했어? 그래, 다만 잠버릇 탓에 내가 무능하다는 암시만 비췄을 뿐이지."

그녀는 컵 가장자리 너머로 그를 흘겨보았다.

"한편으로는 당신 말에도 일리가 있어. 비록 그게 뭐든 당신이 옳다고 인정하긴 싫지만. 누구 밤 근무할 사람을 고용하는 걸 고려해 보면 어때?"

그럼 나는 집에 가서 마음을 다잡을 수 있겠지. 그리고 어쩌면 낮 동안에 이 미쳐 돌아가는 상황을 좀더 잘 처리할 수 있을지도

"아, 그래, 진지하게 한번 고려해 보지…… 또 다른 의뢰비를 지

불할 만큼 돈을 벌면 말이야."

그는 일어서서 주머니에 손을 찔러넣었다.

"말이 나왔으니 말인데, 옷 입어. 반 시간 안에 나가야 해."

"제기랄, 콜트레인!"

데이지가 소파에서 벌떡 일어나는 바람에 커피가 쏟아지고 시트는 미끄러져 내려갔다. 그녀는 커피잔을 치우고 일어나서 그를 노려보았다.

"뭘 어떻게 해야 길바닥에 안 나설 거야? 어제 일을 겪고도 깨달은 바가 없어?"

"물론 깨달았고말고. 이제부터는 길을 건너기 전에 양쪽을 살필 거야."

그는 맨어깨를 으쓱했다.

"이것저것 청구서에 돈을 내려면 일을 해야 해, 블론디. 고객에 대한 의무도 있고."

"죽으려고 환장했군."

그는 약품에 거칠어진 손가락으로 그녀의 팔뚝에서부터 총을 들고 늘어뜨린 손끝까지 쓸어 내렸다.

"자기 입으로 내내 실력 있다고 말해 놓고선."

그의 손길에 그녀의 살갗은 화들짝 깨어났고, 그녀는 그의 손을 탁 쳐냈다.

"난 실력 있어. 하지만 당신이 주의사항을 하나도 지키려 들지 않으면 당신 안전을 보장하기 위해 내가 할 수 있는 일에는 한계가 있단 말야."

그의 경박한 태도에도 불구하고, 그녀는 자신으로선 이해할 수 없는 내재된 분노를 그에게서 감지했다. 하지만 그의 단호하고 고집센 얼굴을 보고는 계속 주장해 봤자 괜한 기력낭비라는 것을 알고 그를 지나쳐 갔다.

"좋아. 난 가서 준비하지."

팔이 우연히 따스한 그의 옆구리 살갗을 스치자 즉각 올올이 곤두선 온몸의 신경을 의식하고 그녀는 와락 짜증이 났다.

일 분 후 쏟아지는 샤워 물줄기 아래 서서, 그녀는 도대체 왜 자신이 '실패'가 커다랗게 도장 찍힌 일에 아직도 매달리고 있는 걸까 생각했다.

그래, 닉의 의뢰비가 필요하긴 했다. 그리고 확실히 사업의 성공도 원하고. 하지만 이건 미친 짓이다—닉은 그녀의 예민한 구석을 모조리 자극하고, 그녀 성격에서 최악의 면을 이끌어냈다. 그와 함께 보내는 일 분 일 분마다 그녀는 싸구려 시계보다 더 팽팽하게 뒤틀렸고 이런 식으로라면 오래지 않아 폭발하고 말 것이다. 그러면 이만저만 난리도 아닐 텐데.

닉은 분명히 그녀의 전문적 능력을 존중하지 않았고, 그녀로선 완전히 그의 탓만이라고 할 수도 없었다. 계속 프로답지 못하게 행동하고 있는 마당이니. 머리를 써야 할 판에 매번 십대 애들이라도 창피해할 맹목적인 격한 반응을 보였다. 닉은 그녀의 자제력을 땀 한 방울 안 흘리고 깨트릴 수 있는 유일한 사람이었다. 그는 그녀를 짜증나게 했다. 열받게 했다.

그는 그녀를 들뜨게 했다.

아니, 제기랄, 그렇지 않아. 그녀는 샤워 물줄기에 얼굴을 들이댔다.

그리고는 다시 뒤로 물러나 샴푸로 손을 뻗었다. 그래야 한다면 그를 상대할 때는 진실을 빗겨가도 좋아, 데이지. 하지만 너 자신한테 그래 봐야 눈 가리고 아웅이라고.

제기랄. 정직은 최상의 방책이란 건 순진하기 짝이 없는 소리다. 진부하기 그지없는. 매일의 일상에서도 다른 사람의 기분을 상하게 하지 않으려고 정직을 교묘히 피하라고 하지 않나. 그리고 그녀가 자신의 목적을 위해 한두 번쯤 진실을 뒤틀기도 했다는 건 하늘이 알고 땅이 아는 일이다.

그래도 그녀는 가능한 한 그런 상황에 처하는 것을 피해 왔다. 그리고 절대로, 결코 자신에게는 거짓말하지 않는 걸 신조로 삼았다.
그래서 그녀는 숨을 깊이 들이쉬고, 닉이 진정 자신을 들뜨게 한다
는 사실을 인정했다.

그는 어젯밤 마치 그녀를 소유하기라도 한 듯이 키스했으며, 그녀
는 노발대발 화를 내는 것이 아니라 즉각 응했다. 그 와중에 아슬아
슬하게 그녀를 구출한 것은 자기 보호본능이었고 그때조차도, 닉을
믿을 수 없다는 걸 알면서도 그를 밀어내기가 무척이나 어려웠다.
그래, 그러니 그가 자신을 들뜨게 한다고 인정해야 할 듯싶었다.

데이지는 샴푸한 머리를 헹구었다. 심장이 바쁘게 쿵쿵 뛰고 있는
가슴 위에 손바닥을 누르며, 그녀는 지친 숨을 내쉬었다.

그래, 욕망을 느꼈다. 별거 아냐, 그냥 다스릴 수밖에. 마음이 있
다 해서 거기에 따라 행동해야 한다는 뜻은 아니다. 닉을 상대할 때
마음을 가라앉히도록, 다른 사람들에게 하듯 성숙한 매너에 따라 행
동하면 된다. 냉정하고 침착하게, 그게 관건이다.

그리고 그 시작으로…….

그녀는 샤워꼭지를 냉수 쪽으로 확 돌렸다.

“상황 정리 좀 해 보자.”

한 시간이 약간 못 되어 데이지는 악문 잇새로 말했다.

“지금 강아지 하나 찍자고 목숨을 걸은 거야?”

그녀는 붉은 실크쿠션 위의 반들거리는 조그만 물체를 흘겨보았다.

“저거 강아지 맞지?”

주인 여자는 조그만 순백색의 동물을 들어 가슴에 껴안았다.

“미스 머펫은 그냥 강아지가 아니에요, 파커 양. 순종 말티즈라구
요.”

데이지에게 경멸의 눈빛을 던지며, 그녀는 강아지를 실크쿠션에
올려놓고 긴 앞머리를 묶어 올린 조그만 리본을 매만졌다.

“죄송합니다. 무슨 품종을 모욕하려는 의도는 절대 아니에요.”

데이지는 바닥까지 끌려 그 무게로 꼬리까지 옆으로 휜 미스 머펫의 풍성한 털을 쳐다보았다.

"그래도 인정할 건 인정하죠. 저기에다 청소세제만 조금 뿌리면, 편리한 테이블 먼지떨이가 되지 않겠어요?"

"그만 됐어, 블론디."

닉이 쏘아붙였다.

데이지는 마침 잘됐다 싶어 그에게로 돌아섰다. 어쨌든 그녀가 불만을 품은 상대는 닉이니까.

"아니, 아직 안 됐어, 콜트레인. 이제 막 발동이 걸리는 참……."

닉은 단호하게 한 손을 들어 데이지를 몇 단계 더 열받게 하고는, 주인 여자에게 그의 매력을 써먹었다. 그의 미소는 여자의 토라진 심기를 완연히 가라앉히는 햇빛이었다.

"미스 머펫과 같이 잠시 자리 좀 비워주시겠습니까, 소여 여사님? 조수와 잠깐 얘기 좀 하고 싶어서요."

데이지는 울컥 한 걸음 내딛었다.

"젠장, 콜트레인. 난 당신 조수가 아……."

"물론이죠."

소여 부인은 마치 데이지가 존재하지 않는 사람인양 닉에게 말했다.

"이 시간을 이용해서 어린애에게 예절 좀 가르쳐도 좋겠네요."

그녀는 휙 방에서 나가버렸다. 소여 부인의 어깨 너머로 데이지를 쳐다보는 말티즈의 동그랗고 약간 튀어나온 까만 눈동자가 문을 닫고 사라진 그들의 마지막 모습이었다.

그녀는 한 판 붙을 만반의 태세를 갖추고 돌아서 닉을 마주했다. 그리고는 멈칫 자신을 억눌렀다. 자제해, 젠장. 일생에 단 한 번이라도 그를 상대로 냉정을 지켜. 어떻게 해야 하는지 알잖아.

깊이 숨을 들이쉬고 아랫입술을 삐죽하며 내쉬자, 이마에 드리운 들쭉날쭉한 앞머리가 후욱 날렸다. 그녀는 입을 열었지만 두 번째, 세 번째 숨을 들이쉬고 나서야 간신히 조용하게 무게를 담아 말할 수 있었다.

"당신이 그 먼지떨이 사진 촬영을 마친 다음 집으로 안전히 데려다 줄게. 그 다음엔 당신 성질과 더 잘 맞는 경호 전문가를 고용하도록 해."

닉은 벌써 그녀를 내려다볼 만큼 한 걸음 내딛은 참이었지만, 일순간 얼어붙은 채 그녀를 내려다보더니 눈을 깜박였다.

"뭐?"

"레기더러 지금까지의 시간당 수수료를 정산하도록 시킬게. 그리곤 남은 의뢰비를 반환할 거야."

"일하다 말고 그냥 손을 뗄 수는 없어!"

"아니, 난 그럴 수 있어. 당신은 분명 내 능력을 전혀 존중하지 않고 있다구……."

"헛소리!"

"헛소리 아냐. 지금까지 내가 권하는 일은 모조리 거절했잖아. 더 늦기 전에 난 손 뗄 거야, 닉. 무슨 일이 벌어져서 당신을 지키는 데 실패했다는 멍에를 지고 살아야 하기 전에 말야."

"그럼 그거군, 응? 겁을 집어먹고 그냥 도망치는 거야?"

가늘게 뜬 눈에서 불길이 확 솟구쳤다.

"어떻게 된 거야, 블론디? 결국 남자들 세계에 끼여들지 못할까 겁이 나?"

한바탕 퍼붓고 싶은 마음이야 굴뚝같았지만, 그녀는 간신히 분노를 삼켰다.

"그래."

그녀는 담담하게 동의했다. 비록 입안에 씁쓸한 뒷맛을 남기긴 했지만.

"그런 거겠지."

그는 무례한 눈길로 그녀를 쓰윽 아래위로 훑었다.

"겁쟁이."

"그거 근사하네, 닉. 바로 그 태도 때문에 우리는 함께 일할 수가 없는 거야. 당신은 성차별적이라구."

"뭐?"

그는 코 아래로 그녀를 내려다보았다.

"웃기는 소리."

"아니, 그게 현실이야. 여자가 하는 충고를 들으려 하지 않고 그 손을 얌전히 두질 못하잖아."

"아하."

그 소리엔 이제 감 잡았다는 기색이 완연했고 그가 한쪽 눈썹을 치켜 뜨고 너무나 거드름피우는 표정으로 내려다보는 바람에 그녀는 닉의 얼굴을 확 할퀴어 버리고 싶은 충동에 손이 근질거렸다.

"다 그것 때문이구만. 어젯밤에 내가 키스해서 옛날 일이 생각난 거지."

"아냐!"

그러고는 양심에 걸려 덧붙이고 말았다.

"뭐, 그래. 부분적으로는 사실이라고 봐."

"부분적 좋아하네, 헛소리 마. 그래, 모의 결혼식날 밤에 대해 얘기 좀 하자. 네가 겁에 질린 토끼마냥 쏜살같이 내빼기 전에……."

"이봐, 잠깐!"

"아니, 너야말로 기다려, 데이지."

그녀의 양어깨에 손을 얹고, 그는 그녀를 제일 가까운 벽에 몰아붙여 자신의 몸과 팔로 가두었다.

"네 말은 지겹도록 들었어. 이젠 내 차례야. 그리고 내가 기억하는 그날 밤은 네 기억과는 좀 달라. 예를 들자면, 난 분명히 네 말처럼 나 혼자만 재미보곤 밀쳐낸 기억 따윈 없어."

"세상에 맙소사, 닉!"

얼굴이 확 달아올랐다. 하지만 그의 눈에선 분노가 가스불처럼 파랗게 타오르고 있었고 그의 노골적인 표현에 대한 그녀의 민망함은 이것이 좀 전에 그의 눈에서 본 울분에 불을 지폈구나 하는 깨달음에 뒤로 밀려났다. 그의 분노는 사라지지 않았다. 그저 때를 기다리며 출구를 찾고 있었던 것이다.

"왜 그래, 내 입장에서의 이야기가 마음에 안 들어? 그것 참 빌어먹게 안됐구나, 귀염둥이. 난 내가 만족하고 난 후에도 오랫동안 널 안고 있었던 걸 기억하거든."

그는 뒤로 물러났다.

"하지만 그렇게 생각해서 밤에 잠자리가 따뜻해진다면 네 해석을 고집하든 말든 맘대로 해. 어쨌든 간에 사과하지, 정말로 미안해. 그리고 우리가 끝난 데부터 다시 시작하고 싶지 않다면, 그건 좋아. 하지만 무려 9년이야, 맙소사. 이젠 좀 넘어가자."

"넘어가라고?"

그녀는 소리를 빼액 지르고 싶었다. 총을 뽑아 들고 그의 미간에 한 발 갈겨버리고 싶었다. 울고 싶었다. 그러나 자존심이 발동했고 그녀는 턱을 치켜들었다.

"좋아, 넘어가. 하지만 그래도 당신은 비열한 놈이야."

그의 코가 벌름거렸지만, 입을 연 그의 목소리는 사립학교 출신답게 담담했다.

"며칠 사이 협박당하고, 폭력에 당하고, 차에 치일 뻔했어. 지금으로선 뉴에이지 시대의 감수성 있는 남자가 되기란 내 능력 밖이야."

그녀는 코웃음쳤다.

"좋은 시절에는 어디 그러기라도 했단 말인지."

그녀는 민소매 블라우스 자락을 펴고 그를 지나쳤다.

"소여 부인과 먼지떨이더러 들어오라고 해, 콜트레인. 당신이 강아지 사진을 찍는 동안 나는 당신 예산에 맞는 경호 전문가가 있나 찾아볼 테니까."

닉이 차고 안에 차를 넣고 엔진을 끌 무렵 포르셰 안의 긴장감은

칼로 베어 곁들이 요리로 내어놔도 좋을 만큼 심했다. 그는 신경이 날카롭고 화가 났으며 싸움이라도 한 판 벌이고 싶은 기분이었지만, 웬 금발 복제인간이 데이지의 자리에 들어앉아 있는 마당이니 그건 불가능했다. 도대체 이 차가운 눈에 쌀쌀맞은 여자는, 그가 얼마나 악의에 찬 빈정거림을 해대건 차분하게 대응하는 이 여자는 누구란 말인가? 잠시 후 맙소사, 그녀는 소여 부인에게 사과하고 강아지와 친해지기까지 했다. 사진 촬영을 끝낼 무렵에는, 소여 부인은 얼마나 참한 아가씨냐는 칭찬의 말까지 늘어놓았다.

그로선 제일 가까운 벽에다 주먹질을 하고 싶을 뿐이었다.

그녀가 자리에서 돌아앉아 너무나도 그녀답지 않은 표정으로 그를 쳐다보자 닉은 가슴이 쿵 내려앉았다.

"당신 일을 할 만한 사람을 둘 찾아냈어."

그녀는 냉랭하게 말했다.

"미치 존스와 데가 곤잘레스. 둘 다 의뢰비 수준이 나와 비슷하고, 꽤 괜찮아."

그는 그녀를 노려보았다.

"꽤 괜찮다 정도로는 안 돼, 컵케이크. 난 최고를 원한다구."

"그거 안됐네, 난 이제 더 이상 할 수가 없으니."

그녀는 문손잡이로 손을 뻗었다.

그녀의 손가락이 겨우 닿았을까 말까 할 때 조수석 문이 벌컥 열리더니 두툼한 손이 들어와 그녀를 홱 잡아 끌어냈다.

"도대체 뭐……?"

닉은 운전석에서 뛰어나왔다가, 차의 반대편에서 벌어진 광경을 보고 경악하여 얼어붙었다. J. 피츠제럴드의 심복 하나가 데이지의 팔을 잡고 있었다―그리고 그녀의 관자놀이에 총을 겨누고 있었다.

"여자를 놔줘."

닉은 거친 목소리로 명령했다. 차 지붕 위에 놓인 손이 꽉 주먹 쥐어졌다.

"닥쳐, 자식아!"

데이지를 잡은 남자의 손에 외려 힘이 더 들어갔다. 냉장고 같은 덩치였다—크고, 단단한 직육면체에 목이라곤 찾아볼 수가 없는.

"그 필름을 내놔, 당장!"

"여자는 아무 관계가 없어. 그냥 놓아주면 내가⋯⋯."

"그 필름을 내놔, 아님 네 여자친구 머리에 총구멍이 날 거다."

총구가 데이지의 관자놀이를 꽈악 눌렀다.

맙소사. 근육질 덩치 옆에 선 그녀는 너무나 작아 보였다. 너무나 연약해 보였다. 닉의 입안에서 물기가 몽땅 말랐다.

"그래, 좋아. 뭐든 시키는 대로 하지. 필름을 가져올게. 그녀를 해치지만 말아줘."

그는 차에서 물러났다.

"탁월한 선택이야, 꽃미남."

녀석은 데이지를 내려다보았다.

"참 예쁘장한 녀석 아냐, 귀염둥이? 어떻게 참고 살아? 머리도 너보다 길지, 옷도 더 잘 차려입지, 그리고 한마디로 너보다 잘났잖아. 뭐 너도 아침에 널 깨워 막 일어난 모습을 보느니 내 팔을 뜯어먹겠다 이럴 정도야 아니지만."

그가 총구로 그녀의 광대뼈를 스윽 쓸자 데이지는 괴로운 신음소리를 냈다. 그녀의 손이 항의하듯 남자의 손목을 잡아당기려 올라갔고, 닉은 본능적으로 한 걸음 다가섰다.

"내 말은 네가 눈뜨고 못 봐주게 못생겼다는 소린 아니라 그거야."

녀석은 그러고는 어깨를 으쓱했다.

"그래도 넌 잡지 모델감은 아니잖아. 무슨 뜻인지 알지? 그리고 아침에 너보다 훨씬 근사해 보이는 남자친구를 두면 참 힘들 텐데."

"내 일생의 고민이지."

데이지는 수긍했다. 갑자기 그녀가 남자의 손목에 무슨 짓을 했는지 손이 축 늘어졌다. 그녀의 머리를 겨누고 있던 권총은 차고 바닥

으로 툭 떨어졌고, 유연하고 빠른 움직임으로 그녀가 엉덩이를 빼고
몸을 숙이자…… 90킬로그램짜리 폭력배가 그녀의 머리 위를 휘익
날아가 끔찍한 쾅당 소리와 함께 닉의 차 후드 위에 널브러졌다.
　닉은 펄쩍 뛰어 물러섰다.
　"맙소사, 데이즈!"
　총으로 손을 가져가며 데이지는 덩치에게로 달려들었다. 하지만
그녀의 총이 아직 총집에서 빠져나오지 않은 상황에서 덩치가 한쪽
으로 몸을 굴리곤, 고함 소리와 함께 일어나 앉아 그녀에게 주먹을
날렸다. 그녀는 우뚝 멈춰 서서 뒤로 머리를 젖혔지만, 주먹을 완전
히 피할 만큼 재빠르진 못했다. 그의 주먹이 그녀의 어깨에 맞았고,
그 위력에 그녀는 벽에 내동댕이쳐졌다. 뭔가 뾰족한 것에 등을 쿡
찔린 느낌이었고, 그녀는 권총을 잡으려 셔츠자락 아래를 더듬거렸
다. 통나무 목이 차에서 굴러 내려 다가오는 것을 지켜보는 동안 마
치 시간이 멈춘 것처럼 느껴졌다. 다음 순간 총이 옷 허리에서 빠져
나왔고, 놈은 이번엔 자기가 총에 겨누어진 신세가 되었음을 깨닫자
우뚝 멈춰 섰다.
　"갑자기 움직이거나 하지 마."
　그녀가 충고했다.
　"난 지금 기분이 좀 나쁘거든."
　"어, 데이지?"
　"잠깐만, 닉."
　통나무 목에게서 눈을 떼지 않은 채, 그녀는 벽에서 떨어져 놈의
총이 떨어진 곳으로 갔다. 몸을 굽혀 총을 주워 들고 허리에 찔러
넣었다.
　"여기 멍청이가 하고 싶은 말이 있어서 네가 좀 들어줬으면 한다
는데, 아가씨."
　새로운 목소리가 말했다.
　젠장! 데이지는 고개를 돌렸다. 다른 놈이 닉에게 총을 겨누고 있

었고, 닉은 정확히 그 앞을 가로막고 서 있었다. 두 번째 해결사는 동료보다도 더 덩치가 컸지만, 한패와 달리 목이 있었다. 하지만 이마가 납작했고, 코는 더더욱 납작했다. 새로운 놈을 살피고 동시에 통나무 목에게 계속 총을 겨눌 수 있게 움직이며, 그녀는 얼굴이 납작한 남자를 넘겨다보았다.

"이런 걸 아마 멕시코 결투라고 하지, 응?"

"그런 것 같군. 들어 봐. 지금 당장으로선 난 모두 멀쩡히 이곳을 빠져나갔으면 할 뿐이야. 포로교환을 하지, 어때?"

이상적인 해결책과는 거리가 멀지만, 그래도……

"뭐 할 만하겠군."

닉을 다루는 납작 얼굴의 거친 손길에 그녀의 눈초리가 가늘어지며 쏘아붙였다.

"콜트레인한테 상처 하나라도 냈다 간 거래고 뭐고 다 끝이야."

"완전히 끝장내 버릴 수 있었는데 이놈이 방해했어. 무릎을 박살내 버려야 하는데."

"그러기만 해. 그럼 나도 이쪽 친구한테 똑같이 할 테니까."

"그래, 알아. 그래서 이렇게 이성적으로 굴고 있잖아."

납작 얼굴은 닉을 데리고 포르셰의 후드를 빙 돌았다. 자기 자신은 최소한도로 노출되게 하는 모양새를 보면 이쪽 일을 확실히 아는 것이 틀림없었다.

그녀가 어떻게 할까 궁리하고 있는 참에 납작 얼굴이 닉을 그녀에게로 확 떠밀었다. 그들은 벽에 널브러져 팔다리가 온통 뒤엉켰고, 몸을 떼어냈을 무렵엔 놈들은 집에서 사라진 후였다. 욕설을 내뱉으며 그녀는 차고에서 뛰어나가 진입로를 달렸다. 막 커브를 도니 놈들이 높은 대문에서 인도로 뛰어내리고 있는 게 보였다. 헐떡거리며 그녀는 총을 든 손을 받치고 겨냥했지만, 주택가에서 총질을 하려니 망설여졌다. 차 한 대가 두 폭력배 앞에 끼익 멈춰 섰다. 그들이 올라타자, 차는 문이 채 닫히기도 전에 매연을 남기고 사라졌다.

그녀는 총을 휙 치켜들었다.

"제길!"

닉이 그녀 옆에 와서 급정지했다.

"놈들은 도망갔어?"

"그래, 젠장. 우린 경찰을 불……."

그가 그녀의 어깨를 잡아 휙 돌려세웠다.

"괜찮아? 맙소사, 네가 덩치와 씨름할 때 십년감수했어."

"난 말짱해."

그녀는 어깨를 으쓱해서 그의 손을 털어냈다.

"이봐, 경찰에……."

"개자식!"

"뭐야? 놈들이 돌아왔어?"

그녀는 도로 쪽으로 빙글 돌아섰고, 팔은 다시 사격 자세로 올렸다. 해결사들이 덮쳐 오는 모습을 보게 될 줄만 알았는데 아무 것도 보이지 않자 거의 실망스럽기까지 했다. 쓰지 못한 아드레날린이 몸 속에서 요동치며 움직이라고, 무슨 활동이든 좋다고 재촉하고 있었다. 그녀는 인상쓴 얼굴을 닉에게로 돌렸다.

"그러지 마. 죄 없는 구경꾼을 쏠 수도 있단 말야."

그는 묘한 표정을 짓고 있었고, 그녀는 가까이 다가섰다.

"그나저나 뭣 때문에 그런 거야?"

그는 자신의 손을 내려다보다가 그 손을 그녀가 보게끔 내밀었다.

"젠장맞을, 데이지. 너 피 나잖아."

11

"뭐?"

한동안 데이지는 닉의 손에 묻은 피를 멍하니 응시했다. 그리고는 깨달음에 입이 O자를 그렸고, 다친 곳을 보려고 몸을 뒤틀었다.

"못에 걸렸나 봐. 통나무 목이 벽에다 내동댕이쳤을 때 찔린 느낌이었거든."

닉이 그녀의 블라우스 팔을 홱 잡아당기자 아니나다를까, 어깨뼈 바로 아래에 찔린 상처에서 피가 배어 나오고 있었다. 닉은 그녀의 손목을 잡아끌고 진입로를 올라가 집 코너를 돌았다. 눈앞엔 통나무 목이 그 바윗덩이만한 주먹을 날렸을 때 뒤로 날아가던 그녀의 모습이 계속 떠올랐다. 또한 그녀가 폭력배 넘버 1에게 정신을 팔고 있을 때 폭력배 넘버 2가 그녀에게 총을 겨누던 모습도. 이층 집으로 그녀를 끌고 올라가는 그의 혈관에 분노가 일었다.

"넌 아메바만큼의 상식도 없어."

"뭐라고?"

"도대체 뭘 어쩌려고 한 거야, 블론디?"

"내 할 일."

그녀는 그가 자물쇠에다 열쇠를 찔러넣는 동안 화장실 급한 아이처럼 종종거렸다.

"아, 아드레날린 과잉 때문에 미치겠네. 개미 떼가 살갗 밑에서 돌아다니는 기분이야."

"네 그 빌어먹을 일에는 목숨 내놓는 것도 포함되어 있어? 망할, 데이지! 그러면서 나더러 죽고 싶어 환장했냔 소리를 하다니."

마음 한구석에선 과잉반응이라는 것을 알았으나, 그는 그녀 때문에 혼이 나가도록 놀랐다. 그리고 두려움은 쉽게 분노로 변했다.

"답답해 죽겠네, 닉. 이건 그냥 조금 찔린 것뿐이야."

그녀는 어깨를 문지르고 씁쓸한 미소를 지었다.

"그래, 그 자식 주먹 쇠망치 같더라. 하지만 목숨이 어쩌구는 과장이네. 그리고 등에 생긴 구멍은 사고고. 아프지도 않아. 그렇게 심각할 거란 생각도 안 드는 걸. 파상풍 예방접종도 다 챙겨서 맞아 놨으니, 기분 풀어."

그녀는 그의 팔을 주먹으로 툭 쳤다.

"기분 풀래도! 나 실력 좋다고 진작에 그랬잖아."

그는 그녀를 조그만 욕실로 끌고 가, 변기 커버를 내리고 그 위에 뒤로 돌려 앉혔다. 그녀는 순순히 따랐지만 그가 캐비닛에서 약품들을 챙기고 있자 그를 보려 몸을 이리저리 뒤틀고 난리쳤다.

"그렇게나 실력 있다면 어쩌다가 두 번째 남자한테 당할 뻔했는데?"

"납작 얼굴 말야? 웃기지 마!"

그녀는 손을 무릎에 얹고 곤두선 신경을 가라앉히려 다리를 달달 떨어댔다.

"그자는 날 어쩌지 못했어."

닉은 상처를 소독하기 위해 쪼그리고 앉았다. 젖은 솜이 닿자 그녀는 '흡' 하고 숨을 들이켰다. 그리고는 아픔은 까맣게 잊었는지 몸을 뒤틀어 그를 쳐다보며 득의만면하여 씨익 미소지었다.

"자기도 봐 놓고선. 그건 무승부였어."

"아니. 그자가 우라질 총을 나한테 겨눴을 때야 무승부였지. 하지만 그건 그 빌어먹을 물건을 널 향해 겨누고 있는 그자의 팔을 내가 쳐낸 다음이잖아."

그는 항생연고를 향해 손을 뻗었다.

데이지의 미소가 흔들렸다.

"뭐?"

그녀의 기고만장함은 그의 곤두선 신경을 북북 긁는 철수세미와도 같았지만, 지금은 그녀의 기분을 이렇게 빨리 잡치지 말 걸 그랬다 싶은 후회가 들었다.

"앞을 봐, 목 결리겠다."

그녀가 군말 없이 따르자 그는 이게 웬일인가, 세상이 멈추기라도 했나 싶어 주위를 돌아보았다.

아니었다. 그는 살며시 연고를 바른 뒤 붕대를 감았고, 그의 주의는 하던 일과 그녀의 숙인 고개로 분산되었다. 그녀의 목덜미는 뭐랄까…… 연약해 보였다. 그는 그 목덜미를 만지려 뻗은 자신의 손가락을 발견했다.

"어서, 콜트레인. 자세히 좀 털어놓지 않을 거야? 얼른 불어."

그의 손은 아래로 내려갔다. 자신의 솜씨를 점검하며, 그는 건조하게 말했다.

"할 수 있는 한은 싸맸어. 이젠 돌아앉아도 돼."

그녀는 빙글 돌았고 그는 블라우스를 건넸다. 등에 난 구멍에다 손가락을 집어넣고, 데이지는 그 주변의 핏자국에 눈살을 찌푸렸다.

"이건 안 입어."

그녀는 옷을 쓰레기통에 던져넣고 변기 커버에서 일어났다.

"어서."

그녀가 욕실을 나서며 명령했다. 그더러 따라오라고 하는 소리가 아님은 분명했다.

“말해 봐.”

“군대 입대를 고려해 본 적 있어, 데이지? 딱 타고난 훈련 교관감인데.”

욕실 문 바로 밖에서 딱 멈춰 서더니 빙글 돌아 그를 마주한 그녀는 싸울 듯한 각도로 턱을 치켜들고 있었다.

“참을 만큼 참았어, 젠장.”

그녀는 그가 코웃음쳤을 때조차 눈 하나 깜박하지 않았다. 그저 손가락으로 그의 가슴을 쿡 찔렀다.

“납작 얼굴이 나한테 총 겨누고 있었던 얘기 좀 해 봐.”

“좋아, 알았어.”

그는 그녀를 내려다보며, 조그만 하얀 브래지어를 채우는 그녀의 가슴을 무시하려 애썼다.

“워낙 정신없을 만큼 일이 빨리 벌어졌지. 그래도 너와 폭력배가 치고 받고 있는데 아무 것도 돕지 못해서 미안해.”

데이지의 표정은 놀람 그 자체였다.

“사과할 일은 하나도 없는데.”

“난 그냥 멀거니 서 있기만 했잖아. 그러는 동안 너는……..”

“닉.”

그녀는 놀랄 만한 상냥함으로 그를 제지했다.

“나는 이런 종류의 일에 훈련을 받았어. 정말이야, 갑작스런 폭력이 어떻게 사람을 마비시키는지에 대해서라면 전부 알고 있다고.”

그는 손을 주머니에 찔러넣고 어깨를 축 늘어뜨렸다.

“그래, 그렇지. 어쨌든 너와 통나무 목 사이의 싸움에 얼어붙어서 납작 얼굴이 바로 내 옆까지 왔는데도 보지 못했어. 그자가 팔을 들어올려 내 시야 안에 들어와서야 누가 거기 있다는 것을 알았지. 그리고는 그의 손에 들린 총과 그걸로 널 겨누고 있다는 걸 보고, 옆으로 쳐냈지.”

그런 후 납작 얼굴이 다시 조준하자 그녀와 무기 사이에 끼여들었다. 머리가 박살나지 않은 것은 정말 운은 좋은 덕분이었다. 납작 얼굴은 데이지를 즉각 무력화시키는 것보다 필름의 행방 쪽을 더 알고 싶어했던 것이 틀림없었다. 그리고 실신한 사람은 말을 못할 뿐만 아니라, 끌고 다니려면 고생이 이만저만이 아니니까. 닉은 불편해져서 어깨를 으쓱했다.

"나머지는 너도 알지."

"당신이 날 구한 거야?"

"음, 그렇게까지 말하기는 좀 그렇지. 그자가 너를 쏘려 들지 않았을지도 모르니까."

물론 그는 그런 종류의 일이라면 아무 것도 모르지만, 또다시 그녀가 어딘지 연약해 보였을 뿐만 아니라 분명 그로선 납작 얼굴이 그녀를 쐈을지 아닌지 알 방도가 없다. 사실 폭력배들이 총소리로 사람들의 주의를 끌고 싶지 않아 했을 가능성도 상당했다.

"납작 얼굴이 한 말은 무슨 뜻이야? '완전히 끝장내 버릴 수 있었는데 이놈이 방해했다.'는 거?"

데이지로서는 인정하고 싶지 않았으나, 꼭 닉이 그녀를 위기에서 구한 것처럼 들렸고 양심상 덧붙이지 않을 수 없었다.

"날 죽이진 않았을지도 몰라. 하지만 눈 하나 깜짝 않고 내게 부상을 입혔을 수도 있다는 건 피차 아는 바잖아. 기습으로 인한 이득을 잃었으니 자기네 쪽으로 전세를 돌리기 위해선 운이 엄청 필요하지. 그러니 못에 찔린 상처보다 더한 부상에서 당신이 날 구한 셈이야."

그녀는 그를 진지하게 응시했다. 그리고는 발뒤꿈치를 들고, 입술 구석에 충동적으로 쪽 하고 감사의 키스를 했다.

"고마워."

닉은 굳어졌고 그 짧은 접촉의 영향을 발끝까지 느낀 데이지는 뒤꿈치를 내렸다. 그는 완전히 꼼짝 않고 있었고 위험스런 빛이 그의 가늘어진 눈꺼풀 뒤에서 이글거렸다. 자신이 불장난을 하고 있다는 것을 알았지만 멈출 수가 없었기에, 그녀는 닉의 얼굴을 양손으로 감싸고 다시 뒤꿈치를 들어 진짜 키스를 했다.

지난 며칠간의 사건들이 쌓이고 얽혀 폭풍의 전조처럼 짜릿짜릿하게 전류가 되어 흐르고, 매 에피소드마다 감정이 증폭되었다. 데이지의 키스는 그걸 하늘 높이 터트리는 불꽃이었다.

닉은 목 깊이 신음하더니 격렬한 키스를 하며 그녀의 입술 위를 움직였다. 설령 그녀가 저항한다 해도 입을 열 수밖에 없을 정도였다. 그의 혀가 그녀의 입안으로 침입했고, 그가 닿는 매끄러운 영역에 모조리 자신의 낙인을 새기자 그녀는 바르르 몸을 떨었다.

그리고는 엄지손가락으론 단단히 그녀의 뺨을 누르고 목은 뒷덜미를 감싼 채, 닉은 고개를 홱 떼고 그녀를 내려다보았다.

"지금 날 갖고 노는 거야?"

그녀의 모든 자기 보호본능은 그렇다고 말하라고 다그쳤다. 그녀는 자신의 촉촉한 입술에 와 닿는 그의 숨결을 느끼고 푸른 눈을 짙푸르게 만드는 조심스런 굶주림을 보며, 영리하게 굴라고 그의 면전에 대고 깔깔 웃어주라고 스스로에게 경고했다. 그만 둘 수 있을 때 그만 둬.

그렇지만 그러기를 거부하는 자신의 말이 들렸다.

"아니."

그녀는 다시 그의 입을 느끼기 위해 까치발로 서려 했으나 그는 그녀를 붙잡아 거리를 두었다.

"아냐."

절박한 욕구가 속에서 조바심쳤고, 자신이 이렇게나 연연하고 있다는 사실에 분통이 터졌다. 그제서야 그녀는 웃었지만 흥겨움이 결여된 냉소적인 웃음이었다.

"혹시 내가 당신 마음을 갖고 논다 쳐도 뒤끝 없는 섹스 기회를 당신이 거절하겠다고? 천만에. 위선 떨지 마, 닉. 키스해."

"키스하지."

그의 굳은 목소리는 약속이라기보단 경고처럼 들렸다. 그리고 그가 한 키스는 공격적이며 약간 거칠었다.

데이지는 목 깊이 신음했다. 몸의 신경 전부가 고개를 뒤로 젖히고 만족감에 울부짖었다. 한동안 그녀는 그가 다시 물러나지 못하게 그의 머리칼을 꽉 움켜쥐고 열광적으로 키스했다. 그러다가 돌연 아드레날린이 고갈되자 그녀의 키스가 부드러워지며 목에 팔을 감고 그의 가슴으로 무너졌다.

닉은 그녀를 안고 방으로 들어가, 발로 문을 걷어차 닫았다. 그녀를 침대에 내려놓고 그 뒤를 따랐다. 손가락을 깍지 끼고 아이들이 눈 위에서 천사놀이를 할 때처럼 팔을 주욱 뻗어, 그가 그녀 위로 길게 몸을 뻗고 그들의 팔은 머리 위로 올리자 각지낀 손가락이 침대 머리판에 닿았다.

닉은 고개를 숙여 키스를 계속했다. 느리고, 깊고, 영혼을 뒤흔드는 키스. 데이지의 뼈는 버터처럼 녹아내리는 듯했다. 혈관 전체에 불을 지피는 키스. 거친 으음 소리가 그녀의 목 깊숙이에서 울렸고 그녀는 그에게 마주 키스했다. 그의 아래서 등을 휘며, 자신을 매트리스로 누르는 그의 무게를 반겼다.

그가 한쪽 팔꿈치에 의지하여 몸을 일으키자 그 무게가 사라졌다. 그는 둘 사이로 손을 뻗어 그녀의 허리춤 총집에서 글락 권총을 빼냈다. 그걸 한쪽으로 치우고, 다시 그녀 위로 돌아왔다. 그녀의 아랫입술을 물고 잡아당기며 이로 갉작거렸다. 그리고는 뒤로 물러나 그녀를 쳐다보았다.

"혹시 내가 알아야 할 다른 무기를 소지하고 있어?"

"나이프."

그녀는 그가 자신의 맨팔에 눈길을 주는 것을 보고 말했다.

"허벅지에 말야. 셔츠 벗어, 닉."

그는 몸을 일으켜 무릎을 꿇고 걸터앉아, 셔츠를 머리 위로 벗었다. 올려다보는 그녀의 눈빛이 근육질인 그의 가슴과 복부에 뜨겁게 닿아 왔다. 어깨의 멍은 이제 군데군데 노르스름한 연한 보라색으로 흐려져 있었다. 그녀는 손을 뻗어 살며시 손끝으로 만져 보았다.

그녀는 그의 어깨를 어루만지고 손끝으로 빗장뼈를 따라 그리다 가슴을 손바닥으로 눌렀다. 그의 가슴 잔털을 쓸고 있는데 닉이 짧은 치마바지 단추로 손을 가져갔다. 그는 치마처럼 꾸며 주는 앞자락을 젖히고 그 아래 반바지의 지퍼를 내렸다. 그녀가 엉덩이를 들어올리자 그가 옷을 끌어내렸다. 이제 하얀 브래지어와 조그만 파란 레이스 팬티, 러닝화와 양말, 허벅지에 잡아맨 나이프만 남았다. 닉은 그녀의 발치에 웅크려 신발 끈을 풀고, 재미있어하는 눈으로 그녀를 올려다보았다.

"근사한 테니스 슈즈야. 그렇지만 난 뭐랄까, 너의 우아한 파란색 전투화가 좀 그립다고나 할까."

"우아하다라."

데이지는 코웃음쳤다.

"그렇기도 하겠네."

그녀는 막 드러난 작은 발을 들어올려 빙글 돌렸다.

"농담이라 여기지만 혹시 아니라면, 가죽부츠를 신기엔 좀 더워서 말이야."

그녀는 허벅지의 나이프를 풀어 협탁에 놓았다. 닉이 다시 허벅지 위로 돌아오자 그녀는 그의 바지 허리에 손가락을 걸고 잡아당겼다.

"덥다는 얘기가 나왔으니 말인데, 몸이 식기 시작했어. 달아오르게 해 줘, 닉."

그녀는 그의 근육질 배에 손등으로 느리게 원을 그리며 문질렀다.

"아주, 아주 뜨겁게 해 줘."

그의 얼굴이 딱딱해지고 유머가 눈에서 사라졌다.

"젠장."

그가 중얼거렸다. 그리고는 그녀 위로 몸을 뻗고 짧은 머리칼에 손가락을 쑤셔넣더니, 그녀의 입을 덮쳤다. 데이지의 피는 즉각 끓어오르기 시작했다.

조금 전까지만 해도 닉이 선보이던 능수능란함은 연기처럼 사라졌다. 마음 저 한구석에선 목에서 들끓는 거친 소리를 의식했지만 그는 무시하고 데이지의 부드러운 입술을 벌려 입으로, 혀로, 몸으로 그녀를 정복하려 했다.

그녀는 그의 굶주린 키스를 자신의 굶주림으로 맞받았다. 손으로 팔로 다리로 매달리고 더, 더 그와 가까워지려 몸부림쳤다. 그녀의 열성적인 반응은 누가 주도권을 잡고 있는지 그녀에게 보여주려던 닉의 결심을 깨끗이 날려버리고 그의 자제력을 끝까지 밀어붙였다.

그로 인해 머릿속에서 편치 않은 경고의 종소리가 울렸다. 성인이 된 이래 그의 삶은 자제력 유지를 기반으로 쌓아 올려졌으니까. 그는 뒤로 물러나며 달아오른 혼미함 속에서 방어벽을 재구축하려 했다.

"아, 싫어."

그가 고개를 들자 그녀가 속삭였다.

"제발. 나 정말……."

그는 그녀의 부푼 입술과 씁쓸달콤한 초콜릿색으로 짙어진 나른한 눈을 내려다보았다. 자제력이란 게 뭐 별건가.

"어떤데, 데이지?"

그는 고개를 숙여 목과 턱이 만나는 연한 살결에 입을 맞췄다. 바르르 떨며 그녀는 그가 좀더 쉬이 닿을 수 있게 턱을 치켜들었고 그는 그녀의 목을 따라 키스해 내려갔다.

"뜨거워?"

둘의 몸 사이로 미끄러져 들어온 그의 손이 그녀의 왼쪽 젖가슴을 감쌌다.

데이지는 헉 숨을 들이켰다.

"오 세상에! 응, 뜨거워."

그녀의 다리는 그의 아래에서 초조히 벌어지고 가슴을 위로 쳐들었으나 그는 두 가지 초대를 다 무시하고 그녀의 매끄러운 목을 탐험하는 데 집중했다.

“너무 뜨거워.”

그녀는 그의 머리칼을 한 줌 움켜쥐고 잡아당겨 그녀의 목덜미에서 고동치는 핏줄에 입맞추고 있던 그가 마지못해 자신을 쳐다보게 했다.

“어떻게 좀 해 봐!”

너무나 전형적인 데이지다운 요구라, 즉시 그의 조건반사적인 경쟁심을 불러왔다.

“아까 ‘아주, 아주 뜨겁게’ 해 달라며. 아직까지 ‘뜨겁게’까지밖에 못 달성했어. 훨씬 더 잘할 수 있다고, 귀염둥이. 아예 김이 나게 해주지.”

그리고 그렇게 하고 싶고. 그는 완전히 자제력을 잃은 그녀를 보고 싶었다.

“제기랄, 콜트레인. 나 이 이상 뜨거워질 수는 없어.”

“아니, 천만에. 그럴 수 있어.”

그의 손가락이 그녀의 젖가슴을 감싸고 직접 닿지는 않은 채 젖꼭지를 맴돌았다.

“아직 시동도 안 걸었는 걸.”

“그 열기 타령은 이제 좀 잊어줄래? 난 그럴 필요가…… 그러고 싶지…….”

그녀는 그의 대담한 손길 아래 초조하게 움직였다.

“닉! 나 미치겠어. 좀더 빨리 하자.”

“그럴 거야, 컵케이크.”

그는 그녀의 아랫입술을 혀로 쓸고 건방진 젖꼭지를 엄지와 약지로 집었다.

“결국에는.”

그는 붙잡힌 포로를 살짝 꼬집으며 잡아당겼다.

그녀의 잇새에서 흐읍 숨소리가 났다. 하지만 그녀는 나른한 눈꺼풀을 떴다 감고는 말했다.

"지금, 콜트레인."

"내 스케줄대로 할 거야, 파커. 참고 살라구."

"오, 아니. 내 생각은 달라."

그녀는 그의 가슴에 손바닥을 가져가 확 떠밀어 그의 의표를 찔렀고, 닉이 뒤로 나뒹굴자 즉시 몸을 굴려 올라탔다. 종아리를 그의 허벅지에 대고 무릎꿇고 앉아, 촉촉이 젖은 파란 레이스 팬티를 그의 바지 앞자락에 텐트 친 불룩한 부분에 가져다댔다. 찾던 위치를 맞추고, 그녀는 살며시 엉덩이를 흔들었다.

"그래."

그녀의 눈은 다시 감겼다.

"이게 더 좋아."

오, 그래. 좋았다. 닉은 밀착감을 유지하려 허리를 들고는 손을 뻗어 그녀의 브래지어 앞 호크를 풀었다.

"아, 세상에. 이걸 기억하지 않으려 애썼지만, 빌어먹게 잊기 힘들었지. 넌 여전히 내가 본 중에서 제일 예쁜 젖가슴의 소유자야."

살짝 그을린, 주근깨가 흩뿌려진 흉곽에서 솟아난 뽀얀 크림색의 곡선. 높고 완만하게 경사졌고, 아래쪽은 풍만한 곡선을 그렸다. 데이지의 젖가슴은 유별나게 크진 않았다. 하지만 절묘한 모양에 동그랗고 당당하며, 부드럽고 발갛게 물든 핑크빛의 유륜에다 단단한 유두는 똑바로 침대 머리판을 향하고 있었다. 복부를 굽혀, 닉은 반쯤 일어나 앉아 한쪽을 입에 물었다.

"아!"

데이지는 젖가슴에서 다리 사이의 욱씬거리는 깊은 중심으로 번개가 내리꽂히자 움찔 얼어붙었다. 그의 손이 팬티 안으로 미끄러져 들어와 엉덩이를 감싸는 게 느껴졌고, 다리 사이의 발기한 남성에 대고 의미심장한 리듬으로 움직이도록 그녀를 이끌었다.

그녀는 그를 내려다보았다가 자신을 마주 보는 그의 푸른 눈을 보고 놀랐다. 그녀의 시선을 붙들고, 그는 볼을 빨아들여 그녀의 젖꼭지를 빨고, 그 아래에서 혀를 놀렸다. 더 많은 번개가 내리꽂히고 그녀는 해방을 갈구하며 그의 단단한 기둥 위로 주저앉았다.

"오, 맙소사, 닉, 제발."

그녀는 그의 바지 단추를 더듬거렸지만 손가락이 고무가 되어버린 느낌이었다.

"당신이 이겼어, 됐지? 더 이상 게임은 하고 싶지 않아. 그냥, 제발, 이 불을 끌 수 있도록 도와줘."

그는 그녀의 젖꼭지를 더욱 세게 빨아들였고 그녀의 폐에서 터져나간 공기가 필사적인 높은 소리가 되어 폭발했다.

"제발, 제발, 제발."

갑작스런 번개 같은 동작으로 닉은 그녀를 굴려 눕히고 위로 올라탔다. 몸을 숙여 다른 쪽 젖가슴에 경의를 표하며, 그는 바지 단추를 풀고 지퍼를 내리고는 바지와 사각팬티를 한꺼번에 엉덩이로 내렸다. 그녀의 팬티도 손가락을 걸어 끌어내리고는, 협탁 서랍으로 손을 뻗어 콘돔 상자를 꺼냈다. 흔들어서 몇 개를 침대 위에 떨구고 상자를 던져버린 다음, 몸을 굴려 일어나 발목에 걸린 사각팬티와 바지를 차냈다. 그녀를 내려다보며 포장 하나를 뜯어 씌웠다.

"아, 세상에, 이것 좀 봐."

그는 거친 목소리로 말하고 그녀의 젖은 골짜기에 살며시 손가락을 가져가 꿈틀거렸다.

"블론디는 진짜 금발이군."

그의 손가락이 느릿느릿하게 파고들고 미끄러졌다.

그녀는 정수리가 날아갈 것만 같은 감각에 등을 휘었으나, 간신히 내뱉을 수 있었다.

"그리고 당신 좀 봐."

그녀는 그의 단단한 배 아래의 길고 굵은 그의 남성을 향해 고갯짓했다.

"콜트레인은 순종 종마네."

하지만 목에 꽉 걸려 있는 그녀의 심장에서 억지로 빠져나온 그 말엔 재치가 결여되어 있었다. 그녀는 손을 뻗어 그의 남성을 감아 쥐었다.

"장난은 그만, 닉."

그녀는 제련된 강철을 덮은 벨벳 같은 살갗을 느꼈다.

"이 이상 날 기다리게 했다간 성깔 나올 줄 알아."

"오호, 겁나는데."

하지만 그는 그녀 위로 올라와 손을 짚고 엎드렸다. 고개를 숙여 그녀에게 키스하고 마치 팔굽혀펴기를 하듯이 몸을 낮추어 자신의 가슴을 그녀의 젖가슴에 문질렀다.

"이끌어 줘."

그가 목쉰 소리로 다그쳤다.

"날 네 안에 넣어 줘, 데이지. 당장."

그녀는 닉을 자신의 안으로 이끌었다. 닉이 허리를 당겨 단도직입적으로 파고들자 그녀는 날카로운 숨을 들이쉬었다.

"오, 세상에, 닉."

"젠장, 데이지. 너 진짜……."

악문 이를 드러내고, 그는 팔을 곧게 펴 그녀에게서 상반신을 떼어 아래를 내려다보았다.

"조여, 진짜 엄청 조여."

그는 조금 물러났다가 살며시 나아가고, 후퇴와 전진을 반복하며 매번 조금씩 점령지를 넓혀 갔다.

"마지막으로 한 지가 얼마나 된 거야, 그나저나?"

"좀 됐어."

그녀가 골반을 꿈틀거려 미묘하게 조절하자 그가 더 깊숙이 미끄러져 들어왔고 그 순간 둘 다 날카롭게 숨을 들이켰다.

"꽤 오래 된 모양인데. 네 몸의 느낌으로 판단하자면 말야."

그는 잠시 꼼짝 않고 있었다.

"맙소사. 커다란 발을 조그만 구두에다 쑤셔넣으려는 못생긴 의붓언니가 된 기분이야."

조심스레 그는 물러났다.

"아!"

자극은 좋았지만 그가 남긴 허전함이 싫었다. 그리곤 그가 다시 밀고 들어오자 꽉 찬 듯한 느낌, 왠지 초조한 기분이었다.

"오, 제발. 더."

그녀는 다리를 어째야 할지 감이 안 잡혀 이리저리 움직였다. 마침내 무릎을 세우고 발을 매트리스에 딛고, 엉덩이를 들어올려 그의 다음 돌진을 맞이했다.

"아, 제길!"

그의 몸짓이 속력을 더했다.

"그거야, 데이즈. 그래, 바로 그렇게. 맙소사, 너무 좋아."

그리고는 돌진을 멈추고 물러나 작게 허리를 돌렸다.

데이지는 목 졸린 비명소리를 내뱉었다. 거의 가까웠다. 맙소사, 거의 다 되었다.

"오, 제발."

그녀는 속삭였다.

"나 꼭…… 제발, 닉, 제발."

닉의 손이 그들 몸 사이 완만한 둔덕을 올라갔다. 긴 손가락이 매끄러운 골짜기로 파고들었다. 그리고는 막 그의 골반이 강하고 빠른 전진과 후퇴를 재개하는 동시에 손끝으로 매끄러운 진주를 찾아냈다.

그의 쓰다듬는 손가락 아래 감각이 고였고 매번 돌진할 때마다 그는 그녀를 채우고 넓히며 그녀가 존재 여부조차 몰랐던 곳에 부딪힌 후 물러났다. 그녀는 헐떡이고, 애원하고, 다그치기 시작했다. 초점 없는 눈으로 닉의 얼굴에 시선을 맞추자, 닉이 열기 띤 눈으로 그녀를 쳐다보고 있는 것이 아닌가.

그는 삐딱한 미소를 지어 보였다.

"만족을 원해, 블론디?"

"그래. 그래, 그래, 그래!"

그는 그녀 안으로 파묻히며 다시 한 번 골반을 돌리고 물러났다.

"네가 느끼게 해 주면 나한테 뭘 줄 건데?"

"뭐든지. 음, 돈이 아니라……오, 맙소사, 닉!"

그가 다시금 그녀 안의 그곳을 건드리고 물러나자 데이지는 눈이 절로 감기는 것을 느꼈다.

"첫아들이든, 입은 옷을 벗어 달라든, 뭐든 말만 해."

그가 고개를 숙여 그녀의 귀에 속삭인 제안에 그녀는 그를 꽉 조였다. 그는 잇새로 숨을 훅 내뿜었다.

"난 한 번도, 음, 그런 건 해보지 않았는데."

데이지는 털어놓았다. 손닿지 않는 곳에 있는 절정을 찾아 조바심치며, 그녀는 그의 얼굴을 올려다보았다. 그는 타락천사처럼 보였다. 그녀가 만족에 도달하느냐 아니냐를 결정하는 열쇠를 쥔 천사.

"그래도 아마 할 수는 있을 거야. 잘하리라는 보장은 못하지만, 그렇게 형편없지는 않을 거라고 장담해."

"아, 맙소사."

그는 그녀의 무릎 뒤에 자신의 팔을 걸고, 그녀의 어깨 옆에 양손을 짚은 다음, 그녀의 엉덩이를 매트리스에서 들어올려 무릎이 그의 겨드랑이까지 올라가게 했다.

"넌 뭔가 달라, 데이지 파커. 너무나 특별해서 뭐라 표현할 말조차 없어."

그가 다시 움직이기 시작했다.

"닉, 오, 제발. 오, 제발, 닉? 아앗! 나 정말……이건 너무……오…… 하나님…… 맙소사!"

가차없는 충돌에 갑자기 불꽃이 타올라, 짧은 도화선을 달려 할리우드 특수효과처럼 폭발했다. 그녀의 안쪽 근육이 발작하여 이 모든 쾌감의 근원을 움켜쥐고 쥐어짜는 동안 순전하고 순수한 절정의 충격파가 그녀의 몸을 뒤흔들었다. 그녀는 자신의 안으로 마지막 한 번 더 깊이 돌진하는 닉에게서, 자신의 숨가쁜 '오— 오—'와 대조되는 그의 깊고 스러져 가는 신음을 희미하게 의식했다. 하지만 대부분은 계속 이어지는 자신의 오르가슴에 맹렬히 집중하고 있었다.

계속.

계속.

닉이 돌연 그녀 위로 무너졌고, 그녀는 그의 체온과 무게를 반기며 숨결을 고르기 위해 분투했다. 성층권까지 올라간 수소풍선처럼 흐늘흐늘 늘어진 느낌이었다. 평생 이렇게 나른한 기분을 느껴 본 적이 없었다.

뇌가 다시 작동하기 전까지는 그랬다. 그러나 뇌가 작동을 시작하자 불안이 스물스물 파고들기 시작했다. 맙소사, 난 왜 이러지? 매몰차게 박대당하는 게 그리 좋나? 목에 와 닿는 그의 숨결을, 턱 아래 스치는 그의 머리칼을 느끼자, 온통 마음이 녹아내렸다. 그를 이런 식으로 영원토록 품에 안고 싶었다.

허나 전에도 바로 지금과 똑같은 위치에 처한 적이 있었다. 그리고 결혼 계획은커녕 내일의 일정도 짜지 말라고 경험은 충고하고 있었다. 매달리면 매달릴수록, 남자들은 더 서둘러 떠나간다. 그리고 닉은 아마 그 중에서도 제일 장기적 관계 기피증일 것이다.

세상에, 무슨 짓을 저질렀담? 이 코미디를 계약할 때 그가 자신의 마음을 쪼개놓을 가능성이 크다는 것을 그녀는 너무도 잘 알고 있었다. 젠장, 이번엔 도대체 무슨 일을 저질렀담?

12

닉은 데이지 위에 길게 누워, 자신이 지금 어떤 상황에 빠졌는지 좀더 걱정해야 한다고 스스로를 타이르고 있었다.

그리고는 그녀의 목에 대고 히죽 웃었다. 그는 자신이 어디에 있는지 정확히 알고 있었다—데이지. 그는 그녀 안 깊숙이, 자신이 원하던 바로 그곳에 있었고 아주 좋았다. 자신의 유치한 말장난에 낄낄거리는 웃음이 새어나왔지만 재빨리 그녀의 목에 대고 소리를 죽였다.

"뭐야?"

그녀가 웅얼거렸다.

"아무 것도 아냐. 그냥 기분이 좋아서."

흠, 그건 정말 과소평가다. 끝내주는 기분이었다. 그의 온몸은 평생 가장 만족스런 섹스의 여운에 잠겨 있었다.

그는 매력이란 것이 왔다가도 가 버리는 것임을, 굉장한 섹스라 해도 연애의 기반과는 아무런 관련이 없음을 익히 알고 있었다. 처음 시작할 때 얼마나 서로간의 반응이 뜨거웠던들, 마지막에는 다

타 버리고 만다. 그것은 콜트레인의 진리다.

하지만…….

그건 그가 9년 전 스스로에게 했던 말이었다. 데이지의 품에서 빠져나와 호텔방에 그녀를 두고 떠났을 때. 억지로 발걸음을 떼며 자신이 느끼는 것은 고통이 아니라고 타일렀다. 금방 그녀를 잊어버릴 거라고. 단지 처녀의 첫 경험이었기에 그리도 특별했던 거라고.

그리고 두말할 필요 없이, 근사한 섹스였다. 그는 갈망의 홍수에 휩쓸렸었고, 만약 빠져들게 된다면 파국을 맞을 것은 불 보듯 뻔했다. 그래서 그는 현명하게 처신하여, 아버지의 뒤를 따르고자 하는 충동에 넘어가기 전에 뒤도 안 돌아보고 빠져나왔다.

하지만 그는 그날 밤을 잊지 않았다. 떠나 왔다고 해서 아픔이 멈추지도 않았다. 그 아픔은 아주, 아주 오래도록 가시지 않았다.

데이지에게 끌리는 것은 확실히 다 타올라 스러지지 않았다. 어쩌면 너무 일찍 싹을 쳐냈는지도. 어쩌면 그녀에 대한 감정은 자신이 생각했던 것과 다른, 더 강한 것인지도 모른다.

어쩌면 큰마음 먹고 어떻게 되는지 살펴봐야 할지도.

그로서는 신뢰면에서 커다란 전진이었지만, 그들 사이의 관계는 사실 잘될 가능성이 적었다. 그리고 뭐 결혼이나 그런 것도 아닌 하루하루씩 나아가는 독점적 관계일 뿐이다. 일종의 12단계 로맨스랄까.

그녀의 내음을 들이쉬자 기분이 좋았다. 물론 그녀에게 설명할 때는 조심해야 한다. 그녀가 거기에 너무 큰 중요성을 부여하기를 원치 않았으나, 그녀가 자신에게 있어 중요한 사람임을 알아주기를 바랐다.

그에게는 처음 있는 일이었다. 그는 자신의 감정을 여자에게 드러내는 연애에 익숙하지 않았다. 하지만 조심조심 진행하려 계획 중이긴 해도 자신과 블론디가 진짜 가망이 있을지도 모른다고도 생각했다.

언젠가는.

그녀가 너무 일찍 너무 많은 것을 기대하지만 않는다면.

한 번 그녀에게 상처를 주었기에, 그는 그녀에게 다시 상처주지 않기 위해서 힘닿는 일이라면 뭐든 할 참이었다. 하지만 또한 자신의 페이스에 맞춰 나아갈 참이기도 했다.

데이지가 그의 아래에서 기지개를 켜고 중얼거렸다.

"기분 좋다니 다행이네. 그럼 내가 계속 일하기를 바란단 뜻이야?"

"그럼, 당연하지. 애초에 널 그만 두게 하는 건 내 생각이 아니었어."

그는 팔꿈치를 대고 몸을 일으켜 그녀를 내려다보았다. 그녀의 눈은 나른했고 입술은 키스로 도톰하게 부풀어 있었으며 그는 앞으로 몇 시간 동안 침대에서 나가야 할 이유를 단 하나도 떠올릴 수 없었다.

"넌 어때? 네 기분은?"

그녀는 다시 기지개를 켰다.

"아, 나도 아주, 아주 좋아."

"그래?"

그는 그녀에게서 물러나 옆으로 몸을 굴려 한 손으로 머리를 받치고 누워, 일어서는 그녀를 지켜보았다. 그는 그녀를 지켜보는 게 좋았다. 그녀는 유연하고 탄탄했으며, 저 육체로 가능할 일들을 생각만 해도 그의 심장은 빠르게 고동쳤다.

"진작에 이랬어야 했는데."

팬티를 찾아 발을 집어넣으며 데이지가 가볍게 말했다.

"그랬으면 괜히 엄청 긴장하고 신경 쓸 일 없었잖아. 눈치보며 서로의 주위를 빙빙 돌 일도 없었고."

그녀는 브래지어를 찾아 호크를 채우고, 그를 넘겨다보며 브래지어의 위치를 바로잡았다.

"이제 마침내 그걸 해치웠으니까, 목전에 닥친 일로 돌아갈 수 있겠다."

그녀는 브래지어 끈을 바로 폈다.

"뭐?"

설마 그녀가 하려는 말이 지금 자신이 이해한 뜻이라곤 믿을 수가 없어, 닉은 일어나 앉았다.

"마침내 근질거림을 해결했다 이거지. 이제 앞으로 나아갈 수 있어."

그의 속이 뒤틀리기 시작했다.

"그리고 다시 근질거릴 거란 생각은 안 들고?"

"모르겠어. 난 그렇게 밝히는 편이 아니거든."

"아, 그래. 내가 널 멋대로 탐하고 있을 때 가만히 누워 끝나기만을 기다리던 네 조용한 태도를 보고 알아봤다."

그녀의 뺨이 핑크색으로 물들었다.

"좋아, 이번은 달랐어. 당신은 날 평소보다 훨씬 더 뜨겁게 만들어."

그녀의 고백에 그는 가슴이 조여들었으나 더 파고들기 전에, 얼마나 많은 남자와 사귀었는지, 그리고 바보라도 그녀의 성적 적극성을 빤히 알 수 있는 마당에 왜 그놈들이 그녀를 성적으로 무관심하다고 생각하게끔 만들었는지 알아내기 전에, 그녀가 단숨에 말해 버렸다.

"내가 하려는 말은, 만약 내가 다시 근질거린다면 그때도 함께 해결할 수 있을 거라는 거야."

그녀는 잠시 옷 입던 것을 멈추고 그에게 주의를 쏟았다.

"그래도 걱정할 건 없어, 닉. 당신에게 질질 매달리진 않을 테니까. 이번에는 게임 규칙을 알거든. 서로 구속하지 않기."

그녀의 눈에서 가벼운 어투와 상충되는 무언가를 보았다고 생각했으나, 그가 확신하기 전에 데이지는 양말을 끌어올리려 몸을 숙여 버렸다. 닉은 조심스레 물었다.

"만약 내가 구속을 원한다면?"

그녀는 웃어젖혔다.

"아, 그래. 숨죽이고 기대할게."

어쩐 이유에서인지, 그 대꾸에 그는 성미가 욱했다. 그렇지만 심한 말을 내뱉기 전에 억눌렀고, 그런 충동이 들었다는 것에 놀랐다. 보통은 이보다 훨씬 자제하는 편인데.

"더 괴상한 일들도 일어나, 컵케이크. 만약 내 쪽이 근질거리면?"

그녀는 신발 끈을 묶다 손을 멈추곤 그를 올려다보았다.

"그럼 긁어 달라고 나를 설득해야겠지, 안 그래?"

그녀는 신발을 다 신고 일어섰다.

"저기, 우린 둘 다 성인이잖아. 순전히 성적인 관계를 나누고 싶다면, 그러면 되는 거지 뭐, 아냐?"

젠장. 닉은 어떻게 생각해야 할지 알 수가 없었다. 좋아 죽어야 마땅할 텐데. 그녀는 완벽한 해결책을 제시했다. 그가 장기간 연애에 관심이 없다고 분명히 밝히면 일반적으로 여자들은 발끈하곤 했다.

하지만 그는 데이지에게 평소 자신의 '고마워, 그럼 이만' 식의 사랑 나누기 이상의 것을 주고자 했었다. 전부 계산했지만 그녀의 흥미 결여는 분명 그의 공식에 포함되어 있지 않았다.

어깨를 으쓱하고, 그는 사각팬티로 손을 뻗었다. 평소 안 하던 짓을 하려니까, 남에게 친절하려 드니 이렇게 되는 거다. 그녀를 위해 무릎 꿇으려고까지 했는데, 그녀는 톱을 집어다 그의 발 아래 나뭇가지를 썰어버린 격이다.

뭐, 어쩌겠나. 괜히 멍청이 취급을 자처할 건 없지. 그리고 12단계 연애에 대한 생각을 털어놓을 필요도 없고. 그녀는 자기 입장을 분명히 밝혔다.

그러니까…… 잘됐지. 사실 끝내준다. 이제 시간을 갖고 생각해보니, 둘 다를 위해 최선의 결론이다. 그 모든 구속과 미래에 대한 이야기 없이 데이지와 섹스를 할 수 있게 된 것이다. 정말 완벽하지 않은가.

그런데 왜 마치 혈관의 피가 갑자기 얼음물로 바뀐 것 같은 기분이 드는 걸까.

"그 빌어먹을 경찰이 도대체 언제 오는 거야?"

닉은 서성거리다 멈춰 서서 20분 사이 네 번째로 창살 창문을 내다보았다.

그가 창문에서 부엌으로, 난로 앞으로, 복도로, 다시 창문으로 왔다갔다하는 모습을 지켜봐 온 데이지는 인내심을 동원하여 '다시' 대답했다. 그녀로선 알 수 없다고.

"우린 급박한 상황도 아니니까, 우선순위가 높지 않을 거야."

그는 다시 돌아다니기 시작했고 그녀의 인내심은 한계에 달했다.

"정말이지, 좀 앉을래? 바닥 닳겠다."

그는 그녀 맞은편의 검은 태피스트리 의자 끝에 걸터앉았다. 무릎에 손가락을 톡톡거리다 발을 타닥거렸다. 마침내 그녀와 눈을 마주치고 움직임을 멈추었다.

"저, 경찰이 오면 나 혼자 얘기하고 싶은데."

"뭐?"

그녀는 톡 쏘아붙였다.

"아, 그거 끝내주네, 콜트레인. 차라리 내 심장에 얼음 깨는 송곳을 박아넣지? 아니면 새 경호 전문가를 부르고 싶다는 얘길 돌려서 말하는 거야?"

"으이구, 데이지, 그만 좀 해 둘래? 너야말로 성질 좀 그만 부려."

"성질 부리는 게 아냐! 당신이 전문가의 충고를 안 들으려는 상황에서 가장 합리적인 대답이라구."

"뭐든 간에. 내 말은 그게 아니야."

"흥, 뭐 어차피 마찬가지야. 날 털끝만치도 안 믿는 게 빤히 보이는 걸."

사랑을 나눈 후 그와 거리를 둔 게 천만다행이지. 혹시 그녀가 그에게 좀 부드러워지기라도 했더라면 그녀의 감정을 그 자리에서 쾅쾅 짓밟고도 남을 위인이다.

닉은 머리칼을 부욱 긁어 올렸다.

"제기랄, 이건 믿고 말고의 문제가 아냐! 그냥 네 앞에서 옛날 애인에 대해 말하기가 불편해서 그래, 됐어?"

그녀는 코웃음쳤고 그는 그녀를 노려보았다.

"잘 들어, 블론디. 너는 이 사건에 대한 네 기분을 아주 분명하게 밝혔잖아. 그러니 난 네 가시 같은 눈초리에 찔리지 않고 그자들의 동기에 대해 진술하고 싶어."

그녀는 가슴 위로 팔짱을 끼고 그를 째려보았다.

"좋아."

답답한 마음에 끄응 소리가 그의 입에서 흘러나왔다.

"젠장, 그러지 마. 날 무슨 정신박약아 취급하지 말라고. 전혀 '좋아'가 아니잖아. '멋대로 해, 개자식'이라는 말이 입에 뱅뱅 도는데 입밖에 낼만큼 솔직하지 않은 것뿐이면서."

"멋대로 해, 개자식."

닉은 어깨를 축 늘어뜨리곤 손을 주머니에 찔러넣으며 의자에 털썩 주저앉았다. 그리곤 그녀의 눈을 똑바로 쳐다보았다.

"좋아."

순찰경관이 도착했을 무렵 집안의 분위기는 여름 안개보다 더 무거웠다. 데이지는 문을 열어주고, 언제부터 경찰학교가 열네 살짜리 어린애를 졸업시켰을까 의아해하며 젊은 남자를 거실로 안내했다. 닉이 자리를 권했다.

그들은 돌아가며 습격과 닉의 경호 전문가로서의 데이지의 역할에 관해 설명했다. 경찰은 닉을 쳐다보았다.

"왜 보디가드가 필요하셨습니까?"

"여기서 애기가 끝난 다음에 조용히 말씀드리고 싶은데요, 괜찮으시다면."

"좋습니다."

순찰경관은 어깨를 으쓱했다.

"습격이 대략 오전 11시쯤이었다고 하셨나요?"

"그쯤이죠, 네."

"그런데 제 기록에는 11시 45분이 넘어서야 신고가 들어왔다고 되어 있는데요."

데이지의 머릿속은 돌연 그 사라진 45분간 자신들이 하고 있던 일 외에는 텅 비어버렸고, 그녀는 닉을 쳐다보았다.

그는 태연하게 말했다.

"파커 씨가 첫번째 괴한에게 떠밀려 벽에 부딪혔을 때 부상을 입어서요. 피를 흘리고 있어서 치료를 해야 했습니다."

데이지는 경관의 눈이 와 닿는 것을 느끼고 그가 무엇을 보는지 알았다. 조금 전 그녀도 거울 속에서 같은 것을 보았으니까. 입술은 닉의 키스로 부풀어 있었고, 그 주위엔 수염에 쓸린 흔적에다가 턱 바로 아래엔 그의 입이 희미한 자국을 남겨놓았다.

알 만하다는 미소가 경관의 입가에 떠올랐다.

"응급치료라 이거죠."

그는 중얼거리고 데이지의 눈을 마주했다.

"알겠습니다."

그녀는 목을 스물스물 타고 올라오는 열기를 속으로 욕했다.

닉은 데이지가 침대에서 함께 보낸 시간을 망쳐버린 이후로 그녀에게 울컥해 있었지만, 그렇다고 해서 부끄러워하는 모습을 보고 싶은 건 아니었다. 만약 여기서 누가 그녀를 부끄럽게 한다면, 그건 그자신이어야지, 그들이 무슨 짓을 했는지 안다는 내색을 해서 데이지를 놀리는 풋내기 경관이어서야 안 될 말이었다.

"이봐요."

그는 말을 걸어 경관의 주위를 그녀에게서 돌렸다.

"습격과 실제로 관련 있는 질문이 있는 겁니까? 아니라면, 파커 씨에게 실례를 구하고 폭력배들이 우릴 덮친 동기에 관해 설명했으면 하는데요."

닉의 태도에 달가워하지 않는 기색이 역력했지만 경관은 몇 가지 사소한 사항을 묻고는, 데이지를 보냈다. 그녀가 들어간 침실 문이 닫히자마자 그는 닉에게로 돌아섰다.

"좋아요, 이제 들어볼까요."

"지난 토요일 우연히 J. 피츠제럴드가 부인이 아닌 젊은 여자와 섹스하는 광경을 찍었습니다. 그때부터 암실을 털고, 물건들을 망가뜨리고, 어깨를 탈구시켜 났죠. 하마터면 차에 치일 뻔했고, 벌써 아시다시피 데이지와 난 차고에서 습…….."

"잠깐만, 잠깐만, 잠깐만요."

경관이 한 손을 들었다.

"그 더글러스 씨가 이 일을 주도했단 겁니까? 그 J. 피츠제럴드 더글러스 씨, 곧 대사직을 받을 그분이요?"

"네. 내 말이 바로 그 말입니다."

"관두쇼 그분은 샌프란시스코의 상징 그 자체라구요 우리 교회에서도 강연을 했는데, 성금까지 냈단 말입니다. 그분은 성인이에요."

끝내주는군.

"잠깐만 기다려주면, 더글러스가 그렇게 숨기려 드는 사진을 가져오죠. 그 사람이 성인과는 거리가 멀다는 걸 직접 눈으로 보게 될 겁니다."

"사진은 관둬요."

노트를 탁 덮으며 경관이 자리에서 일어났다.

"사진은 조작할 수 있지 않습니까. 쓰레기 같은 신문에 실리는 사진들을 본 사람이면 누구라도 아는 사실인 걸요."

닉을 향한 경관의 표정은 그 역시 같은 부류로 여기고 있음이 확연했다.

닉도 자리에서 일어났다.

"그건 물론 사실이겠지만, 난 타블로이드에서 일하지 않습니다. 인물 전문 사진가고, 솔직히 말해 내 분야에서는 더글러스만큼이나 존중받고 있어요. 확인해 보시죠. 더글러스와 솜털도 안 가신 아가씨를 필름에 담은 그날 난 빗시 펨브룩의 결혼식 사진가였으니까."

경관은 그저 무덤덤한 눈길로 응시할 뿐이었고 닉은 분통이 터졌다.

"이게 봉사하고 지킨다는 자세입니까? 자기가 존경하는 사람이 그런 소행을 저질렀을 리 없다고 결론지어 버리곤, 그 이후 내게 벌어진 모든 사건은 무시해 버리는 건가요? 그것 참 프로답군요."

젊은 남자는 얼굴을 붉혔다.

"그 습격이 있었던 장소와 시간을 알려주시죠."

닉이 불러주자 경관은 받아 적었다.

"펨브룩 씨의 번호도요."

그는 닉에게 굳은 표정을 보였다.

"댁의 말을 확인해 볼 겁니다."

"그래요."

닉은 일어났다.

"신부는 이번 주 신혼여행을 가고 없으니, 친정집 전화번호를 알려드리죠. 신부 어머니와 통화할 수 있을 겁니다. 말 나온 김에 여기 슬레이터 상원의원님의 전화번호도 있고. 그분이 날 보증해 주실 겁니다."

그는 이름을 적은 쪽지를 경찰의 손에 탁 쥐어주었다. 분노로 인해 숨결이 빨라져서, 그는 깊이 숨을 들이쉬며 자제력을 찾으려고 의식적으로 노력했다.

종이를 노트에 끼워 챙기고, 순찰 경관은 닉을 쳐다보며 말했다.

"더글러스 씨 댁에 가서 아랫사람들에 대해 여쭈어 보겠습니다."

그 폭력배들이 더글러스의 정식직원이기도 하겠다. 그래도 필요한 절차임을 알기에 닉은 경찰에 감사인사를 하고 마중했다.

정말이지 뭔가를 치고 싶을 뿐이었지만 애초에 평정을 잃은 탓에 풋내기 경관한테 평소답지 않게 굴었다. 그는 덜컹거릴 만큼 방문을 세게 손바닥으로 쳐서 화를 풀었다.

"이젠 나와도 돼, 데이즈"

문을 어찌나 빨리 열고 나왔던지 보나마나 문 뒤에 붙어 있었던 게 틀림없었다.

"그래서?"

그녀가 다그쳤다.

"둘이서 친목도모 잘했어?"

"제길."

그의 웃음은 짧고 씁쓸했다. 그는 거실로 성큼성큼 돌아가 의자에 몸을 던졌다.

데이지는 그를 뒤따랐다.

"아닌가 보지?"

"이렇게 말하기로 하지, 컵케이크. 경찰을 부르는 건 이번이 마지막이라고. 시간낭비야. 경찰과 뭐가 뒤틀렸는지 모르겠지만, 내가 하는 말은 한 마디도 안 믿어."

"부자 사립학교 티가 나서겠지."

그녀는 그의 뒤로 가서 굳어진 어깨를 주무르며, 목 뒤에 뭉친 부위를 엄지로 꾹꾹 눌러주었다.

닉은 약해졌다. 젠장, 그녀를 다 파악했다고 생각하면, 와서 꼭 이렇게 귀여운 짓을 한단 말야.

"난 상습적 거짓말쟁이 취급받는 데 익숙하지 않아."

편리하게도 이 난장판이 벌어진 이래 누구에게든 100퍼센트 정직하지 않았단 사실은 싹 잊어버리고 그가 털어놓았다. 하지만 인생에서의 자신의 위치를 얼마나 당연하게 받아들이고 있었는지는 깨달았다. 데이지의 손가락이 목의 긴장을 마법처럼 풀어주는 동안 그는 머리를 푹 숙이고, 헛웃음을 내뱉었다.

"맙소사, 그렉 아저씨의 이름까지 끌어다 댔다구. 내가 그랬다니 믿어지지가 않아."

"그렉 아저씨가 누군데?"

"그레고리 슬레이터 상원의원. 아버지 친구분이야. 아버지와 같이 초트를 나오셨어."

"초트."

그녀는 엄지를 더욱 깊이 눌렀다.

"우와, 대단하네."

움찔 그는 어깨 너머로 손을 뻗어 그녀의 한쪽 손목을 잡아챘다. 그녀를 이끌어 의자 옆을 돌게 하고는, 잡아당겨 자신의 무릎 위로 쓰러지게 했다.

"고트(염소)와 비슷한 발음이잖아, 예쁜이. 그게 뭐가 대단해?"

그녀는 웃음을 터뜨렸고, 갑자기 그는 기분이 좋아졌다.

"들으면 너도 이해할 거야. 난 반 친구들이 그런 짓을 하면 참 싫어했거든. 곤경에서 빠져나가려고 가족의 이름을 파는 거 말야. 그런데 그런 내가 열두 살짜리 경관에게 난 타블로이드 사진가가 아니라고 설득하기 위해 그런 짓을 했단 말이야."

데이지가 고개를 젖혔다.

"왜 그렇게 생각했대?"

오, 젠장. 닉의 뇌리는 멍해졌다. 잘했다, 헛똑똑이. 이번엔 얼마나 거창한 거짓말을 하려고?

다행히도, 그녀가 눈을 휘둥그렇게 뜨며 다그치는 바람에 모면했다.

"그나저나 그 유부녀가 누구야?"

감사합니다, 하나님. 앞으론 더 착하게 살게요, 맹세해요.

"별거 아닌 여자야. 중요하지 않다구."

그녀가 뭐라 항변할 듯이 보여서, 그는 고개를 숙여 키스했다. 그녀의 입은 즉시 그의 입 아래에서 부드러워졌고, 처음 방어전략으로 시작했던 것이 곧 제 생명을 띠었다. 낮은 신음소리가 그의 목에서 울리고 그는 좀더 편하게 무릎 위 그녀의 자세를 고쳤다. 자신이 얼마나 오래 혀를 쓰지 않고 버틸 수 있나 보려, 부드럽게 빨아들이는 키스를 유지했다.

데이지가 먼저 파고들었다. 그녀의 혀끝이 그의 아랫입술을 넘어왔고, 그는 흡 숨을 들이켰다. 그녀가 좀더 깊이 들어오도록 입을 벌렸지만, 얼마간 그녀는 혀끝만으로 그를 희롱했다. 그는 숨을 죽이고 있는 자신을 발견했다. 마침내 그녀의 혀가 미끄러져 들어오며,

그의 혀에 문질러댔다.

그는 크게 신음하고 격렬히 키스했다. 잠시 후 입을 떼고, 그는 그녀를 내려다보며 헐떡거렸다.

"나 정말 무척 근질거려, 데이즈."

그는 그녀의 머리 위로 흘러내린 밝은 머리칼을 살며시 올려주었다.

"으음— 흠?"

그녀의 초콜릿빛 갈색 눈은 나른하고 적극적인 빛을 띠고 있었다.

"그래서?"

"누굴 죽여야 네가 날 긁어줄지 궁금해."

"니콜라스, 허니, 아무도 죽일 필요 없어. 그냥 아주 착하게 부탁하면 되는 거야."

그녀는 그의 턱을 손으로 감싸고 살며시 아랫입술을 깨물었다.

"아, 맙소사, 데이지."

그는 중얼거리고 부르르 떨며 항복했다.

"제발 부탁해."

13

J. 피츠제럴드는 새파랗게 젊은 경관이 건물을 나설 만큼 충분히 오래 기다린 다음 의자에서 일어나 사무실을 나섰다.

"15분 후에 돌아오지."

비서의 책상을 지나며 그는 그렇게 말했다.

오후의 햇살이 건물 밖에 주차된 차들에 반사되어 눈이 부셨다. 그는 섬광에 눈을 깜박거리며, 회전문을 지나 인도로 나섰다. 어깨에 내리쬐는 따스한 햇살과 유니언 광장에서 성대하게 벌어진 야외 예술 전시회를 무시하고 성큼성큼 몇 블록 떨어진 공중전화로 향했다. 목적지에 도착하자, 번호를 누르고 요금을 넣었다. 전화벨이 두 번 울리자 상대의 목소리가 들렸다.

"네."

"뭐가 어떻게 돌아가는 건가, 오트리? 방금 콜트레인 일로 경찰이 찾아왔어."

오트리는 숨죽여 욕설을 내뱉었다.

"죄송합니다, 더글러스 씨. 진작에 연락하려고 했는데 2시까지 사무실에 안 돌아오신다고 비서가 그래서요."

"보다시피 일찍 돌아왔네. 도대체 뭐야?"

"좀 문제에 부딪혔습니다."

"내가 진작에 짐작 못한 얘길 해 봐. 무슨 문제?"

"어제 말씀드린 금발머리 아시죠? 동거하러 들어온 여자?"

"그래, 그래. 그 여자가 뭐?"

그는 오트리에게 콜트레인의 성생활에 대해선 신경 안 쓴다고 이미 말해 둔 바였다.

"그게 알고 보니 우리 생각과 달리 그놈 애인이 아니더군요. 놈이 고용한 보디가드였어요."

"뭐야?"

"오전 늦게 콜트레인의 차고에 있는 둘을 찾아가 불의의 기습을 했죠. 하지만 결국 기습당한 쪽은 우리가 되어버렸다 그겁니다. 제이콥슨이 여자를 써먹으려 붙잡았거든요—아시죠, 콜트레인이 협조할 수밖에 없게끔? 그랬더니 고게 제이콥슨을 놈팡이 차 후드 위로 내던지지 뭡니까! 빠르고 솜씨도 좋았어요. 제이콥슨의 주먹에 맞고도 총으로 그를 제압했죠."

오트리의 목소리에 담긴 경외심에 J. 피츠제럴드는 등골이 오싹했다.

"결국 내 사진을 못 찾아오겠다 그 소리인가, 지금?"

"아뇨! 아이고, 절대로 아닙니다. 그저 이런 일이 있었다고 말씀드리는 거죠. 한 번 허를 찔리긴 했습니다만 이제 그 여자에 대해 알았으니, 다시는 그런 일이 없을 겁니다. 시키신 일을 충실히 해 낼 계획입니다, 더글러스 씨."

"좋아. 어디 제대로 하나 두고 보지. 달리 방법이 없다면 콜트레인의 집을 모두 태워버려. 그 사진들이 나타나지 않게끔."

모는 서재에서 나는 레이드의 목소리를 듣고 그가 누구와 이야기하나 싶어 가 보았다.

그는 통화중이었다.

"윌리엄, 나 레이드 캐버너야. 자동응답기에 메시지 멋진데. 저기, 돈 문제가 심각해서 말야, 혹시 자네가 도와줄 수 있을까 하고."

문틀에 기대어 서서 그녀는 엿들었다. 그리고 그가 거는 통화 하나하나마다 그녀의 심장은 더욱더 내려앉았다. 몇 분 후 레이드가 통화를 마쳤을 때도 그녀는 여전히 그곳에 서 있었다. 그가 수화기를 내던지고 손바닥으로 눈두덩을 누르며 의자에 앉아 흔들거리는 것을 지켜보았다. 그는 손을 무릎으로 떨구다가 그녀가 눈에 들어오자 화들짝 놀랐다.

그리고는 미소지었다. 느리고 자신만만하며, 아직도 그녀의 심장을 콩콩 뛰게 하는 위력을 지닌 미소.

"얼마나 오래 거기 서 있었어?"

"당신이 메시지 세 개를 남기고 비프 펜더그라와 통화하는 걸 들을 만큼."

그녀는 망설였지만 덧붙이지 않을 수 없었다.

"당신이 내 재정적 난국 타파를 임무로 알겠다는 말을 했을 때 내 머리에 떠오른 건 이게 아니었는데."

그의 미소에서 따스함이 사라졌다.

"내가 어쩔 거라고 생각했어, 모? 집에다 부탁할 거라고?"

"아냐! 아니, 그게, 난 그런 뜻이……."

그녀는 민망하게 말끝을 흐렸다. 레이드의 금전 관념은 캐버너 가문의 다른 사람들과 극단적으로 달랐다. 그녀는 아마 태어난 날부터 그가 하는 거의 모든 일을 끊임없이 트집 잡아 온 그들에 대한 반발로 가망 없는 데다 돈을 쏟아 붓는 그의 경향이 생겼으리라 생각했다. 그들의 완고한 보수주의에 대한 반사적 거부반응이거나 의도적으로 그들을 속 터지게 하려는 시도일 것이다. 그러나 그녀는 어느 쪽인지 짐작할 수가 없었다.

캐버너 가의 사람들은 모두 순익손실만 따졌고 레이드는 사람만

보았다. 그들은 모두 조바심 치며 앞으로만 나아갔고 레이드는 여유로웠다. 그녀는 경험상 남편은 밀어붙여 봐야 꿈쩍도 않는다는 것을 알고 있었다. 그녀가 그런 실수를 얼마나 많이 저질렀던지—그리고 그러다가 지금 둘이 어떤 꼴이 되었는지. 그녀는 깊이 숨을 들이쉬고, 내뱉었다.

"난 그냥……."

"그래야만 한다면 집에 도움을 청할 거야, 됐어? 하지만 그쪽은 최후의 수단이라는 걸 알아줘."

"알아, 레이드. 당신이 그분들께 갈 거라고는 생각 안 했어. 정말이야. 다만…… 당신이 마련해 준 대출금을 빌려 가선 못 갚은 무능력자들에게 전화하는 게 무슨 소용이 있는지 모르겠어서."

"젠장할, 모린. 평생토록 그 소리만 되풀이할 거야? 딱 한 번이라도 좋으니 날 좀 믿어 봐."

그녀는 그를 믿는다고 말하려 입을 열었지만, 사실 그녀를 구하기 위한 그의 아이디어가 이런 거라면, 자신이 정말로 믿어야 하는 건지 확신할 수가 없었다.

그리고 뭔가 눈앞에서 벌어지는 균열을 메울 말을 떠올리기 전에, 그는 벌써 그녀를 지나쳐 방에서 나가버렸다.

"좋은 소식하고 나쁜 소식이 있어, 예쁜이. 어떤 거 먼저 들을래?"

데이지는 건조용 줄에 매달려 있는 트레버 부부의 밀착 인화*에서 눈을 떼었다. 닉이 인화지 모서리를 나무집게로 집어 정착액인지 뭔지 몰라도 하여간 인화 작업을 끝내는 용액에서 건져내는 것을 지켜보았다.

"아, 좋은 소식부터."

"오늘 낮에는 촬영 예정이 단 한 건도 없어."

"우와, 이런, 거기서 그만!"

---

* 필름 한 통의 사진을 전부 볼 수 있게 필름 크기 그대로 현상한 것.

그녀는 그를 미심쩍게 바라보았다.

"물어 본 걸 후회하게 되리라는 건 알지만, 그럼 나쁜 소식은 뭐야?"

"오늘 저녁 결혼기념일 파티가 있고, 컵케이크, 아주 큰 건수야."

"젠장할, 콜트레인!"

그는 씨익 웃어 보였다.

"그래, 네가 좋아 날뛸 줄 알았다니까. 7시에 출발하게 준비해. 그리고 데이지, 거기에 더 끝내주는 소식이 있어."

그녀는 그가 무슨 말을 하려나 기다렸지만, 그는 쉽게 이야기하지 않았다. 그녀는 몸을 숙여 모리슨 가족 밀착 인화의 12개 장면을 들여다보았다. 그는 진정 굉장한 사진가였다.

닉이 그녀의 옆구리를 찔렀다.

"어서, 뭔지 물어 봐."

"좋아, 내가 넘어가 준다."

그녀는 몸을 돌려 그를 마주했다.

"뭐가 더 끝내준단 소리야?"

"정식 파티거든."

그녀의 심장이 무릎까지 쿵 내려앉았다.

"으…… 죽겠네."

그녀는 멋내기를 싫어했다. 애초부터 옷과 화장에 대해서라면 별별 것을 다 아는 여자다운 소녀와는 거리가 멀었다. 그 결과 뭐가 적절한지 제대로 챙기는 경우가 드물었다.

"뭐 입을 거라도 사게 쇼핑이나 갈까?"

도와주려는 뜻으로 하는 제안이라는 건 알지만, 데이지의 자존심은 울컥했다.

"쇼핑 같은 거 데려가 주지 않아도 돼, 콜트레인! 난 비렁뱅이도 아니고 자선 대상도 아냐. 입을 거라면 잔뜩 있다고."

닉이 양손을 들었다.

"어어, 미안. 네 성미를 긁을 뜻은 아니었어."

물론 거기서 입을 다물어야 했다. 하지만 뭔가 알 수 없는 마법에 그녀는 계속 제 무덤을 더욱 파 들어갔다.

"당신과 다니는 여자들만 옷장에 드레스를 한두 벌 갖고 있는 건 아냐. 얼마나 정식인데?"

"턱시도 급이지."

"그래, 음, 알았어. 문제없어."

오, 난 이 거짓말로 지옥 불구덩이에 빠질 거야.

"실례해도 되지? 잠깐 밖에 나가 있을게."

그녀는 암실에서 나와 문을 닫고, 그 문에 기대서서 가쁘게 호흡 조절을 하기 시작했다. 예복이라곤 실 한 오라기도 없다. 그게 어떤 건지도 제대로 모르는데.

그러나 다행스럽게도, 그녀에게는 그런 걸 잘 아는 친구는 있다. 마음을 가다듬고, 그녀는 주머니에서 휴대폰을 꺼내 번호를 눌렀다.

"레기?"

그녀는 그가 전화를 받는 순간 안도의 한숨을 내쉬었다.

"도와줘. 나 이번에는 진짜 크게 저질렀어."

닉은 데이지가 어디 결혼식에서 입던 차마 눈뜨고 못 볼 신부 들러리 옷을 옷장에서 끌어내 입는 모습이 눈에 선했다. 그녀가 파티장에 자연스레 묻어들기를 바랐기에 뇌리에 떠오른 영상에 조마조마하기 짝이 없었고, 오후 내내 적당한 거라도 사러 나가자는 제안을 반복하지 않으려 입술을 깨물어댔다.

그녀의 자존심이 얼마나 예민한지 알기 때문이었다. 그리고 현실을 직시하자면—아무리 끝내주는 드레스를 갖다 입힌다 해도 그녀는 아마 거기에 무기를 주렁주렁 달아야 한다고 우길 테니까.

그러니 뭐 어쩌겠는가. 주머니에 깊이 손을 찔러넣은 채 그는 어깨관절을 돌렸다. 어떻게 꾸미든 그녀는 보디가드처럼 보일 테고, 그렇게 되면 왜 그에게 보디가드가 필요한지 질문이 쏟아질 것은 뻔했다.

그러니 이미 그런 상황을 각오했다면, 굳이 그녀가 패션감각이 엉망이라고 지적하여 마음 상하게 해 봐야 무슨 소용이 있을까? 특히 늘 그렇지만도 않은 마당에. 그는 그녀의 건방진 여학생 차림이 나름대로 마음에 든다는 사실을 인정하지 않을 수 없었다.

그러나 준비해야 할 시간이 점차 가까워 오는데 그녀가 옷장을 뒤지러 자기 아파트에 가 봐야겠다는 소리도 꺼내지 않자, 그는 점점 더 짜증이 나고 있음을 깨달았다.

도대체 뭘 어쩌려고? 저 여자는 드레스가 저절로 마법처럼 현관 앞에 배달되어 올 줄 아나?

결과적으로, 바로 그런 일이 일어났다.

5시 조금 전, 바깥 계단에서 발소리가 들렸다. 데이지는 총을 뽑아 들고 짧은 복도를 성큼성큼 걸어갔다. 닉이 따라가자 손을 저어 물러나게 하곤, 벽에 달라붙어 다그쳤다.

"누구세요?"

"나야."

그가 딱 집어 누구인지 알아들을 수 없는 목소리가 말했다.

블론드는 총을 안쪽 총집에 넣고 자물쇠를 풀었다.

"올 때가 됐는데 했지."

그녀는 문을 조금 열며 말했다.

"그래, 딱 어울리는 앙상블을 찾는 데는 시간이 좀 걸리거든."

목소리가 건조하게 대꾸했다.

닉은 데이지의 등 뒤로 걸어가 어깨 너머로 손을 뻗어 문을 활짝 열었다. 레기와 희미하게 낯익은 젊은 남자가 서 있었다. 레기는 의상가방을 들고 있었고 기억날 듯 말 듯한 남자는 오래 된 가죽 소품 케이스를 들고 있었다.

"레기."

닉은 데이지의 비서에게 끄덕 고개를 숙였다.

"무슨 일로?"

레기가 씨익 웃었다.

"신데렐라를 무도회 준비시키려 왔죠."

"드레스 갖다주러 온 거야. 나 혼자 입을 수 있으니까 됐어."

데이지는 의상가방을 잡아채려 했다.

레기가 어깨로 그녀를 가로막았다.

"그건 논란의 여지가 있지."

그는 그녀의 구깃구깃한 짧은 치마바지와 못에 구멍이 나서 버린 블라우스 대신 입은 트위티 만화 티셔츠를 눈여겨보았다.

"하지만 의심을 접어두고 네가 최소한 혼자 차려입을 수 있다고 믿는다 쳐도, 메이크업은 어쩔 참이야?"

"여기 어디 립스틱이 하나 있어."

다른 남자가 코웃음쳤다.

"그래서 내가 여기 온 거야. 우리 들어가게 이제 좀 비켜봐. 그리고 괜한 군소리는 집어쳐, 데이지. 이걸 찾느라 엄청 애썼으니까. 그러니 물러서든가, 아니면 이게 제대로 맞지 않을 경우 네가 알아서 고쳐."

데이지는 눈을 굴렸다.

"10사이즈면 10사이즈지, 차이나면 얼마나 차이난다고? 난 완벽을 요구하는 게 아냐. 그냥 저녁 한 번 넘기기만 하면 돼."

"네가 움직이는 데 방해되지 않을 만큼은 잘 맞아야지, 데이지."

레기가 말했다.

"의상 두 벌과 그에 어울리는 하이힐과 낮은 굽을 각각 챙겨 왔어. 넌 낮은 굽을 신고 싶어할 거라 생각했지만 이 의상들은 하이힐을 기준으로 디자인되어서 옷자락이 너무 길지도 모르니까."

"좀 비켜줄래?"

다른 남자가 다그쳤다.

"레기가 너 7시까지 준비해야 한다고 그랬어."

"두 시간이나 남았다고, 원 세상에."

그녀는 투덜거렸다. 하지만 두 남자가 꿋꿋이 전진하자 문간에서 물러섰다.

"준비하는 데 두 시간씩이나 걸리지도 않는데."

레기가 들어와서 문을 닫는 동안 메이크업 담당은 서글프게 고개를 저었다.

"네가 여자로 태어난 건 완전 헛일이구나."

"난 동의할 수 없는데."

닉이 입을 연 바로 그때 데이지도 말했다.

"오, 닥쳐! 베니."

잃어버렸던 퍼즐의 한 짝이 맞아 들어갔다.

"그 사람이었구나!"

닉은 날씬한 젊은 남자를 응시하며 흠잡을 데 없는 화장과 사람이라면 신고 돌아다닐 수 없는 하이힐을 떠올렸다.

"알아보지 못했었는데, 공원의 여장…… 어, 공원에서 뵌 분이군요."

"여장남자."

베니가 건조하게 말했다.

"그렇게 말해도 돼요."

데이지는 닉에게 질렸다는 표정을 지었다.

"맙소사."

그녀는 복도를 쿵쿵대고 지나 왼쪽의 침실로 확 꺾었다.

"그 얼굴 표정을 직접 봐야 했는데. 이게 만화였다면, 당신 머리 위에 전구가 짠 하고 켜졌을 거야."

"음, 이봐, 이해는 해야지. 난 하이힐 신은 남자가 내 집에 나타나는 데 익숙하지 않다고."

"무슨 말인지 이해해요."

레기가 서글프게 말했다.

"에이즈 시대 이후로, 내 집에 나타나는 사람들도 확 줄었으니."

　그쯤엔 모두들 닉의 침실에 들어와 있었다. 데이지는 레기에게로 돌아서 초조하게 손뼉을 딱 쳤다.
　"좋아, 뭘 가져왔는지 좀 보자."
　그는 의상가방을 옷장 문 꼭대기에 걸고 지퍼를 내렸다.
　"두 가지를 가져왔어."
　옷을 꺼내며 그가 말했다.
　"어떻게 생각해? 드레스 아니면 바지정장?"
　"바지정장."
　데이지는 신속히 결정 내렸고, 반면에 닉은 타이트한 구릿빛 드레스를 보자마자 말했다.
　"드레스."
　그녀가 그를 향해 인상을 썼지만, 그는 신경 쓰지 않았다. 저 드레스를 입은 그녀의 모습이 보고 싶었다. 한쪽 어깨를 벽에 기댄 그는 가슴에 팔짱을 끼고 쇼를 볼 준비를 마쳤다.
　레기가 데이지의 팔을 차분히 토닥였다.
　"두 가지 다 입어봤으면 해. 그저 어느 쪽이 먼저냐의 문제지. 베니와 난 행사에 어울리느냐만이 아니라 네 무기 장착 문제도 고려했거든. 그러니 네가 입어보기 전에는 알 수 없잖아."
　그는 어떻게 그녀를 어르는지 닉보다 훨씬 잘 알고 있는 것이 분명했다. 그녀가 순순히 대답했으니.
　"좋아, 전문가는 너니까."
　그녀는 반바지를 벗고, 닉이 무슨 말을 하기도 전에 티셔츠를 머리 위로 끌어올렸다.
　"브래지어도 벗어."
　베니가 충고했다.
　"드레스와 바지정장에 딸린 캐미솔 둘 다 아주 가는 끈이 달렸거든. 그러니 네가 혹 끈 없는 브래지어를 했다면 모르지만……."
　그녀는 호크를 풀기 위해 손을 등 뒤로 돌렸다.

"어이, 잠깐만 기다려."

브래지어가 그녀의 팔을 미끄러져 내려오기 시작하자 닉이 제지했다.

"거기 둘은 돌아서지."

데이지의 브래지어는 내려오다가 멈춰 섰고 세 사람 다 똑같이 어이없다는 표정으로 그를 쳐다보았다.

"어, 닉?"

데이지가 말했다.

"애들은 게이야."

"그리고 우리가 전에 그걸 보지 못한 것도 아닌데요."

베니가 명랑하게 덧붙였다.

"아주 근사하지만 솔직히 말해서, 우리 취향은 아니라, 알죠?"

닉의 목과 턱에 화끈거림이 스물스물 올라왔다. 이성적으로는 괜히 바보꼴을 자처하고 있다는 것을 알았지만, 그럼에도 불구하고 감정적으로는 데이지가 두 남자 앞에서 팬티 하나만 달랑 입고 있는 모습이 보일 뿐이었다.

레기가 그를 더한 창피에서 구해 주었다.

"베니."

그렇게 말하곤 그는 손가락을 빙글 돌렸다. 베니는 어깨를 으쓱했고, 짓궂은 미소를 띤 채 두 남자는 뒤로 돌았다.

"아, 정말 내가 미쳐."

데이지는 지긋지긋해하며 브래지어를 바닥에 떨구고 레기가 어깨 너머로 던진 캐미솔을 받아 그걸 뒤집어쓰고 바로 입었다.

"이제 돌아봐도 돼."

어조에 냉소를 담아, 그녀는 닉에게 물었다.

"이제 괜찮지? 바닷가에 가면 이보다 더 노출이 심한 걸."

"어, 응."

그는 바보가 된 기분이었다.

그녀는 레기가 건넨 적갈색 실크바지에 발을 꿰었다. 지퍼를 올리고 단추를 채운 후 재킷을 받아 들었다. 턱시도 스타일 재킷 단추를 채우고, 거울 속 자신의 모습을 체크했다. 단추를 풀고 이쪽저쪽으로 돌며 다시 체크했다.

"글쎄, 내가 보기엔 좀…… 남자 같아."

"그래, 너무 딱딱하다."

베니가 수긍했다.

"나치 SM 여왕님 분위기를 피하려면 머리가 좀더 길어야 해. 우리가 진작 생각했어야 했는데, 레기. 자, 그건 이리 줘."

그는 그녀가 벗은 재킷에 손을 내밀었다.

"드레스 한번 입어 봐."

그녀는 바지를 벗어 건넸다. 팔을 엇갈려 캐미솔 끝자락을 잡고 끌어올리기 시작하자, 그녀의 친구들은 서로 마주 보며 씨익 웃고는 등을 돌렸다. 그녀는 옷을 머리 위로 벗고는 그걸 그들에게 내던졌다. 그에 맞추어, 레기는 구릿빛 드레스를 어깨 너머로 넘겨 구부린 손가락에 대롱대롱 매달리게 했다.

그녀가 드레스를 다 입은 순간 닉의 입은 바싹 말랐다. 뭔가 신축성 있고 반짝거리는 소재로 만들어진 드레스는 심플 그 자체였다. 특히 눈이 번쩍하게끔 만드는 것은 옷 아래 육체의 완전무결한 탄탄함이었다.

가느다란 끈이 깊게 파인 보디스를 지탱하고, 등 뒤에서 엇갈렸다. 옷감은 가슴부터 엉덩이까지 데이지에게 딱 달라붙어 몸매를 여지없이 드러냈다.

그리고는 우아한 A라인으로 바닥까지 떨어졌다. 아래부터 허벅지 중간까지 앞트임이 들어가, 장식이 필요 없는 단순하고 꾸밈없는 의상이었다.

"우와."

데이지는 거울 속 자신의 모습을 보고 놀라며 말했다.

"그럼 무기는 어디다 숨기란 거야?"

"스커트에 트임이 있으니 허벅지에 잡아맨 나이프도 꺼낼 수 있어."

레기가 그녀를 안심시켰다.

"그리고 네 베레타 권총이 무기 케이스에 있지?"

"물론이지, 하지만 이건 아예 맨몸에 스프레이 페인트를 뿌린 거나 마찬가지잖아."

데이지가 납작한 배에서 옷감을 잡아당겼다가 놓자, 옷은 그 즉시 그녀의 몸에 찰싹 달라붙었다.

"표나지 않게 베레타를 넣을 구석이 어디 있어?"

"이 안에 분명 들어갈 거야."

그는 벨벳 벨트에 매달린 검은 구슬장식 벨벳 파우치(작은 손가방)를 내밀었다.

"골반에 걸쳐지도록 느슨하게 매면 진짜 중세풍으로 보일 거야. 아무도 그 용도를 짐작 못할 테고."

"잠깐만."

치마가 끌리지 않게 양손으로 치켜들고, 그녀는 성큼성큼 방을 나갔다 잠시 후 무기 케이스를 들고 돌아왔다. 레기가 건넨 벨트를 매고 작은 권총을 거기 달린 파우치에 넣었다.

"이거 먹히겠는 걸."

그녀는 비서를 향해 환하게 미소지었다.

"레기, 넌 천재야!"

그녀는 깔깔 웃으며 그의 입에 쪽 하고 입을 맞췄다.

그는 씨익 웃었다.

"구두 신어 봐. 길이를 어떻게 해야 할지 보자고."

"그 다음엔—천재 얘기가 나왔으니 말인데, 네 메이크업에 착수해야지."

베니는 그렇게 말하며 닉을 넘겨다보았다.

"실례지만 자리 좀 비워 줄래요, 미남 씨. 우리 아가씨들끼리 마법을 부릴 시간을 좀 주셔야지.”
　닉은 벽에서 떨어져 옷장에서 자신의 턱시도를 챙겼다. 그리고 마지막으로 데이지를 한 번 더 눈여겨보고는 그녀를 그녀 친구들의 사려 깊은 손길에 맡기고 방을 나왔다.

14

"좋아, 데이지."

레기는 닉이 나가고 문이 닫히자마자 말했다.

"탁 털어놓고 얘기해 보자. 언제부터 너랑 콜트레인이 그렇게나 따끈따끈해졌어? 둘이 기름과 물 사이인 줄만 알았더니."

"알아. 지금도 그래. 다만……."

그녀는 어떻게 설명해야 할지 알 수가 없었다. 특히 월요일 오후 레기에게 넘어가 그들 사이의 과거사를 털어놓은 후 자신의 인생에서 닉의 위치에 대해 그렇게 단호한 태도를 견지했는데. 어쨌든 그녀는 할 말을 찾아 헤맸다.

"그는 너무나…… 오, 세상에! 레기, 그는 정말 너무나……."

"부치*지."

베니가 끼여들었다.

"그래."

---

* 전형적이고 과장된 의미에서의 남성다움. 보통 동성애자 중에서 남성적인 타입을 묘사할 때 많이 쓰인다.

"아아, 그리고 너무너무 소유욕이 넘치더라. 난 부치 타입의 남자가 좋아."

"그만해, 베니. 심각한 일이라고."

그녀의 드레스 자락에 핀을 꽂으려 무릎을 꿇고 있던 레기가 올려다보자, 데이지는 간신히 움츠러들지 않을 수 있었다.

"너 지금 네가 무슨 짓을 저지르고 있는지 알기나 해?"

"아마 자살행위겠지."

그녀는 인정했다.

"하지만 레기, 내가 보기엔 지금 상처받느냐 아니면 나중에 상처받느냐 하는 문제야. 그리고 어차피 상처받을 거라면, 닉이 정신을 차리고 우리 둘이 너무나 다르다는 걸 깨닫기 전에 즐기지 말아야 할 이유가 뭐가 있어?"

"내가 보기엔 그 사람 너한테 상당히 열중해 있는 듯하던데. 어쩌면 정신을 차리는 쪽은 너일지도 모르지."

"흥, 그래. 닉 같은 남자가 나한테 푹 빠지기도 하겠다. 아니, 난 선을 분명히 긋고 아주, 아주 현실적이 될 계획이야. 굉장한 섹스, 그것뿐이라고. 우린 정말 공통점이라곤 하나도 없으니, 이게 어떻게든 풀릴 가능성은 털끝만큼도 없어."

그녀는 레기를 내려다보았다.

"그리고 괜찮아. 정말로 굉장한 섹스란 절대 무시할 게 아니거든."

"다 들린다, 얘."

베니가 열렬히 말했다.

레기는 마치 반박할 듯하다가, 그저 한숨만 내쉬더니 말했다.

"드레스 벗어. 베니가 메이크업을 해 주는 동안 밑단 줄이게."

이번에 그녀가 드레스를 벗을 때는 둘 다 굳이 돌아서지 않았으나, 그녀의 맨가슴에 눈길조차 주지 않았다. 레기가 데이지에게 티셔츠를 던져주었지만, 베니가 손을 뻗어 허공에서 가로챘다.

"뭔가 머리 위로 벗지 않는 걸 입어, 네 머리도 하게. 가서 의자를 하나 가져와야겠다.”

그녀는 닉의 셔츠 하나를 옷장에서 꺼내 걸치고는 긴소매를 걷어 올렸다. 옷자락이 거의 무릎까지 와서 굳이 치마바지는 입지 않았다. 그녀는 침대 옆에 책상다리를 하고 앉아, 표나게 자신을 무시하고 있는 레기를 쳐다보았다.

“나한테 화났어?”

그는 치맛자락에 바늘을 꿰고 실을 팽팽히 당기고는, 옷을 무릎에 내려놓은 후 그녀를 올려다보았다.

“아니. 아니라는 거 알면서. 하지만 그 사람은 전에도 네게 상처를 준 적이 있잖아. 그로 인해 다시 네가 괴로워하는 모습은 보고 싶지 않아.”

그녀는 코웃음쳤다.

“내가 연애하는 거 몇 번이나 봤어?”

“둘.”

“그래. 두 번—몇 년 동안? 그리고 두 번 다 오래 가진 못했지. 결국엔 연애란 늘 아픈 법이야. 한마디로 내겐 남자들을 붙들어두는 요소가 없어. 하지만 레기…….”

그녀는 그의 앞에 쪼그리고 앉았다.

“닉과 함께 있을 때면…… 그런 기분은 절대 느껴본 적이 없어, 옛날 마지막으로 닉과 있었던 때를 제외하면. 그는 나를…… 뭐라고 해야 할지, 섹시하다고 느끼게 해. 백만 년이 지난다 한들 나한테 적용할 단어가 아니잖아. 그리고 그게 마음에 들어. 더 이상 선택의 여지가 없을 때까지 그 기분을 느끼고 싶다고.”

“알았어. 하지만 그 사람이 너한테 무슨 짓을 해서 네가 변해 버린다면, 사냥개마냥 그자를 쫓아가 대가를 치르게 만들 거야.”

그녀의 가슴에 따스함이 퍼졌다.

“좋아.”

그녀는 주먹을 내밀었다. 그는 자기 주먹으로 탁 쳤다.

"약속. 그때까지는……."

그는 짓궂은 미소를 씨익 지어 보였다.

"야생 밍크처럼 열심히 즐겨."

"바로 그렇지."

그녀는 마주 미소지으며 일어섰다.

베니가 부엌에서 스툴을 가져와 거울 앞에 쾅 내려놓았다.

"앉으시죠, 아가씨."

어떻게 하는지 알아둬도 해가 되지 않으리라 생각하여, 그녀는 그가 병과 통, 그리고 브러시를 화장품 케이스에서 꺼내는 것을 쳐다보았다.

"어휴, 정말로 그게 몽땅 다 필요한 거야?"

"괜찮아 보이길 원해, 아니면 끝내주게 보이길 원해?"

인정하긴 싫었지만, 그러나…….

"끝내주게 보이고 싶어."

"그럼 필요한 거야. 날 믿으라고. 나야말로 메이크업의 여사제 아니겠어?"

"넌 여신이야, 베니."

"그래. 그러니 아이섀도 칠하게 눈감아."

그는 케이스를 뒤져 조그만 통 여러 개를 꺼냈다.

"이 '모카 서프라이즈'를 눈꺼풀에, '골든 스플렌더'를 눈썹뼈에 약간, 그리고 '브론즈 뷰티'를 쌍꺼풀에 바를 거야. 다음에 올리브색 아이라이너와 갈색 마스카라로 마무리."

데이지는 이걸 혼자서 해 보겠단 생각을 포기하고, 고개를 젖히고 눈을 감으며 말했다.

"알지, 이제 넌 남은 평생 내 메이크업을 맡게 생겼다는 거. 최소한 특별한 행사 때는."

베니는 낄낄거렸다.

"우리가 알고 지낸 지 얼마나 되었더라, 데이즈? 한 4, 5년? 내가 아는 한 이번이 네가 참석하는 첫번째 특별 행사인 걸."

그는 새끼손가락 끝으로 그녀의 눈썹뼈 코너에서 뭔가를 털어냈다.

"그렇지만 네 월례 스파게티 모임에 날 계속 초대해 주면 언제고 필요할 때마다 메이크업을 해 줄게."

"괜찮은 계획처럼 들리는데."

"그럼 약속이다. 자, 이걸 어떻게 하면 좋겠어? 한 단계 한 단계 변화를 보고 싶어, 아니면 나중에 깜짝 놀라고 싶어?"

"뭐 어떻겠어. 어디 놀래켜 봐."

"좋—지."

그는 스툴을 돌려 그녀가 거울을 등지게 했다.

"이제 눈을 뜨고 싶으면 떠도 좋아. 나머지를 마치고 나서 마스카라를 할 거니까. 여기서 백만 달러 질문, 무슨 색 파운데이션을 쓴다?"

그는 물러서서 그녀를 곰곰이 뜯어보았다.

"베니 눈대중 테스트 결과는 아이보리. 그게 아니다 싶으면 라이트 샌드(밝은 모래색)로 가보지."

그는 스펀지에 조금 묻혀 그녀 귀 옆의 뺨에다 시험했다.

"아이보리다. 아, 난 정말 뛰어나다니까."

"그리고 참으로 겸손하기도 하지."

그는 스펀지에 파운데이션을 더 묻혀 그녀의 얼굴에 펴 바르기 시작했다.

"나보고 말하라면 말야, 허니. 내 생각엔 난 실제 실력의 절반만큼도 평가받지 못하고 있는 거 같아."

그가 마지막으로 물러서서 여러 각도에서 그녀를 뜯어볼 때까지는 거의 45분이 걸렸다.

"자신에 대해 이렇게 말해도 된다면, 난 천재라니까. 근사해 보여."

"들인 시간을 생각하면 카메론 디아즈처럼 보여야 마땅하겠네."

그는 뻔뻔한 미소를 지었다.

"네가 줄 크리스마스 선물 1순위가 스파(미용관리실) 일일 이용권은 아니라는 뜻으로 알아듣겠어. 레기, 드레스는 다 된 거야?”

“응.”

그는 데이지에게 포장된 팬티스타킹을 던졌다.

“이거 신고 셔츠는 벗어.”

그녀가 시킨 대로 하자 두 남자는 조심스레 드레스를 그녀 머리 위로 들어올렸다. 옷을 뒤틀고 매무새를 고쳐준 다음, 레기가 벨벳 파우치를 채워주고 그녀가 신을 구두 한 켤레를 앞에 놓아주었다. 그는 그녀의 무기 케이스에서 베레타 권총을 꺼내 그녀에게 건네고 는, 다시 미묘한 매무새를 가다듬었다.

“좋아, 베일 걸을 준비됐어? 보면 놀라 기절할 걸.”

몸을 돌려 거울을 마주하자 그녀의 입이 떡 벌어졌다.

“오, 세상에. 저게 나야?”

그녀는 한 걸음 앞으로 나서, 넋을 놓고 자신의 모습을 응시했다.

“내가…… 예뻐 보여.”

‘섹시하다’와 마찬가지로 그것 역시 그녀가 자신과 연관지어 본 바 없는 단어였다. 그녀는 두 남자에게 환하게 미소짓곤, 거울을 돌 아보았다.

“그렇지. 안 그래, 레기? 나 정말로 예뻐 보여.”

“‘예쁘다’란 말로는 반도 못 미치지, 베이비. 황홀해.”

“화끈하단 건 말할 필요도 없고.”

베니가 동의했다. 그는 구릿빛 파우더를 그녀의 맨 어깨와 쇄골에 브러시로 발랐다.

“콜트레인이 보게 될 때가 기대된다. 벌써 성층권까지 기온이 확 급상승하는 게 느껴지는 걸.”

닉은 데이지를 쳐다볼 때마다 후끈 달아올랐다. 그리고 저녁 내내 그녀를 너무 자주 쳐다보고 있는 자신을 발견했다. 슬슬 일에 방해 가 되기 시작할 만큼.

페어먼트 호텔의 격조 높은 펜트하우스에서 열린 결혼기념식은 한창이었고, 비록 자신의 일을 내팽개치진 않았지만 그는 데이트 상대에게로 눈을 돌리는 데 너무 많은 시간을 소모했다—너무나 많이. 게다가 그녀는 진짜 데이트 상대도 아닌데. 그는 그 점을 계속해서 스스로에게 일깨웠다. 그녀는 자신의 보디가드라고.

그는 늘 그녀의 얼굴을 마음에 들어했지만, 자신이 그녀를 예술가의 관점에서 보고 있다는 사실 역시 인정하고 있었다. 그녀는 아름다운 골격을 갖추었으나 전통적인 기준에서 예쁘지는 않았다. 그녀는 훨씬 더 흥미로웠다.

다만 자신의 취향이 보통 남자들의 취향과 언제나 일치하는 건 아니라는 사실을 알고는 있었다.

하지만 오늘밤 그녀는 데이지다운 독특한 방식으로 아름다울 뿐만 아니라 이쪽저쪽에서 온통 사람들의 눈길을 끌고 있었다.

당당한 자세와 초연한 눈으로 인해 그녀는 이국적으로 보였고, 새끼 고양이들로 가득한 방안에 홀로 선 치타처럼 호화스런 인파 속에서도 눈에 띄었다.

베니는 드라마틱한 눈화장과 벌에 쏘인 듯 도톰한 입술, 뒤로 넘겨 핑거 웨이브하고 양쪽 귓가에 컬을 밀착시킨 옅은 금빛 머리칼로 그녀에게 30년대 풍의 분위기를 부여했다. 훌륭히 다듬어진 몸매를 착 감싼 슬립 드레스가 그런 환상을 더했다. 그녀는 그야말로 매혹적이었다.

그 혼자만 그렇게 생각한 것이 아니었다. 데이지는 이 사람들과 전혀 모르는 사이인데, 여자들은 남몰래 그녀를 살폈고 한편 남자들은 줄줄이 그녀를 대화에 끌어들이려 했다. 데이지는 여자들은 무시하고 남자들은 완전한 무관심으로 물리쳤다. 아니면 최소한 그렇게 하려고 했다.

비록 더글러스의 폭력배들이 이런 상류층 손님들만 모이는 이벤트에 난입할 가능성은 거의 없다시피 했지만 그녀는 그가 일하는 동안 주위에 머물렀다.

그녀가 그에게서 조금이나마 떨어질 때라곤, 그가 흥미로운 장면을 잡았는데 움직일 공간이 필요할 경우에만 한했다. 허나 그녀의 사려 깊음은 결국 도움이 되기보다는 외려 그의 정신을 산만하게 만들었는데, 그녀가 그의 곁을 벗어날 적마다 꼭 자기가 사자 무리의 왕이라고 착각하는 집고양이 녀석들이 무리에서 빠져나와 그녀에게 수작을 걸었기 때문이었다.

그녀의 오만하게 쳐든 턱과 미소 띠지 않은 입은, 달이 조수를 끌어당기듯 그자들을 끌어모았다.

아이러니하게도 그녀가 스스로 이곳에 어울리지 않는다고 느끼기 때문에 그 조그만 턱을 치켜들고 있다는 걸 그는 분명히 알고 있었다. 그녀가 그의 세계에서는 상처받기 쉬운 기분이 된다는 사실을 그는 놓치지 않았으나, 또한 그녀는 불안감에 함몰되는 여자가 아니라는 사실도 알고 있었다. 그래서 턱을 치켜들고 자신이 맡은 일을 수행하는 것이다.

하지만 그녀 주변에 어슬렁거리는 멍청이들은 그녀가 크리스털 샴페인 잔에 담긴 탄산수를 홀짝이며 사람들과 함께 하기보다는 끊임없이 인파를 훑는 모습을 지켜보고, 그녀를 손에 넣기 어려운 여자로만 생각하는 것이다.

그리하여 그녀는 도전대상이 되었다.

'데이지 관심 끌기 경연대회'의 가장 최근 도전자에서 눈길을 돌려, 닉은 오늘 기념일을 맞은 커플의 반쪽인 딜런 부인이 남편을 올려다보고 미소지으며 초콜릿을 입힌 딸기를 그의 입가로 들어올리는 모습을 보았다.

닉은 카메라를 들어 막 딜론 씨가 아내의 손등을 감싸쥐고, 다감한 표정으로 그녀의 눈을 들여다보며, 내민 과일은 무시하고 고개를 숙여 그녀의 손목 안쪽에 살짝 키스하는 장면을 잡았다.

닉은 이것이 결정적인 사진이 되리라는 것을, 딜런 부인이 다른 그 어느 사진보다 아끼는 한 장이 되리라는 걸 알았다. 그녀와 짐 딜런과의 결혼이 25년간 지속된 이유를 그대로 요약해 주는 사진이니까. 닉은 늘 찾아 헤매던 장면들을 이렇듯 보통 골똘한 집중력으로 발견하곤 했다.

그러나 오늘은 목전의 일보다 블론디 주위에 벌어지는 상황에 정신을 파느라 하마터면 이걸 놓칠 뻔했다.

그는 억지로 근심을 털어버렸다. 뭐, 별일도 아닌 걸. 세심한 주의력이든 순전한 행운이든, 찾던 장면을 얻었으면 됐지. 이제 긴장을 풀고 좀 즐길 수 있겠지.

그는 데이지를 기습하며, 구애 도전자를 밀어냈다.

"부인이 찾는 것 같던데, 맨웰런."

그는 듣지 않아도 뻔할 게 뻔한 말을 주저 않고 자르며 말했다.

"파커 씨."

그는 그녀에게 고개를 꾸벅 숙였다.

"혼자 두어서 미안. 뷔페 테이블로 갈까요?"

데이지는 그에게 담담한 얼굴을 했다.

"그거 근사하겠네요."

그녀는 이전 말상대에게 진지한 미소를 지었다.

"이만 실례할게요, 맨웰런 씨."

그녀의 목 뒷덜미를 손으로 감싸고, 닉은 그녀를 푸짐한 뷔페로 이끌었다. 데이지는 몸을 굽혀 조그만 도자기 접시를 집어들었고 그는 그녀의 척추를 따라 오목하게 패인 허리까지 쓸어 내리고, 드레스 등판 안에 손가락을 하나 밀어넣었다가 마지못해 그녀에게서 손을 떼었다.

옷이 갑갑하고 다시금 옷안이 후끈거려, 그는 이쪽 발에서 저쪽 발로 몸무게를 옮겨 실었다. 그녀가 은제 집게로 오르되브르(전채요리)를 쟁반에서 접시로 섬세하게 옮겨 담는 모습을 보며, 그는 섹스를 생각했다.

펜트하우스 안쪽의 빈 의자를 향하는 그녀의 과장되지 않은 엉덩이 움직임을 지켜보고, 그녀가 앉을 때 순간 그녀의 드레스가 살짝 가슴에서 미끄러지는 것을 보면서도 그는 섹스를 생각했다.

뭐 별로 놀랄 일도 아니었다. 지난 며칠간 그가 생각하는 것이라곤 전부 섹스에 관한 것뿐인 듯싶었으니까.

그럼 별로 새로운 것도 아닌데, 왜 아까는 그렇게나 발끈한 거지?

어쩌면 그걸 너무 많이 생각하고 있어서인지도. 아니면 마침내 데이지와 사랑을 나누었는데 그녀는 별것 아니라고 치부해 버려서일지도.

허나 이제 선을 넘었고 미스터리는 사라졌으니 매혹은 스러져야 하지 않나? 보통 때는 바로 그런 식이었다. 하지만 우아하게 딸기에서 초콜릿을 핥아먹는 그녀의 모습을 지켜보며, 그는 그녀를 원했다.

또다시.

지금 당장.

그럼 왜 안 되겠어? 닉은 나비넥타이를 잡아당겼다. 정말이지, 그러지 못할 이유가 뭐가 있나? 일은 끝났고 그녀는 그들이 적극적인 성인이라고 했다, 그렇지?

지극히 '성인적'인 이 충동을 내몰 수만 있다면 여동생을 위한 돈을 채울 수 있을 때까지 청부폭력배들을 피하는 데 집중할 수 있을지도.

그는 지나가는 웨이터의 쟁반에 자기 접시를 얹고 데이지에게 손을 내밀었다.

"다 먹었어?"

그의 어조는 그녀가 다 먹었든 아니든 접시를 달라는 뜻이 명백했다.

데이지는 입안의 것을 삼키고 그를 올려다보았다. 후유, 턱시도 차림의 그는 숨막히게 근사했다. 그녀는 여기서 얼른 나갔으면 할 뿐이었다.

“응.”

그녀는 그에게 빈 접시를 건네주고 물을 한 모금 홀짝이며 일어나, 잔 놓을 자리를 찾아 두리번거렸다.

“일하러 돌아가야 해?”

“으음.”

도대체 무슨 뜻인지. 하지만 그가 딴 데 정신이 팔린 것이 분명하기에, 그녀는 그냥 흘려 넘겼다. 심지어 그가 그녀의 손을 잡고 앞쪽으로 끌고 갔을 때조차 반대하지 않았다. 비록 총 잡는 데 방해되기는 하겠지만. 이런 사치스런 인파 속에서는 가능성이 적긴 해도, 만약 총을 쓸 일이 생긴다면 별 힘들이지 않고 그의 손을 뿌리칠 수 있으니까 상관없다.

파티장을 가로질러 가는 동안 몇몇 사람들이 그들을 붙잡고 닉의 작품에 대해 이야기했다. 그는 눈부신 보석과 화려한 드레스의 여자들 그리고 맞춤 턱시도를 입은 남자들에게 데이지를 소개했다. 명함을 건네고 한가로운 잡담을 나누는 그는 매력이 흘렀고 공손했다. 하지만 계속 앞으로 나아가고 있었고, 데이지가 무슨 영문인지 채 알기도 전에 그들은 펜트하우스 밖의 복도에 나와 있었다.

그녀는 즉각 경계심을 돋웠다. 남편 씨의 똘마니들이 오늘 저녁 어떻게 이력저럭 그들을 따라왔다면, 샌프란시스코의 유력인사 백여 명이 파티를 벌이는 스위트룸 안보다는 여기 복도에서 기습당할 가능성이 더 크니까.

“오늘 일은 끝난 거야?”

다리가 긴 그의 넓은 보폭을 따라잡기 위해 그녀는 복도를 달음박질하다시피 해야 했다. 가만히 손을 빼내려 했지만 그가 놓아주지 않았다. 잠시 후, 그들은 엘리베이터 앞에 멈추어 섰고 그는 하행 버튼을 눌렀다.

“어딜 가는 거야?”

엘리베이터가 땡 하며 도착을 알리고 문 위의 화살 표시에 불이

켜졌다. 일 초 후 문이 스륵 열렸다. 그들은 안에 올라탔고 닉은 긴 손가락을 뻗어 로비층 버튼을 눌렀다.

"꿀 먹은 벙어리가 됐어, 콜트레인?"

그의 계속되는 침묵에 조금 짜증이 나기 시작해서 데이지가 손을 휙 잡아채는 참에 문이 쉬익 닫혔다. 돌연 그녀는 턱시도에 싸인 감옥에 갇힌 신세가 된 자신을 발견했다. 닉이 그녀를 내려다보고 있었다.

"뭐야?"

그녀는 등을 꼿꼿이 세우고 그를 올려다보며 다그쳤다.

"이거."

그는 낮게 으르렁대곤 고개를 숙여 그녀의 입을 덮쳤다.

정욕이 그녀의 아랫배에서 불붙었고, 그녀는 그와 어우러지는 폭발적인 열정으로 그의 키스에 응했다. 턱시도 옷깃을 움켜쥐고, 가능한 한 그와 가까워지기 위해 까치발로 섰다. 닉의 손이 벽에서 그녀의 등으로 미끄러져 내려왔고, 따뜻한 손가락이 그녀의 맨살을 마사지하다 그녀를 자신의 몸으로 확 끌어당겼다.

그리고 그러는 내내, 그의 입술은 굶주린 듯 그녀의 입술 위를 맴돌았다.

그의 입이 떨어지고 고개를 들어 그녀의 눈을 응시했다. 촉촉이 젖은 그녀의 입술에 와 닿는 그의 숨결은 따스하고 불규칙했다.

"파티 드레스 입은 네가 얼마나 아름다운지 말했던가? 그걸 입은 너를 처음 본 순간부터 벗겨버리고 싶은 마음뿐이었어. 미친 거 같지? 네가 벌거벗은 모습을 보고 또 봤는데, 완전히 가린 모습을 보니 머리라도 쥐어뜯고 싶어지더군."

그는 고개를 숙여 그녀의 턱에, 광대뼈에, 관자놀이에 입술을 눌렀다. 그리고는 그의 숨결이 그녀의 귓바퀴를 따라 파고들었다.

"나한테 무슨 짓을 한 거야, 데이지?"

'내가' 뭘 어쨌다고? 기가 막혀서. 하지만 그녀에겐 그 아이러니를 지적할 기회가 없었다. 그가 다시 키스했으니까, 그리고 그가 그녀에게 입술을 댈 때마다 늘 그랬듯, 그녀의 머리는 멍해졌다. 그녀는 저항하지 않고 흐름에 몸을 맡겼다.

닉의 손가락이 그녀의 어깨끈을 끌어내리고 있을 때 엘리베이터가 멈추더니 문이 열렸다. 데이지는 누군가가 목청을 가다듬을 때까지 전혀 알아채지 못했고 닉이 먼저 고개를 들었다.

그녀는 나른하게 그의 푸른 눈을 감상하며 눈을 깜박였고, 그가 몸을 돌리더니 그녀에게 팔을 둘렀다. 슬쩍슬쩍 쳐다보고 있는 한 무리의 사람들 모습에 닉과 함께 엘리베이터를 나서는 그녀의 얼굴이 확 달아올랐다. 그녀는 턱을 치켜들고 고개는 꼿꼿이 세운 채 로비를 가로질렀다.

세상에 맙소사! 폭력배 일당이 그들을 덮쳐 뭉개놨어도 까맣게 모를 뻔했다. 닉과 프론트 데스크에 있는 여자의 대화를 무시한 채, 그녀는 바삐 로비를 점검했다.

"가자."

잠시 후 닉이 허스키하게 말했고, 그들은 엘리베이터로 돌아갔다. 막 그들이 다다랐을 때 빈 엘리베이터 문이 열렸고 닉은 4층을 눌렀다. 문이 닫히는 순간 그는 그녀에게로 돌아섰으나, 데이지는 한 손을 들어 제지했다.

"다시 나한테 수작 부릴 생각은 하지도 마."

그는 씨익 웃어 보였다.

"분명 똑똑한 짓은 아니었지. 하지만 바지 앞에다 텐트 친 꼴로 로비를 활보한 건 네가 아니잖아."

"닉 콜트레인!"

"그래, 바로 내가 그 커다란 걸 자랑하며 돌아다닌 쪽이지. 반면 너는 유유히 지나갔고. 모두들 너를 딱 보고는 '죽이는데'라고 생각하고, 나를 보고는 '저 여자가 남자를 맘대로 휘두르는군. 하기야 거길 딱 잡혔으……'."

“닉!”

“옷자락 말야. 난 옷자락이란 뜻으로 한 말인데.”

“맙소사, 이런 소릴 하고 있다니. 사람들은 공공장소에서 남자의 그 뭐냐, 거기를 쳐다보지 않아. 그리고 분명 그런 얘기도 안 하고.”

“그 뭐냐라.”

그는 다정한 미소를 짓고 손가락 끝으로 그녀의 눈썹을 따라 그렸다.

“드랙 퀸과 친구로 지내는 여자가 어떻게 스물여덟씩이나 먹도록 순진 그 자체로 남을 수가 있지?”

그녀는 그의 손을 밀어냈다.

“난 순진하지 않아!”

“그건 욕이 아냐, 컵케이크.”

엘리베이터가 멈춰 서자 닉은 뒤로 물러서며 그녀 먼저 나가라고 우아하게 손짓했다.

“레이디 퍼스트.”

“어딜 가는 거야?”

“바로 저기.”

그는 그녀의 팔꿈치를 잡아 복도로 이끌었다. 잠시 후, 문 앞에 멈춰 서서 카드키를 집어넣었다.

“이게 뭐야?”

멍청한 질문이었지만 그녀는 자신들이 여기서 무엇을 하는 건지 알 수가 없었다.

“방이지. 제일 처음 충동대로 너를 펜트하우스의 침실로 끌어들여 바로 벽 너머에서 백여 명의 사람들이 딜런 부부의 결혼기념일을 축하하는 동안 네 정신이 날아갈 정도로 한 판 벌이는 건 네가 별로 기꺼워하지 않을 듯싶더라구. 하지만 난 집에 갈 때까지 기다릴 수 있을 거란 생각이 안 들고.”

그는 문을 밀고는 돌아서서 그녀를 번쩍 안아 올렸다. 얼떨결에 십대 여학생 같은 까악 소리가 나와버려서 그녀는 창피했다.
"창고에서 후딱 해치우는 걸 즐기는 타입으로는 보이지 않고."
닉은 문지방을 넘어 발로 문을 걷어차 닫으며 말을 이었다.
"그래서 방을 빌렸어."

15

데이지는 녹색과 흰색의 사치스런 방을 주욱 둘러보았다.

"탈탈 털린 신세인 줄로만 알았는데. 여기 빌리려면 한 재산 들었겠는 걸."

"그게 사람들이 아메리칸 익스프레스를 발명한 이유지, 귀염둥이. 나 같은 사람이 다음 달까지는 걱정할 필요가 없게 말이야."

"당신도 그래?"

그녀는 그를 향해 환한 미소를 지었다.

"재미있네. 내가 떠올리는 당신은 늘 순금 지폐 클립에서 백 달러짜리를 빼내는 모습이었거든."

그녀는 카드 값에 골치 썩는 그의 이미지 쪽이 훨씬 마음에 들었다. 그게 더 보통 남자로 느껴지니까. 그녀는 그에게 안긴 채 방을 가로지르며 구두를 착 벗어 던졌다.

"그래도 신용카드가 있어 다행 아냐? 뭐 나야 보통 사람들 이용한도에 턱도 없지만. 내가 경찰을 그만 두니까 거의 없는 거나 마찬가지일 지경으로 이용한도를 낮춰놨더라고. 내가 경찰을 나오자마자

는 아니었겠고, 내가 더 이상 공무원도 아닐 뿐더러 자영업자가 되
었다는 걸 알자마자겠지."

"데이지."

"응?"

그는 그녀를 무릎에 앉힌 채 침대에 털썩 주저앉았다.

"닥치고 내게 키스해."

그녀는 목 깊이 웃음소리를 냈다. 그는 그녀를 무척이나 섹시하게
느끼게 했고 그 기분은 너무나 황홀했다. 그녀의 오른팔은 벌써 그
의 목을 감고 있었고 다른 한 손으로는 뺨을 감싸며 그의 입에 입술
을 눌렀다. 그녀의 입 아래에서 즉각 벌어지는 그의 입술이 신경말
단에 짜릿하게 번지는 울림을 일으켰고, 그녀는 혀로 그의 입안을
제멋대로 탐험했다.

"어어어."

키스를 멈추지 않은 채, 닉은 뒤로 드러누웠다가 몸을 굴려 그녀
위로 반쯤 올라갔다. 그의 키스는 그녀의 머리를 푹신한 꽃무늬 침
대 커버에 밀어붙였고, 손가락은 드레스에 달린 가는 어깨끈을 끌어
내렸다. 얇은 보디스가 흘러내리자 닉은 가슴 아래로 옷을 벗겨냈다.
그는 고개를 들어 드러난 것을 내려다보았다.

"아, 세상에."

닉이 고개를 숙여 젖꼭지에 가볍게 키스하자, 얌전하던 그것이 단
번에 다이아몬드처럼 단단해졌다. 닉이 입을 벌려 앞니로 가볍게 물
고 살짝 잡아당기자, 번개가 데이지의 몸을 관통했다.

그리고는 그가 몸을 떼고 일어섰다.

"나랑 재미있게 놀고 싶어, 블론디?"

그는 턱시도 재킷을 벗어 가까이에 있는 의자에 내던지고 셔츠의
단추로 손을 가져갔다.

"잠깐만."

데이지가 일어나 앉았다.

"내가 도와줄게. 어휴, 맨날 엄청 서두른다니까."

숨막힌 웃음이 닉의 목에 탁 걸렸다.

"그거 아주 기막히네. 너한테서 그런 소릴 듣다니. 저번에는 나더러 빨리 하라고 머리에 총이라도 들이댈 듯이 다그쳐댔으면서."

그녀는 입술을 삐죽이며 말도 안 된다는 뜻으로 '핏' 소리를 낸 후 조신하게 드레스 자락을 높이 모아 쥐고, 무릎걸음으로 침대 가장자리로 갔다. 그녀의 드러난 젖가슴과 쭉 뻗은 단단한 허벅지가 드레스 앞 트임 사이로 보일락 말락 하는 모습에 닉의 입에는 침이 고였다.

"그 아래 팬티 입었지, 데이지?"

"당연히 입었고말고!"

그녀의 초콜릿 갈색 눈이 쇼크로 휘둥그레졌다.

"맙소사, 어떤 여자들이랑 상종하는 거야, 도대체? 나보다 훨씬 대담한 것처럼 들리는 걸."

대담하다는 것이 그쪽 방면에서의 폭넓은 지식을 갖췄다는 뜻이라면, 뭐 많이 대담하지 않아도 그러고 다닐 수 있지 않나 싶었지만, 그는 그 말을 입밖에 내지 않을 만큼 똑똑했다. 그녀는 자기가 엄청 터프하다고 생각하고 있고, 어떤 분야에서든 경험 부족을 인정한다는 건 본인이 생각하는 자기 이미지와 맞지 않는 게 분명했다.

갑자기 그녀가 그의 셔츠를 어깨에서 등 가운데로 획 끌어내리자 나비넥타이 아래에서 칼라가 빠져나가며 옷 스치는 소리가 조용한 방 안에 크게 울려 퍼졌다. 그의 팔꿈치께에 셔츠가 매달리도록 내버려두고, 그녀는 양손을 그의 가슴으로 들어올려 부드러운 체모 사이로 손가락을 쫙 폈다. 그리고 몸을 뻗어 그의 아랫입술을 잘근 깨물었다.

그는 그녀에게로 손을 뻗었으나, 커프스 단추가 아직 채워져 있다는 사실을 발견했을 뿐이었다. 갑작스런 움직임에 옷이 획 뒤집혀, 당기면 당길수록 조여드는 중국 손가락 수갑처럼 그의 손을 붙들어 맸다. 그는 한동안 그녀의 키스를 열렬히 되돌렸다. 그리고는 거친 숨을 내뿜으며 고개를 들었다.

"너 내 커프스 단추를 빼먹었어."

"흐—으음."

그녀는 몸을 숙여 그의 흉곽에 입맞추고는, 뺨을 가슴에 비벼댄 후 그의 뒤로 손을 뻗어 넓은 장식 허리띠를 풀어 바닥에 떨구었다.

"자, 풀어 줘."

"싫은데. 이제 당신을 내 마음대로 할 수 있게 되었으니까, 내 노예로 삼을 테야."

그녀는 무릎을 꿇고 앉더니 그의 허리로 손을 가져갔다.

"네가 성 역할 역전을 지지할 줄 진작에 알았지."

그는 한동안 커프스와 씨름했으나, 바지 단추를 푸는 그녀의 손가락이 배에 닿는 감촉에 우뚝 정지했다. 그는 데이지가 자신의 배에 입맞추고, 고개를 젖혀 자신을 향해 미소짓는 것을 지켜보았다.

"그래, 날 믿으라고."

그녀는 목 깊이 낮게 웃음소리를 냈다.

"아니면 그냥 내가 금기를 깨뜨리는 대목으로 넘어가도 되고."

그녀는 그의 바지 지퍼를 아래로 내렸다.

"하, 그렇기도 하겠다."

그는 그녀가 자신의 남성을 '그 뭐냐'라고 하던 것을 떠올리며 코웃음쳤다.

"아까 그 단어도 말 못하던 여자가 뭘 어쩌겠…… 아, 세상에, 데이즈…….."

그녀의 손이 그의 열린 바지 지퍼 안으로 쑥 들어가 그의 상징을 움켜쥐자, 그는 하려던 말을 잊어버렸다. 뭔가 분명히 짚고 넘어갈 게 있었는데…… 하지만 생사가 걸렸다 해도 뭐였는지 기억해 낼 수가 없었다.

"이런, 니콜라스 슬론 콜트레인, 당신이야말로 예쁜 속옷을 안 입은 쪽이었군."

그는 그녀를 내려다보았고 그러는 동안 그의 바지는 다리를 미끄러져 내려갔다. 그는 인상을 찌푸렸다.

"남자는 예쁜 속옷 같은 거 안 입어."

그는 쉰 목소리로 알려주었다.

"봐서 알아."

"아니, 블론디. 내 말은, 남자는 사각팬티를 입는다 그 소리야. 여자아이처럼 예쁜 것 따윈……."

그녀의 손동작에 그는 숨을 헉 들이쉬고 입을 다물었다. 무슨 상관이랴. 바지는 발목까지 내려가 있고 팔은 속을 채워 넣을 칠면조마냥 뒤로 묶여 있는 마당에, 설교를 한다고 해서 더 똑똑해 보일 리는 만무하니까. 그는 커프스 단추와 진정으로 씨름하기 시작했다. 손을 뒤로 돌린 채 뒤집힌 옷소매 단추를 풀려 애쓰자니 엄청 속이 탔지만, 어쨌든 이걸 풀어야 한다. 시건방진 미스 파커한테 누가 보스인지 보여줘야 하니까.

데이지는 누가 보면 마치 안경이라도 닦으려는 듯이 고개를 숙이더니, 움켜쥔 손 위로 삐져나온 흥분한 남성에 하! 하고 따스한 입김을 불었다. 그리고는 엄청나게 민감해진 그것을 자신의 부푼 가슴 골짜기 곡선에 문질렀다.

"아, 하나님."

그는 그저 뻣뻣이 열중쉬어 자세로 서서 그녀를 내려다보며 거칠게 헐떡였다.

데이지는 그의 얼굴을 마주하고는 마치 내가 너무 지나쳤나 생각하는 듯 눈썹을 모았다. 그리고는 그에게 씨익 심술 맞은 미소를 지었다.

"아까 오후 일로 이걸 빚졌지."

그녀는 순진하게 그를 향해 눈을 깜박거렸다.

"나더러 해야 한다고 한 일이 이거 맞지? 안 그래?"

지금 이게 말장난할 판이냐.

"셔츠 벗게 도와줘, 데이즈."

그는 거친 목소리로 다그쳤다.

"어서. 확 찢어발길 수도 있어. 2초 안에 도와주지 않으면……."

"아무래도 좋은 생각 같지 않은데, 콜트레인."

"닉."

그는 그녀를 내려다보며 주장했다.

"아까 네가 한 것처럼 광내기 작업을 했으면 마땅히 그 상대를 성이 아니라 이름으로 불러야지."

"흠, 근데 말이야, 닉. 당신 팔을 풀어주면, 내가 조금 무해한 재미를 좀 본 거 가지고 앙갚음을 할 거라는 생각이 번뜩 들어서."

"똑똑하기도 하지."

그는 한쪽 무릎을 매트리스에 댔고 그녀가 후딱 그를 놓고 물러서자 미소지었다.

"하지만 넌 지금 넓은 관점에서 상황을 보지 못하고 있다고."

"그게 뭔데?"

"우선, 어떤 식으로든 난 이 셔츠를 벗고 말 거라는 사실. 설령 갈기갈기 찢어발긴다 해도. 그리고 네가 진짜로 어딜 갈 것도 아닌 바에야, 되도록 빨리 이걸 벗기는 게 좋을 거야, 데이지. 괜히 멀쩡한 셔츠를 망치게 만들면 풀려날 때쯤 난 조금 기분이 거슬려 있을 가능성이 높지. 그럼 넌 어떻게 되겠어?"

"당신 바지를 꼭 쥐고 로비로 직행해야지."

그녀는 드레스를 끌어올려 가슴을 가리고 벗어던진 신발을 찾아 두리번거렸다.

"그럼 날 여기 무방비하게 내버려두고? 그러기엔 넌 너무 직업정신이 투철해. 게다가……."

그는 입술을 핥고 좀더 다가섰다.

"넌 내가 주는 벌을 좋아하게 될 거야."

그녀가 어깨끈을 끌어내리고 약간 몸을 흔들자, 드레스가 엉덩이까지 주룩 흘러내렸다.

"내 마음에 안 들기만 해 봐, 당신이 상상조차 하고 싶지 않은 방법으로 벌 줄 테니까."

그녀가 벨벳 파우치 벨트를 풀자 드레스가 허벅지를 미끄러져 내려가 그녀 무릎께 매트리스 위로 흘러내렸다. 그녀는 이제 얇은 검은색 팬티스타킹과 조그만 팬티 차림이 되었다.

"돌아서."

"이 구경거리를 놓치라고? 그러기 싫네."

"셔츠 벗겨달라는 거야, 말라는 거야?"

"꼭 한 가지 방법만 있는 게 아니잖아, 예쁜이. 실험 정신을 발휘하라고. 좀더 대담해질 기회야."

그는 더 가까이 다가왔고 그녀는 그를 맞이하려 전진했다. 그들은 침대 한가운데 무릎을 꿇었고, 그의 셔츠를 도로 끌어올리려 그녀가 그의 등 뒤로 손을 돌리자 그녀의 벌거벗은 젖가슴이 그의 흉곽에 맞닿아 눌렸다. 잠시 후 커프스가 풀리고 데이지는 셔츠를 벗겨 내던졌다. 그는 나비넥타이로 손을 가져갔으나 그녀가 제지했다.

"나비넥타이 외엔 아무 것도 안 입은 당신 모습이 마음에 들어. 꼭 나만의 선물을 받는 거 같거든."

그녀는 씨익 웃었다.

"그렇지만 양말은 벗어도 돼."

그는 그녀의 팬티스타킹에 눈길을 주었다.

"너도."

그가 먼저 끝내고, 스타킹을 벗기 위해 물러나 앉은 데이지 위로 몸을 숙였다. 허벅지께로 내려간 그녀의 팬티스타킹 허리에 그가 손을 가져가자 그녀는 팔꿈치를 받치고 누워 스타킹을 벗겨내는 그를 지켜보았다. 그는 그걸 내던지고 그녀 위에 길게 엎드려 다시 키스했다. 얼마 지나지 않아, 그들은 함께 뒤얽혀 거친 숨을 쉬고 있었다.

그는 조금 아래로 내려가 목에 키스하고는, 더 내려가 쇄골을 가로질러 목덜미와 완만히 부풀어 오른 젖가슴 곡선에 키스를 흩뿌렸다. 그는 계속 아래로 내려갔고 마침내 목적지에 다다랐다.

닉은 데이지의 허벅지 사이에 자리를 만들어 무릎을 꿇으며 검은 새틴 조각을 그녀의 엉덩이에서 끌어내렸다. 그리고는 배를 깔고 엎드려 팔꿈치를 괴고 그녀의 허벅지 안쪽을 손가락으로 어루만지며 그 사이의 소복한 금빛 털의 삼각지대를 응시했다.

돌연 그녀의 손이 그의 시야를 가리며 방어하듯 그곳을 덮었다.

"아, 데이지, 그러지 마."

그녀의 손가락을 떼어내며 그가 속삭였다.

"가리지 마."

고개를 들자 데이지가 자신없어 하는 눈으로 마주 바라보고 있는 게 보였다.

"너무나 근사해."

그는 고개를 돌려 먼저 그녀의 오른쪽 허벅지에, 그리고는 왼쪽 허벅지에 입을 맞췄다.

"너무나 사랑스럽고 여자답고 근사해."

그는 그녀의 부드러운 털에 턱을 대고 앞뒤로 쓸었다.

천천히 시간을 들여 닉은 그녀의 허벅지에, 상체와 허벅지가 이어져 접히는 곳에, 엉덩이가 시작되는 보들보들한 곡선을 가로질러 키스를 흩뿌렸다. 그리고는 여성적인 체모를 애무하고 어루만지고 쓰다듬었다.

그러다 그녀의 골반이 부추기듯 살짝 들썩이고 허벅지가 제 스스로 벌어지고 나서야 그는 그녀를 혀로 애무했다. 그가 받은 상은 가슴속 깊숙이에서 우러난 그녀의 신음소리와 그의 귓가에서 벌어졌다 조여드는 그녀의 허벅지, 그를 가까이 당기려 머리칼을 움켜쥐는 그녀의 손가락이었다.

그는 몇 분만에 그녀를 절로 비명이 터져나오는 오르가슴으로 이끌고는 물러나 콘돔을 씌웠다.

그녀의 짙은 눈은 반들거렸고 뺨과 가슴은 발갛게 달아올랐다.

"어서."

그를 올려다보며 그녀가 속삭였다.

"아, 닉, 제발!"

그는 그녀 위로 엎어지며 허리를 앞으로 내밀어, 그녀 안으로 완전히 파고들며 자신을 위해 열린 매끄러운 열기에 숨을 들이켰다. 그리고는 그를 감싼 그녀가 단단히 조여왔다.

"오, 하나님. 느낌이 너무 좋아."

그녀는 낮게 '으응' 소리를 내고 골반을 들썩였다. 그는 양손을 매트리스에 짚고 허리를 당겨 거의 물러났다가 다시 앞으로 나아갔다.

느린 움직임이 그녀를 점점 더 오르가슴으로 밀어올리는 동안 그는 그녀의 얼굴을 지켜보았다. 데이지의 눈이 풀리고 이는 아랫입술을 지그시 파고드는 한편, 뺨에는 홍조가 번졌다. 헉헉거리는 거친 숨소리를 제외하면 그녀는 조용했다. 하지만 그녀의 골반은 그의 움직임과 완전히 호흡을 맞추어, 그가 가능한 한 깊이 들어오도록 도왔다. 그녀의 짧은 손톱은 점점 더 세게 그의 등을 눌러오기 시작했다.

"오, 제발."

그녀가 속삭였다.

"기분이 너무……."

그녀는 급히 숨을 들이쉬고 다시 아랫입술을 깨물며 그를 올려다보았다. 붉어진 입술이 하얀 이의 압박에서 풀려나와 격렬하게 털어놓았다.

"황홀해. 오, 세상에, 닉! 너무 근사해. 영원토록 이럴 수 있다면."

하지만 그의 골반은 이미 속력을 올리기 시작했고 그녀는 매번의 돌진을 주저 않고 맞이했다. 그는 그녀의 긴박감이 점점 더 커지는 것을 느끼고, 그녀가 몸을 비틀어대는 모습에서 그녀의 욕구가 완전히 채워지지 않았음을 알았다.

닉은 그녀를 만족시키려 각도를 살짝 바꾸었고, 그녀의 눈이 몽롱해지며 자신을 감싸고 수축하기 시작하는 것을 느끼자 원초적인 만족감이 그를 가득 채웠다. 그녀의 손톱은 족히 그의 등에 밭고랑 자국을 낼 만한 힘으로 미끄러져 내려갔고 그녀의 허벅지는 격렬하게 그의 골반을 조여들었다.

그리고 그러는 내내, 뜨겁고 매끄러운 통로는 그를 조여들고 끌어당기고 있었다.

그는 매트리스에 발끝을 세우고 그녀 안으로 깊숙이 돌진하며, 쾌감이 깊숙이에서 끓어오르기 시작하자 목을 잡아뜯는 신음소리를 억누르려 애썼다.

마침내 닉은 그녀 위에서 내려와, 데이지의 목덜미에 얼굴을 파묻었다.

"아, 하나님, 데이지."

그를 감싼 그녀의 팔이 조여들었다.

그가 채 생각하기도 전에 자신의 입에서 나온 말이 들렸다.

"12단계 로맨스에 대한 내 아이디어를 말했던가?"

즉각 긴장감이 그의 속을 조여들기 시작했다. 도대체 어디서 저 소리가 나왔지?

그녀는 목 깊숙이 쿡쿡 소리를 냈다.

"12단계 로맨스가 도대체 뭐야?"

에이, 이런들 저런들 뭐 어때. 팔꿈치를 대고 몸을 일으켜 그녀의 얼굴을 들여다보자, 졸린 미소를 지으며 팔을 뻗어 그의 목에 감는 그녀의 태도에 속을 옭아매고 있던 것이 조금 풀렸다.

"너와 네가 하루에 한 걸음씩 밟아나가는 연애지…… 우리 앞에 미래가 있을 수도 있다는 생각을 하면서. 어쩌면. 언젠가."

그녀의 얼굴이 무표정해졌고, 그는 몸 아래 그녀의 근육이 굳어지는 것을 느꼈다. 닉은 그녀의 얼굴을 손끝으로 쓰다듬었다.

"혼란스럽겠지, 한 번도 널 좋아한다는 말을 한 적이 없으니. 하지만 좋아해, 너도 알겠지만."

"나와의 섹스를 좋아하는 건 알아."

"그야 말할 필요도 없고. 하지만 만약 그게 전부라고 생각한다면, 블론디……."

"아무 약속도 할 필요 없어, 닉."

그녀는 손을 풀고 그를 떠밀었다. 그는 꿈쩍하지 않았고, 그녀의 눈썹이 미간으로 몰렸다.

"솔직히 말하자면, 정말이지 당신이 그러지 않는 쪽이 좋겠어. 이미 오래 전에 난 장기 연애와 안 맞는다는 사실을 받아들였거든."

그녀는 그의 눈을 똑바로 직시했다.

"이 이상 어떻게 간단명료하게 말해야 할지 모르겠네. 난 연애 방면에 있어선 운이 제로야."

그녀의 상처받기 쉬운 표정이 그의 머리를 강타했고, 그는 딱 잘라 말했다.

"그건 네가 나와 연애해 보지 않아서 그래."

보통 그 단어만 나오면 목에 컥 걸리던 것을 고려하면, '연애'란 말이 자신의 입에서 나왔다는 걸 믿기 힘들었다. 하지만…….

"단단히 각오하라고, 컵케이크. 이제 네게 행운이 올 때가 되었으니까."

혹 변화가 있었다면, 그녀는 외려 더 뻣뻣해졌다는 것이었다.

"어떻게 그러겠다는 뜻이야, 닉? 곤드레만드레 취한 주정뱅이들의 로맨스라도 흉내내서? 왜 그냥 지금 이대로 두면 안 돼? 그냥 즐길 수 있을 때 즐기자. 그리고 늦든 빠르든 언젠가는 끝날 거라는 사실을 받아들이는 거야."

그는 반박하려고 입을 열었지만…… 무엇에 대해서인지 스스로도 알 수가 없었다. 그녀의 장기 연애관? 특히 자신이 제안한 관계에 대한 부분? 어느 쪽이었든, 입을 연 그녀의 얼굴 표정을 보고 그는 하려던 말을 그만 두었다.

"제발 화제 좀 바꾸면 안 될까? 난 이 얘기는 더 하고 싶지 않아."

"좋아. 오늘밤 여기서 자고 싶어?"

"방 빌리는 데 그만한 돈을 썼는데? 당연하지."

"그럼 내일 아침 너는 이브닝 드레스를 입고 로비를 걸어나가야 한단 뜻이야."

그 말에 그녀에게서 깊고 쾌활한 웃음소리가 터져나왔다. 그녀가 십대였을 적 이후로 그가 들어보지 못한 소리가.

"왜 내가 그런 걸 신경 써야 하는데?"

"내가 어찌 알겠냐. 내가 데이트하는 여자들 열 명 중 아홉은 그걸 되게 마음에 걸려 하더라."

그녀는 그를 향해 씨익 웃어 보였다.

"당신이 도대체 얼마나 많은 여자들을 호텔 방으로 꼬여들었나 궁금해해야 할지, 아니면 명백한 사실을 지적해야 할지 모르겠네."

"어떤?"

"난 당신이 보통 데이트하는 고상한 아가씨가 아니야. 비록 팬티도 안 입고 돌아다닌다면 어떻게 그걸 고상하다고 할 수 있을까 싶긴 해도. 하지만 그건 문제의 요지가 아니지. 난 그저 다음날 아침 이브닝 드레스를 입은 모습을 보이면 부끄러워해야 한다는 것도 모르는 교외 출신 싸구려일 뿐이야."

"넌 절약형이야, 예쁜이. 싸구려 따위가 아니라고."

"뭐든 간에, 당신의 일반적인 타입은 아니지. 그리고 자고 가는 문제로 돌아가서, 그러면 최소한 놈들이 우리가 어디 있는지 모를 거 아냐?"

"바로 그거야. 그래도 잠자리에 들기 전에 아래 내려가서 몇 가지 필수품을 사 와야지."

"어떤 거?"

"치약, 칫솔. 콘돔도 더."

그녀가 다시 그의 어깨를 밀었고, 이번엔 그도 순순히 그녀에게서 떨어졌다.

"그럼 뭘 기다리고 있는 거야? 가게 문 닫기 전에 내려가서⋯⋯."

그녀의 시선이 그의 상반신을 훑어 내려가 잠시 그의 남성에 머물렀다.

"칫솔 사야지. 건강한 치아는 중요한 거라고."

그녀는 침대에서 뛰어내려 그를 향해 씩 미소지었다.

"아, 당신이 다시 셔츠 입은 모습 보기 싫은데. 딱 그 귀여운 나비넥타이만 한 모습이 너무너무 좋거든. 그냥 나 혼자 갔다올까 봐. 어차피 옷도 내가 당신보다 빨리 입을 테고."

"허니, 여자란 남자보다 옷을 빨리 입게끔 태어나지 않았어."

"요 며칠 새 아무 것도 못 배운 거야? 진땀 한 방울 안 흘리고 내가 당신을 이긴다는 쪽에 20달러."

"받아들이지."

그들은 옷을 향해 달려들었고, 잠시 후 그녀가 권총 든 파우치 벨트를 채우는 반면 그는 아직도 수많은 셔츠 단추와 씨름하고 있었다.

그녀는 구두를 신고 그를 도우러 다가갔다.

"당신 돈을 빼앗는 데 죄책감이 느껴질 지경이야. 너무 쉬운 걸."

"넌 팬티스타킹 빼먹었잖아."

"그게 뭐. 내가 그걸 신었다 벗었다 세 번을 했어도 당신은 여전히 이 바보 같은 조그만 단추들이랑 씨름하고 있을 걸."

"일리가 있군."

목에 걸린 나비넥타이 위로 칼라 단추를 잠그지 않은 채, 그는 커프스 단추를 서랍장 위에 내던지고 소매를 걷어붙였다.

"준비됐어?"

데이지는 코웃음쳤다.

"10분 전에."

그는 앞장서서 방을 나서는 그녀의 미묘하게 흔들리는 엉덩이를 감상하며, 연애 면에서의 운과 지금 관계를 그대로 두자는 그녀의 말을 다시 생각했다. 의심할 거 없이 그녀가 옳다. 그 역시 내심 질

리도록 같은 논리를 주장했으니까. 그는 등 뒤로 문을 닫으며 씨익
웃었다.

그러나 그건 그녀가 콜트레인 가문 사람에게 구애를 받아 본 적
이 없어서다. 그리고 최소한 그녀가 그동안 뭘 놓치고 살았는지 보
여주어야 한다는 생각이 그의 뇌리에 떠올랐다.

16

목요일.

"욕실에 전화기가 있는 거 알고 있었어?"

수건을 몸에 두르고 다른 수건 하나로 머리를 슥슥 문지르며, 데이지가 침실로 들어갔다. 이제 슬슬 이 관계에 프로다움을 좀 끌어들일 때다.

지난 24시간 중 언제쯤인가 그 정신을 놓쳐버리고 말았다.

아침식사 접시를 들고 복도의 룸서비스 쟁반에 놓는 닉을 그녀는 잠시 쳐다보았다. 아주 잠깐 그가 걸친 유일한 옷인 턱시도 바지가 아주 근사한 엉덩이에 팽팽히 당겨지는 광경에 정신이 팔렸다.

이내 그녀는 산만해진 정신을 다잡았다. 무슨 말을 하고 있었더라? 아, 그래……

"도대체 누가 왜 욕실 전화기를 바란단 말야?"

그는 문을 닫고 돌아서서 그녀를 마주했다.

"글쎄, 일부에서 선호하는 특별 사양이겠지. 일 중독증 사업가라든가."

"목욕 중 전화 중독증 환자겠지."

그녀는 한마디하지 않을 수 없었으나 이내 자신을 다잡았다. 젠장, 쓸데없는 말장난이나 주고받자고 여기 있는 게 아니잖아. 같이 그러고 싶은 마음이 굴뚝같다고 해도.

"하지만 지금은 그런 얘기를 할 때가 아냐. 이제 슬슬……."

"너 꽤나 섹시해 보인다, 데이즈."

그의 목소리는 밤 사이 몹시 그녀 귀에 익숙해진 낮고 육감적인 어조로 바뀌었고, 머리를 닦던 수건은 돌연 무감각해진 손가락 사이로 흘러내렸다. 그는 다가서서 달아오른 그녀의 가슴팍에 손가락을 눌렀고 그들은 그가 손을 떼었을 때 살에 색이 돌아오는 모습을 지켜보았다. 그는 손등으로 그녀의 어깨를 가로질러 팔을 따라 쓸어내렸다.

"이 두꺼운 수건을 벗겨내고 널 좀 식혀줘야겠는데."

그녀는 간신히 한쪽 눈썹을 치켜올렸다.

"참 사려 깊기도 하지, 늘 나를 챙겨주고."

"내가 다 아니까. 뭐든 내가 시키는 대로만 하면 잘못될 게 하나도 없다고."

그녀는 깔깔 웃어젖혔다.

"당신 꿈에서나."

"좋아."

그는 마치 그래 봐야 너만 손해라는 식으로 한쪽 어깨를 으쓱했다.

"하지만 보다시피 난 너처럼 수건으로 뚤뚤 감아놓아 온통 달아오르지 않았다고."

그의 손가락은 그녀가 몸에 둘러 가슴 사이에 밀어넣은 푹신한 수건 자락을 잡아당겼으나, 그녀가 그 손을 찰싹 때려 밀어냈어도 전혀 당황하지 않은 듯했다.

"진짜 이거 벗지 그래. 시원하고 좋잖아, 나처럼."

"아, 그러셔. 그럼 공평하기도 하겠네. 당신은 맨 가슴을 드러내고,

난 완전히 벌거벗고."

그는 그 점을 생각하는 듯이 보였다.

"네 말이 맞아."

그가 바지를 풀어 늘씬한 골반 아래로 밀어 내리자 옷이 바닥에 풀썩 떨어져 완전한 나체가 되었다.

"자. 니콜라스 콜트레인이 평등사회 구현을 위해 노력하지 않는다는 소리를 들을 수는 없지."

그는 다시금 그녀의 수건으로 손을 뻗었다.

그의 몸이 자신의 눈앞에서 변하는 것을 지켜보며, 그녀는 그가 한 가지는 옳다는 것을 깨달았다. 확실히 몸이 과열된 기분이었다. 그리고 사실, 반 시간 빠르건 늦건 별 차이가 없다.

그녀는 그가 수건을 풀도록 두었다.

닉은 수건을 펼쳐들고 드러난 곡선 전부를 천천히 눈길로 쫓았다. 그런 후 고개를 숙여 그녀의 어깨에 입맞췄다.

"자, 이제 낫지?"

"으음. 훨씬."

"상황에 더 어울리기도 하고."

그는 그녀의 목에 키스했다.

"네가 로브로 몸을 꼭꼭 감싸지 않아 얼마나 운이 좋은지. 그랬으면 얼마나 중한 응급소생술이 필요했을지 누가 알겠어?"

"흠, 내가 어떤지 알잖아."

근육이 흐물흐물거렸지만 그녀는 희미하게 어깨를 으쓱해 보였다.

"늘 뭐를 입어야 상황에 맞을지 전혀 감을 못 잡거든."

그녀의 엉덩이까지 내린 수건 양끝을 잡아 그는 그녀를 가까이로 끌어당겼다.

"내 언제나 기쁘게 인도하지."

그녀는 그의 목에 팔을 감고, 단단하고 따스한 그의 가슴을 만끽했다. 몸을 좌우로 흔들어 가볍게 젖가슴을 그에게 문질렀다.

"이래 봐야 아무 것도 바뀌지 않아, 닉. 그 점은 알아둬."

"쉬."

그는 고개를 숙여 그녀에게 키스했다.

"알아."

45분 후 그들은 엘리베이터에서 나와 로비를 가로질러 프론트 데스크로 갔다. 담당 직원이 카운터 너머로 닉에게 계산서를 건네고는 말했다.

"어젯밤 두 남자분이 찾아오셨습니다, 콜트레인 씨."

닉은 우뚝 경직되었고, 데이지도 마찬가지임을 의식했다.

"자기들 이름을 남겼습니까?"

"아뇨. 일반적인 저희 고객분들과 다르다는 걸 야간 직원이 알아챘죠. 그 여직원이 방 번호를 알려주지 않으려 하자 거친 말을 퍼부었고, 손님방으로 전화를 연결해 드리겠다고 했더니 그건 거절하더랍니다."

"흐음."

그는 신용카드를 건넸다.

"누군지 도무지 모르겠군. 어쨌든 알려줘서 고맙습니다."

데이지는 페어먼트 호텔 정문 앞에 멈춰 설 때까지 아무 말도 하지 않았다.

"납작 얼굴과 통나무 목일까?"

그는 길 건너 플러드 맨션을 초점 없이 응시했다.

"그렇겠지."

닉은 주위를 바싹 경계하는 그녀를 의식하고, 자신도 주위 상황에 좀더 관심을 기울여도 손해가 되지 않으리라 결론지었다. 그들은 언덕을 내려가 그가 용케 길가에 주차할 자리를 발견했던 곳으로 걸어갔다.

곧 포르셰가 눈에 들어오자 그는 자신의 운을 재평가하지 않을 수 없었다.

"안 돼!"

데이지는 길거리에서 눈길을 떼어 그를 쳐다보았다.

"왜? 뭐야?"

그녀는 그의 시선을 따라갔다.

"오, 세상에. 오, 닉! 그 아름답던 차가."

누군가가—그리고 멘사 회원이 아니라 해도 범인은 짐작할 수 있었다—그의 포르셰를 작살냈다. 창문과 헤드라이트는 깨지고, 천장은 갈기갈기 찢겼으며 깨끗하던 문짝에도 흠이 나 있었다. 타이어는 네 개 다 펑크에다, 우그러들지 않은 곳에는 더러운 욕설이 깊이 긁혀 있었다.

"제길."

그는 거칠게 중얼거린 후 차 주위를 한 번, 두 번, 세 번 돌았다. 차가운 것이 뱃속을 묵직이 눌러왔고 시뻘건 분노가 뇌리를 어지럽혔다. 그는 운전석 쪽 타이어를 냅다 걷어찼다.

"제길!"

그리고는 휙 돌아서며 열 손가락으로 머리카락을 눈꼬리가 당겨질 정도의 기세로 얼굴에서 쓸어 올리고, 손바닥으론 두통이 지끈지끈 오기 시작하는 관자놀이를 눌렀다. 그는 몇 분 동안 저 멀리를 응시하며, 붉게 이글거리는 분노 외엔 아무 것도 의식하지 못했다.

이내 점차 그의 등에 밀착된 데이지의 온기가 파고들기 시작했다. 그녀가 그의 허리에 팔을 감고 위로하듯 복부를 쓸어주고 있었다.

"안됐어."

그녀가 속삭였고 자신이 분노와 고통 외엔 전부 망각하고 있는 동안 그녀가 몇 번이나 이 말을 했을까 하는 생각이 그의 뇌리에 얼핏 떠올랐다.

"정말 안됐다."

"난 이 차를 사랑했어."

그가 목쉰 소리로 말했다.

"간신히 식비와 집세 이상의 돈을 벌기 시작했을 때 처음으로 산 물건이야. 그런 후에도, 할부를 갚는 데 3년 반이나 걸렸다고."

그리고 그것을 자랑스러워하며, 자신의 늘어가는 경제력만이 아니라 아버지의 헤픈 생활방식에서 독립한 증거로서 늘 흠 하나 없이 유지해 왔다.

"하지만 뭐 대수겠어? 내 개가 죽었다든가 그런 것도 아닌 걸. 그냥 물건일 뿐이야."

하지만 그의 것이었다, 젠장! 그가 직접 번 돈으로 산 것. 갑자기 답답하고 후텁지근하며 포위된 기분이었다. 입을 연 그의 목소리는 거칠었다.

"좀 떨어져 주겠어, 블론디? 네 총이 날 찌르고 있거든."

그는 그녀가 굳어지는 것을 느꼈고, 곧 그녀의 팔이 그의 허리에서 떨어졌다. 그녀가 물러서자 온기가 그의 등에서 사라졌다.

그는 새로 발견한 자유가 가져온 시원한 공기가 별 도움이 되지 않는다는 것을 발견했다. 아무 생각 않고, 그는 돌아서서 그녀를 품으로 와락 끌어들였다. 그가 턱을 그녀의 정수리에 올려놓고 등을 위아래로 쓰다듬는 동안 데이지는 빳빳하게 서 있었다.

"난 진짜 열받았어, 데이지."

"그래서 그걸 나한테 푼 거야?"

"그래, 그 비슷하달까."

그는 고개를 숙여 그녀의 관자놀이에 입맞췄다.

"부당한 짓이었지."

그는 허스키한 목소리로 인정했다.

"미안해."

"아니, 당신이 옳아."

그녀는 그를 밀어냈다.

"내가 전혀 프로답지 않게······"

"아! 그래. 사람 죄책감을 자극하는구나."

그게 기막히게 먹혀들어서, 다시금 그를 열받게 했다.

"젠장, 데이지. 기회 잡은 김에 아예 내 상처에다 소금을 문지르지 그래?"

그녀는 큰 소리로 웃었다. 그러나 동시에, 손을 뻗어 그의 턱을 달래듯 어루만졌다. 그리고 햇빛을 담아 반짝거리는 그녀의 눈을 보고 있자니 그는 분노가 스러져감을 깨달았다.

"당신이 죄책감을 느끼게 하려던 게 아니야, 닉. 내가 정말로 프로답지 않은 행동을 했지. 폭력배 일당들이 주위에서 어슬렁거리며, 우리가 박살난 차에 정신이 쏠린 동안 습격하려 벼르고 있을 가능성도 있어. 그러니 내가 좀더 경계했어야 했는데 그러기는커녕……."

"우는 아이 젖 주기로군."

그녀의 뺨이 뜨겁게 달아올랐다.

"음, 나라면 그런 식으로는 말하지 않을 거야. 하지만…… 그래."

실은, 그녀가 자신을 위로해 주었다는 것이 기분 좋았다. 프로답다는 것이 자신에게 얼마나 중요한지 분명히 드러냈던 그녀였으니, 그의 감정을 우선시했다는 것은 그 역시 중요하다는 뜻이 틀림없다.

또한 그렇다고 괜히 감상적이 되어 봐야 좋을 게 없다는 것을 그는 알고 있었다. 그녀가 단박에 자신의 터프한 이미지를 지키려 드는 바람에 둘 다 마음 상하고 말 것이 뻔했다.

"이젠 어쩌면 좋을까?"

"내키진 않겠지만, 경찰을 불러야 해."

그는 경계심을 모조리 곤두세우고 그녀를 노려보았다.

"관둬, 블론디."

"먼저 경찰에 신고를 해야 보험회사와 얘기라도 할 수 있어, 닉."

음…… 제길. 그녀 말이 옳다.

"좋아, 신고하지. 하지만 누가 이 일을 저질렀는지 말씨름하는 건 사양이야."

“내 마음 한구석으론 그렇게 하면 이로울 점을 설득하고 싶어 죽
겠어.”

하, 놀랄 일도 아니지. 그는 코웃음쳤다.

“내가 맞혀볼게. 전직 경찰로서의 한 부분이겠지?”

그녀는 어깨를 으쓱했다.

“우리가 경찰에 기꺼이 털어놓는다 해도 제시할 증거라곤 하나도
없으니 그쪽에서 할 수 있는 일은 아무 것도 없다는 소리를 들으면
당신은 분명 기뻐 날뛰겠지. 그러니 당신 하고 싶은 대로 하자고.”

그녀는 주위를 둘러보았다.

“놈들이 숨어서 우릴 기다리고 있으리란 짐작은 틀렸나 봐. 택시
타고 집으로 가서, 전화로 경찰에 신고하고 보험회사에 필요한 사건
접수 번호를 받자. 차 안에서 꺼내가야 할 거 있어?”

제일 먼저 생각이 미친 사진가방은 가지고 있었으니 괜찮다. 그는
그래도 어쨌든 차 안을 들여다보았다—그리고 그 즉시 후회했다. 차
실내도 엉망이 되어 있었다. 가죽 시트는 찢어지고, 바닥 깔개는 뜯
어졌으며 계기반은 망가졌다. 글러브 박스 문은 튀어나올 지경이 되
도록 부숴 놨고, 기어 손잡이도 없어졌다. 숨죽여 욕설을 내뱉으며,
그는 몸을 바로 폈다.

데이지는 그의 등을 쓰다듬어 위로했다.

“자, 얼른 여기서 뜨자. 당신이 화난 건 알지만, 혹시라도 놈들이
아직 근처에 있다면 대로변 총격전은 정말이지 피하고 싶거든. 괜히
죄 없는 사람들이 다칠 수도 있어.”

“그래.”

그는 감정을 가라앉히기 위해 두어 번 심호흡을 했다.

“집에 가자.”

제이콥슨은 오트리를 넘겨다보며 초조하게 이쪽 발에서 저쪽 발
로 몸무게를 옮겨 실었다.

"야, 뭘 기다리는 거야?"

그는 다그쳤다.

"가서 잡자구."

오트리는 어째야 할지 마음을 정할 수가 없었다. 콜트레인과 제이콥슨에게 한 방 먹인 금발머리는 정확히 자신들이 계획한 장소에 가 있었다. 그는 제이콥슨이 콜트레인의 보디가드에게 앙갚음하고 싶어 부글부글 끓고 있다는 걸 알고 있었고, 그녀는 드레스로 쫙 빼 입었으니 몸이 느려질 수밖에 없다. 상황은 이 이상 좋을 수 없었다.

그렇지만…….

저 비둘기 한 쌍은 빌어먹게 다정해 보였다. 둘이 호텔에서 밤을 함께 보냈음이 확실했고, 더글러스가 그걸 어떻게 이용할 수 있으리란 예감이 들었다.

"어서."

제이콥슨이 으르렁거렸다.

"그만 두자."

"뭐?"

그의 파트너가 휙 돌아보았다.

"돌았어? 왜 관두자는 거야?"

"그래 봐야 뭐가 나오겠냐? 벌써 차는 뒤져봤으니 거기 없다는 건 알잖아. 콜트레인이 사진을 들고 다닐 가능성도 별로 없고."

"그러니 녀석이 어디 숨겨놨는지 불 때까지 두들겨 패야지."

"아니. 이번에는 머리를 좀 쓰자고. 콜트레인은 제 보디가드랑 꽤 나 따끈따끈해졌어. 이 정보를 더글러스에게 가져가자. 그리고 그가 어떻게 하길 원하는지 보자고."

모는 식탁 맞은편에 앉은 레이드를 바라보았다. 그는 보수적인 은행가의 가는 줄무늬 정장을 차려입고 있었다. 다만 줄무늬 넥타이만 아직 조이지 않았을 뿐. 매듭이 셔츠 첫번째와 두 번째 단추 사이에 내려와 있었다. 반들거리는 마호가니 너머에서 그녀의 시선을 마주한 그의 황록색 눈은 무덤덤했고 입가에 웃음기라곤 없었다. 그녀는 그가 낯선 사람처럼 보인다고 생각했다.

가슴 두근거리게 하는 낯선 사람.

그녀는 앉은 자세를 고쳤다. 어째서 그런 생각이? 우스꽝스럽고, 터무니없는…….

그러나 진실이었다. 그녀가 사랑에 빠져 결혼한 레이드는 무던한 남자로, 쉽게 웃으며 화를 잘 내지 않았다. 비록 그들의 관계가 지난 몇 년간 경직되었지만, 그의 성격의 밑바탕을 형성하는 타고난 넉넉함에는 영향을 미치지 못했다. 하지만 지금 그녀를 쳐다보고 있는 레이드는 완전히 다른 사람처럼 보였다. 결의에 차 보였고 어딘가 야수 같았다. 심지어 성적이기까지. 마치 당장에라도 식탁에서 식기를 홱 쓸어버리고 그 위에서 그녀와 거칠고 억제되지 않은 섹스를 나눌 것처럼.

세상에나. 그녀는 허벅지를 꼭 붙였다. 거칠고 억제되지 않은 건 고사하고 어떤 식이든 섹스를 나눈 지가 너무 오래 된 것이 분명했다. 그녀는 냅킨을 집어들어 부채질하고 싶은 마음을 꾹 눌렀다. 대신 똑바로 앉아 그를 향해 묻듯이 눈썹을 치켜올렸다. 지금은 우스꽝스런 사춘기적 환상에 몰입할 때가 아니다.

"당신에게 줄 게 있어."

그렇게 말하고 레이드는 재킷 안주머니로 손을 넣어 작은 수표 뭉치를 꺼내 테이블에 던졌다. 광을 낸 매끄러운 표면에 닿자 좌르륵 펼쳐졌지만 그가 한쪽 끝에 손가락을 눌러 고정시키고는, 그녀 쪽으로 밀었다.

"이게 뭐야?"

그녀는 그걸 집어 하나하나 들여다보고는, 다시 그를 올려다보았다. 심장이 마구 뛰기 시작했다.

"레이드? 세상에. 이건……."

"필요한 돈의 절반쯤 되지. 몇 명이 빌려간 돈을 갚았어."

바로 그가 말했던 그대로였다. 딱 한 번이라도 좋으니 날 좀 믿어
봐. 그의 목소리가 모의 머릿속에 다시 울려왔다. 분명, 그는 모가
소용없다고 치부해 버린 통화를 계속했던 모양이다. 아니면 그의 게
으른 동창들이 바로 그가 말하던 대로 돈을 갚은 건지도.

모는 식탁 너머 레이드를 쳐다보았다.

"나, 난…… 나는……."

그녀는 목청을 가다듬었다.

"뭐라고 해야 할지."

"이렇게 말하면 되지, '당신이 옳았어, 레이드. 내가 틀렸고'."

그녀의 목에서 웃음이 터져나왔다. 꼭 옛날의 레이드 같은 말이었
지만, 그는 아직 미소짓지 않고 있었다.

"당신이 옳았어, 레이드. 내가 틀렸고."

"이제 옷 벗어."

"뭐?"

"아냐. 그냥 농담한 거야."

"오."

아쉬워라. 그녀는 자신이 식탁 저편의 남자와 간절히 벌거벗고 싶
어한다는 걸 깨닫고 놀랐다.

"소시지 식기 전에 이쪽으로 좀 밀어줘."

그녀는 소시지와 함께 과일 쟁반과 토스트 바구니도 넘겨주었다.
식사를 하는 동안, 식기에 포크와 나이프가 부딪히는 소리 외엔 조
용했다. 레이드는 두세 입 먹더니 포크를 접시에 내려놓았다.

"세탁소에서 내 턱시도 가져왔어?"

"응."

그녀는 그를 흘끗 곁눈질했다.

"잘됐네. 혹시 금요일 밤에 뭔가 예정 있거든 취소해. 휘트컴 연회
에 갈 거니까."

그녀는 놀라 그를 쳐다보았다.

"J. 피츠제럴드 더글러스를 위한 연회에?"

보통 레이드는 그런 북적거리는 사교계 모임에 참석하느니 차라리 역병에 걸리는 게 낫겠다고 하는 사람이었다.

"그래, 내 옛날 친구들 몇 명이 참석할 거야. 한둘에게는 벌써 메시지를 남겨놨고, 아직 연락 안 된 몇 명도 나올 테고. 첫번째 그룹에겐 내가 진지하다는 걸 알리고 두 번째 그룹에겐 돈 갚을 때가 지났다는 걸 알게 해 줄 때야."

모도 포크를 내려놓았다. 그가 너무나 터프하고 유능해 보여, 식탁 너머의 그를 응시하고 있자니 그녀 안에서 갈망이 일어났다.

"레이드."

"필요한 돈의 나머지를 손에 넣을 수 있을 거야."

그는 담담히 그녀에게 다짐하고 다시 포크를 집어들었다.

"그런 다음 우리 결혼 문제에 대해 찬찬히 얘기하자구."

17

집까지 일 마일도 안 남았을 때 닉이 갑자기 택시 기사더러 커브 길에 세워 달라고 했다. 택시의 즉각적인 정지에 앞으로 확 쏠린 데이지는 몸을 일으키며, 차에서 내려 안을 들여다보는 닉을 향해 한 쪽 눈썹을 치켜올렸다.

"어서."

그는 초조히 재촉하고는 그녀가 내리도록 돕기 위해 한 손을 뻗었다.

그의 얼굴 표정을 보니 이유를 설명하지 않을 것이 뻔했기에 그녀는 좌석을 가로질러 내렸다.

"미터기 계속 켜 놓으세요. 금방 올 겁니다."

닉이 택시 기사에게 말했다.

데이지는 착한 꼬마 병정처럼 그가 잡아당기는 손길에 순순히 따르지 않았다. 대신 꿋꿋이 서서 그가 멈출 수밖에 없게 했다. 드레스 매무새를 가다듬고, 그녀는 그를 올려다보았다.

"도대체 무슨 영문인지 말 좀 해 볼래, 콜트레인?"

“기분이 엉망이라 기분전환이 필요해.”

그는 강렬한 눈빛으로 그녀를 그 자리에 옭아맸다.

“하지만 너무 많이 널 깔아 눕히면 네가 쓰릴 테니까.”

“맙소사, 닉.”

그가 쾌락을 가르친 모든 곳에 열기가 확 번졌고, 그녀는 뺨이 화끈화끈 달아오르는 것을 느꼈다.

그는 그녀를 내려다보고 포르셰가 망가진 꼴을 본 이래 처음으로 미소지었다.

“그냥 사실을 말한 것뿐이야. 다만 ‘사랑을 나눈다’라고 해야 했겠지.”

그는 그녀의 콧날을 손가락으로 따라 그렸다.

“오늘 오후엔 아무 스케줄도 없어. 그러니 너와 보조를 맞춰야겠지. 그렇다면 할 만한 건…… 비디오.”

“비디오?”

그녀가 가게 정면을 쳐다보자 정말 그들이 있는 곳은 비디오 가게 앞이었다.

“왜 알지, TV로 보는 영화? 자동차와 건물이 수없이 폭발하고 사람들이 날아가는 모습이 오색찬란한 컬러로 나오는?”

“윽, 별로 유쾌하게 들리지 않는데.”

그녀는 얼굴을 찌푸렸지만 문을 열어주는 그의 품으로 파고들었다.

“대신 근사하고 차분한 고전은 어때? 음, <사운드 오브 뮤직>이라든가.”

“아, 그래. 내 울분을 가라앉히기에 딱이겠구나. 그 다음엔 외국 예술 영화를 추천하겠지.”

“아니. 난 자막 읽는 거 별로 안 좋아해.”

아침 시간이라 가게는 텅 비어 있었다. 책상에 앉은 젊은 여자는 반납된 비디오 더미를 체크하다 말고 그들을 멍하니 응시했다. 껌을 질겅거리던 입이 씹다 말고 딱 멈췄다.

"왜요?"

데이지는 여자를 내려다보았다.

"이렇게 입고 오는 손님 처음 봤어요?"

"어, 아뇨, 사모님."

데이지의 고개가 휙 뒤로 젖혀졌다.

"사모니임?"

그녀는 경악하여 속삭였다. 닉이 그녀의 팔을 잡아당겼다.

"얼른. 미터기 돌아가고 있다고."

그녀는 그를 따라 성큼성큼 걸어갔지만, 어깨 너머로 여자에게 마지막 한 번 무시무시한 표정을 던지고 나서였다.

"날 사모님이라고 불렀어, 닉. 사모님은 우리 엄마한테나 붙여야 하는 거 아냐."

"그건 나쁜 말이 아냐, 블론디. 저 아가씬 그냥 예의를 차린 거라고. 존경의 표시라고 생각해."

"존경 좋아하네. 그건 나이 먹었단 표시야."

그녀는 크롬 선반을 지나치며 거기에 비친 자신의 모습을 얼핏 보았다. 물론 베니가 꾸며줬을 때처럼 근사해 보이지는 않았다. 하지만 어제보다 더 나이 먹어 보이지는 않는다고 자신했다.

그가 선반 앞에 멈춰 서더니 비디오 하나를 꺼냈다.

"자, 이런 게 고전이지."

"<어비스>? 와, 에드 해리스가 나오는 거네. 나 그 사람 좋아해."

그녀는 상자를 받아들어 뒷면 광고문을 읽기 위해 뒤집었다.

"닉, 이건 SF잖아!"

"그래, 하지만 너도 마음에 들 거야. 여자들이 좋아할 만한 요소가 많거든."

그녀는 눈을 가늘게 떴다.

"여자들이 좋아할 만한 요소라는 게 뭔지 좀 말해 봐."

"알잖아, 사랑 이야기."

그녀의 눈이 꽤나 위험스럽게 변한 모양인지 그가 재빨리 말을 고쳤다.

"내가 사랑 이야기랬던가? 내 말은 여자들이 주도권을 쥔다는 뜻이었어. 이제 네가 하나 골라."

"남자들이 좋아할 만한 게 어디 있는지 알지."

그녀는 그를 만화 코너로 끌고 갔다.

"아주 웃기는군. 뭘 고르긴 할 거야, 그게 아니면 전부 나한테 맡길 거야?"

"어림없어. 내가 오후 내내 폭발하는 자동차나 징그럽게 가슴을 부풀린 여자들을 보고 싶어할 거 같아?"

그녀는 고전 코너로 가서 제목을 훑어보았다.

"<하비>는 어때? 아니면 <우정어린 설득>이나."

그는 몸을 숙여 그녀가 고른 것들을 들여다보았다.

"토끼들 아니면 거위 떼 중에 고르라고?"

어깨를 으쓱하며 그는 허리를 폈다.

"네 말이 옳아. 이건 멍청한 생각이었어."

"난 그렇게 말한 적 없어."

"아, 그래. 어쨌든 네가 옳았다구. 그냥 집에 가자. A안으로 돌아갈 거야."

"후회하게 될 걸 뻔히 알지만, 그래도 물어 봐주지. A안이 뭔데?"

"네가 다른 남자한테 만족 못하게끔 만드는 데 오후를 다 보내는 거지."

그녀는 벌써 그렇게 된 게 아닐까 하는 끔찍한 기분이 들었고, 이 관계에서 상처받지 않고 무사히 빠져나갈 가망성은 시간이 갈수록 점차 줄어들고 있었다. 그래도 그녀는 그를 향해 턱을 꼿꼿이 치켜들었다.

"이 얘기를 어떻게 해 줘야 할지 모르겠는데, 콜트레인. 하지만 당신 자만심 쪽이 당신 물건보다 어마어마하게 더 크……."

그의 손이 그녀의 입을 막았다. 하지만 그는 그녀를 내려다보며 씨익 웃었고 눈에 드리웠던 그림자가 얼마간 사라졌다.

"파커 양, 제발. 뭔가 좋은 말을 할 수 없다면, 최소한 좀 돌려 말하는 예의라도 갖추지 그래."

그녀는 그의 손을 잡아뗐다.

"그거 아주 귀엽네, 닉. 차밍스쿨에서 배웠어?"

"아니, 너무나 섬세한 남성의 자아를 위한 생존훈련 수업에서였을 거야."

그는 비디오 선반을 향해 엄지손가락을 젖혔다.

"네 거 골라. 자, 얼른 나가지 않으면 택시비가 국가 부채와 맞먹겠다."

택시가 그들을 내려놓을 무렵엔 바다에서 구름이 몰려오기 시작했고 기온은 족히 10도는 내려가 있었다. 데이지는 곧장 침실로 가서 스웨터와 청바지로 갈아입었다. 그녀가 나와 보니, 닉은 턱시도 재킷을 벗고 부엌 바에서 전화로 자동차 피해를 신고 중이었다. 그녀는 그가 경찰서와 통화를 끝내고, 보험회사에 전화를 거는 동안 옆에서 듣고 있었다.

몇 분 후 소파의 그녀 옆에 와서 앉은 그는 굳어진 채, 눈에는 그림자가 돌아와 있었다. 그녀는 실상 제대로 읽지도 않고 있던 잡지를 치우고 그를 마주하며, 무릎을 가슴에 당겨 안았다.

"괜찮아?"

"아니."

그는 나비넥타이를 휙 잡아당기고는 셔츠 단추를 풀기 시작했다.

"다시 기분 완전히 잡쳤어. 그 폭력배들은 딱히 그럴 만한 이유도 없이 내 차를 작살냈고, 보험회사는 아마도 내 보험료를 올릴 테고, 날 핍박하고 있는 사람은 모두에게서 존……."

그는 입을 다물고 도무지 빠지려 들지 않는 모조 진주 단추를 내려다보았다.

"이 빌어먹을 셔츠도 그래. 도대체 누가 이딴 걸 발명한 거야?"

그는 양손으로 옷자락을 움켜쥐고, 순순히 풀리지 않는 단추와 그 아래 아직 채워져 있는 것들까지 같이 잡아뜯을 기세로 거칠게 당겼다.

"살살."

그녀는 부드럽게 말하고 그의 앞에 무릎을 꿇었다. 그의 손을 살며시 밀어내고 남은 단추 몇 개를 풀었다. 그리고는 일어나서 그의 셔츠를 어깨에서 팔로 끌어내렸다.

옷이 그의 뒤 소파로 떨어지자, 그는 푸른 불꽃처럼 타오르는 눈으로 그녀를 응시했다.

"근사하군. 거기에다 난 머저리처럼 굴고 있어."

"너무 자신에게 가혹하게 그러지 마, 닉. 스트레스가 엄청난 아침이었잖아. 울분이 터질 만도 하다고."

"아, 제길."

그는 그녀의 얼굴을 손으로 감쌌다.

"사랑해."

그리고는 고개를 숙여 그녀에게 키스했다.

그녀의 심장이 가슴에 쿵 부딪히고는 거세고 무거운 박자로 두근거리기 시작했다. 그가 정말로 자신을 '사랑한다'는 뜻으로 한 말이 아니라는 건 분명히 알고 있었다. 그냥 입에서 나오는 소리일 뿐이리라. 그녀와 사랑에 빠졌다던가 뭐 그런 뜻이 아닐 것이다.

그래도 괜찮다. 바로 그래야만 하니까. 그들의 관계는 순전히 육체적인 관계니까. 그리고 그 중에서도 일시적인 육체적 관계.

그녀의 마음을 감싸고 있는 따스함은 단지 싸늘한 봄날 체온을 나누어 생겨난 것일 뿐이다.

그녀는 그가 옷을 벗기고 따뜻하고 단단한 몸을 그녀 위로 뻗는 동안 몇 번이고 그 말을 스스로에게 되풀이했다. 그가 그녀와 다정하고, 조심스럽고, 느릿느릿한 사랑을 나누는 동안 그녀는 그 점을 명심하려 애썼다. 그가 달콤한 망각 속으로 그녀를 몰아넣고 "사랑

해, 데이지. 사랑해, 사랑해, 사랑해”라고 속삭이며, 뜨겁고 두근거리
며 떨리는 만족의 한숨소리가 흘러나오는 곳으로 그녀를 데려가는
동안 그녀는 그 생각에 절실하게 매달렸다.

뼛속 깊이 만족감에 젖어, 그녀는 방어적 태도로 무장하기는커녕
생각 하나 제대로 하기도 힘들었다. 그래서 조용히 닉의 품에 누워
있었고 그는 오랫동안 그녀를 안고 있다가 마침내 그녀를 일으켜 앉
히고 모포를 둘러주었다. 그가 소파 팔걸이와 등받이에 손을 짚어
그녀를 가두고는 내려다보았다.

“아, 세상에, 데이즈.”

팔꿈치를 굽혀 그는 그녀의 입술에 부드럽게 입맞추었다.

“고마워. 이제 이겨낼 수 있을 거 같아.”

봤지? 그녀는 스스로에게 말했다. 섹스 중에 한 소리야. 그냥 섹
스 중에 흘러나온 말일 뿐이라고. 그래도 그녀를 내려다보며 미소짓
는 그의 표정에 담긴 무언가가, 다정함이랄지 즐거운 기색에 그녀는
마음이 불편해져 뒤척거렸다. 하지만 그녀가 샅샅이 캐들어가기 전
에, 그는 널브러진 턱시도를 집어들고 벌거벗은 채 거실에서 나갔다.

몇 분 후 닉은 맨발에 낡은 청바지를 입고 색 바랜 남색 운동복
셔츠를 걸치며 돌아왔다. 그 무렵 그녀는 적게 말할수록 낫다는 결
론에 도달했다. 내일이면 모든 것이 정상으로 돌아갈 텐데, 굳이 오
늘 골치 아픈 일을 자초할 이유가 있을까?

손가락으로 머리칼을 눈가에서 쓸어 올리며, 닉은 곧장 부엌으로
향했다. 잠시 후 팝콘 터지는 소리와 냄새가 그녀에게 실려왔다. 데
이지는 무릎을 대고 몸을 일으켜 소파 등 너머로 그를 지켜보았다.

“난 뭘 도와줄까?”

“비디오 준비해 놔. 앞의 예고편은 돌려놔도 돼.”

그는 그녀를 흘끗 넘겨보았다.

“마실 건 뭘로?”

“글쎄, 콜라.”

"맥주 있는데, 혹시 그쪽이 좋다면."

"됐어, 하지만 당신은 마음대로 마셔. 난 콜라라면 아무 상표나 상관
없어."

그가 그녀를 얼마나 혼란시켜 이걸 데이트라고 믿게 만들려 한다
한들, 그녀는 여전히 근무 중이었다.

몇 분 후, 닉은 차가운 콜라 캔과 얼음 가득한 유리잔을 그녀 앞
에 대령했다. 그녀가 캔을 따서 붓는 동안, 닉은 길다란 맥주병을 트
렁크에 내려놓고 커다란 팝콘 그릇과 냅킨 한 뭉치를 챙겼다. 그리
고는 그녀 옆에 털썩 앉았다. 그녀더러 둘이 모포를 같이 두르자고
손짓하고, 리모컨을 집어 비디오를 틀고는, 그가 고른 영화가 시작
되자 뒤로 기대앉아 그녀의 어깨에 팔을 둘렀다.

데이지는 단단하고 따스한 그의 옆구리에 자리잡았다. 음료수를
마시며 둘이 동시에 팝콘 그릇으로 손을 뻗었을 때는 그와 손가락을
얽기도 했다. 하지만 데이지의 눈길은 텔레비전을 떠나지 않았다.
그녀는 이미 화면 속의 이야기에 빨려 들어가 있었다.

그렇다고 인정하느니 차라리 뱀하고 키스를 하겠지만, 그녀는 영
화의 사랑 이야기에 홀딱 빠지고 말았다. 이건 다 남주인공이 구해
주기만을 기다리며 매달리지도 않고 남자가 자기를 멋대로 무시하
도록 방관하지도 않는 여주인공 덕분이었다. 여주인공은 첫 장면에
서 해 볼 테면 해 보자는 식으로 성큼성큼 걸어나왔고 남들이 자기
를 좋아하든 말든 신경 쓰지 않았다.

닉이 여자들이 주도권 어쩌고 하는 헛소리를 할 때 데이지는 그
가 자기를 놀리는 줄만 알았지만, 사실 여주인공은 비록 나름대로
문젯거리가 있을지언정 자기 일을 분명히 처리했고, 데이지는 그 점
이 아주 마음에 들었다.

또한 닉과 함께 소파에 늘어져서 비디오를 보며 오후를 보내는
것도 마음에 들었다. 그녀로선 참 의외였는데, 그가 이런 저렴한 오
락거리로 만족하는 타입인 줄은 꿈에도 몰랐기 때문이었다. 그녀는

그를 늘 값비싼 와인과 멋진 옷, 세련된 사람들과 결부시켜 생각했었다. 집보다 밖에서 식사하는 일이 많고 집은 주로 다음 모임을 위해 옷 갈아입는 곳으로만 쓰는 사람.

자신이 그를 편견으로 판단하고 있지 않았나 하는 의심이 들기 시작했다. 물론 그가 샌프란시스코의 상류층 모임 한복판에서도 여유만만하며, 대부분의 시간을 GQ 잡지 모델처럼 차려입는다는 것은 사실이다. 하지만 부엌에서 요리하고 있을 때도, 맥주를 벌컥벌컥 들이키고 있을 때도, 낡은 청바지를 입고 있어도 마찬가지로 편안해 보였다. 그리고 그의 집은 반론의 여지없이 소박하며 사람 사는 정겨운 냄새가 나는 곳이었다.

닉은 영화가 끝나기도 전에 그녀를 집적거리기 시작했다. 그녀의 귓바퀴를 만지작거리고, 스웨터 밑에 손을 밀어넣었다. 비디오에 몰두한 그녀는 귀를 어깨에 누르고 팔꿈치로 그를 막았다.

하지만 그러거나 말거나 그는 그녀를 완전히 달아오르게 했고, 제작진 명단이 화면에 올라가기 시작하자마자 그녀는 몸을 획 돌려 그의 무릎에 올라탔다. 그에게 관능적인 키스를 열렬히 퍼부었고, 그 뒤로 정신을 차려보니 자신이 얼굴에는 미소를 띠고 청바지는 바닥에, 스웨터는 겨드랑이까지 치켜올려진 채 녹초가 되어 그의 가슴에 흐늘흐늘 기대어 있는 게 느껴졌다. 그의 청바지는 무릎까지밖에 안 내려갔다는 점을 제외하면 닉도 비슷한 상태였다.

그는 크게 기지개를 켰고, 그녀는 그가 하늘로 쭉 팔을 뻗는 동안 꿈틀꿈틀 움직이는 그의 가슴을 느꼈다. 닉은 손을 내려 그녀의 벌거벗은 엉덩이 곡선을 위아래로 느릿느릿 쓰다듬었다. 그는 고개 숙여 그녀를 내려다보며 미소지었다.

"사랑해, 데이지."

그녀의 느긋한 만족감은 싹 사라졌고, 어색하고 불편한 기분으로 일어섰다. 청바지를 주우려 몸을 숙였다가 팬티가 한쪽 발목에 걸려 있음을 발견했다. 속옷을 바로 펴서 다른 쪽 다리를 꿰어 끌어올리곤, 청바지를 집으며 그를 올려다보았다.

"그런 말 할 필요 없어."

그리고 정말이지, 그가 그러지 않았더라면. 그에게선 그 말이 너무나 쉽게 나왔고 그걸 듣기란 너무도 고통스러웠다.

다음 단계는 그의 등 뒤로 닫히는 문을 바라보게 될 뿐임을 자기가 가르쳐놓고선.

"어쨌든 난 당신이랑 섹스할 테니, 그 말은 하지 말아줘, 알았지?"

그녀는 스웨터를 끌어내렸다.

"배고파? 내가 샌드위치 두어 개 만들어 올게."

그는 아무 말도 하지 않았고 그녀는 울고 싶은 기분이 울컥 치밀어 부엌으로 도망쳤다. 그 기분이 가실 때까지 코로 숨을 들이쉬고, 이를 갈고, 뜨거운 기운이 치미는 눈으로 빵이 있는 칸을 응시했다. 잡곡빵 한 덩어리를 꺼내 카운터에 놓으려 몸을 돌렸다.

닉이 맞은편에 서 있었다. 오는 소리를 듣지 못했는데, 하지만 그는 거기 있었다. 자신이 무시하면 그가 그 화제를 흘려보내길 바라며, 그녀는 빵 봉지를 밀봉하고 있는 조그만 플라스틱 클립으로 손을 가져갔다.

소용없다는 걸 진작에 알았어야 했다. 그의 손이 카운터를 가로질러 그녀의 손을 덮었고, 그녀는 괜히 씨름해 봐야 불가피한 일을 늦추게만 되리라는 것을 알았다. 꼼짝 않고 서서 그녀는 그의 시선을 맞받고 오랫동안 시달린 한숨을 내쉬었다.

그는 다정한 미소를 짓고 그녀를 놓아주었다.

"자, 봐. 몸 달아오른 거 아냐."

그는 그렇게 말하고 뒤로 물러서서 팔을 넓게 벌려, 그녀가 스스로 살펴볼 수 있게 했다. 그리고 데이지가 그를 살펴보자 그의 한쪽 입가가 치켜 올라갔다.

닉은 잠깐 그녀에게 시간을 주고 말했다.

"지금 이 순간 내가 재미 좀 보자고 수작부리는 게 아니라는 점에 둘 다 동의할 수 있겠지?"

그녀는 어깨를 으쓱했다.

"그렇다는 뜻으로 알겠어. 좋아, 그럼 내 입술을 제대로 봐, 컵케이크, 이건 내 물건이 하는 소리가 아니니까. 바로 여기서 나온 말이야."

그는 자신의 심장 위에 탁 손을 가져갔다.

"널 사랑해."

그녀는 그에게 빵 덩어리를 던졌다.

"그 소리 그만해!"

"그렇게는 못해."

그는 바를 뛰어넘어 그녀 앞에 착지했다. 그녀의 뺨을 손끝으로 쓰다듬고 그녀가 홱 뒤로 물러서자 삐딱하게 미소지었다.

"널 사랑해."

그녀의 비밀스런 일부분은 그 말에 두근두근했고, 그녀는 경악하여 그에게서 떨어졌다.

안 돼, 제길. 예전의 전철을 밟을 수는 없어. 이번에는 저번에 그들이 이런 장면을 연출했을 때보다도 더 회복하기 힘들 것이라는 아주, 아주 불길한 예감이 들었다. 그녀는 자신의 머리끝부터 발끝까지 가득 채우는 뜨거운 분노의 물결을 반겼다. 덕분에 그를 냉정히 대할 수 있었다.

"5분만 기다려 봐."

그녀는 딱 잘라 충고했다.

"그럼 분명히 가라앉을 거야. 당신은 보통 그런 식 아냐?"

그는 그녀가 한 걸음씩 뒤로 물러설 때마다 한 걸음씩 쫓아왔다.

"나라고 억누르려 애쓰지 않은 줄 알아? 내가 그 무엇보다 원치 않는 건 사랑에 빠지는 거야. 너하고 난 남녀관계가 잘 풀릴 가능성이 얼마나 희박한지 대부분의 사람들보다 잘 알잖아."

"또한 당신이 완전 진지한 얼굴로 '널 사랑해'라고 말하고는 다음 순간 돌아서서 '그냥 농담이었어'라고 할 수 있다는 걸 난 그 누구보다 잘 알지.”

“‘그냥 농담이었어’라고 한 적은 없어!”

“거의 비슷했어.”

엉덩이가 카운터에 닿았고 그녀는 그를 향해 턱을 치켜올렸다.

“나더러 순진하다고, 그건 그냥 호르몬에 휩쓸려 하는 소리랬어. 그리고는 돌아서서 곧장 문을 나섰지.”

“난 빌어먹게 충격받았었단 말야.”

그는 거친 목소리로 말했다.

“불꽃놀이 화약인 줄 알고 손을 댔더니 원자폭탄이 터진 기분이었다고.”

“참 재미있는 비유네.”

“지금 농담하는 거 아냐, 블론디. 그날 밤엔 모든 것이 너무나 격렬하게 느껴졌고, 솔직히 말하건대 죽도록 겁이 났다고. 그게 그냥 섹스 중에 흘러나온 의미 없는 말이길 바랐어. 만약 그런 게 아니라면, 나도 아버지 꼴이 날 거라고 확신했으니까.”

그의 목소리와 눈에 담긴 강렬함이 그녀의 심장을 맹렬히 뛰게 만들어 그녀는 스웨터 겉에서도 알아볼 수 있을 줄만 알았다. 하지만 등을 딱 펴고 그의 시선을 똑바로 맞받았다.

“이거 하난 인정해야겠어. 당신은 딱 대변인감이야. 역사를 새로 쓰려면 진짜 재능이 필요한데.”

“그래, 원래 말하기는 쉬운 법이지. 그러니 시간을 두고 네게 증명해 보이는 수밖에 없겠구나.”

“‘시간을 두고’ 따위는 없어, 콜트레인. 당신과 내게는. 단지 이번 의뢰뿐이라고.”

“오늘이 있지, 파커. 거기서부터 시작할 거야.”

그는 나비 날개마냥 살며시 그녀의 얼굴을 감쌌다. 데이지는 확 잡아떼려고 그의 손목을 잡았으나, 별로 애쓰는 기색도 없이 그의 손은 바로 그 자리에 그대로 머물러 있었다. 닉은 그녀에게 삐딱한 미소를 짓고는, 고개를 숙여 그녀가 받아본 중 가장 부드럽고 다정한 키스를 했다. 등에서 뻣뻣함이 전부 가시고 그녀는 카운터에 흐늘흐늘 기댔다.

데이지는 제어되지 않은 열정으로 그에게 마주 입맞췄다. 하지만 혼란스런 마음 한구석에선 그의 감언이설에 넘어가는 게 아니라고 다짐하고 있었다. 아니, 어림도 없지.

다만 잠시 유예를 두고 있는 것뿐.

18

금요일.

닉은 죽은 듯이 곤히 잠들었다가 깨어나 멍했지만, 묘하게 만족스러웠다. 아직 어두웠고 한순간 오늘이 며칠인지 심지어 여기가 어디인지조차 알 수가 없었다. 누가 밤새 몰래 들어와 머릿속을 깨끗이 훔쳐간 듯이 어리둥절하고 몽롱하여, 자신의 등에 달라붙은 열기와 허리에 묵직하게 드리워진 팔을 의식하기까지는 조금 시간이 걸렸다. 그는 조심스레 몸을 돌려 옆에 누워 있는 데이지를 내려다보았다. 만족감이 활짝 만개한 행복으로 피어났다.

지탱하던 그의 등이 사라지자 그녀는 얼굴을 묻고 반쯤 엎어졌고, 잠결에조차 그런 대우를 고분고분 받아들이지 않았다. 눈썹이 찡그려지고 부드러운 입매는 불만으로 삐죽했다. 그가 일어나면서 담요가 걷어져 싸늘한 새벽 공기가 맨살에 닿자 그녀는 부르르 떨었고, 그리고는 그녀의 손이 그를 찾아 매트리스를 쓸었다. 그의 골반에 손가락이 닿는 순간, 그녀는 꿈틀거리며 시트를 가로질러 그의 옆으로 파고들었다. 데이지의 뺨은 그의 쇄골 아래 움푹 파인 편안한 자리를 찾아냈고, 그녀는 더욱 안겨오며 그의 다리 사이에 허벅지를 밀어넣었다.

닉은 머리를 들고 그녀를 지켜보며, 그녀가 완벽한 자세를 찾아 꿈틀거리자 매끄럽게 미끄러지는 그녀의 다리와 눌러오는 젖가슴의 감촉을 즐겼다. 그녀의 손이 짜릿짜릿한 감각을 남기며 그의 가슴을 따라 쇄골로, 목으로 미끄러져 올라와 마침내 그의 머리칼에 파묻혔다. 미소로 입술이 살며시 올라가고 그녀는 목 깊숙이에서 만족스러운 소리를 냈다. 그리고는 축 늘어져 도로 깊은 잠으로 빠져들었다.

닉은 그녀에게 한 팔을 두르고 어둠 속에서 씨익 미소지었다. 깨어 있을 때는 그렇게나 떽떽거리는 여자가 이렇게 포옥 안겨드는 타입일 줄 누가 짐작이나 했을까?

허나 일단 생각해 보니, 그렇게 놀라운 일도 아님을 그는 곧 깨달았다. 데이지는 지극히 감각적인 여자였다. 그녀가 결코 그에게 손을 대는 데 망설임이 없음은 하늘이 알고 땅도 아는 일이었다—다정한 의도에서든 살벌한 의도에서든.

하지만 진짜 신기한 것은, 그가 사랑에 있어 이렇게 멍청이가 될 줄 누가 짐작이나 했을까? 그리고 그는 사랑에 빠져 있다—그렇게 오랫동안 그걸 부인하려 애썼건만.

비디오 가게에 서서 그녀가 그의 특대 사이즈에 대해 깔보는 말을 하지 못하게 그녀 입을 손으로 막았을 때 깨달음이 그의 머리를 몽둥이처럼 강타했다. 그때까지 그는 망가진 자동차 때문에 속에서 들끓는 무력한 분노로 기분이 엿 같았다. 그가 아는 다른 여자들이라면 다들 그가 상황을 풀어나갈 때까지 어르고 달랬을 터였다. 비록 처음 차를 보았을 때 데이지는 따뜻하고 동정적이긴 했으나, 딱히 특별한 배려를 하지는 않았다. 그리곤 그가 정떨어지는 말로 그녀를 민망스럽게 했다. 그런 처사를 단 한 가지도 곱게 받아들이지 않고, 그녀는 고집 센 턱을 그를 향해 치켜들어 평상시대로 톡톡히 쏘아붙였으며, 그러자 갑자기 그럴 이유가 전혀 없는데도 행복감을 느꼈다. 합리적으로는 말도 안 되는 소리였지만, 바로 그 순간 그는 자신에게 빠져나갈 가망이 없음을 알았다. 이젠 더 이상 아닌 척 가장할 수가 없었다.

그녀를 향한 감정이 너무나 강렬해서 무섭도록 겁이 났다. 하지만 블론디가 곁에 있을 때는 모든 것이 또렷하고, 분명하며, 밝아 보였다. 또한 만물이 더욱 생기에 넘쳤고 세상은 더욱 흥미진진했다. 그녀 없이도 완전히 만족스러운 삶이었으나, 그녀와 함께라면 백 배는 더 살아 있다는 느낌이었다.

그러니 두려워하지 않는 쪽이 바보겠지. 데이지에게는 그를 상처 줄 능력이 있다. 이제 스스로를 속이려 애쓰는 것도 한계다. 이건 단순한 욕망이나 유대감, 또는 우정이 아니다. 진실은, 9년 전 그때부터 사랑하게 되었다는 것이다. 다만 그걸 인정할 준비가 되어 있지 않았을 뿐.

그는 그녀의 모든 면에 매료되었지만, 특히 그녀의 강인하면서도 아이 같은 상호대조적인 면에 푹 빠졌다. 육체적으로는 그렇게나 두려움을 모르면서 감정적으로는 몹시도 수줍은 점. 자기보다 두 배나 덩치 큰 남자의 주먹은 눈 하나 깜빡 않고 맞으면서도…… 가끔은 별것도 아닌 섹스 얘기에 여학생처럼 얼굴을 붉힌다.

그리고는 또 돌변하여 숙련된 움직임은 아닐지언정, 태어나면서부터 그 목적으로 훈련받아 온 고급 창부 뺨칠 적극성으로 사랑 행위에 임했다.

그녀는 요령 좋게 굴 수도, 마찰을 일으킬 정도로 솔직할 수도 있었다. 또한 무뚝뚝할 수도 사근사근할 수도 있었다. 그는 그녀가 방금까지 경이적인 인내심을 선보였다가 다음 순간 그야말로 불끈 하는 것을 보았다. 닉은 그녀에게서 뭘 예상해야 할지 결코 알 수가 없었다…… 그녀가 늘 그에게 정직하리라는 것만 제외하면. 데이지는 가식적인 구석이라곤 하나도 없었고 허세는 제로에 가까웠다.

그는 또한 그녀에게서 사랑을 바라기란 힘겨우리라는 것을 알고 있었다. 한때 그녀는 망설임 없이 그에게 사랑을 주었으나, 그는 그걸 그녀의 면전에 내던졌다. 선창가에서의 데이트 정도로 그걸 돌려받을 수는 없을 것이다.

지금 이 상황에 필요한 것은 진지한 구애였다. 하지만 그와 데이지가 딱 붙어살고 있는 마당에 어떻게 그걸 실행에 옮긴다? 꽃다발을 들고 그녀의 현관 앞에 짠 나타날 수도, 그녀의 창문 아래서 세레나데를 불러댈 수도, 촛불 아래의 근사한 저녁식사와 근사한 댄스로 끌어낼 수도 없다.

그래도…… 그래도 불가능하지만은 않다. 늘 무슨 방도가 있기 마련이다. 데이지의 이마에 입맞추며, 그는 그녀를 떼어내 매트리스에 눕혔다. 그녀는 무언가 불만스레 웅얼거렸지만, 그가 그녀의 머리 밑에 베개를 밀어넣고 담요를 꼼꼼히 덮어주자 안정되었다. 그런 다음 그는 침대에서 나와 청바지를 집어들었다.

시간은 한정되어 있고, 할 일은 많다.

현관문이 닫히는 희미한 딸깍 소리에 깨어난 데이지는 침대에 벌떡 일어나 앉았다. 닉이 그녀 옆에 없었고, 그녀는 이것저것 생각하지 않았다. 이불을 내던지고 벌거벗은 채 침대에서 튀어나왔다. 가슴이 두근두근 뛰었다. 그녀는 그야말로 폭력배들의 손에 잡힌 닉을 보게 될 줄만 알고 총을 움켜쥐고 거실로 달려나갔다.

대신 그녀가 발견한 것은 현관으로 통하는 짧은 복도를 혼자 어슬렁어슬렁 걸어오는 닉이었고, 그는 손에 들린 파일 폴더 안의 뭔가를 골똘히 쳐다보느라 미간을 모으고 있었다. 그녀는 급정지했고, 허탈감에 총을 든 손이 힘없이 늘어졌다.

그녀가 나오는 소리에 고개를 든 그는 그 자리에 우뚝 멈춰 섰다.

"우와."

그는 짓궂은 미소를 지으며 말했다.

"내가 꿈을 꾸고 있나? 이건 완전히 내 환상의 현실화 아냐?"

그는 한쪽 눈썹을 삐딱하니 치켜올렸다.

"총 부분만 빼고. 보통 내 환상 속의 벌거벗은 여자는 손에 하얀 접시나 프라이팬 같은 걸 들고 있거든. 내 두 번째 환상을 만족시킬 맛있는 걸 만들고 있다는 표시 말야."

그는 그녀를 천천히 위아래로 감상했고, 그의 눈길이 그녀의 젖가슴에 머물렀다.

"추워 보이는데, 컵케이크."

그녀는 추웠다. 잠으로 따스해진 살갗에 맞닿은 싸늘한 아침 공기의 충격에 발목부터 목까지 소름이 좌악 돋았고 젖꼭지는 아릴 만큼 단단하게 굳어졌다. 조금이나마 온기를 되살리려 팔을 위아래로 문지르려다 그녀는 손에 든 권총을 깨닫고 안전장치를 걸어 내려놓았다.

"현관문 소리를 듣고 틀림없이 폭력배들이 왔겠거니 했지."

"그래서 날 구하기 위해 귀빠진 날 모습 그대로 달려나왔다 그거군. 아, 데이지, 넌 최고야."

그는 스웨터를 벗어서 그녀에게 던져주었다.

옷을 받아들고, 그녀는 그가 양손을 쓰기 위해 무릎 사이에 끼운 폴더를 응시했다. 그걸 가리키며 다그쳤다.

"그 안엔 뭐가 들었어?"

그녀는 그의 스웨터를 입으며 거기 묻어온 체온에 부르르 떨었다.

"누가 문 앞에 두고 갔어? 나 없이 문 열면 안 되는 거 알면서."

그녀가 폴더를 잡아채려 하자 그는 그녀 손이 안 닿게 높이 쳐들었다.

"콜트레인, 좀 줄래? 내가 확인하게."

그는 그녀를 밀어냈다.

"누가 두고 간 거 아냐, 블론디. 그러니 우편물 폭탄이나 뭐 그런 걱정은 안 해도 돼. 방금 현상을 마쳤어."

그녀는 한 손은 그의 가슴에 짚고, 다른 한 손은 위로 뻗던 도중에 우뚝 멈추었다.

"뭘 어째?"

"방금 현상했다고. 사진이야."

"나 없이 암실에 내려갔다 그거야?"

"응, 놀라게 해 주고 싶어서……."

"나 없이! 젠장, 닉!"

그녀는 그의 가슴을 쿵 때렸다.

"정신 나갔어? 뭘 어떻게 해야 그놈들의 심각성을 깨달을 거야? 그들은 당신을 좋아하지 않는다고."

"그리고 나도 그쪽이 미치도록 좋진 않아."

그는 자신을 때린 그녀의 손을 잡아 손마디에 입맞췄다.

"그래서 지극히, 극도로 주의했지. '조심'이 내 중간 이름 아니겠어."

"당신 중간 이름은 슬론이야, 콜트레인. 아니면 멍청이든가?"

"너 걱정할 때면 진짜 귀엽구나."

그 말에 정말이지 그녀는 눈앞이 시뻘개졌지만, 그는 손을 양옆으로 펼치고 재빨리 물러섰다. 그리고는 한 바퀴 빙글 돌았다.

"봤지? 멀쩡하잖아."

두려움은 분노보다 훨씬 감당하기 쉬웠다. 그래도 데이지는 크게 숨을 들이쉬고 두 가지 감정을 다 삼켰다.

본인의 말대로, 그는 여전히 멀쩡했다. 무슨 일을 당했을 수도 있는지 아느냐고 소리를 질러대면 기분이야 만족스럽겠지만, 결국에는 자신이 여자친구나 뭐 그런 거라도 되는 듯이 보이게 될 뿐이다. 그녀는 턱을 치켜들었다.

"당신을 지켜달라고 날 고용했잖아. 계속 날 두고 돌아다니면 난 어쩔 수가 없어."

"뭐가 '계속'이야, 블론디? 한 번 그런 거 갖고."

그가 그녀를 확 끌어안았지만 그녀는 몸을 뻣뻣하게 굳히고 구슬림에 넘어가기를 거부했다. 작은 복도 장식대를 비켜서서, 그는 무릎을 약간 굽혔다.

"총 주워. 네가 총을 멀리 두는 거 내켜하지 않는다는 걸 알아."

그녀는 총을 주워들었다.

"그나저나 폴더 안에 뭐가 들었어?"

그녀는 다그쳤다. 폴더를 잡으려 했다가, 그가 빠르게 빙글 돌자 그의 목에 매달렸다.

"내려놔, 바보."

"싫은데. 널 품에 안은 느낌이 좋아."

이런, 그가 저런 말을 하지 않았으면. 그녀로 하여금 너무나 사춘기 소녀 같은 기분이 들게 만들었다.

그는 그녀를 무릎에 앉힌 채 소파에 주저앉았고, 그녀는 자신의 맨다리 아래 해진 그의 청바지 천 감촉을 의식했다.

"그래, 이게 뭔지 보고 싶다 이거지, 응?"

그는 폴더를 그녀 코앞에 대고 흔들었다.

"그래. 도대체 뭐길래 자기 목숨을 걸 만큼 중요하다고 생각했는지 정말이지 보고 싶어."

그는 아무 군소리 없이 그녀에게 폴더를 건넸다.

그에게 호기심에 찬 눈길을 던지고, 그녀는 두 개의 납작한 단추를 8자 모양으로 감은 끈을 풀었다. 폴더를 펼치자 드러난 흑백 사진은—.

"오!"

그녀 자신이었다. 그녀의 얼굴 사진이었다. 그리고 어젯밤처럼 한껏 치장한 화려한 모습의 그녀가 아니라, 평소의 그녀를 보여주고 있었다—단지 더 근사하게. 그림자와 눈, 끝내주는 광대뼈와 신비스러운 느낌, 그녀가 알고 있는 실제보다 훨씬 더 흥미로워 보이는 그녀였다. 때로 엄청 커 보이게 느껴지는 그녀의 코조차도 아름다워 보였다. 그리고 절대 너무 커 보이지 않았다.

"오, 닉. 이건 정말……."

할 말을 잃고 그녀는 사진 속의 굴곡을 손가락으로 가볍게 따라 그랬다. 몹시도 생명력을 지니고 있어 그저 2차원상의 사진이라고 믿기가 어려웠다. 그리고는 자신의 아래에서 꼼짝도 않고 있는 닉을, 자신의 등을 받친 그의 경직된 팔을 점차 의식하고, 그의 눈을 마주했다.

"굉장해. 정말이지 굉장해."

"그래?"

그는 마치 그녀의 반응을 걱정하기라도 한 듯이 '후유' 숨을 내쉬었다.

"개중 제일 내 마음에 든 사진이었지만, 늘 모델이 어떤 걸 좋아하고 어떤 걸 싫어할지 도무지 확신할 수가 없더라고."

그녀는 그의 자신감 부족에 가슴이 뭉클했다. 이것이 얼마나 특별한지 그는 알고 있을 테니까.

"음, 난 마음에 들어. 고마워."

그녀는 그의 입술에 감사의 키스를 했다.

"근사한 깜짝 선물이야."

그렇게 털어놓고는, 그를 향해 눈을 가늘게 떴다.

"하지만 다시는 나 없이 암실에 내려가지 마."

폴더를 다시 펼쳐 그녀는 새삼 사진을 감상했다.

그는 그녀의 허벅지를 위아래로 쓰다듬고 스웨터 아래로 손을 스윽 밀어넣었다.

"네에, 대장님."

그녀는 그의 손이 아주 사적인 영역을 침범하기 직전 손목을 잡아 막았다.

"맙소사, 콜트레인."

그녀는 다그쳤다.

"도대체 그거 말고 다른 생각은 안 해?"

"반쯤 벌거벗은 금발머리가 내 품에 안겨 있을 때 말이야?"

그는 코웃음쳤다.

"아, 그래. 수학 이론이나 논해 볼까."

그가 허벅지 사이로 손가락을 꿈틀거리자 그의 손끝이 스치는 감각이 너무나 좋아서, 그녀는 그가 더 닿기 쉽도록 허벅지를 벌리고 있는 자신을 발견했다. 자신이 뭘 하고 있는지 깨닫자마자 다리를 다시 확 모았지만, 오히려 그의 손을 바로 그가 원한 그곳에 가두는 꼴이 되었다. 그리고 기꺼워하는 중얼거림과 함께, 그는 제한된 공간 내에서 손가락을 왕복시켜 압도적인 결과를 낳았다. 그녀의 목소리는 약간 절박하고 많이 숨 가빴다.

"오늘 할 일은 뭐야?"

"음, 베니에게 연락하는 게 좋을 거야. 또 쫙 빼 입어야 하는 모임이 밤에 있거든."

그는 고개를 숙여 그녀의 귀 뒤 연약한 살결에 부드럽게 입맞췄다. 그리고는 입술을 앞으로 약간 움직여 속삭였다.

"그리고 트레버 노부부와 모리슨 가족에게 밀착 인화지를 전해 주러 가기로 했어. 그들이 보고 사진을 고를 수 있도록 말이야."

그는 단지 그녀의 질문에 대답하고 있을 뿐이었지만, 그녀의 귓가에 뜨겁게 타오르는 약속을 속삭이는 것이나 마찬가지였다. 효과는 똑같았으니. 그리고 그건 그가 그녀의 귓불을 이 사이에 물기 전의 일이었다. 그녀는 귓바퀴를 덮는 그의 따스한 숨결을 지극히 의식했고 거기서부터 그녀의 왼쪽 반신 전체가 오싹오싹하며 닭살로 뒤덮였다.

그는 그녀를 돌려 앉혔고 그녀는 그의 손가락이 전면에 대한 공격을 계속하는 동안 발기한 남성이 끈질기게 자신의 엉덩이를 찔러 오는 것을 느꼈다.

"하지만 오후까지는 괜찮아."

그는 허스키한 목소리로 말했다.

"그러니 그동안, 파커 씨⋯⋯."

뭐 어쩌겠어. 그녀는 무릎을 풀고 다리가 벌어지게 두었다.

"그나저나 콜트레인, 당신은 옷을 너무 많이 입고 있는데."

그의 무릎 위에서 몸을 뒤틀며 그녀는 격렬히 키스하고 바지 단추로 손을 뻗었다.

한 시간 정도가 지났을 즈음, 데이지는 육체적으론 충만하지만 정신적으로는 흐늘흐늘한 기분이었다. 샤워를 하고 나오며, 그녀는 세면대 위의 뿌옇게 된 거울을 동그랗게 닦아내고 자신의 젖은 모습을 응시했다. 닉을 도대체 어쩌면 좋을까? 그는 그녀를 사랑한다고 줄기차게 말했다.

데이지는 이를 닦으며 불공평한 전략에 속을 태웠다. 그가 말할 때마다, 오래 전 안전하게 묶어놓은 줄로만 알았던 감정을 그 말이 온통 뒤흔들었다. 그것은 그녀의 눈에 눈물이 솟을 정도로 다정한 사랑 나누기를 이쯤에서 그만 끝내야 한다는 것을 의미했다.

그녀는 치약 거품을 세면대에 뱉고 입을 헹구려 물을 틀었다. 망할 인간 같으니! 그녀는 훌쩍거리고 질질 매달리는 타입이 아니건만, 그의 입에서 처음으로 '사랑해'란 말을 들은 이후로 그가 손을 댈 때마다, 그에게 매달려 갖은 비현실적인 약속을 해달라고 애원하고픈 정신나간 충동을 느꼈다.

그녀는 이마에서 목덜미까지 빗이 지나간 고랑이 남을 정도로 젖은 머리를 사정없이 싹싹 빗어 넘겼다. 그리고는 툭툭 두들기듯 로션을 바르고는 청바지를 입었다. 깊이 숨을 들이쉬고 오렌지색 스웨터로 손을 뻗었다.

좋아, 그래. 그는 상냥하게 굴고 있다. 그렇다고 그녀가 그 옛날 한때처럼 꼴불견 여고생처럼 반응해야 한다는 뜻은 아니다. 하지만 솔직히, 그게 바로 그녀의 기분이었다. 갑자기 학교에서 제일 잘나가고 인기 있는 남자애한테서 애정 공세를 받는 듯한.

그럴 수 있을 때 그냥 관심을 즐겨야 한다.

실연 피하기의 기본 : 즐겨라, 허나 익숙해지지는 말아라.

그 정도면 단순한 듯싶었다.

다만…….

맙소사, 그가 모든 관심을 자신에게 쏟을 때의 느낌이 좋았다. 너무나도. 마치 자신이 예쁘고 재미있으며 사랑스러운 여자가 된 듯한 기분이 마음에 들었고, 샌프란시스코의 어떤 여자라도 손에 넣을 수 있는데 닉이 자신만을 원한다는 것이 더욱 좋았다.

하지만 거기에 익숙해져 당연시하게 된다면 바보다. 그러면 정말이지 커다란 골칫거리에 부딪히게 될 거다. 그녀는 거울 속 모습을 곰곰이 뜯어보며, 자신의 뭐가 그를 그렇게 끌어당겼는지 생각해 봤다. 어떤 기준으로든 흉측한 얼굴은 아니었다. 그저…… 평범했다. 닉이 찍은 사진에서 본 흥미로운 구석이나 그늘은 분명 어디에도 보이지 않았다.

그래도 괜찮다. 그녀는 거울에서 조금 떨어져 몸을 바로했다. 나는 나야. 가끔은 예쁘지만 대부분 그냥 평균 정도의 현실적인 여자. 그녀는 그 점을 유감스러워하지 않았다. 이렇게 다 늦어서야 그걸 바꿔 보려 애쓸 필요도 없다는 생각이 들었다.

그녀는 깊이 숨을 들이쉬었다. 젠장할, 닉의 관심이 지속되는 한 즐길 거다. 그리고 다음 번에 그가 사랑한다고 말하면, 바로 지금처럼 계속하는 거다. 목까지 치미는 말을 혀를 깨물어 막기.

그에게 사랑한다고 대답하지 않을 것이다.

19

점심시간이 조금 지났을 즈음 데이지는 현관 벨소리에 놀라 펄쩍 뛰었다. 누군가가 바깥 계단을 올라오는 발소리를 전혀 듣지 못했고, 이건 좋은 징조가 아니었다. 삐꺽거리는 나무계단이라 시끄러운 소리를 내지 않고 올라오려면 이만저만 시간이 걸리는 것이 아니었다.

데이지는 손을 저어 닉을 물러나게 하고, 글록을 들고 안전장치를 풀었다. 두 손으로 총을 잡고 총구가 천장으로 향하게 한 채, 천천히 복도를 지나 문 옆의 벽에 붙었다.

"누구세요?"

"꽃집에서 왔습니다. 배달이에요."

그렇기도 하겠다.

"문 앞에 두고 가요."

"안 되는데요. 사인을 받아야 해서요."

끝내주는군. 독 안에 갇힌 생쥐 꼴이네.

"잠깐만 기다려요."

그녀는 살며시 자물쇠를 풀고는, 소리 없이 문간에서 후퇴하여 코너를 돌았다. 소파에서 자신을 쳐다보고 있는 닉을 보고 속삭였다.

"사격 방향에서 비켜."

"어, 데이지."

"제발, 이번 한 번만 군소리 말고 내 말 들어."

그는 어깨를 으쓱하고 벽에 붙은 그녀 옆으로 왔다. 그녀는 코너에서 머리를 내밀고 목소리를 높여 말했다.

"됐어요, 들어와도 돼요."

그리고는 고개를 쑥 집어넣어 시야에서 벗어났다.

벽에 쾅 부딪힐 정도의 기세로 문이 열리고, 데이지는 단단한 나무 벽에 퍼부어질 총소리를 기다렸다. 프로라면 바로 그렇게 할 것이다. 공격 대상이 열린 문 뒤에 숨어 있으리라 예상하고 한번에 간단하게 위협을 제거하는 거다.

하지만 그저 정적만이 흐를 뿐이었다. 그리고는 같은 목소리가 머뭇머뭇 말했다.

"저기요?"

그녀는 벽에서 빙글 떨어져 문간에 한쪽 무릎을 댄 자세로 착지해서, 두 손으로 사격 자세를 취했다. 시야에 들어온 것은 하얀 티셔츠와 반바지 차림에, 산호색 장미와 자그마한 데이지 꽃다발 상자를 든 조금 마른 체격의 젊은 남자였다.

그는 자기 가슴을 겨눈 총을 보고는 입은 셔츠만큼이나 새하얗게 질렸다. 양손을 번쩍 허공으로 치켜드느라 꽃은 바닥에 떨어졌다.

"맙소사, 아가씨 쏘지 말아요!"

"정말로 꽃이 있네."

그녀는 멍청하니 말하고 총을 내렸다.

"미안해요 내가 생각한 건……."

총에 고정된 채 휘둥그레져 두려움에 떨고 있는 눈길을 보며, 그녀는 고개를 내저었다.

"내가 무슨 생각을 했던 그쪽은 신경 쓰지 않을 듯싶군요. 어쨌든 미안해요.”

그리고는 호기심이 치밀었다.

“그나저나 누구 앞으로 온 꽃이에요? 망가지진 않았으려나?”

닉이 그녀를 살짝 옆으로 밀었다. 그는 상자 앞에 쪼그리고 앉아 축축이 젖은 종이 안에 손을 넣어 꽃병을 다시 안으로 밀어넣었다. 그게 깨지지 않은 것이 기적이었다. 그리고는 일어나서 뒷주머니에서 지갑을 꺼냈다. 그는 지폐를 빼내 배달원에게 건넸다.

“얘가 생리전 증후군이 워낙 심해놔서.”

그가 중얼거렸다.

“애초에 그래서 꽃 배달을 받게 된 거죠.”

데이지는 인상을 썼지만 그 말도 안 되는 거짓말을 바로잡진 않았다. 그저 닉이 덜덜 떠는 남자의 클립보드에 서명하고 내보내는 것을 지켜볼 뿐이었다.

“흐음.”

문을 닫고 그는 짓궂은 미소를 지으며 그녀에게로 돌아섰다.

“아주 재미있었어.”

데이지의 뺨이 확 달아올랐다.

“폭력배 일당인 줄 알았단 말야. 당신 여자친구 중 하나가 당신에게 꽃을 보낼 줄 내가 어떻게 알았겠어?”

“나한테 온 게 아니야, 이쁜이. 카드에 데이지 파커라고 되어 있어.”

“뭐?”

그녀의 심장 박동이 빨라졌다.

“어디 좀 봐. 뭔가 실수인 게 분명해. 나한테 꽃을 보낼 사람이라곤 없는데.”

그는 상자를 집으려 몸을 숙이다 말고 그녀를 응시했다.

“농담이겠지. 아무리 그래도 네 평생에 누군가 꽃을 보내기는 했을 거 아냐.”

“어, 경찰학교를 졸업했을 때 엄마가 정말로 예쁜 봄 꽃다발을 보내주긴 했지. 그리고 베니와 남자들이 언젠가 내가 스파게티 모임에 불렀을 때 튤립과 수선화를 한 움큼 가져왔었고. 하지만 그뿐이야. 남자친구나 누구에게 꽃을 받아본 적은 한 번도 없다고. 난 그런 타입이 아닌 걸.”

“흠. 네가 생각하는 것보단 그런 타입인 모양인데. 여기엔 확실히 네 이름이 쓰여 있거든.”

그녀 앞에 멈춰 서서 그가 꽃다발을 내밀었다.

그의 손에서 꽃을 확 잡아채고 싶은 충동을 느끼며, 그녀는 억지로 무심한 척 받아들었다. 허나 태연자약함도 거기까지였다. 풍성하고 동그란 산호빛 장미 묶음에 중심부가 노란 미니 데이지로 테를 두른 꽃다발이 사이렌의 노랫소리처럼 그녀를 끌어들였고, 그녀는 조심스레 그걸 상자에서 꺼냈다. 그리고 꽃병에 달린 반짝거리는 유백색 리본을 집어 들어올렸다. 데이지는 경외심에 젖어 꽃다발을 응시했다.

“세상에! 닉, 평생 이렇게 예쁜 거 본 적 있어? 게다가 나한테 온 거야.”

그녀는 얼굴을 꽃 속에 묻고 친근한 데이지와 양치류의 향, 그리고 더 화사하고 달콤한 장미향을 들이쉬었다.

잠시 후 숨을 쉬기 위해 고개를 든 그녀는 꽃 속에 손을 넣어 조그만 하얀 봉투를 꺼냈다.

“<내 소중한 데이지에게.>”

그녀는 소리내어 읽고 주욱 아래를 훑었다.

“오!”

그녀의 눈길이 닉의 얼굴로 날아갔다가 손에 들린 카드로 돌아왔고, 심장은 두근두근 고동치기 시작했다.

“소리내어 읽어. 전부 다.”

얼굴의 화끈거림을 느끼며 목이 메인 채 그녀는 카드를 읽었다.

“<난 한때 진실로부터 도망쳤었지. 그러나 이젠…….>”

그녀는 목이 꽉 막혀 말을 하지 못하고 침묵으로 빠져들었다.

"<그러나 이젠 도망치지 않아.>"

닉이 말을 이었다. 그는 그녀의 어깨를 잡고 강렬하게 그녀를 바라보았다.

"<난 네 거야, 몸도 마음도 영혼도. 내 모든 사랑을 다해, 닉.>"

"오."

창피하기 그지없게도, 뜨거운 눈물이 치솟았다.

"진심이야, 너도 알겠지만."

그는 격렬히 말했다.

"난 9년 전에 겁쟁이였지. 하지만 내 감정으로부터 도망치는 건 이제 끝이야. 널 사랑해."

"난 당신 꽃을 사랑해."

그녀는 속삭였다.

"내 꽃 이상을 사랑하잖아."

그녀는 힘겹게 침을 삼켰다.

"그래. 당신이 찍어준 내 사진도 사랑해."

그는 그녀를 약간 흔들었다.

"넌 '나를' 사랑해."

"아냐."

하지만 그녀는 그의 눈을 똑바로 쳐다보질 못했다. 손에 들린 꽃다발만 뚫어져라 응시하고 있었다.

"아니, 맞아."

그녀의 어깨를 잡은 손에 힘을 주며 닉은 몸을 숙여 그녀의 얼굴을 들여다보았다.

"넌 날 사랑해, 블론디. 인정하라고."

그 말에 데이지가 고개를 번쩍 치켜들었다.

"난 아무 것도 인정 안 해."

"넌 나를 사랑해."

그리고 그는 그녀에게 부드럽고 달콤한 키스를 했다. 그가 다시 고개를 쳐들 무렵엔 그녀는 몸에 힘이 쭉 빠지고 멍해져 있었다. 이건 너무 불공평해. 날 이렇게나 쉽게 혼란스럽게 할 수 있다니.

"넌 나를 사랑해."

그가 주장했다.

"그렇게 말해."

"어쩌면 당신을 사랑하는지도."

그녀의 턱이 아까보다도 더 치켜 들렸다.

"하지만 괜히 너무 좋아 날뛰지 마, 콜트레인. 혹 그렇다 해도 조금뿐이니까."

"조금뿐이라."

그는 고개를 한 번 끄덕이고 한쪽 입끝을 올려 미소지었다.

"알아들었어. 자, 그 꽃병에 물을 좀 넣을까? 대부분이 바닥에 엎질러졌으니."

데이지는 그를 의심스레 곁눈질했다.

"그것뿐이야? 최소한 조금은 당신을 사랑하는지도 모르겠다고 말했는데, 꽃에다 물을 주고 싶다고?"

"그럼 내가 무슨 말을 더 해?"

그의 커다란 한쪽 어깨가 으쓱 올라갔다.

"나야 네가 주는 대로 받아들여야 하는 입장이잖아, 아냐? 아님 내가 잘못 이해했나? 2번 문 뒤에 있는 것을 고를 선택권도 있는 건가?"

"아니."

"그럼 설득해 봐야 소용없잖아. 안 그래?"

그러나 닉의 눈은 가늘어졌고, 짙은 속눈썹 뒤로 얼핏 비친 눈빛은 그녀의 심장을 고동치게 했다.

"하지만 너무 마음놓지는 마, 파커. 그건 지금뿐이니까."

그날 오후, 닉은 상당히 흐뭇해하며 그녀를 바라보았다. 그녀가 그를 사랑한다. 그리고 아까 인정한 쩨쩨한 만큼도 아니다—딱 잘라 그녀는 그를 사랑한다. 닉은 그 사실을 곰곰이 생각하고 또 생각해 보았다. 그리고 뱃속 깊숙이 따스함을 느꼈다.

그러다 갑자기 자신의 넋빠진 상태가 우스워졌고, 아주 조금은 창피했다. 그러나 그로서는 완전히 정의 내릴 수조차 없는 감정의 흥분으로 인해 어쩔 수가 없었다. 어쨌든 그래서 기분이 무척이나 좋았다.

블론디를 다그쳐 더 많이 인정하도록, 이 정신나간 관계를 영원한 서약으로 맺고 싶다고 고백하게 만들고 싶었다…… 바로 자신과 마찬가지로.

이게 충격 그 자체가 아니면 뭐겠어?

그러나 갑자기 연애라는 것이 그렇게 지독히도 무시무시하게 여겨지지 않았다. 그리고 그게 꼭 실패한다고 운명지어진 것도 아니다. 자신이 그걸 깨닫는 데 왜 이렇게 오래 걸렸는지 알 수 없었으나, 어떤 멍청이라도 그가 아버지와 같지 않다는 건 보면 알 터였다. 그리고 아버지의 실수를 따라하지 않으리라는 것도.

불현듯 자신에겐 자신만의 선택권이 있으며 아버지보다 훨씬 더 나은 결혼 생활을 할 수 있다는 자신감이 생겼다. 그 생각이 뇌리에 떠오르자 틀림없이 머저리처럼 보일 실실거림이 절로 지어졌다. 갑자기 인생이 아름다워 보였고, 소원은 데이지와의 이 관계가 지속되는 것뿐이었다.

영원토록.

누가 그런 생각이나 했을까? 그는 멍청한 히죽거림에 다시 입가가 올라가는 것을 느꼈다. 보통 때라면 그런 생각에 오금이 저리도록 겁을 집어먹어야 마땅할 텐데, 그러긴커녕 하늘을 날 것만 같았다.

자신의 현실이 점차 인식되기 시작하는 바로 그 순간까지는 그랬다. 그리고 일단 제대로 상황이 파악되자 그는 중요한 깨달음에 도달했다.

망했다.

왜냐하면 머릿속으로 구상하던 소박한 미래에서 아주 작고 조그만 세부사항을 하나 빼먹었으니. 이 순간까지 자신이 얼마나 진실을 얼렁뚱땅해 왔는지 잊고 있었다. 자신이 일마나 편리하게 그걸 망각했는지 우스웠다.

데이지는 정직을 중요시한다. 그리고 정직의 경계선을 넘나드는 그의 능력에 대해 그녀는 그만큼 태평하지 않으리란 예감이 들었다.

특히 만약 최악의 사태가 벌어져, 그들이 오늘밤 J. 피츠제럴드 더글러스와 맞닥뜨린다면.

오늘 저녁 모임이 더글러스를 위해 열리는 것임을 알고, 닉은 지난 며칠간 어떻게 해야 할지 많이 생각해 보았다. 똑똑한 사람이라면 그 남자가 자신을 죽이려 했다는 점을 고려하여, 아마도 핑계를 대고 빠질 것이다. 하지만 그저께 밤까지만 해도, 그는 J. 피츠제럴드가 특별 귀빈임을 거의 까먹고 있었다.

굳이 변명을 하자면, 오늘밤의 촬영 예약을 받았을 때만 해도 그는 더글러스와 전혀 개인적 연관이 없었다. 그래서 그저 날짜를 수첩에 표시하고 뇌리 한구석에 처박아 두었다. 그리고 일단 기억해 냈다면 아프다고 핑계를 대는 것이 똑똑한 대처일 테지만, 이제 와서 휘트컴 부인에게 그리고 오늘 저녁의 행사를 기획하느라 애쓴 위원회에게 다른 사람을 찾아보라고 말하기엔 너무 늦은 상황이었다.

그에게도 신조라는 것이 있으니.

게다가 죽어도 더글러스에게서 꼬리를 사리고 도망치는 꼴이 될 수는 없었다. 옛날 서부영화 팬인 닉은 클린트 이스트우드라면 이런 상황에 어떻게 했을지 알고 있었다. 시가를 입술 한쪽에 삐딱하게 물고, 6연발 권총이 보이게 웃옷자락을 젖히고는 자신의 존재를 드러냈을 것이다. 닉이 오늘밤 하려는 일이 바로 그와 비슷했다. 더글러스의 면전에 얼굴을 들이밀지는 않겠지만, 그늘 속에 숨지도 않으리라. 이 시나리오에서 자신은 선한 쪽이니까.

그럴 경우 문제점은 데이지와의 관계를 망칠 수도 있다는 것이었다. 아직 그녀에게 솔직히 털어놓지 않았으니.

그녀가 전화기로 걸어가는 것을 지켜보며, 그는 밀착 인화를 돌리러 다니기 전에 지금 말을 해야 할까 말아야 할까 갈등하기 시작했다. 그때 그녀가 갑자기 송화구를 손으로 막고 자신에게로 돌아서자 그는 눈을 깜박였다.

"베니가 일하는 곳에 들러 머리하고 메이크업을 할 시간이 있을까? 지금 아니면 시간이 없을 거 같다는데. 한 시간쯤 지나고 나면 일이 있대."

"헬레나 모리슨은 화학치료 예약이 잡혀 있어서 시간을 바꿀 수 없지만, 거기엔 2시 반까지만 가면 돼. 트레버 씨 댁에 전화해 보지. 그쪽 약속을 3시 반이나 4시로 미룰 수 있으면 괜찮을 거야."

"베니."

데이지가 수화기에 대고 말했다.

"5분 후에 다시 전화할게."

그리고 그녀는 그에게 전화기를 건넸다.

10분 후 그는 렌터카를 차고에서 후진시켜 나오고 있었다. 그는 대문을 향하며 데이지를 넘겨다보았다.

"어디야?"

"포스트 가. 마더로드라는 곳이야."

닉은 브레이크를 콱 밟고 그녀를 응시했다.

"지금 농담하는 거지?"

"아니. 거기가 베니가 일하는 곳이야. 왜, 들어본 적 있어?"

그래, 들어봤다마다. 마더로드는 꽤나 명성 높은 곳이었다. 샌프란시스코에서 유일하게 드랙 퀸만이 아니라 복장도착자에 성전환자까지 출연하는 곳이 아닌가. 그런데 베니가 거기서 일한다고?

"베니가 바텐더를 하는 건 아니겠지?"

"아냐, 금요일 밤 쇼에 출연해. 대문 열렸어, 닉."

그녀는 그를 향해 빙긋 웃어 보이곤 그의 허벅지를 토닥였다.

"긴장 풀어. 내가 당신을 지켜주잖아? 내가 당신 몸을 경호하는 한 당신 정조도 무사히 간수할 테니. 추가 요금도 안 청구해."

"그거 참 상냥하기 그지없구나."

그는 동성애 혐오자는 아니었지만, 자신더러 귀엽다느니 어쩌느니 재잘대는 타입의 남자들에게 둘러싸인다는 생각을 하니 기분이 이상했다. 하지만 내색하진 않았다. 그런 종류의 언행에 어떻게 대응해야 할지 도무지 알 수가 없었고, 그럴 때면 달갑잖은 남자들의 흥미를 상대해야 하는 여자들에게 공감이 갔다.

반면, 데이지의 친구들 대부분이 그녀보다 더 여성적인 듯하니 그로선 거기에 익숙해지는 게 나으리라 여겨졌다. 그리고 본인들이 좋다면야 자기들 물건을 뒤로 당겨 테이프로 붙인다 한들 무슨 상관이랴. 그걸 이해하는 척할 수는 없지만, 그렇다고 몸을 보호하듯 움츠리지도 않으리라. 허나 여성 쪽으로 넘어가기 위해 기꺼이 거세 수술을 한다는 생각은 그로 하여금 철제 국부 보호대를 갈망하게 만들었다.

막상 가보니 마더로드는 닫혀 있었고, 그의 걱정은 쓸데없는 것이 되었다. 그가 바의 정문을 노크하는 동안 데이지는 거리를 살폈다. 처음엔 아무도 응답하지 않았으나 얼마 후 바닥을 가로지르는 발소리가 들렸다. 잠시 후, 자물쇠 돌아가는 소리가 나고 베니가 문을 열었다.

"미안."

문을 활짝 열어주기 위해 뒤로 물러나며 그가 말했다.

"오래 기다렸어? 뒤쪽에서 면도를 하느라 이제야 들었지 뭐야."

닉은 아직 거뭇거뭇한 베니의 턱을 쳐다보곤 도대체 어디를 면도하고 있었단 말일까 의아해했다. 그게 어디일지 생각조차 하기 무서웠다.

그들이 안에 들어서자마자 베니는 다시 문을 잠갔다. 그는 데이지의 팔에 걸린 드레스 가방을 보고 받으려 손을 뻗었다.

"그래서?"

그가 다그쳤다.

"어땠어?"

"굉장했어, 베니. 그야말로 완벽했지. 혹시 오늘 저녁 공연에 누가
필요로 할까 싶어 가져오긴 했는데, 아니라면 오늘밤 다시 빌려 입
어도 될까?"

"사실 네가 입어봤으면 하는 게 하나 있거든. 이리 뒤로 와봐."

그를 따라 가게 뒤쪽으로 들어가자 50년대 식당차 카운터 같은
것 위에 화장품이 흩어져 있었고 환하게 불 켜진 거울 앞에 놓인 빨
간 비닐과 크롬의 스툴이 분위기를 완성지었다. 드레스와 의상 옷걸
이가 한쪽 코너를 차지했으며 맞은편엔 세면대 두 개가 자리했다.

베니가 방을 가로질러 그 세면대로 향했다.

"실례해도 될까?"

그는 그렇게 물으며 셰이빙 브러시를 셰이빙 머그에 넣고 휘저어
거품을 냈다.

"생각났을 때 해치우려고."

그는 하얀 거품을 손가락에 바르고는 면도기를 집어들었다. 그리
고는 조심스레 집중하여 손마디를 면도하기 시작했다. 잠시 고개를
들었다가 닉이 쳐다보고 있는 걸 알아채고는 씨익 웃었다.

"손등의 털에 대해선 한번도 생각 못해 봤겠죠?"

그의 명랑함에 닉은 미소지을 수밖에 없었다.

"딱히 그래 본 적은 없는 것 같군요."

"다행히도 난 가슴이나 팔에는 털이 별로 없어요. 다리랑 겨드랑
이는 대략 3개월에 한 번씩 레이저 제모를 받죠. 하지만 손은 영원
토록 면도할 수밖에 없어서. 자, 다 끝났다."

그는 손과 셰이빙 머그를 헹구고 도구들을 말끔히 정리했다. 그리
고는 돌아서서 데이지를 뜯어보았다.

"내가 고른 의상이 생각만큼 너한테 잘 어울리는지 보자."

그는 방을 가로질러 옷걸이에서 의상을 골라냈다. 데이지에게 가져오면서 옷걸이를 높이 쳐들고 엉덩이께를 한 팔로 받쳐, 고급 오뜨꾸뛰르 의상실의 점원마냥 내보였다.

이번에도 찰싹 달라붙는 드레스를 기대했던 닉은 바지정장임을 보고 실망했지만, 데이지는 반가운 듯했다.

"오, 베니."

그녀는 즉각 옷을 벗기 시작했다. 닉을 향해 짓궂은 웃음을 날리며 베니는 등을 돌렸다.

그는 확실히 패션에 일가견이 있었다. 그가 고른 옷을 입은 데이지는 너무나 눈부셨으니까. 연한 버터크림색의 묵직한 실크바지 정장이었다. 재킷 옷깃에 댄 한 단계 진한 새틴이 바지 주름의 턱시도 줄무늬와 잘 어울렸다. 얌전한 블라우스를 받쳐입으면 어떤 비즈니스 모임에도 어울릴 만했다. 베니가 매치해 준 반짝이 금빛 뷔스티에*는 그걸 섹시한 파티 의상으로 변모시켰다.

"근사해, 베니. 그야말로 완벽하다."

데이지는 몸을 굽혀 그의 뺨에 입맞췄다.

"챈이 보여주는 순간 너한테 딱일 줄 알았다니까."

"내가 빌려 입어도 괜찮대?"

"내일밤 쇼에 그가 입고 나갈 거니까 시간 맞춰서 가져오기만 한다면야."

"이게 드랙용 의상이라고?"

닉이 보기엔, 그가 아는 여자들 중 어느 누구 거라 해도 통할 법했다.

"자기, 사람이란 벌거벗은 채 태어나고 그 후에 걸치는 건 모두 드랙이에요."

베니가 씩 웃었다.

"루폴이 그렇게 말씀하셨죠."

"어, 루폴*이 그렇게 말했다면야……."

"바로 그래요. 여왕 전하의 말씀이시라니까."

베니가 솜씨 좋게 데이지의 메이크업과 머리를 해 주는 동안, 닉은 그녀에게 J. 피츠제럴드에 대해 말하느냐 마느냐 하는 고민으로 되돌아갔다. 모든 각도에서 장단점을 살폈지만, 최종 결단을 내릴 수가 없었다. 마침내 하루 더 미뤄두기로 했다. 어떻게 상황을 설명하면 그녀가 그의 급소를 밟아버리려 들지 않을지 생각해야만 했다. 분명 할 수 있을 것이다. 길은 있다.

다만 어떻게 해야 할지 알 수 없을 뿐.

---

* 유명한 드랙 퀸. 배우이자 토크쇼 진행자.

20

"괜찮은 행사네."

나파 밸리 멀롯을 홀짝이며 모린은 북적거리는 연회장을 둘러보았다. 지나가는 웨이터의 쟁반에 잔을 놓고, 레이드는 자신의 나비 넥타이에 한 손가락을 걸어 잡아당겼다.

"그럭저럭. 와인잔과 오르되브르 접시를 들고 잔뜩 차려입은 인파에 치이는 일이 당신 기준에서의 즐거운 시간이라면 말이지."

그의 말에 입가로 가져가던 와인잔이 중간에 멈칫했고, 그녀는 그를 약간 지친 기색으로 쳐다보았다.

"여기 참석하자는 건 당신 생각이었잖아."

"알아. 그저 이런 행사에 오면 늘 숨이 막힌다는 걸 잊고 있었을 뿐이야."

그녀가 아무 말 없이 그 푸른 눈으로 찬찬히 뜯어보자 그는 거의 몸을 움츠릴 뻔했다. 잘못을 저지르고 선생님에게 걸린 열두 살 아이 같은 기분이 든다는 걸 은폐하려, 레이드는 슬쩍 입술을 뒤틀고 건배하듯 잔을 들어 보였다.

"좋아, 쓸만한 와인을 내놓는다는 점은 인정하지. 하지만 이 사람들은 벌써 갖은 환호를 다 받는 남자한테 진부한 칭찬을 해대는 것 말고 달리 할 일이 없나?"

"당신이 J. 피츠제럴드를 좋아하는 줄 알았는데."

"괜찮은 사람이지. 하지만 계속 아첨을 들으려는 경향이 좀 자아도취 같지 않아?"

"맙소사, 레이드 그는 대사직을 원해. 때가 되었을 때 의회에서 자신의 존재를 떠올리도록 계속 신문지상에 이름이 오르길 바라겠지."

"당신 말이 맞을 것 같군."

그는 아무래도 태도를 바꿔야 할지도 모르겠다고 내심 인정했다. 모의 말마따나, 여기 온 것은 그의 생각이었다. 그리고 그러자고 했을 때는 분명한 목적을 염두에 두고 있었다. 그러니 이제 불평은 관두고 아내를 구하는 일에 착수할 때다.

"어이, 오랜만이야."

이런, 이런. 타이밍 한번 끝내주는군. 그들을 향해 어슬렁어슬렁 다가오는 셸던 피츠휴를 보고 그는 생각했다.

셸던에게는 늘 레이드로 하여금 씩 웃고 싶게 만드는 무언가가 있었다. 긴 얼굴과 커다란 앞니가 그가 그렇게도 사랑하는 말들을 닮아서만은 아니었다. 그는 레이드의 입가 근육이 꿈틀거릴 수밖에 없게 만드는 친근한 어벙함을 지녔다. 레이드는 미소를 누르고 무심한 시선을 옛 동창에게 돌려 가볍게 고개를 끄덕여 인사했다.

"피츠휴."

셸던은 제자리에서 꼼지락대다 모에게 미소를 지어 보였다.

"모린."

그는 그녀가 내민 손 위로 고개를 숙였다.

"오늘 저녁은 유난히 사랑스러워 보이는군요."

나도 동감이야. 레이드의 시선이 그녀와 얽혔다. 목이 패인 흰색의 에르브 레거 드레스에, 검은머리는 위로 말아올려 그가 5주년 결혼기념일에 사준 다이아몬드 귀걸이가 돋보였다. 우아하며 동시에 섹시했다.

허나 그녀는 희미하게 미소를 짓고는 손을 빼냈다.

"고마워요, 셸던. 당신도 상당히 멋진데요."

"고맙군요. 저, 모린 잠깐 자리 좀 비켜주시겠습니까? 레이드와 긴히 할 얘기가 있어서."

"물론이죠."

입가로 들어올린 잔 너머로 살짝 미소를 지으며, 그녀는 물러났다.

레이드는 그녀가 몇 걸음 떨어진 다른 그룹에 합류하는 것을 지켜보고는, 피츠휴에게로 돌아섰다. 그리고 기다렸다.

"미안해, 레이드."

셸던이 턱시도 안에서 얇은 수표책을 꺼내며 말했다.

"내가 대출상환에 게을렀지, 기다려 줘서 고마워. 당장 해결해 줄게."

레이드는 그가 수표에 서명하는 것을 지켜보았다. 셸던이 그걸 내밀자, 레이드는 안주머니에 넣기 전에 금액을 흘끗 쳐다보고 눈썹이 치켜 올라갔다.

"조금 이자를 붙였어."

셸던은 목소리를 낮췄다.

"난 네 우정을 소중하게 생각해, 레이드. 이번 일로 우정에 금이 가는 걸 보고 싶지는 않아."

"이봐."

레이드는 피츠휴의 팔을 주먹으로 살짝 치며 미소지었다.

"넌 내가 제일 필요할 때 와주었어. 고마워."

거기에 아주 근사한 덤인 네 보너스는 말할 것도 없고.

"그게 바로 친구란 거 아니겠어."

"그래? 이제야 한 짐 덜었네."

셸던의 갑자기 미소짓자 커다란 이가 드러났다. 그는 와인을 들고

돌아다니는 웨이터의 쟁반에서 잔을 두개 집어들어 하나를 레이드
에게 건넸다.

"저기, 페티그루가 새로 사들인 조랑말 봤어?

그의 못생긴 얼굴이 환해졌다.

모는 몇 걸음 떨어져서 상황을 지켜보았다. 그리고 와인을 홀짝이
며 오랜 지인들과 의미 없는 수다를 떨며, 새로운 깨달음에 다시금
도달했다. 너무나 오랫동안 당연시했던 것을 진작에 다시 생각해 봐
야 했었다.

여러 해 동안 그녀는 멀어져 가는 두 사람 사이를, 결혼 생활에
지워지는 고충을 레이드의 탓으로 돌렸다. 가망도 없어 보이는 곳에
돈을 빌려주는 그의 낭비적 성향을 흠잡았고, 그녀의 감정을 개의치
않는다고 그를 책망했었다.

하지만 레이드는 결혼할 당시의 그와 달라지지 않았다. 오히려 바
뀐 것은 그녀 쪽이었다.

그녀는 애초에 그의 넉넉한 유머와 친구들에 대한 보기 드문 의
리, 태어나면서부터 함께 한 재산을 세속적으로 쓰지 않는 점에 끌
렸었다.

그는 한순간도 망설이지 않고 그 부를 저버렸으리라. 아마 그녀만
없었더라면 대출 희망자에 대한 그의 동정심을 심약함의 표시로 보
는 안정된 가족은행 말고 다른 일에 도전했겠지.

아내의 불안감을 진정시키기 위해 싫어하는 직업에 매달리기란
이만저만한 결의로 되는 것이 아니다. 매일매일 그는 수전노에다가
이윤만 챙기는 이사회에 의해 자신의 견해가 더럽혀지는 것을 견뎌
내야 했다. 오직 그녀를 위해. 그리고 그녀마저 그에게서 돌아섰을
때, 그는 자신의 모든 여가 시간과 돈, 그리고 노력을 모두가 가망
없다고 치부한 명분에다 쏟아부었다. 그가 친구라고 부르는 명분에.

그의 가족들은 이해하지 못했다. 그녀 역시 마찬가지였다. 그들은
모두 그가 아까운 돈을 쓸데없는 데 내던진다고 여겼다. 하지만 그

녀가 무골충들이라고 여긴 그의 동창들은 대출상환에 시간을 꽤나 잡아먹긴 했어도, 레이드가 그들을 가장 필요로 할 때 그를 위해 돈을 갚았다. 바로 그가 말했던 대로였다. 지난 며칠간 그녀는 남편이 얼마나 많은 친구를 두고 있는지 보았다.

그리고 그 수는 그녀가 친구라 부를 수 있는 숫자보다도 많았다.

몇 분 후 셸던은 자리를 떠났고 그녀는 레이드의 곁으로 다가갔다. 그 후로 반 시간 가량, 레이드의 친구들 몇 명이 더 다가왔다. 모두들 거의 똑같이 멋쩍은 미소를 지으며 그들 커플의 반경으로 들어왔다. 다양한 그룹의 사람들이었다. 그들 모두가 돈 관리에 허술한 신탁 유산 상속자들이나 재산 관리자들의 말에 귀를 기울이지 않는 대책 없는 철부지도 아니었다. 그들 중 몇몇은 장학금 덕택에 비싼 사립학교를 다닐 수 있었고, 그들의 대화에서 모는 레이드가 그들의 창업을 지원했다는 것을 알게 되었다. 자신이 그를 조금이라도 신뢰하긴 했던 걸까 의문이 생기기 시작했다.

제각각 정도가 다르지만 다들 눈에 띄지 않게 수표를 건넸다. 총액이 커져감에 따라, 그녀가 기소를 피할 수 있을 듯한 희망이 보이기 시작했다. 그렇게 되면 교도소 수형 생활을 면할 수 있을 뿐만이 아니라 평판도 무사히 유지할 수 있으리라. 이렇게 신속하게 위기에서 구출되었으니 천만다행으로 여겨야 할 텐데 그러긴커녕 극심한 불안감이 느껴지기 시작했다.

왜냐하면 결국 끝에 레이드를 잃는다면 이 모든 것이 아무 의미가 없어지기 때문이다. 자신이 그를 과소평가했다는 걸 이제야 알았다. 그를 하찮게 여겼었다.

그리고 그런 일을 당한다 해도 싸지만, 그가 떠나가는 모습을 지켜봐야만 한다면 죽고만 싶을 것이다.

그녀는 점점 더 신경이 곤두섰다. 레이드에게 얘기하던 남자가 물러가자 그녀는 그와 단 둘만 남은 것을 발견했다. 연회장 가득한 인파 속에서 그나마 둘만이라고 할 수 있을 만큼이었지만. 그녀는 떨리는 숨을 들이쉬고 용기를 모았다. 담판 지으려는 생각은 결코 아니었으나, 지극한 긴장감에 마치 싸울 듯한 목소리가 나와버렸다.

"나하고 이혼할 거야?"

레이드는 오직 무시무시한 '이혼'이란 단어와 그녀의 어조만 들었다. 그녀가 그더러 이혼하고 싶은지 묻고 있단 사실은 완전히 놓쳐버렸다. 마치 명치를 발로 채인 듯한 기분이었다. 방금 전까지 세상을 다 얻은 듯 싶었는데 지금은 천국에서 지옥으로 떨어지는 듯한 기분이었다.

"그게 당신이 원하는 건가?"

그는 다그쳤다. 그녀에게 대답할 기회도 주지 않았다. 뜨겁고 격렬하게 피가 고동쳐, 그는 그녀의 손목을 움켜쥐고 연회장 문으로 향했다. 기온과 소음 둘 다 약간 내려간 로비에 일단 나오자, 그는 아주 잠시 망설이며 좌우를 돌아보았다.

"레이드"

그녀가 손목을 끌어당겼다.

거칠고 야만적인 기분으로, 그는 그녀에게 돌아섰다.

"똑똑하거들랑 아무 말도 하지 마, 모린."

그는 그녀의 손목을 더욱 꽉 움켜쥐고, 로비를 성큼성큼 가로질러 프라이버시를 보장받을 수 있는 작은 복도로 향했다. 그리고 카펫이 깔린 바닥을 따라 그녀를 끌고 갔다.

"난 당신을 감옥에 보내지 않을 뿐만 아니라 체면도 지켜주려고 뼈빠지게 애썼어. 이젠 '착한 남자'는 끝이야. 어찌되었든 당신이 나와 헤어질 생각이라면, 나도 내가 원하는 걸 손에 넣겠어. 당신 소망 따위는 내 알 바 아냐."

"내가 그러고 싶단 말이 아……."

그를 사로잡은 광기가 얼마간 눈에 비쳤던 모양인지, 이글거리는 눈길을 돌리자 그녀는 갑자기 입을 다물었다. 그는 복도 끝에 있는 여자 화장실의 손잡이를 돌려 문을 열고 그녀를 끌고 들어갔다.

안에는 아무도 없었으며, 그는 문을 쾅 닫고는 누가 방해하지 못하게 걸어 잠갔다.

작은 화장실 안에는 두 개의 화장실 칸과 화장을 고칠 수 있는 대리석 카운터가 딸린 세면대 하나가 있을 뿐이었다. 그는 모를 휘익 돌려 허리를 잡아 카운터 위에 올렸다. 그리고 그녀의 다리를 벌리게 하고 그 사이에 들어섰다.

그녀는 그를 내려다보았다.

"도대체 뭘 하려고 그래?"

"오래 전에 했어야 하는 일이지. 이 집에서 바지를 입은 사람이 누구인지 분명하게 보이는 거."

레이드는 그녀의 머리를 양손으로 움켜쥐고, 입술을 덮쳤다.

모의 손이 어깨로 올라오자 그는 격분한 그녀에게 떠밀릴 줄만 알고 버틸 각오를 했다. 그러나 오히려 그녀의 손가락이 몸을 지탱하려 그의 턱시도 재킷 안으로 파고들었고 그녀는 그만큼이나 열광적으로 키스를 되돌렸다.

그의 마지막 남은 자제력이 날아갔지만 상관없는 듯했다, 모 역시 자제력을 잃었으니. 심장은 천둥치고 숨결은 가빠져, 그들은 생생한 욕망의 포옹 속에 몸부림쳤다. 둘이 너무나 오랫동안 눌러온 정욕이 넘쳐나며 기교는 까맣게 잊혀졌다. 레이드는 그녀의 드레스를 허리까지 끌어올리곤 하렘 내시만큼이나 그녀를 철저하게 지키고 있는 팬티스타킹에 욕설을 퍼부었다.

"그렇게 자랑으로 여기는 바지 벗어."

그녀가 거친 목소리로 명령했다. 그가 바지를 걷어차 벗는 사이, 그녀는 한쪽 엉덩이를 들고 다시 다른 쪽 엉덩이를 들어, 스타킹이 한쪽 발목에 걸릴 때까지 발버둥쳤다.

그는 즉시 그녀의 허벅지 사이에 들어서서, 그녀가 그를 받아들이려 다리를 벌리자 만족감에 웅얼거렸다. 그녀의 풍만한 엉덩이 밑으로 손을 밀어넣고 앞으로 홱 끌어당겨 깊숙한 한 번의 돌진으로 그를 따스하게 맞이하여 감싸는 촉촉한 조임쇠 안으로 들어갔다. 뒤로 물러났다가 다시 앞으로 돌진했다.

"이혼…… 따위는…… 없을…… 거야."

그는 매번의 움직임에 맞추어 깊숙이 묻힌 채 그렇게 말했다. 그는 그녀의 눈을 응시했다.

"알아들어?"

"오, 아, 그래."

그녀가 신음했고 그는 그녀가 절정에 다다르기 시작하며 그녀의 안쪽 근육이 자신을 조여드는 것을 느꼈다.

"알아들었어. 아주 확실하게."

"알지, 아까 말야."

그녀는 몸을 앞으로 숙여 그가 옷매무새를 가다듬는 것을 지켜보며 말했다.

"난 애초에 이혼하자고 말한 적이 없거든?"

그녀는 한쪽 발에 휘감긴 팬티스타킹에 미간을 찌푸렸다.

"어휴, 온통 뒤엉켰네."

"내가 도와줄게."

그는 그녀 앞에 쭈그리고 앉아 스타킹을 풀기 시작했다.

"됐다. 여기에 발을 넣어."

그는 그녀를 올려다보았다.

"당신이 이혼을 청했잖아. 난 똑똑히 들었……."

"당신이 원하느냐고 물었지."

그의 고개가 확 젖혀졌다.

"도대체 왜 내가 이혼을 원하는데?"

팬티스타킹 문제가 해결된 것에 만족하여, 그는 일어나 허리에 손을 짚고 그녀를 쳐다보았다.

"내가 얼마나 결혼 생활에서의 내 몫을 제대로 지탱하지 못했는지 이번 주 내내 조금씩 깨달았으니까. 그리고 이 난리통이 해결된 다음 우리 결혼 문제에 대해 얘기하자고 당신이 그랬잖아. 그래서 짐작하기를……."

"내가 끝내고 싶어한다고?"

이런 말을 들을 줄은 절대 예상치 못했기에 그는 망연자실하여 그녀를 응시했다.

"응."

그는 이마를 문질렀다.

"도대체 어째서 당신이 우리 결혼에서 자기 몫을 다 못했다고 생각한 거야?"

"최근 당신이 내게 한 비난은 전부 진실이니까. 나는 당신이 자기 돈을 갖고 뭘 하는지 제대로 알고 있다는 생각을 해 보지도 않았어. 내 반려자라기보다는 무책임한 십대 애 다루듯이 했지. 그리고 당신 은 당신 일을 싫어하지, 안 그래? 난 오늘에야 그걸 깨달았어."

"싫어하지 않아. 이사회가 원수 같긴 해도—하지만 현실을 직시 하자고, 내 사랑. 내 친척들이 뻣뻣한 꼰대들인 거야 처음부터 알았 잖아."

억눌린 웃음소리가 그녀에게서 새어나왔다.

"어쩌다 내가 은행 일을 싫어한다는 생각을 하게 됐어?"

"그들은 당신이 승인해 주고 싶어하는 대출을 허락하지 않잖아. 그래서 금전 문제에 대한 내 불안감을 덜어주려는 게 당신이 눌러앉 아 있는 주 이유라고 생각했어. 지금도 그렇게 생각하고."

그녀는 털어놓았다.

"내가 인간관계에 문제가 있다는 당신 말이 옳아."

"아, 모."

그는 불편한 듯 자세를 고치고 그녀의 뺨을 손등으로 쓸어 내렸다.

"그 말을 할 때 나는 화가 나 있었어. 그러지 말았어야 했는데."

그녀는 그의 손길을 향해 몸을 숙이고 미소지었다.

"아니, 진실이야. 하지만 내가 당신 곁에 남아 있는 이유가 우리 아버지가 아무하고도 진득하니 버텨내지 못했기 때문이라는 생각은 틀렸어. 그게 우리 결혼을 풀어나가려는 내 결의의 요인 중 하나가 아니었다는 말은 아냐. 물론 일정 부분 관계가 있지. 하지만 당신을 사랑하지 않았다면 버티지 않았을 거야, 레이드. 내 최대의 실수는 왜 내가 금전문제에 대해 안절부절못하는지 당신이 이해하리라 기대한 거지. 그 뒤에 숨겨진 이유를 털어놓은 적도 없으면서."

쓸쓸한 웃음이 흘러나왔다.

"맙소사, 꽤나 아이러니하지. 그동안 내내 우리 문제의 원인은 당신이라고 생각했는데…… 실은 나였던 거야."

그의 마음 한구석에서는 자신이 실패자가 아니라는, 그녀가 틀렸었다는 고백에 조금은 우쭐한 기분이 들었다. 하지만 그보다는 그녀가 자기비하하는 모습을 보는 게 더 싫었다. 그래서 장난꾸러기 같은 미소를 지으며 말했다.

"당연히 당신 탓이었지. 여기 조금만 더 공간이 있었다면, 마침내 당신이 그걸 인정하는 소릴 들은 기념으로 승리의 춤을 췄을 텐데."

그녀는 충격을 받은 듯했다. 그녀의 모습에 그는 조그맣게 킥킥 소리를 내며 웃었다.

"심술쟁이!"

그녀는 그의 팔에 펀치를 날렸다.

"자, 제발, 모린. 너무 그러지 마. 당신은 늘 과장이 심하다니까. 처음엔 전부 내 잘못이랬다가, 이제는 전부 당신 잘못이라. 실상은 그 중간 어디쯤일 거야."

그는 깊이깊이 그녀에게 키스한 다음, 뒤로 물러나 쳐다보곤 달아오른 그녀의 강렬한 눈길에 만족했다.

"우리는 서로에 대해 진지하게 얘기를 나눌 필요가 있어. 너무 오랫동안 둘 다 많은 것들을 혼자 속으로만 품어 왔고, 이젠 그걸 내보일 때라고 생각해. 하지만 좀 미뤄야겠어. 왜냐하면 지금 당장은……"

“이젠 당신이 쇼를 지휘한다는 환상에 빠졌나보지?”

카운터에서 미끄러져 내리는 그녀의 코는 천장을 향해 들려 있었고, 그는 그녀가 원래대로 돌아온 것을 보고 씨익 웃었다.

“환상 따위가 아냐, 스위트하트. 사실인 걸. 그리고 무례한 방해가 끼여들기 전에 내가 말했던 대로……”

그녀가 우아하지 못하게 코웃음을 쳤다.

“…지금 당장은 친구들을 만나 돈을 더 받아야 해. 당신이 감옥에 가지 않으리라는 것이 백 퍼센트 확실하게 될 때까지는 쉬지 않을 거야.”

21

　닉은 카메라 렌즈를 통해 연회장을 보며 완벽한 장면을 찾아 헤맸다. 실내를 천천히 이쪽 끝에서 저쪽 끝으로, 그리고는 앞뒤로 훑었지만 아까 찍은 데이지의 사진 두 장을 제외하면 언제까지나 기념이 될 수 있는 확실한 순간은 고사하고 그럭저럭 쓸 만한 것조차 건지지 못했다.

　제일 큰 문제는 그의 마음가짐이었다. 여기 오는 길에 사서함에 들러 타블로이드 신문사들이 적어 보낸 입찰가를 챙겼다. 자신의 커리어가 변기 물에 쓸려 내려갈 참에 최고의 장면을 찾는 데 열의를 새삼 불러일으키기란 힘들었다.

　그는 최소한 상황이 더 처절해질 수는 없다는 데 위안을 삼고 있었다. 그런 외중에 여동생과 매제가 다시 들어오는 것을 보았다. 그는 니콘을 낮추어 저편의 그들을 응시했다. 끝내주는군. 망할 가능성이 방금 백 배로 치솟았다. 모가 끼지 않는다 해도 굴러가는 상황을 전부 체크하기 힘든 판인데.

　아까는 운이 좋았었다. 모와 레이드는 줄줄이 밀려드는 사람들에게 붙들려 있었고, 그는 어렵잖게 데이지를 눈길이 닿지 않는 연회장 저편에 잡아 놓았었다.

그랬다는 걸 알게 되면 데이지가 보일 반응에 대해선 생각조차 하고 싶지 않았다. 내가 사기를 창피해한다고 생각하겠지. 하지만 데이지가 자신과 동행한 걸 모가 발견할 경우 쏟아질 질문공세를 직면하고 싶지 않을 뿐이었다. 당연히 모는 애초에 어쩌다가 그녀가 다시 그의 인생에 등장하게 되었느냐는 등의 질문을 늘어놓을 것이다. 그렇게 되면 데이지에게 자신의 사정이 전에 말했던 것과 아주 똑같진 않다고 설명할 기회가 생기기 전까지 그가 대답하고 싶지 않은 질문이 이어질 수밖에 없을 테고.

그래서 레이드가 모를 밖으로 끌고 나가는 것을 보았을 때 그는 행운의 여신이 자신에게 미소짓는다고 생각했다. 어째 둘이 말다툼을 하고 있는 듯했지만 그걸 걱정할 여유조차 없었다. 사랑과 전쟁에서는 모두 자신이 제일 중요하기 마련이고, 데이지와의 관계가 끝장나지 않게만 해 준다면 무엇이든 상관없었다. 게다가 여동생은 강한 여자다.

그런데 지금 다시 나타난 그들은 분명 잘못된 일은 아무 것도 없다는 듯, 꽤나 눈꼴시게 다정해 보였다. 아까 둘이 나갈 때 상황을 잘못 봤던 모양이다. 이게 그가 일반적으로 정직을 선호하는 이유였다. 거짓말은 고약하게도 빙글 돌아 말한 사람의 뒤통수를 냅다 치는 경향이 있으니.

그러니까 생각하라고, 천재. 앞으로 15분 후에도 블론디에게 붙어 있고 싶거들랑 뭔가 그럴싸한 이유를 생각하는 게 좋을 거야.

아니면 네 미래와 영영 작별인사를 할 준비를 하든지.

데이지는 화려한 연회장을 둘러보았다. 정말 꽤나 거창한 파티였다. 사물을 돋보이게 하는 조명, 은은한 음악, 근사한 음식. 와인도 훌륭하리라는 데 남은 한 푼까지 걸 용의가 있었지만, 근무 중인 고로 그 이론을 검증하는 기쁨은 보류할 수밖에 없었다.

레기와 친구들이 여기 있다면 얼마나 좋을까. 이걸 보면 엄청 신나할 텐데. 특히 고급 턱시도와 한 재산 들인 이브닝 드레스를 보면. 하지만 조금 놀랍게도, 자신이 못 올 곳에 왔단 기분이 들지 않았다. 오늘밤 대화를 나눈 사람들은 상당히 괜찮았고, 어쩌면 사교계 타입에 대한 자신의 오래 된 고정관념을 버려야 할지도 모르겠다는 생각이 들었다. 그 인상은 십대 시절의 경험에 물들어 있었기 때문에 신뢰할 만한 견해가 아님을 그녀 스스로도 인정할 수밖에 없었다.

어쨌든 닉과 계속 다니려면 이 사람들과 어울리는 방법을 배울 수밖에 없지.

그녀는 우뚝 멈춰 섰다. 그럴 거야? 그는 그녀를 사랑한다고 말했지만, 그 말을 신뢰할 수 있을까?

그리고 어쩌면 자신이 시인했던 아주 조금보다도 더 그를 사랑하는지도 모른다는 것을 어떻게 인정할 수 있단 말인가? 자기 자신에게라도 말이다. 그녀의 심장을 수천억 조각으로 으깨버리지 않을 거라고 확실히 믿을 수가 없는 남자에게 그걸 건네기란 대단한 신뢰가 필요했다.

그러니 문제는 이거다—그럴 용기를 낼 수 있을까? 그의 마음을 들여다볼 수 있다면 얼마나 좋을까 하며, 그녀는 카메라 렌즈를 통해 실내를 훑고 있는 닉의 옆모습을 바라보았다.

그리고 인정했다. 그래, 그럴 수 있다. 사실 다른 선택의 여지가 뭐가 있단 말인가? 최후의 숨결이 몸에서 빠져나갈 때까지 부정할 수야 있겠지만, 그런다고 진실이 바뀌지는 않는다. 모든 것을 다해 그를 사랑한다는 진실.

과거는 흘려보낼 수밖에 없다. 이미 오래 전 일이고 그 이후로 그와 그녀는 많이 성장했다. 이제껏 그녀는 오랫동안 자신의 마음을 보호해 왔으나 위험을 무릅쓰지 않으면 성장할 여지란 거의 없다. 그리고 성장을 멈추는 때는 죽는 거라고 늘 믿어 왔다.

마치 그녀의 시선을 느끼기라도 한 듯, 그가 갑자기 고개를 돌려 그녀를 응시했다. 그는 카메라를 목에 걸고, 둘 사이의 몇 미터를 가로질러 카메라가 그녀의 반짝이 뷔스티에에 스칠 정도로 다가섰다. 그리고 그녀의 머리를 잡아 얼굴을 자신에게로 젖히곤, 고개를 숙여 그녀의 입을 짓뭉개듯 입맞춰 왔다.

데이지는 너무나 충격받은 나머지 누가 갈비뼈에 총을 들이대고 '손들어' 하기라도 한 듯이 양손이 휙 올라갔다. 그녀의 양손은 그를 붙잡고 마주 키스해야 할지, 아니면 구경거리로 만든 죄로 그를 한 대 딱 때려줘야 할지 마음을 정하지 못하고 그의 어깨 근처를 맴돌았다. 그녀가 어느 쪽으로 결정 내리기도 전에, 그가 그녀를 놓고 물러났다.

"널 사랑해."

그의 목소리는 낮지만 격렬했다.

"그 사실 잊지 마."

"알았어."

그녀는 그를 향해 눈을 깜박거렸다. 도대체 이게 무슨 일이야?

"진심이야."

그가 말했다. 그리고 잠시 그녀 뒤쪽을 보고는 숨죽여 욕지거리를 내뱉었다.

"내 동생하고 레이드가 온다. 저기, 데이즈. 내가 말썽에 휘말렸단 말은 하지 마, 알았지? 걱정시키기 싫어서 그래."

데이지는 얼어붙었다. 나쁜 예감이 들기 시작했다. 턱을 치켜들고 꼿꼿하게 키를 바짝 세웠다.

"무슨 일이야, 콜트레인?"

그는 고개를 내저었다.

"지금 말할 수 있는 건 아무 것도 없어. 하지만 이따 다 얘기할게, 약속해."

"데이지?"

모가 그들에게 왔다.

"맙소사, 너 맞구나. 저쪽에서 보고 너라고 생각했지만 확신할 수가 없지 뭐니."

그녀는 데이지의 입술에 쪽 입맞추고 넉넉한 가슴에 꼬옥 껴안았다가, 뒤로 물러나 팔 길이만큼 떨어져서 그녀를 머리부터 발끝까지 훑어보았다.

"근사해 보인다! 아주 우아하고, 세련되어 보이는데."

그녀는 오빠를 쳐다보았다.

"어째서 애한테 키스한 거야?"

데이지의 뺨에 열기가 채 번지기도 전에 닉이 이 화제에 아무 관심도 없는 듯이 어깨를 으쓱했다.

"너도 키스했잖아. 나는 왜 안 되는데?"

그녀의 심장은 쿵 내려앉았고 그가 자신의 눈을 마주하기를 빌며 그를 쳐다보았다. 닉은 그들의 관계를 부인할 참인가?

"난 애 목구멍을 내 혀로 싹싹 문질러 닦진 않았다고."

모가 톡 쏘며 대꾸했다.

"작지만 분명한 차이지."

"오, 훌륭한 상상력이다, 모. 특히 난 혀라고는 쓰지도 않았는데 말야. 내가 그랬어, 데이즈?"

됐어, 여기까지야. 그녀는 대답하려 입을 열었지만, 도대체 무슨 말을 해야 할지 전혀 모르겠다는 것을 깨닫고 다물 수밖에 없었다.

"뭐라 하건 엄청 진해 보이는 건 어쩔 수가 없던데."

모가 엄하게 말했다.

"그리고 내 눈엔 데이지가 응하는 걸로는 보이지 않던 걸, 오빠. 이젠 사교 행사장에서 아가씨들을 덮치고 돌아다녀?"

"여기 블론디만이야."

닉의 팔이 데이지를 감싸 자신의 옆으로 끌어당겼다.

"근데 우리는 그걸 덮친다고 여기지 않아, 지금 애는 나와 함께 살고 있거든."

"애가 뭐!"

모의 입이 떡 벌어졌다.

"언제부터?"

"모린, 심문관이라도 하자는 거야?"

그는 레이드에게로 돌아섰다.

"마누라 잘 다스리라구."

레이드는 코웃음쳤고 닉은 어깨를 으쓱하며 다시 여동생에게로 돌아섰다.

"좋아. 월요일부터다. 됐나?"

"화요일."

데이지가 정정했다.

"기억하지. 월요일에 당신이 와서……."

"몇 번을 느꼈지."

그가 끼여들자 이번에는 데이지의 입이 떡 벌어질 차례였다. 닉은 그녀의 턱 아래를 살짝 손가락으로 받쳐 입을 다물게끔 유도했다.

발가락에서 머리끝까지 홍조가 타올랐다. 저런 말을 하다니, 믿을 수가 없어! 그녀는 그가 자신의 사무실로 왔다고 말할 참이었건만, 그는 꼭 그걸 마치…….

하나님 맙소사. 닉 때문에 너무나 빨개져서 혹시 불이 나간다면 어둠 속에서도 환하게 빛을 발할 것 같았다.

"그리고 그날 오후 느지막이 우리 집으로 들어왔지. 귀염둥이, 기억해? 혹은 정의하기에 따라 이른 저녁에."

그의 널찍한 어깨가 조급하게 꿈틀했다.

"어느 쪽이든, 화요일 아침엔 난 너의 아침을 깨워줄 커피를 끓이고 있었고."

"아, 그래. 맞는 거 같아."

그는 새끼손가락으로 귀를 후비적거리고는 빼내어 깨끗한 손톱

끝을 살폈다.

"다시 말해 볼래?"

"당신은 진짜 코미디언이야, 콜트레인. 아예 순회공연에 나서지. 당신 말이 맞는 거 같다고 했어."

그는 그녀를 껴안은 손으로 그녀의 팔을 위아래로 쓰다듬으며 씩 웃었다.

"자, 이거야말로 아름다운 음악소리처럼 들리는데."

"도대체 어떻게 된 영문인지."

모가 말했다. 그녀의 오빠가 그녀에게로 돌아섰다.

"네가 우리 연애에 대해 모든 걸 명명백백하게 알아야 하는 게 필수야, 모?"

"연애."

그녀는 그게 외국어라도 되는 듯 느리게 따라 말했다.

"오빠가 연애를 한다고."

"내가 하던 말이 그게 아니었나?"

데이지를 감싼 닉의 팔에 힘이 들어갔다.

"이건 진짜야, 모린. 난 데이지를 사랑해."

따스함이 데이지의 가슴에서 피어나 발끝까지 환하게 빛나는 것처럼 느껴질 만큼 퍼져나갔다.

닉이 날 사랑해.

그는 아주 또렷하고 분명하게 말했다. 이제 거기서 벗어나려면 그는 고생 꽤나 해야 할 것이다. 그 말은 도로 무를 순 없으니까.

모는 오빠를 응시했다.

"이건 좀 갑작스럽네, 안 그래?"

"너에게는 그럴지도 모르지만 내게는 오래도록 가슴에 묻어뒀던 일이야."

닉은 데이지를 더욱 세게 옆으로 끌어안으며, 그녀를 내려다보며 미소짓고는 여동생을 도로 쳐다보았다.

"오래 전부터 데이지에 대한 마음을 품고 있었어. 내 실수는 그것
으로부터 도망쳐버린 거지."

"그럼 어쩌다 둘이 만나게 된 거야?"

"내가 데이지를 찾아갔어."

모는 마치 그들을 더 조사하려는 듯이 쳐다봤지만, 데이지로서는
다행스럽게도 레이드의 친구 하나가 끼여들었다. 몇 마디 인사 후
그는 레이드를 한쪽으로 데려가 급박한 낮은 어조로 얘기했다. 그리
고는 수표책을 꺼내어 쓰기 시작했다.

"그러고 보니 생각나네."

모는 데이지와 닉을 몇 걸음 떨어진 곳으로 인도하고 목소리를
낮췄다.

"내가 처한 곤경을 알지?"

"원, 세상에."

데이지는 엉겁결에 그렇게 말해 버렸다.

"그런 게 집안 내력이야?"

모는 그녀를 향해 한쪽 눈썹을 치켜올렸으며, 그녀의 팔뚝을 잡은
닉의 손이 조여들었다. 그녀는 고개를 내젓고 모에게 사과하는 미소
를 지었다.

"미안. 신경 쓰지 마."

모린은 어리둥절해 보였지만 그냥 으쓱하고는 오빠에게 돌아섰다.

"어쨌든 결국 내 문제로 오빠 도움을 받지 않아도 되게 됐어. 레
이드가 해결했거든."

"모, 그거 환상적이다!"

닉은 데이지를 놓고 여동생을 번쩍 들어올려, 놓아달라고 소리치
는데도 빙글빙글 돌렸다. 그들 쪽을 돌아보는 눈길들은 깡그리 무시
하고, 그녀를 내려놓으며 씨익 웃었다.

"정말 잘됐다. 이제야 마음의 짐 하나를 덜은 것 같구나."

"들으면 좋아할 거라 생각했어."

모가 숨을 가쁘게 몰아쉬며 동의했다. 발갛게 달아오른 그녀는 드레스 매무새를 가다듬고 데이지와 합류하는 그에게 눈부신 미소를 지었다.

"그리고 단지 내가 잘되어서만은 아니겠지. 오빠가 날 구하기 위해 뭘 하려 했는지 레이드에게서 들었어. 정말로 사진을 그런 데다 팔…… 응?"

옆의 닉이 굳어지는 것을 느끼고 데이지가 올려다보자 마침 그의 손가락이 자기 목을 싹 긋고 있었다. 뭐였든 모가 하려던 말을 효과적으로 차단한 인상 쓴 표정을 그녀는 얼핏 보았고, 경찰의 본능까지 동원할 것도 없이 무슨 일이 있다는 걸 알 수 있었다.

"좋아, 좀 들어보자고 콜트레인. 무슨 일이야?"

그녀가 다그쳤다.

"나중에 얘기하자."

데이지가 항의하려 입을 벌리자, 그는 집게손가락을 그녀의 입술에 가져다댔다.

"약속할게."

그는 여동생을 넘겨다보았다.

"모, 우리 좀 실례해도 될까? 나는 다시 일을 해야 해. 아직까지 별로 운이 안 따라 내가 찾는 장면을 잡아내지 못했거든."

그리고는 환하게 미소를 지었다.

"하지만 이젠 작업이 잘될 거란 기분이 들어. 좋은 소식 전해 줘서 반갑다."

그녀는 잠시 그를 곰곰이 쳐다보고는 데이지에게로 돌아섰다.

"정말로 조만간에 모두 만나서 점심이나 먹자. 아니면 너와 닉 오빠가 언젠가 와서 같이 저녁을 먹어도 되겠고."

"나도 그러고 싶어, 어느 쪽이든."

하지만 지금 그녀에게는 더 큰 고민거리가 있었다. 닉이 뭔가 꾸미고 있는데, 그게 무엇인지 전혀 감도 잡히지 않았기 때문에 불안

했다—직업 면에서도 그리고 개인적으로도.

카메라를 눈에 딱 붙이고 연회장을 배회하는 그를 지켜보며, 그녀는 그의 태도가 달라졌던 정확한 시점을 짚어내려 애썼다. 그녀의 짐작에 제일 가까운 건 여기 오는 길에 그의 사서함에 들른 후부터였다.

사서함에서 꺼낸 봉투들을 정리하는 그의 얼굴은 묘한 표정이었지만, 그녀가 무슨 일이냐고 묻자 그는 봉투들을 턱시도 재킷 안에 쑤셔넣고 초조히 소매를 걷어붙이더니 아무 것도 아니라고 했다. 허나 편지들을 글러브 박스에 넣고 잠그면서, 그의 안에서부터 빛나던 불꽃이 약간은 사라진 듯했다.

혹은 그녀 자신의 감정으로 인해 그렇게 느꼈는지도 모를 일이다. 열심히 자기 자신에겐 부인해 왔지만 그에게서 사랑한다는 말을 듣고 꽤나 의기양양했음을 인정하지 않을 수 없었다. 애초에 불꽃이 존재했는지조차 확실히 말할 수 없었다. 어쩌면 자신의 감정에서 우러난 빛을 그에게서 나오는 거라 착각한 것뿐인지도.

그녀는 조바심치며 어깨를 으쓱했다. 그런 건 나중에 고민하자. 지금 당장은 닉이 도대체 뭘 숨기고 있는지 밝혀내는 데 시간을 투자하는 쪽이 낫다. 그게 뭔진 몰라도 그의 안전에 영향을 미칠 수 있다는 고약한 의심이 들었다.

그가 날 지키려고 하는 걸까? 데이지는 아까 재미있게 대화를 나누었던 커플인 수와 존 스마트에게 목례하고 계속 걸어갔다. 웨이터를 불러 세워 소다 음료를 주문해서 받아들고는 다시 닉을 쫓는 일에 나섰다.

그의 작업 공간을 침범하지 않으면서 그녀는 그와 적당한 거리 내에 머물렀다. 사진을 찍어대는 그를 지켜보면서, 소다수를 홀짝이고 아까 뇌리에 떠올랐던 생각으로 돌아가 누더기 뭉치를 물어뜯는 강아지마냥 거듭하여 고민했다.

그가 날 지키려고 하는 걸까? 자기가 사랑에 빠져 있으니 이 작은 여자를 지켜줘야 한다고 결론지은 걸까? 이게 다 그래서인가?

만약 그렇다면, 그는 남편 씨와 청부 폭력배 걱정은 하지 않아도 되리라. 그녀가 친히 그를 죽여놓을 테니까.

허나 생각하면 생각할수록 더 말이 되지 않았다. 왜 그렇게 갑자기 마음을 바꿨는지? 그는 애초에 자신의 영역에서 벗어나는 일임을 알고 그녀에게 의뢰할 만큼 똑똑한 사람이다. 거기에 더해 남자다움이라면 넘쳐나며, 말로든 행동으로든 여자가 자신의 신변 경호를 책임지는 바람에 남자로서의 자존심이 위협받는다는 내색을 한 적이 없다. 그럼 왜 그가 그녀를 사랑한다는 말로 인해 완벽하던 업무상의 합의가 갑자기 바뀌게 된 것일까?

이건 웃기지도 않아. 남은 밤 내내 그 이유를 짐작하려 애써야 하나? 아니면 바로 여기서, 바로 지금 닉에게 직접 도대체 무슨 영문이냐고 물어 볼까?

아, 이런, 생각 좀 해야겠군. 어려운 결정이지.

빈 테이블에 잔을 내려놓고, 그녀는 닉의 뒤로 성큼성큼 걸어가 그의 어깨를 톡톡 두들겼다.

닉은 마침내 괜찮은 장면을 잡아냈기에, 어깨를 꿈틀거려 그녀의 손을 털어냈다.

"잠깐만, 데이지."

사진을 찍고 카메라를 내린 다음 돌아서서 그녀를 마주했다.

"나인 줄 어떻게 알았어?"

그는 그녀의 달아오른 뺨과 결의에 찬 턱, 불꽃과 도전이 튀는 허쉬 초콜릿 눈을 보고, 입가가 슬며시 올라가는 것을 느꼈다.

"너에 관해서라면 말야, 컵케이크, 뒤에도 눈이 달렸거든."

"그래?"

그녀는 그를 향해 턱을 치켜들었다.

"예지력은 어때, 콜트레인? 그것도 있어? 왜냐하면 난 얘기를 해야겠거든. 지금 당장.”

아, 망할. 그의 심장이 덜컥 내려앉았다. 그녀는 결판을 내기로 단단히 마음먹고, 수 틀리게 굴면 가만 안 있겠다는 표정으로 쳐다보았다. 별 희망이 없지만 그는 말해 보았다.

“나 일하는 중이야, 블론디.”

“나도 마찬가지야. 차이점은 당신은 날 저녁 내내 눈먼 채 일하게 만들었다는 거고. 이유를 알고 싶어. 난 어둠 속에 있는 거 좋아하지 않아, 니콜라스.”

“하지만 그런 기색을 아주 잘 숨기던 걸.”

그가 중얼거렸다. 그녀는 그의 말을 무시했다.

“전에도 물어 봤지만, 이젠 분명한 대답을 들을 때까지 물러서지 않을 거야. 도대체 뭐가 어떻게 돌아가는 거야?”

쫓기는 기분으로, 그는 흘러내린 머리칼을 휙 넘기고 말했다.

“이따 전부 얘기하겠다고 했잖아, 데이지. 진짜야, 여기 일이 끝나자마자…….”

“내가 한 마디 하지. 지금이 바로 그 ‘이따’야. 자길 지켜달라고 날 고용해 놓고선 ‘이따, 베이비’란 말로 내 일을 못하게끔 막을 수는 없어. 다음 번엔 나더러 그 예쁘고 작은 머리로 고민하지 말라고 하겠지.”

“혹 갑자기 자살충동이 치솟으면 모를까.”

“아주 우습네, 닉.”

그녀는 그의 코 아래에 얼굴을 바싹 들이댔다.

“카메라 챙기고 잠깐 일 접는 게 좋을 거야. 나랑 로비에 나가 찬찬히 얘기를 나눌 거니까.”

“자네와 내가 얘기 좀 해야 할 때인 듯하군, 콜트레인.”

점잖은 목소리가 그들 뒤에서 같은 소리를 했다.

데이지는 누가 말했는지 돌아보지조차 않았다.

“번호표 들고 줄서요.”

바로 닉의 심정이었다. 오늘밤은 모두들 그를 한 토막씩 내놓으라고 다그치는 듯했다.

반면에, 자신이 내내 데이지에게 거짓말하고 있었다고 털어놓는 걸 미룰 수만 있다면, 방해가 기꺼울 따름이었다. 돌아서서 J. 피츠제럴드 더글러스와 딱 마주치게 되기 전까지는.

그제서야 블론디가 기회를 주었을 때 모든 것을 깨끗이 털어놓았어야 했다는 것을 그는 알았다.

22

나직이 숨을 내쉬며 닉은 데이지에게로 돌아섰다.

"잠깐 자리 좀 비켜주겠어?"

그녀의 눈이 가늘어지며 반박하려 입을 벌리자, 그는 눈길을 똑바로 맞받았다.

"이건 내 생업이야, 데이지. 그리고 작업 중에는 이게 우선이고. 어쨌든 우린 집에 가자마자 얘기를 나눌 거야, 약속해."

그녀는 입을 딱 다물었지만, 호락호락 물러나지 않으리라는 걸 그는 알고 있었다. 그리고는 누가 방해했는지 본 그녀의 눈이 휘둥그레졌다.

"미안합니다."

J. 피츠제럴드가 '아니 과분한 찬사는 사양'이란 미소를 그녀에게 지어 보이며 말했다.

"니콜라스와 긴히 할 얘기가 있어놔서."

그리고 어쨌든 이건 그의 파티니.

"좋아요."

그녀는 닉을 쳐다보았다.

"5분 줄게."

그리고는 어깨를 똑바로 펴고 성큼성큼 걸어가 버렸다.

그는 그녀에게 소리가 들리지 않을 만큼 멀어질 때까지 기다렸다가 더글러스에게 돌아섰다.

"도대체 내가 당신에게 할 말이 있으리라 생각합니까?"

"자네는 아무 말도 할 필요 없네."

나이 든 남자가 차분히 말했다.

"그냥 듣기만 하면 돼."

그는 코웃음쳤지만 그래도 말했다.

"방금 들었겠죠, 5분입니다."

그는 롤렉스 시계를 쳐다보아 의사를 분명히 했다.

"내 자네를 잘못 판단했다는 걸 깨달았네."

"물론 그렇죠. 그리고 뻔한 소리로 시간낭비하고 싶다면야 난 상관없습니다만, 내가 당신 입장이라면 내가 모르는 말을 할 겁니다."

"내 행동이 부적절했네. 그 사진들이 돌아다닐 수도 있단 생각에 당황해서. 절박하게 그걸 회수하고 싶었거든."

"그럼 그냥 내게 부탁하기만 했으면 될 일 아닙니까. 아니면 5분만 주위에 물어봤어도, 내가 지금껏 말썽 날 필름은 예외 없이 파기했다는 걸 알았을 텐데."

그는 사과를 원했다. 그보다 더한 걸 받아 마땅했지만 사과로 끝낼 의향이 있었다―최소한 오늘밤은. 더글러스와 진흙탕 싸움에 말려 들어가 봤자 평생치의 지저분한 꼴밖에 더 보랴. 이성적인 사람이라면 앉아서 찬찬히 생각하고 이 난국에서 완전히 몸을 뺄 계획을 세울 때까지 확실히 냉정을 유지할 터였다.

"자네 말이 옳네."

더글러스가 순순히 수긍했다.

"그리고 내 통찰력이 부족했던 점을 이제 보상하고 싶네."

그는 턱시도 안에서 수표책을 꺼냈다.

"금액을 부르게나."

"날 협박꾼으로 생각하는 거요?"

닉은 술 달린 로퍼 끝까지 모욕감을 느꼈다.

"그 수표책 치우고 꺼지시지."

"합리적이지 못하군, 콜트레인. 내 듣기로는 빈틈없는 사업가라고 하던데……."

"합리적?"

J. 피츠제럴드의 눈앞에 얼굴을 들이밀고, 닉은 이성에 구멍을 낼 듯 불타오르는 분노에 맞서 깊이 숨을 들이쉰 다음, 악문 잇새로 내뱉었다.

"당신이 건드리기 전까지만 해도 난 당신 성생활에 대해선 털끝만큼도 관심 없었어. 하지만 이제는 달라. 날 가만 뒀으면 됐을 거 아냐? 당신의 그 고릴라 같은 놈들은 내 암실을 짓밟아놓고 팔을 탈구시켜놨어. 내 포르셰를 부수고, 데이지의 머리에 총을 겨누고, 자기들 차로 날 치어 죽이려 했단 말야! 수표 한 장 써주면 그 모든 것이 지워질 줄 아나?"

그는 꼿꼿이 서서 몇 번 더 심호흡을 했다. 하지 말아야 할 행동을, 나중에 후회할 게 뻔할 행동을 저지르기 일보 직전이었다. 그는 물러나려고 했다, 정말로. 그런데…….

힘겨운 한 주를 지내는 동안 이성은 조금씩 허물어져 버렸다.

"한 가지는 당신 말이 옳아. 난 빈틈없는 사업가요. 그러니 어떻게 할지 말씀드리지."

J. 피츠제럴드는 거래할 태세로, 몸을 바로했다.

"제일 높은 값을 부르는 타블로이드에 필름을 팔아버릴 겁니다."

그는 야수처럼 이를 드러내고 미소지었다.

"한재산 잡을 수 있겠죠."

더글러스는 한순간 경악한 듯했지만, 기록적인 속도로 회복하여 닉의 시선을 똑바로 맞받았다.

"자넨 그런 짓은 하지 않을 거야."

그는 자신을 갖고 말했다.

"제 목을 베는 격이니. 그런 후에 누가 자네를 믿고 일을 맡기겠나? 이 도시에서 자넨 끝장날 걸세."

"흐음, 일리가 있군요."

닉은 짐짓 감탄하는 척했다.

"어떻게 피해 가는 방법이…… 없으려나. 젠장, 당신의 뛰어난 지혜를 따를 수밖에 없겠군요."

더글러스는 미소를 띠기 시작했다.

"사진은 그냥 익명으로 타블로이드에 부쳐버릴 수밖에."

한순간, 가면이 벗겨지고 어떤 대가를 치르더라도 권력을 손에 넣으려는 탐욕이 더글러스의 눈에 떠올랐다. 닉은 카메라를 들어 찍긴 했으나, 그 장면을 잡았는지 확신할 수가 없었다. 그가 셔터 버튼을 누르는 그 순간에조차 남자의 표정은 도로 낯익은 인자한 윤곽을 되찾아 버렸으니.

낮고 듣기 좋은 목소리로, J. 피츠제럴드는 몸을 숙여 말했다.

"네놈을 매장해 버릴 테다, 개자식. 내 보안 팀이 지금껏 거칠었다고 생각해? 아직 아무 것도 모르는군."

"허, 오금이 저리는군요."

세상에, 콜트레인, 여기가 어디라고 생각하는 거야? 학교 운동장? 저기 지구 반대편까지 무덤 파 들어가는 꼴 되기 전에 당장 닥쳐. 그는 분노가 치밀었고, 그건 남성 호르몬이 사고력을 관장하게 된다는 뜻이었다. 결코 좋은 일은 아니었으나 일단 자제력이 제어에서 벗어나자 바로잡기가 빌어먹게 힘들었다.

닉은 늙은 위선자의 입에 한 방 먹이는 만족감은 보류하고, 주 목적에 집중했다. 장기적 해결책은 우연히도 더글러스의 이익에도 일치한다. 그는 크게 숨을 들이쉬고 온몸을 휘몰아치는 분노를 누르기 위해 숨을 참았다.

어쩌면 성공했을지도 모른다. 만약 J. 피츠제럴드가 데이지를 끌어들이지만 않았던들.

"너와 놀아나는 금발 보디가드가 구해 줄 수 있을 줄 아나?"

더글러스가 다그쳤다.

"다시 생각하라고."

그는 목소리를 낮추고 인자하게 미소지었다.

"그녀는 자네보다도 더 사고를 꾸며내기가 쉬워. 그리고 애초에 누가 그런 아무 것도 아닌 여자에게 신경 쓸 거 같나?"

채 생각하기도 전에 닉의 양손이 휙 올라가 J. 피츠제럴드의 멱살을 움켜잡았다. 남자를 치켜올리며, 그는 코가 맞닿을 정도로 몸을 숙였다.

"우선 오클랜드 경찰이 있지."

눈앞에 시뻘건 분노가 어른거렸다. 간신히 목소리를 낮게 유지할 만큼의 이성만이 남아 있었다.

"그들은 동료가 다치면 격분하는 경향이 있거든. 옛 동료라 해도 말야."

그는 더글러스의 발끝만 간댕간댕 닿을 때까지 손아귀를 조여들었다.

"하지만 알아두라고, 쓰레기. 만약 데이지에게 무슨 일이 생긴다면, 경찰까지 갈 것도 없어. 당신이 손녀뻘은 되고도 남을 여자애와 신나게 놀아나는 사진이 돌아다닐까 걱정할 것도 없고."

그는 송곳 같은 눈초리로 더글러스를 노려보았다.

"내가 직접 당신을 죽여버릴 테니까."

오만불손하게 옷깃을 탁 퉁기며 J. 피츠제럴드를 놓아버리고 나서야 그는 구경꾼이 몰려들었음을 깨달았다. 정적이 그들 주위를 감싸고 가까이 있는 사람들은 경악하여 그를 응시했다. 데이지는 그 부드러운 입을 약간 벌리고 미간에 당혹스런 주름을 잡고 있었다. 레이드는 조금 재미있어하는 기색이었으나 모는 그야말로 충격을 받은 모양이었다. 그의 눈길을 잡은 순간 다그치듯 한쪽 눈썹을 치켜올려 말없이 물었다.

'도대체 이게 무슨 일이야?'

그는 구경꾼들에게 호감 가는 미소로 보여지기를 빌며 환하게 웃어 보였다.

"죄송합니다, 여러분. 축구 팀 얘기로 좀 열이 올라서."

그들은 그의 말을 곧이곧대로 받아들이지 않았다. 모두가 확답을 구하려 J. 피츠제럴드를 쳐다보았다. 그는 옷깃을 바로 가다듬고 고개를 끄덕였다.

"정말 그렇소! 여러분들은 안…… 존중하지 않는다는 말을 요즘 애들은 뭐라 하더라?"

"개무시."

닉이 불러주었다.

"맞아. 여러분들은 이 친구 앞에서 갤럭시 팀을 개무시하지 마십시오. 험한 꼴 당하지 않으려거든."

"당연하잖습니까."

닉은 삐딱한 웃음을 던졌다. 하지만 자신이 방금 큰 실수를 저질렀다는 생각을 떨칠 수가 없었다.

큰 난리통으로 이어질 실수를.

집으로 가는 동안, 데이지는 지레 결론짓지 않으려 무척이나 애썼다. 닉에게 불리한 증거라곤 하나도 듣지 못했으면서 그를 향해 폭발하는 건 불공정의 극치를 달리는 짓이었다. 특히 그녀에게 있는 거라곤 '감'뿐인 상황에서야.

그렇다고 그녀의 본능이 깔볼 만하다는 건 물론 아니다. 그녀는 오래 전부터 본능을 무시하지 말아야 한다는 것을 배웠다. 늘 제값을 하니까.

반면에, 그녀는 오늘 닉에 대한 감정을 인정할 때(최소한 자신에게나마) 큰 걸음을 내딛었다. 그러니 그를 믿는 쪽으로 가야겠지. 안 그런가?

그녀는 자리에서 약간 앉음새를 고쳤다. 그래, 그렇다. 결국 사랑이란 신뢰의 문제로 귀결되는 것이 아닌가.

그럼, 왜 마음 깊은 곳에서 나쁜 예감이 스물거릴까?

그녀는 속력을 올려 디비사데 거리를 오르는 닉을 흘끗 훔쳐보았다. 지나가는 가로등 불빛에 드러났다 감춰졌다 하는 그의 옆모습이 서먹하고 너무나도 낯설게 느껴졌다. 그는 더글러스와의 사건 이후 여동생의 들볶음을 이럭저럭 무시했다. 그럼 그의 신경이 도로로 분산된 지금 얘기를 시작해 봐야 무슨 소용이 있을까?

잠시 후 그들은 차고 안에 들어섰다. 그가 그녀 앞으로 손을 뻗어 글러브 박스를 여는 동안 그녀는 자리에 앉아, 그가 아까 사서함에서 찾아온 얇은 봉투 묶음을 꺼내는 것을 지켜보았다. 그걸 턱시도 재킷 안에 챙기는 그의 표정은 차가웠고 그녀 쪽은 거의 돌아보지도 않았다. 짜증이 났지만 과잉반응하지 않으려 애쓰며, 데이지는 문손잡이로 손을 뻗었다.

"참 우스운 일이야."

차에서 내려 차 지붕 너머로 그와 눈을 마주치며 그녀가 말했다.

"하지만 당신과 사귀기 시작한 이래, 당신이 축구 경기에 대해 입이라도 뻥긋하는 걸 들어본 기억이 없거든."

그는 그저 어깨를 으쓱했다.

오, 하나님! 닉, 도대체 무슨 일을 벌인 거야?

"우리 얘기를 나눠야 할 때가 진작에 지났어, 콜트레인."

"알아."

그는 카메라 가방 끈을 끌어올려 어깨에 좀더 제대로 걸쳤다.

"위로 올라가자."

그는 그녀를 따라 집으로 들어갔고 그녀가 돌아서서 그를 마주하자 더플 가방을 소파 옆 바닥에 내던졌다.

"앞으로 어떤 일이 있더라도, 이거 하나만은 기억해 줬으면 해."

의자 등받이를 잡은 그녀의 손에 절로 힘이 들어갔다.

"뭔데?"

"널 사랑해."

"오, 하나님! 닉, 무슨 짓을 저지른 거야?"

그 말이 그에게서 희미한 미소를 이끌어냈다.

"무슨 일인지도 모르면서 내 잘못이겠거니 단정짓는구나."

그녀는 희망이 용솟음치는 것을 느꼈다.

"그럼 아냐?"

"그래. 음, 어쨌든 내가 시작하진 않았어. 다만 몇 번 잘못 선택했다는 건 인정하지."

답답함에 그녀에게서 불량 주전자가 낼 법한 소리가 새어나왔다.

"말해 봐!"

그는 나비넥타이를 풀어 칼라 아래서 빼냈다.

"우선 무장해제부터 해."

그녀는 안쪽 총집에서 권총을 꺼내 트렁크에 놓고는 재킷을 휙 벗어 젖히고 팔뚝에서 칼집을 풀어 총 옆에 던졌다. 그리고는 엉덩이에 손을 짚고 몸을 폈다.

"더글러스 씨가 이 모든 일과 무슨 관련이 있지?"

그는 무기를 가져가더니, 장식장 제일 꼭대기에 올려놓았다.

설마 그녀가 그걸 쓰기라도 할 것처럼.

"네가 그 사람으로부터 날 지켜주고 있었지."

그녀는 분명 잘못 들은 게 틀림없다고 확신했다. 그러다가 연관 관계가 보디 슬램(레슬링 기술)처럼 그녀를 강타했다.

"맙소사, 더글러스 부인이랑 잤어? 예순 살은 되었을 거 아냐!"

그의 입이 떡 벌어졌지만, 다시 딱 다물었다.

"방금 네가 무슨 말을 했는지 알아, 블론디? 난 네가 페미니스트인 줄 알았는데."

"그게 이거랑 무슨 상관이야?"

"더글러스는 손녀뻘은 족히 될 여자랑 놀아나는데, 더글러스 부인은 연하남과 재미 좀 보면 안 된다?"

"솔직히 말해. 난 어느 쪽이든 마찬가지로 소름끼친다고 생각해. 열 살 정도 차이라면 몰라도, 스물이나 서른? 으윽."

그는 얼굴을 문지르다가 손을 옆으로 내렸다.

"이봐, 얘기가 좀 딴 쪽으로 샜는데……."

그녀는 오늘밤 파티 주빈의 멱살을 잡아 올리던 그의 표정을 떠올렸다.

"그분을 사랑해?"

그럴 리가 없어. 날 사랑한다고 말했는 걸.

"응?"

"더글러스 부인 말이야. 그분을 사랑해?"

"난 알지도 못하는 여자야!"

"그럼 누구랑 잔 거야? 그 집에 딸이 있어?"

"정말 죽겠네. 이봐, 처음부터 얘기할게, 알았지? 들으면 너도 이해할 거야."

냉기가 그녀의 등골을 타고 스물스물 내려가기 시작했다.

"그 사진 얘기 좀 해 봐."

"좋은 생각이야. 그게 모든 일의 발단이거든. 내가 빗시 펨브룩의 결혼식에서 찍은 사진 두 장이었지. 다만 나중까지 뭐가 찍혔는지 난 몰랐어. 모가 말려든 난장판에 대해 걱정하느라 평소만큼 주의를 기울이지 못했거든. 폭력배들에게 내 암실이 짓밟히고 있는 와중에 들어가고 나서야 사진 중에 뭔가가 있다는 걸 알았지만, 무엇인지는 그때까지도 몰랐어. 일요일 밤 병원 응급실에서 나오자마자, 그자들이 그렇게나 손에 넣으려 안달하던 게 뭔지 보려 주말에 찍은 걸 모조리 현상했지."

양손을 주머니에 깊숙이 찔러넣은 채 그는 그녀를 마주했다.

"그러고서도 한 장 한 장 확대인화를 해야 했어. 하지만 결국에는 신랑 신부를 찍은 사진의 배경에 있는 별채 창문 안의 남자를 발견했지."

"더글러스?"

"그래. 부인이 아닌 젊은 여자와 한창 재미를 보고 있더군."

그게 닉이 다른 사람의 아내와 동침한 것과 무슨 상관이 있단 말인가?

"확대인화를 해야 보일 사진을 찾자고 한 덩치 하는 어깨들을 보냈단 말야? 난 도무지 모르겠어."

"아마 말이 안 되기 때문이겠지."

그는 어깨를 으쓱했다.

"수년간 난 기억조차 다 안 날 만큼 수도 없이 문제될 순간을 필름에 담았어. 늘 다 파기했고, 그걸로 끝이었지. 모두들 내가 그런 필름을 파기한다는 걸 알아. 내 신중함은 우수한 평판의 일부로 널리 알려졌어."

"그럼 이번엔 어떻게 되었길래?"

"그는 내가 소문대로 할 거라 믿지 않았나 봐."

"정리 좀 하자. J. 피츠제럴드 더글러스가 당신에게 가해진 모든 공격의 배후다. 당신이 누드사진을 찍은 유부녀란 존재하지 않는다."

"그래, 좋은 소식이……."

"좋은 소식이란,"

그녀가 담담히 따라 말했다.

"당신이 내게 '거짓말'했다는 거야. 처음 시작부터 내내 거짓말하고 있었다고."

그는 매력으로 가득한 솔직한 표정을 지어 보였다.

"허나 그럴 만한 이유가 있었어, 데이즈."

다년간의 프로정신은 연기처럼 사라지고, 그녀는 그의 머리를 향해 주먹을 휘둘렀다.

그러나 닿지조차 않았다. 그는 분명 이런 행동을 예상했던 듯 주먹이 닿기 전에 그녀에게 태클을 걸었고, 그들은 바닥에 굴러 넘어지며 트렁크를 밀쳐냈다. 그가 그녀 위로 몸을 굴려 손목을 잡아 머리 양옆 바닥에 눌렀다.

닉은 그녀를 내려다보며 몸무게를 옮겨 그녀를 몸 밑에 잡아두었다. 자신을 바닥에 때려눕힐 격투기 기술을 당하고픈 마음은 전혀 없었다.

그녀의 뺨은 달아올랐고 짙은 눈은 격분과 상처로 거의 검은색이 되어 있었으며 반짝이 뷔스티에가 터져나갈 듯이 씩씩거렸다. 격투로 인해 그리고 그가 그녀의 팔을 고정시킨 자세 탓에 가슴이 튀어나올 지경이었다. 그는 헐떡이는 젖가슴의 움직임에 따라 드러났다 감춰졌다 하는 초승달 모양의 발그레한 핑크색 유륜의 일부분을 내려다보았다. 다시 그녀의 젖꼭지를 완전히 보게 될(맛을 보는 건 고사하고) 가능성은 빌어먹게 희박하단 생각에 그의 턱이 굳어졌다.

"제기랄, 블론디. 이게 모든 것에 대한 너의 답이야? 나를 두들겨 패는 게?"

그녀는 그를 밀쳐내려 하며 으르렁댔다.

"아니, 가끔은 총으로 쏴 버리는 것도 고려하지."

갑자기 그녀가 그의 아래에서 축 늘어졌다.

"내가 이렇게 행동하는 걸 좋아한다고 생각해? 당신 외에는 아무한테도 이런 일 없어. 난 4년 간 경찰이었다고, 제길. 어떤 자극을 받아도 감정을 죽이고 이성적으로 행동하게끔 배웠어. 그런데 당신이 내 인생으로 성큼성큼 돌아왔고, 일주일도 안 되어 난 눈이 뒤집힌 것마냥 발광하게 되었어."

그녀는 손목을 뒤틀었다가, 그가 꽉 잡은 손을 풀지 않자 그의 눈을 정면으로 직시했다.

"비켜, 콜트레인. 당신 때문에 변해버린 내가 싫어. 아직 건질 게 남아 있을 때 여기서 나갈 거야.”

그는 몸을 굴려 떨어졌지만 그녀가 문을 나서도록 둘 생각은 전혀 없었다. 어차피 진심은 아닐 터였다. 그를 무방비하게 놔두고 그냥 떠나버리기엔 그녀는 프로정신이 너무 투철하니까.

그는 그녀가 일어나는 것을 지켜보았다. 그녀는 뷔스티에를 끌어올려 몸에 잘 맞추었다. 그리고는 나이프를 둔 곳으로 걸어가 도로 차기 시작했다.

“왜 한바탕 쇼를 한 거야, 닉? 도대체 왜 처음부터 그냥 얘기하지 않았어?”

“왜냐하면 모에겐 절실하게 돈이 필요했고, 그 애를 위한 돈을 마련할 뿐만 아니라 내 생활을 망쳐놓은 남자에게 복수할 계획을 설명하면 넌 절대 내 보디가드가 되려 하지 않을 테니까.”

그녀는 한쪽 팔을 재킷 소매에 꿰다 말고 그를 응시했다.

“물어 보고 후회하게 될 줄 알지만, 그래도…… 무슨 계획이었는데?”

그는 망설였지만 곧 안주머니에서 봉투들을 꺼내 그녀에게 내밀었다.

그녀는 재킷을 마저 입고는, 뭉치를 받아들어 제일 위에 있는 봉투에서 종이 한 장을 꺼냈다. 그걸 읽는 그녀의 얼굴에서는 핏기가 사라졌고 다시 그를 쳐다보았을 쯤엔 그녀의 눈은 두 개의 구멍처럼 검고 공허했다.

“타블로이드? 그간 내내 당신이 찍은 사진들을 타블로이드에 팔려 계획하고 있었던 거야?”

“팔려던 참이었지. 과거 시제야.”

그녀의 얼굴에 서린 고통스런 배반감은 덜어지지 않았고 그는 서둘러 설명에 나섰다.

“하지만 이젠 그럴 필요가 없어, 몰라? 그리고 애초부터 그러고 싶지 않았지만, 모는 정말 긴박한 상황에 처해 있었어, 데이지. 그 애는 늘 내 곁에 있어 주었고, 도우려면 뭔가 해야 하는데 그렇게

급히 많은 돈을 만들 방법을 달리 생각할 수가 없었다고.”

그는 그녀의 등에다 말하고 있음을 깨닫고 문을 향하는 그녀의 팔을 잡으려 돌진했다.

획 뿌리치고 그녀는 빙글 돌아 그를 마주했다.

“건드리지 마. 그냥…… 내게 손대지 마.”

그는 양손을 넓게 벌려 간청했다.

“가지 마, 데이지. 우린 함께 풀어나갈 수 있어.”

“아니, 못해.”

하지만 그녀는 돌아서서 거실로 들어왔고, 한순간 그는 그녀가 마음을 바꾼 줄만 알았다. 허나 그녀는 다만 총을 챙겨 총집에 집어넣고는, 침실로 성큼성큼 들어가 수트케이스에 옷을 되는 대로 던져넣기 시작했다.

문간에 서서 그녀를 지켜보고 있자니 닉은 가슴이 꽉 막혀 숨도 거의 쉴 수 없었다.

“널 사랑해.”

그녀는 순간 굳어졌다. 그러나 잠시 후 부츠를 가방 한구석에 채워 넣는 일을 계속했다.

“당신은 사랑이 뭔지 아무 것도 몰라. 알았다면 내게 거짓말을 했을 리가 없어.”

“더글러스에 대해 거짓말할 때는 널 사랑한다는 걸 몰랐어! 그리고 그걸 깨달았을 무렵엔, 이미 내 눈높이까지 제 무덤을 판 후였지.”

“그래, 우리 둘 다 당신이 얼마나 그 말을 쉽게 하는지 알잖아. 안 그래, 닉? 진심이건 아니건 말야.”

그녀는 수트케이스의 걸쇠를 찰칵 잠그고 침대에서 끌어내렸다. 옷자락이 양쪽으로 빠져나와 있었다.

“오늘밤 내가 더글러스에게 덤빈 이유 알아, 데이지?”

말하는 것이 목을 베는 칼날처럼 느껴졌다.

“그가 널 위협했기 때문이었어. 그 말을 듣자 그냥 확 돌아버렸지.”

"그럴 필요 없었는데."

그녀는 냉담하게 말했다.

"내 몸은 알아서 지킬 수 있어."

그녀가 문가에 다다랐지만 그는 물러서지 않았고 그녀는 그의 앞에 우뚝 멈춰 섰다. 그녀의 턱이 치켜 올라갔다.

"내 앞에서 비켜, 콜트레인."

"안 돼. 제발. 내 말 들어야……."

"비켜. 이걸 몽땅 내려놓고 굳이 힘으로 비키게 만들면……."

그녀는 무기 케이스와 수트케이스, 그리고 작은 핸드백을 들어 보였다.

"당신 무릎을 쏴 버리겠어. 맹세코. 그게 아니면 당신이 그렇게나 자랑스러워하는 중요 부위나."

그는 그녀의 앞에서 비켜섰다. 속은 절망감에 뒤틀리며, 그녀가 렌터카의 열쇠를 트렁크 위에서 집어들고 나가 앞문을 세게 닫는 것을 무력하게 지켜보았다.

23

레기는 문을 열고 데이지를 보자마자 말했다.

"아, 망할. 그놈이 무슨 짓을 한 거야?"

"내 마음을 산산조각 냈어, 레기."

그녀는 그의 손에 짐 일부를 내주고, 그가 팔을 잡아 아파트 안으로 끌어들이자 순순히 따라갔다. 어떻게 여기까지 왔는지 제대로 알 수가 없었다. 수트케이스에다 옷을 집어던지고 있었는데 그 다음 정신을 차려보니 레기의 집 앞이었다. 그 사이는 대부분 차창을 스쳐가듯 흐릿하게 번진 네온사인들에 관한 기억뿐이었다.

"그는 악마야."

그녀는 친구의 뒤통수에 대고 말했다.

"내 현명한 결정을 물리고 다시금 사랑에 빠지게 만들었다고. 그리고는 돌아서서 내 마음을 산산조각 냈어. 또다시…… 아파, 레기. 너무나 고통스러워."

뜨거운 눈물이 치솟았지만 그녀는 격렬히 눈을 깜박여 없앴다. 닉 콜트레인 때문에 울 수는 없어!

"개자식 같으니."

레기가 그녀를 자리에 앉혔다. 그녀는 자신의 손을 문질러주는 그를 문득 의식했다. 그는 일어나 부엌 안으로 사라졌고 그녀는 잠시 후 그가 차 한 잔을 들고 나와 내밀 때까지 멍하니 허공을 응시하고 있었다.

"자 마셔, 데이즈. 진정효과가 있는 카모밀 차야. 그리고 여기 네가 좋아하는 호박 비스코티(차에 곁들이는 과자)도 가져왔어."

그가 자랑하는, 비오르디에서 산 B40 도기 접시에 비스코티를 담아온 것을 보자 그녀는 두려워했던 대로 자신의 세계가 산산조각 났음을 알았다. 보통 레기는 그녀에겐 심미안과 제대로 다루는 솜씨가 없다며 도기세트 근처에 얼씬도 못하게 했다.

"오."

그녀는 조그만 목소리로 말했다. 접시를 들어 조심스레 무릎에 올려놓고, 손가락으로 가리비 모양 가장자리를 감쌌다. 그러자 댐이 무너져 뜨거운 눈물이 비오듯 흘러내렸다.

"이봐."

레기가 그녀 옆에 앉았다. 그녀 어깨에 팔을 걸치고 다른 손으로 접시를 들어 테이블에 놓고는, 포근하게 껴안았다. 그녀가 눈이 빠져라 울어대는 동안 그는 조용히 앉아, 이따금 그녀의 어깨를 토닥이고 턱을 그녀의 정수리에 문질렀다. 그의 온기가 점차로 스며들었으며, 마침내 눈물이 잦아들었다. 코가 완전히 막힌 데이지가 입으로 숨을 헐떡이자 레기가 제일 친한 친구답게 기꺼이 그녀의 편에 서서 말했다.

"거지발싸개 같은 자식이 이번엔 무슨 짓을 저질렀어? 또 너를 저버린 거야?"

"날 사랑한다고 말했어."

그녀가 울부짖었다.

"그 후레자식 놈이!"

그리고는 그가 조용해졌다.

"잠깐만, 그건 좋은 거 아냐?"

"그게 더러운 거짓말일 때는 아니지!"

그녀는 주먹으로 눈물을 닦아내고 우아하지 못하게 훌쩍거리며 그의 셔츠 앞자락에 코를 닦았다. 그리고는 몸을 바로하여 소파에 기대앉아 레기의 눈을 똑바로 쳐다보았다.

"그는 그 말의 의미를 몰라, 레기. 거짓말쟁이 같으니. 내내 타블로이드에 사진을 팔 계획이었어!"

"오, 젠장."

그 말은 그 무엇보다 확실하게 레기의 주의를 그녀가 망쳐놓은 셔츠에서 떼어놓았다. 그 사실을 발견했을 때 그녀의 기분이 어땠을지 누구보다 잘 알았으니까.

"안됐다. 개새끼 같으니. 그래도 물어 볼 건 물어 봐야겠어. 누구 사진을 팔려고 했는데?"

"다른 누구도 아닌, J. 피츠제럴드가 젊은 여자와 놀아나는 걸 결혼식 촬영하다 찍었대."

"말도 안 되는 소리! 그 사람은 성자야."

"닉의 말에 따르면, 그 성자가 부인 외의 여자와 섹스하는 장면이 화려찬란한 컬러로 필름에 잡혔다는 걸. 더글러스는 곧장 청부업자들더러 닉에게서 필름을 찾아오라고 시킨 거야. 물론, 그 대목에서 내가 등장한 거지."

"우와! J. 피츠제럴드 더글러스라니. 받아들이기 힘들지만, 네가 그렇게 말한다면 그런 거겠지."

그는 손을 뻗어 그녀의 무릎을 토닥이고 부드러운 미소를 지으며 말했다.

"그래도 데이지, 밝은 측면이 있다. 최소한 닉이 유부녀와 잔 건 아니네."

"그래. 정말이지 위안이 되는구나."

“미안해, 네 아픔을 웃음거리로 만들려던 건 아니야. 다만 도대체 뭐가 어떻게 돌아가는 건지 파악하려고. 예를 들자면 왜 콜트레인이 지금 와서 타블로이드에 사진을 팔려 했는지라든가?”

“응?”

“그가 찍는 대상들을 고려하면, 과거에도 사진을 팔 기회는 차고 넘쳤을 텐데 왜 이제 와서?”

“모가 곤란에 처해서랬어.”

“그의 여동생, 맞지?”

“그래.”

데이지는 더 말하려 입을 벌렸지만, 쾅쾅 문 두들기는 소리에 화들짝 놀라 튀어오른 심장을 누르려 가슴에 손을 올렸다.

레기가 소파에서 일어났다.

“이런, 도대체 누구지? 잠깐만 기다려, 데이즈. 누군지 몰라도 문 부서지기 전에 나가봐야겠다.”

그는 고함쳤다.

“좀 기다려요, 지금 나갑니다!”

그리고는 다시 평상시대로 목소리를 낮추어, 씁쓸한 미소를 곁들여 말했다.

“난 ‘지루한’ 금요일 밤이 되겠구나라고 생각하고 있었는데…….”

그가 문을 열러 나간 사이, 데이지는 수트케이스를 열고 청바지를 꺼냈다. 재빨리 정장바지를 벗고 청바지를 입은 다음, 벗은 바지를 챙기려 손을 뻗었다. 허리춤에서 총집을 꺼내고 있을 때 레기가 문을 열었다.

“그녀가 여기 있나?”

다그치는 닉의 목소리를 듣고 그녀는 얼어붙었다.

“그녀는 댁을 보고 싶어하지 않는데, 콜트레인.”

“그거 안됐군. 어쨌든 날 상대해야 할 테니까.”

그는 레기를 밀쳐내고 거실 문간에 들어와 섰다. 데이지의 심장이 튀어나갈 듯이 세게 쿵쾅거렸다. 그녀는 총집을 청바지 뒤에 쑤셔 넣고는, 글록을 그에게 겨누지 않기 위해 양손을 앞주머니에 찔러넣었다. 그에게 휘말려 프로답지 못한 행동을 하는 건 이제 끝이다.

허리에 손을 얹은 채, 닉은 가늘어진 눈매로 그녀를 살폈다.

"잘됐군, 아직 짐 안 풀었구나. 가자, 택시 세워놓고 왔어."

그녀는 욕설을 내뱉었다.

"당신이랑은 아무 데도 안 가."

무심함을 가장하여 그녀는 침대 끄트머리에 앉아 양말을 신었다.

"그나저나 날 어떻게 찾았어?"

그 말을 한 후 데이지는 가방 한구석에 삐져나온 부츠 한 짝으로 손을 뻗었다.

"마더로드의 베니에게 전화를 걸어 레기가 어디 사는지 물었지. 네가 집에 없는 걸 알았을 때, 여기 왔으리라 짐작했어. 들어봐, 내가 잘못한 건 알……."

"잘못했다뿐이야?"

레기가 끼여들었다.

"얘가 얼마나 타블로이드를 증오하는지 몰랐단 말이야?"

닉은 데이지에게서 눈을 떼지 않았다.

"내 아버지가 데이지의 어머니를 타블로이드 1면에 도배시켰던 점을 고려하면 그래, 잘 안다고 할 수 있지."

"당신은 아무 것도 몰라."

데이지가 화를 내며 말했다.

"이웃들이 말조차 걸지 않는 교외로 돌아가는 게 어떤 건지 아무 것도 몰라. 몇 달 동안이나 엄마가 문밖에 나설 때마다 애들이 삑삑 휘파람을 불어대고, 거만 떠는 창녀라느니 더 심한 말로 불러대는 곳에서 사는 게 어떤 건지 절대 알 수 없다구."

편협한 마음에 거친 입의 그들을 얼마나 미워했던가.

닉이 그녀 앞에 쪼그려 앉았다.

"그리고 그들 중 몇 명한테 너희 어머니에게 욕했다고 대들었어, 데이지? 하나, 둘? 이웃 전체?"

그가 손을 잡으려 했지만 그의 손길은 그녀로 하여금 감히 바랄 수 없는 것들을 갈망하게 만들었기에 그녀는 뿌리쳤다.

레기가 그녀 대신 대답했다. 배반자 같으니.

"한 명도 남김없이. 그렇게 해서 데이즈와 내가 만났죠."

닉은 놀라 위를 올려다보았다.

"둘이 이웃이었나?"

"몇 블록 떨어져서 살았어요. 지나가다 애가 남자애 세 명에게 얻어맞는 장면을 봤지요. 여자애나 게이를 두들겨 패면 지들이 대단한 남자라도 된다고 여기는 놈들. 그래서 내가 균형을 맞춰주기로 결심했고."

"우리가 본때를 보여줬었지."

데이지가 말했다.

"그래."

레기는 어깨를 으쓱했다.

"그리고 나머지는, 사람들 말마따나 지난 일이고. 그 후로 우린 최고의 친구였어요."

"그럼 내가 쓰레기들에게 사진을 팔려고 고려 중이란 말을 데이지에게 안 한 이유를 알겠군. 그랬다면 내 의뢰를 절대 안 받았을 거야."

"그렇다면—혹시 내가 틀린 거면 말해 줘요—데이지를 위해 거짓말을 했다?"

"당연히 아니지, 내 자신을 위해 그랬어."

그는 데이지에게 다시 주의를 전부 쏟았다.

"네가 필요해서 거짓말을 했어. 그러니 비난하려거든 맘대로 해. 하지만 날 밀어내진 마, 블론디. 아까 말했던 대로, 그건 너와 사랑에 빠지기 전이니까."

"그리고 아까 말했던 대로, 당신은 사랑이 코앞에 들이닥쳐도 모를 사람이야.”

그녀는 발을 들어 그의 가슴에 대고 다리를 펴서 살짝 밀어냈다. 최소한 의도는 '살짝'이었다, 정말로.

하지만 어쩌다보니 그는 뒤로 몇 걸음 나가떨어졌다.

한쪽 팔꿈치를 대고 몸을 일으켜, 머리칼을 눈가에서 쓸어 올리고 그는 말했다.

“좋아. 우리 관계는 차차 해결하자. 하지만 네가 그렇게나 자랑스러워하는 프로정신은 어쩌고? 날 그냥 더글러스의 손에 당하도록 둘 거야? 내 목을 기쁘게 싹 그어버릴 인간이라고, 특히 오늘밤 일 이후로.”

“잘됐네. 내가 수고할 필요를 덜었으니.”

“맙소사, 데이지. 타블로이드와 거래하기로 결심했을 때, 내 커리어를 날려버릴 거란 사실을 분명히 자각하고 있었단 생각은 안 들어? 고객들의 신뢰를 배반하면 내가 몇 년간 쌓아올린 공든 탑이 무너질 테고, 컵케이크, 그건 전혀 기대되는 전망이 아니라고.”

그녀는 그저 그를 쳐다보기만 했고 그는 답답함에 머리칼을 북 긁어 올렸다.

“제기랄, 나도 절대 하고 싶지 않은 일이었지만 모에겐 돈이 필요했단 말야! 내가 그럼 어째야겠어, 걜 감옥에 보내?”

데이지는 몸을 바로했다.

“무슨 소리야, 감옥에 가다니?”

닉은 불편한 기색이었다. 일어나서 괜히 부지런히 바지를 쓸어 내렸다.

“아무 것도 아냐. 아무 말 말았어야 했는데. 그건 모의 일이니.”

그녀의 등이 뻣뻣해지고, 턱은 치켜 올라갔다.

“아, 물론 그러시겠지. 나같이 아무 관계도 없는 사람에게 가족의 구린 뒷이야기를 털어놓고 싶겠어?”

“젠장할, 그런 뜻이 아니잖아! 내 말 좀 들어……”

“돌아가, 콜트레인.”

그녀는 갑자기 무척이나 피곤했다.

“다 들었어. 우리 사이엔 이제 더 할 말 없어.”

“우리 사이엔 할 말이 산처럼 쌓였어.”

그가 반박했다. 그녀를 향해 성큼 발을 내딛었지만 레기가 갑자기 그들 사이에 끼여들었다. 그를 쳐다본 닉의 체구가 더 커지는 듯했다. 적의가 파장이 되어 흘러넘쳤고 무거운 호흡에 리듬을 맞추어 가슴이 오르내렸다.

“비켜.”

“아니, 방금 들었을 텐데. 돌아가라지 않습니까.”

닉의 눈이 푸른 불꽃을 쏟아냈다.

“내 앞에서 비켜, 레기. 안 그러면 벌레처럼 으깨버릴 테니.”

“시도야 해 볼 수 있겠지. 하지만 그런다고 본인한테 도움이 될 거라 생각해요?”

닉은 레기의 머리 너머로 데이지를 쳐다보았다. 그녀의 심장은 탈선한 기차처럼 질주했고, 한순간 자신이 무엇을 원하는지 확신할 수 없었다. 그가 자신이 시킨 대로 하길 바라는지, 아니면 그녀에게 자신의 입장을 이해시키려 끝까지 싸우기를 바라는지. 그러고 있는데 갑자기 그가 조용히 뒤로 물러서며 손을 주머니에 찔러넣었다. 하지만 분명 기뻐 보이지는 않았다. 그녀가 전에 한 번도 그의 얼굴에서 본 적이 없는 오만한 표정으로 그는 그녀를 내려다보았다.

“내가 너더러 사랑해 달라고 애원할 거라 생각했다면 블론디, 넌 돌았어. 경호 서비스도 집어치우라고, 누가 필요하대? 이제 어깨도 거의 정상 상태로 돌아왔으니, 내가 직접 싸울 수 있어. 그러나 혹시 마음이 바뀐다면, 어디서 날 찾을지 알고 있겠지. 그때는 두 팔 벌려 맞이하마.”

그리고는 빙글 돌아서 문으로 향했다. 몇 초 후, 찰칵하고 문이 그의 등 뒤로 닫혔다.

안 돼! 순전히 반사적으로 그녀는 벌떡 일어섰다. 날 떠나지 마. 그녀는 뿌리내린 듯 그 자리에 서 있었고, 옆으로 늘어뜨린 두 손은 쥐었다 폈다를 거듭하고 있었다. 그는 가버렸다. 멍하니 그녀는 자리에 도로 앉았다.

"쫓아가, 데이지."

그녀는 레기를 올려다보고 눈을 깜박여 초점을 맞췄다.

"뭐?"

피로감이 그녀 몸에 있는 뼈와 근육에 모조리 스며들였다.

"쫓아가라고. 난 그가 널 사랑한다는 쪽에 걸겠어. 그리고 서두른다면 아마 따라잡을 수 있을 거야."

"우린 이제 늦었어. 어차피 서로 너무 달라서 절대 잘되지 않을 거야. 하지만…… 한 가지는 그가 옳아."

돌연한 결의에 도로 벌떡 일어나, 뷔스티에를 벗어 젖혔다.

"아직 그를 경호할 의무가 있어."

"그래, 맞아."

레기가 수트케이스에서 브래지어를 꺼내 던져주었다.

"그리고 그건 그냥 마음대로 저버릴 수 있는 게 아니지. 그랬다간 다시는 사람들 앞에 고개를 들고 다니지 못할 걸."

"게다가 내가 그의 렌터카를 갖고 있어. 내 말은, 갈 때 그는 내게 꽤나 화나 있었잖아. 경찰에 전화해서 도난신고를 할 수도 있다고. 그럼 난 어떻게 되겠어?"

"곤경에 처하겠지."

그는 가벼운 연한 핑크 니트를 꺼내 건넸다.

"자. 입고 가 봐. 차량절도로 걸려 들어가기 전에."

"그래."

그녀는 차 열쇠를 집어들고 수트케이스와 무기 케이스를 챙겼다. 그리고는 레기의 입술에 쪽 입맞추고 문으로 향했다.

순간 데이지는 문간에 잠시 멈춰 서서 그를 돌아보았다. 실제 기

분만큼 절박하고 불안해하는 것처럼 들리지 않기를 바라며, 그녀는
나직이 물었다.

"내가 세상에 둘도 없는 바보인 걸까, 아니면 정말 그가 진지하게
날 사랑한다고 생각해?"

"확실한 가능성이 있다고 생각해, 데이즈. 정말로."

"어느 쪽? 내가 바보라는 데?"

"아니, 그가 널 사랑한다는 쪽. 돈이라도 걸겠어. 언제든지 너한테
라면 돈을 걸 거야."

"고마워, 레기. 그 말이 듣고 싶었어."

그녀는 크게 심호흡했다.

"게다가 모험하지 않으면 절대로 알 수 없겠지."

"허니, 넌 타고난 모험가야. 다만 마음을 걸어야 한다는 걸 몰랐을
뿐이지."

그녀는 힘없는 미소를 지어 보였지만 어깨를 곧게 폈다.

"그래. 그게 권총 든 미치광이를 상대하는 것보다 더 무서울 줄
누가 알았겠어?"

그리고는 어깨를 으쓱하고 문으로 향했다.

닉은 거리에 채 닿기도 전에 자존심을 세우느라 목적을 포기한
것을 후회하기 시작했다. 잘 눌렀어야 했는데, 데이지와 상대할 때
그만 자존심이 앞서버렸다. 잘했다, 챔피언.

젠장.

대기시켜 놓은 택시에 도착해서, 차문을 열었지만 잠깐 멈춰 서서
레기의 아파트 창문을 올려다보았다. 돌아가서 이번엔 제대로 하도
록 노력해야 할지도

하지만 다시 생각해 보면 안 그러는 게 나을지도 모른다. 그는 거
북한 어깨를 돌려 보고 택시에 올라 기사에게 주소를 불러주었다.
문제는 자신이 제대로 할지 영 의심쩍다는 것이다. 상처받은 그 커

다란 갈색 눈으로 자신을 쳐다보고 있는 데이지가 자꾸 눈에 밟혔고, 그녀에게 거짓말을 했었기에 마음이 못내 불편했다. 그리고 한 번 더 맞대면을 하면 '제대로' 하려는 노력은 저 멀리 날아가고 원시인 모드로 돌입해 버리리라는 나쁜 예감이 들었다.

그리고 만약 그가 그렇게 한다면 그녀는 아마 그를 납작하게 밟아버리겠지.

현실을 직시하자. 그는 정말 원시인 타입이 아니었다. 하지만 뭔가 만회할 수 없게 멍청한 소릴 하고 나서야 그 사실을 떠올리게 되리란 고약한 예감이 들었다. 그녀는 그의 남성성을 온통 들끓게 하고, 위험하리만치 앞뒤 가리지 않는 기분으로 만들어놓았다.

그리고 겁이 났다. 그녀가 너무 화가 나서 돌아오지 않을까 겁났다. 또한 그녀가 자신을 지워버리면 자신은 남은 평생 이 끔찍한 기분에서 벗어나지 못할까 겁이 났다.

그는 두려움이라는 감정에 익숙지 않았고, 이런 기분이 반갑지 않았다. 털끝만큼도.

택시가 저택 대문 앞에 멈춰 섰고 그는 멍하니 택시비를 치르고 내렸다. 차가 커브를 돌아 빠져나가는 것을 확인한 그는 보안코드 번호를 눌렀다.

대문이 천천히 밖으로 열리는 동안 그는 양손을 주머니에 찔러넣은 채, 앞꿈치와 뒤꿈치에 교대로 몸무게를 실으며 까딱거렸다.

젠장. 어떻게 블론디에게 자신의 감정이 진짜이며, 그녀에게 거짓말하는 걸 습관으로 삼을 계획은 추호도 없다는 걸 믿게 한다?

그때 갑자기 웬 손이 그를 잡아 빙글 돌렸다. 닉은 손을 주머니에서 빼려 몸부림쳤다.

"뭐야 이거?"

난데없이 주먹이 튀어나와 턱을 갈겨 그를 뒤로 날려버렸다. 길가에 앉아 그는 턱을 붙들고 조심조심 양옆으로 움직여 봤다. 오케이. 제대로 붙어 있는 듯했다. 그는 더글러스의 청부 폭력배 두목의 얼굴을 쳐다보았다.

　납작 얼굴이 몸을 숙여 그에게 손을 내밀고, 홱 잡아당겨 일으켰다.

　"어이, 쥐새끼. 오랜만이네. 뉴스 속보가 있다. 우린 이제 너와 놀아주는 거 끝냈어. 그러니 너, 나, 그리고 여기 내 친구랑."

　그는 뒤에 있는 냉장고만한 그림자의 통나무 목을 가리켰다.

　"드라이브나 좀 하자고."

24

데이지가 코너를 돌자 마침 두 명의 깡패들이 닉을 검은색 파이 어버드에 밀어넣고 있는 게 보였다.

"젠장!"

그녀는 손바닥으로 운전대를 내리쳤다.

"젠장, 젠장, 젠장!"

브레이크를 밟자 렌터카가 끽 멈춰 섰다. 다행히도 갑작스런 정지가 놈들의 주의를 끌지는 않았다. 무대조명처럼 훤히 비추지 않게끔 헤드라이트를 끄고, 눈에 띄지 않게 지켜볼 수 있는 진입로로 후진해 들어갔다.

제기랄, 이건 다 자신의 잘못이었다. 그녀가 감정에 휘둘리지만 않았던들 닉이 무방비한 상태에 놓일 일은 전혀 없었을 텐데. 그에 대한 걱정이 그녀를 강타했다. 심장은 달음질치고 속에는 메스꺼움이 요동쳐, 자제력을 찾으려 몇 번 심호흡을 해야 했다. 상사병에 빠진 여자애처럼 행동해 봐야 아무에게도 도움이 되지 않는다.

파이어버드가 반대편 블록을 향해 내려갔고, 주 도로에 나설 때까지 헤드라이트를 끈 채로 그녀는 거리로 나와 그 뒤를 따랐다.

파이어버드를 따라 디비사데 거리까지 내려와, 과학 박물관과 예술의 전당 뒤에서 좌회전을 하여 도일 대로에 다다랐다. 그들은 오른쪽 요트클럽을 지나 다시 왼쪽의 프레시디오를 지나쳤고, 어느덧 그녀는 검은 차와 몇 대 간격을 두고 골든 게이트 다리 위에서 마린 카운티로 향하고 있었다.

오, 이런. 그를 어디로 데려가는 걸까? 와인 생산지역으로? 그녀는 그 생각이 전혀 마음에 들지 않았다. 그곳은 인적도 없는 외딴 곳이었기 때문이다. 누구의 눈에도 띄지 않고 무슨 일이든 벌어질 수 있는…… 또는 쉽게 시체를 내다버릴 수 있는.

'더글러스는 내 목을 기쁘게 싹 그어버릴 인간이라고, 특히 오늘 밤 일 이후로.'

오, 하나님, 그리고 그녀는 이렇게 대답했었다.

'잘됐네.'

하지만 101도로를 계속 따라가지 않고, 파이어버드는 와인 생산지역 근처에도 가기 한참 전에 1번 고속도로로 접어들었다. 그들은 해안을 따라 운전했고 잠시 후 검은 차는 태평양이 내려다보이는 깎아지른 절벽에 우뚝 선 웅장한 저택의, 나무가 줄지은 진입로에 들어섰다.

눈치 채이지 않으려 뒤로 처진 데이지는 닫히는 대문 앞을 지나쳐 속력을 낮추고 돌아다보았다. 허나 볼 수 있는 것이라곤 진입로로 사라지는 붉은 깜박이등뿐이었다.

그녀는 주차할 자리를 찾아 차를 세우고는, 글록과 나이프를 점검했다. 베레타를 부츠에 찔러넣고 차 실내등을 끈 다음, 문을 열고 차에서 내렸다.

저택 마당과 도로를 갈라놓는 돌벽은 단순히 장식용이었고 그녀는 가뿐하게 기어올랐다. 제발, 하나님. 여기 개가 없기를. 그녀는 열심히 기도하며 진입로에 줄지은 나무 사이로 파고들었다. 사나운 경비견과 맞닥뜨린 것을 한번 겪은 바 있었는데, 되풀이하고 싶은 욕망은 추호도 없었다.

다행히 사람도 짐승도 마주치지 않았고, 몇 분 후 그녀는 저택의 석조 테라스로 통하는 야트막한 계단을 올랐다. 테라스를 따라 난 창문들 중 하나에서 불빛이 새어 나오자 그녀는 스윽 고개를 들이밀고 방안을 둘러보았다.

비어 있었다.

그녀는 작게 욕설을 내뱉고 이젠 어떻게 해야 할지 궁리했다. 저택의 나머지 부분은 캄캄했고 더글러스 부인은 아마 위층에서 자고 있을 터였다. 그럼 아래층이나, 혹시 지하실이 있다면 거기가 제일 유력한 후보가 되겠지. 그때 저택 뒤편에서 소리 죽인 쾅 소리가 들려왔고, 그녀는 그늘에서 다음 그늘로 숨어들며 소리가 들린 쪽으로 가볍게 뛰어갔다.

닉은 납작 얼굴이 의자에다 밀치는 바람에 내동댕이쳐졌던 바닥에서 몸을 일으켰다. 그의 위에선, 선반이 도로 안정을 찾으며 거기 놓인 병들이 달카달카 쨍강거렸다. 어깨로 호되게 부딪힌 걸 생각하면 저게 그의 위로 넘어지지 않은 것만도 엄청나게 운이 좋았다.

제기랄, 간신히 거의 다 나은 어깨가.

이런 작자들에게는 약점을 덜 보일수록 유리하다는 것을 알기에, 닉은 새로 다친 곳을 더듬어 보고픈 마음을 눌렀다. 일어나서 먼지를 털어내다 턱시도의 어깨 솔기가 터진 부분에 손가락이 닿자 멈칫했다.

"내 재단사가 안 좋아하겠는 걸."

그는 의자를 바로 세우며 담담히 말했다. 의자를 빙글 돌려 거꾸로 걸터앉아, 태연하게 등받이에다 팔을 겹쳤다.

그의 눈길이 두 명의 납치범을 지나 그들 뒤에 열린 문으로 향했다. 그들은 저택의 와인 저장고에 있었다. 말끔하니 간수된 병들이 두 개의 선반에 뉘어져 있었고, 그 사이로 통로에서 열린 문까지 한 눈에 훤히 들어왔다. 공기에서 짠 내가 났고 희미한 초승달이 자유로 통하는 콘크리트 계단을 비추었다.

그가 몹시 바라마지 않는 자유…… 하지만 당분간 손에 들어오지 않으리란 두려움이 들었다.

"잘 들어, 임마."

납작 얼굴이 말했다.

"좋게좋게 할 수도 있고 힘들게 할 수도 있어. 다 네게 달린 일이라고."

닉은 어깨를 으쓱했다.

"좋게 하도록 하지."

"좋아, 사진은 어디 있냐?"

"안전한 곳에 고이."

턱에 날아든 타격에 고개가 홱 돌아갔지만 쓰러지진 않았다.

납작 얼굴이 그를 때리는 데 쓴 가죽 곤봉을 자기 손바닥에 딱 쳤다.

"재롱 받아줄 기분 아냐, 임마. 그 엿 같은 사진들 어디다 뒀어?"

"안전히 얼음에다 재워 뒀지. 더글러스가 결코 손댈 수 없는 곳에."

그는 다음 타격을 묵묵히 받아들였다. 찢어진 입술에서 흘러나온 피를 핥으며, 납작 얼굴을 올려다보았다.

"날 어쩌겠다고? 흠씬 두들겨 팰 건가? 죽일 거야? 그깟 사진 몇 장 때문에?"

정말 그럴 거라 믿었다면 훨씬 더 조심했을 테지만, 일이 여기까지 올 줄은 생각도 못했다. 적어도 지금 상황에선.

"나로선 막을 방도가 없으니, 어디 맘대로 해 봐. 하지만 그런다고 더글러스가 사진을 찾을 수 있는 것도 아닐 텐데."

"이거라면 될지도 모르지."

J. 피츠제럴드가 그늘에서 나왔다. 그는 정장에서 파스텔 폴로 셔츠와 캐주얼 바지로 갈아입은 후였다. 은빛 머리칼은 흠잡을 데 없

이 빗어 넘겼고 여가를 누리는 부유한 거물로 보였다.

원예를 향한 열정을 충족시키는 여가생활 중이랄까, 손에 들린 커다란 전지가위를 보자면.

처음으로 와인 선반에 기대 있던 통나무 목이 꿈틀 움직였다.

"아까 말했듯이,"

그는 똑바로 서서 두툼한 가슴에 팔짱끼고 있던 양팔을 내렸다.

"난 이 판에는 끼고 싶지 않은데요."

"그럼 나가."

더글러스가 말했다.

"하지만 내가 말했던 대로, 돈 받고 싶으면 방해하지 말고."

닉은 번뜩이는 가위날에서 근육질의 청부 폭력배에게로 눈길을 돌렸다. 통나무 목은 그의 눈길을 맞받고는, 어깨를 으쓱했다. 그가 빙글 돌아 문을 나서는 것을 지켜보는 동안 닉의 뱃속에 불안감이 뱀처럼 똬리를 틀기 시작했다. 통나무 목은 딱히 소심해 보이지도, 선악의 경계가 보통 사람들과 같을 듯이 보이지도 않았다.

제기랄, 이건 전부 데이지 잘못이다. 그녀가 마땅히 자기 임무를 수행했더라면 그가 이렇게 귀신도 모를 일을 당할 처지가 되지는 않았을 텐데.

그가 거짓말을 해 왔다는 사실을 알았을 때 그녀의 눈에 떠올랐던 표정이 기억나자 그는 생각을 돌렸다. 아니, 그 자신의 잘못이다. 이번 주에 정말이지 멍청한 결정을 여러 번 내렸고, 그 중 하나는 더글러스가 대사직을 얻기 위해 저지를 짓의 한계를 과소평가했던 것이다. 바로 이런 상황으로부터 자신을 보호하기 위해 예방조치를 취해 놨어야 했는데.

"녀석의 손을 잡아."

J. 피츠제럴드가 납작 얼굴에게 명령했다.

안 돼! 내 손을 망가뜨릴 순 없어! 오장육부가 얼어붙는 것 같았다. 닉은 벌떡 일어나려 했으나 납작 얼굴에게 눌려 도로 주저앉았다. 닉을 자기 몸으로 짓누르며, 놈은 그의 양 손목을 잡아 앞으로 내밀었다.

닉은 주먹을 꽉 움켜쥐었다.

"손 펴."

더글러스가 말했다.

저 작자가 정신 나간 거 아냐?

"싫은데. 손은 내 생계수단이라."

이걸 데이지에게 써서 얼마나 많은 쾌락을 맛보았는지는 말할 나위도 없고.

J. 피츠제럴드는 번들거리는 굽어진 전문가용 전지가위 날을 닉의 오른손 힘줄에 내리쳤고, 그로 인한 신경의 저릿저릿한 비명에 손가락이 풀어졌다.

"카메라를 아무 데나 들이대기 전에 그 생각을 했어야지."

그는 닉의 검지를 움켜쥐고 바로 폈다. 그리고는 본래 양손으로 써야 할 도구를 다른 한 손으로 다루려 했다.

"여기 좀 도와줘, 오트리."

"미친 거 아뇨?"

닉은 빠져나가려 안간힘을 썼으나 역부족이었다. 망할! 왜 자신에게 무슨 일이 생기면 더글러스의 사진이 타블로이드나 그렉 아저씨에게 자동적으로 우송되도록 해 놓지 않았을까?

"사진은 어디 있나?"

더글러스가 다그쳤다.

"당장 말해, 아니면 손가락을 나뭇가지마냥 쳐낼 테니까."

납작 얼굴이 손가락을 잡아 고정시키고 J. 피츠제럴드가 아랫날을 그 아래 밀어넣고 위쪽 날을 내리게 하는 손잡이를 잡는 동안 닉의 마음은 소용돌이쳤다. 불어, 이 바보! 너무 늦기 전에 얘기하라고. 그가 입을 벌리려는 순간……

바로 그 순간 고함소리가 들렸다.

"손 놔, 더글러스. 아니면 그 자리에 뻗게 될 걸."

통로를 바라본 닉은 그녀가 양손 사격 자세로 서서 흔들림 없이 J. 피츠제럴드를 겨누고 있는 것을 보았다. 바로 그의 복수의 천사, 파란 군화, 엉망진창인 커트 머리, 그리고 그 모든 것. 그녀를 향한 사랑이 샴페인 거품처럼 혈관에서 터졌다. 그리고 그것이 그의 심장에서 터져나와 위기에 처한 손가락 끝까지 온기로 가득 채웠다.

J. 피츠제럴드는 전지가위 든 손을 떨구었다. 납작 얼굴은 그의 손을 놓았다.

그리고는 닉은 등에 맞닿은 놈의 몸이 오른손을 뒤로 가져가느라 움직이는 것을 느꼈다. 총을 잡으려 하는 줄 짐작하고 닉은 고함쳤다.

"블론디!"

그녀는 글록을 몇 인치 휙 돌렸고 닉은 납작 얼굴이 얼어붙는 것을 느꼈다.

"무기를 천천히 곱게 꺼내."

그녀는 폭력배에게 충고했다.

"방아쇠 당기는 손가락이 엄청 근질거리니까, 손을 내 눈에 보이는 곳에 두도록 권하겠어. 그리고 더글러스, 그 가위 닉에게 건네시지. 괜찮아?"

그녀가 그에게 물었다.

그녀는 그에게 눈길 한 번 제대로 주지 않았지만, 그는 마음쓰지 않았다. 그녀에겐 더 중요한 일이 있으니까. 그는 J. 피츠제럴드에게서 전지가위를 뺏으며 그녀에게 씨익 웃어 보이다가, 그 바람에 다친 입술이 당기자 움찔했다.

"지금은, 귀염둥이."

"아주 큰 실수를 저지르는 거야, 아가씨."

더글러스가 위엄 있게 말하고 데이지를 향해 한 발 내딛었다. 그러다 그녀가 쏘아보낸 표정에 그는 발을 내밀다 말고 우뚝 멈춰 섰다.

"아니, 댁이야말로 실수를 저지른 쪽이지. 난 위선자와 거짓말쟁이들에겐 아주 인내력이 약하고, 댁은 내가 재수 없게 맞닥뜨린 사람들 중에서 가장 최악이야. 그리고 난 거짓말의 명수들 몇몇과 아는 사이거든.”

닉은 그녀가 아직 완전히 마음을 풀지 않았다는 암시에 뜨끔했다. 하지만 지금 당장은 그저 여기서 빠져나가고 싶을 뿐이었다. 그는 납작 얼굴의 총을 챙겼다.

“더 모욕적인 소릴 해도 될라나.”

블론디는 더글러스에게 말하며, 납작 얼굴더러 그녀가 주의를 분산시키지 않고 둘 다 감시할 수 있는 곳에 서라고 손짓했다.

“댁은 딱히 괜찮은 상대도 아냐. 최소한 머리라도 있으면 존중하겠어. 그런데 너무 멍청해서 가만히 놔뒀으면 닉이 알아서 필름을 파기하리라는 것조차 못 깨달았잖아. 그리고 지하실 바닥이 그의 피로 범벅이 된 건 어떻게 설명할 계획이었고? 그를 불구로 만들어놓고 그가 경찰에 신고하지 않으리라 정말 믿은 건 아닐 텐데?”

더글러스는 악의가 가득한 눈으로 그녀를 노려보았다.

“아가씨 어조와 태도가 마음에 안 드는군.”

“하, 저런. 겁나서 어쩌지?”

그녀의 짙은 눈이 불꽃을 뿜어냈다.

“모르시는군. 안 그래요, 영감님? 댁은 여기서 올바른 태도의 권위자가 아니라고. 그리고 댁의 최근 행동을 고려하면, 도대체 어째서 그렇게 생각했나 몰라?”

“잘 들어, 이 쓸모 없는 계집년. 내가 누군지 알려⋯⋯.”

“범죄자지. 든든한 은행계좌와 스스로의 위치를 과대평가하는 폭력배일 뿐이야. 그러고 보니 생각이⋯⋯.”

그녀는 닉에게 자신의 휴대폰을 던졌다.

“경찰 불러. 이 광대를 있어야 할 자리인 감방에 집어넣어야지.”

“내 생각은 다른데.”

새로운 목소리가 와인 선반 뒤에서 울려 퍼졌고, 통나무 목이 시야에 들어섰다. 그의 손에 들린 총은 블론디를 겨누고 있었다.

제기랄! 데이지는 돌아서서 새로운 적을 마주했다. 변명할 여지가 없는 멍청이 짓이었다. 더글러스나 훈계하는 대신 당장 경찰에 전화부터 했어야 했는데.

"총 내려놔, 귀염둥이."

그녀가 순순히 따르자 남자는 씨익 웃었다.

"자, 이렇게 다시 만나는구만. 무기를 이쪽으로 보내. 옳지, 착하다. 아니, 그 이상 가까이 오진 마."

그는 그녀가 자기 쪽으로 다가서자 경고했다.

"네 쿵푸 기술을 아주 똑똑히 기억하거든. 꽤나 잘하던데."

"그래, 깡패 내던지기 기초반에서 우등생이었지."

"재밌는 계집애네. 입 한번 잘 돌아가는군, 안 그래?"

그녀는 어깨를 으쓱했다.

"입 밖으로 내는 말을 좀 조심하는 게 좋을 거야. 안 그러면 누가 이의를 제기할지도 모르니."

그녀는 하마터면 '와, 그렇게 어려운 말을 다' 하고 말할 뻔했지만 제때 자제했다. 통나무 목은 그녀에게 뽐내느라 완전히 경계하고 있지 않았다. 그렇기 때문에 괜히 그의 성미를 돋궈봐야 좋을 게 없었다.

"우와."

닉이 말했다.

"방금 들었어? 저런 어려운 말을 다 아네."

데이지는 웃음을 터뜨렸다가 인상을 썼고, 통나무 목은 닉에게로 휙 돌아섰다.

"너한테 말한 사람 아무도 없어, 기생오라비. 그러니 내가 너라면 제 일에나 신경 쓰⋯⋯."

데이지의 발이 총 든 손을 걷어차 무기가 휙 날아갔다. 그녀는 부츠에서 베레타를 뽑으려 몸을 숙였다. 하지만 통나무 목의 발끝이 그녀의 어깨에 빗맞아 비틀거리게 했다. 그는 그녀가 반쯤 돌았을 때 와락 껴안았다.

바닥에서 들어 올려져 통나무 목의 두꺼운 팔에 숨을 못 쉴 만큼
옥죄여지고 있던 그녀는 닉이 와인병을 선반에서 들어 납작 얼굴의
손목에 내리치는 것을 보았다. 놈이 바닥에서 집어 채던 그녀의 글
록이 도로 떨어졌다.

시야 가장자리에 검은 점이 밀려들기 시작했고, 데이지는 나이프
를 빼내어 어깨 너머로 통나무 목의 인후부에 대고 눌렀다.

"이런 놀라울 데가, 댁도 목이 다 있었네."

그가 얼어붙자 그녀는 씨근거렸다. 그의 팔이 느슨해지고 그녀는
긴급한 공기를 들이쉬었다. 그의 목에 칼날을 거꾸로 대고 있었음을
깨닫고 그 역시 알아채기 전에 얼른 뒤집었다.

"이제 나를 아주 얌전하고 부드럽게 내려줘, 그러면 목을 긋지는
않을 테니."

통나무 목이 그녀가 시킨 대로 하는 동안, 납작 얼굴이 닉이 쳐
낸 총을 향해 몸을 날렸다. 닉이 다시 와인병 한 방으로 그를 때려
눕혔다. 그는 발치의 의식불명인 폭력배에게서 눈을 떼 경이로워하
는 눈길로 손에 들린 병을 바라보았다.

"좋은 연도군."

그가 중얼거렸다.

데이지는 씩 웃고 통나무 목에게서 떨어져 빙글 돌았다. 나이프를
휘두르는 그녀의 표정은 다시금 위협적으로 진지했다.

그는 양손을 번쩍 치켜들었고 그녀는 그 긴 팔의 사정거리에서
물러났다. 시야 한구석에 순간 잊고 있던 J. 피츠제럴드가 얼핏 잡혔
다. 그는 뭔가 검은 것을 손에 들고 문으로 향하고 있었다. 총이라고
만 생각하고 베레타를 꺼내려 몸을 굽히는데 그가 흥분해서 떠드는
소리가 들렸다.

"여보세요, 경찰? 어서 누구 좀 보내요. 집에 도둑이 들었는데 무
장한 것 같소."

"아, 제길. 닉!"

그녀는 얼른 여기서 나가야 한다고 말하려 몸을 돌렸으나, 그도 분명히 들은 듯 벌써 그녀를 향해 성큼성큼 다가오고 있었다. 혼란스런 한순간 그가 아직도 와인병을 손에 들고 있는 걸 알아챘으며, 그녀는 바닥에서 글록을 잡아채고 함께 지하실 문으로 달렸다.

"영감이 내 생각보다 똑똑한 걸."

그녀는 닉이 자신을 담장 위로 받쳐 올리자 날렵하게 뛰어오르며 말했다.

"경찰이 우릴 보면 아마 먼저 쏘아대고 나중에서야 질문을 할 거야. 그가 우리보다 선수쳐서 전화했으니, 당신이 억지로 붙들려 왔다고 말해도 절대 안 믿을 걸."

그들은 차 앞에 급정지했고 그녀는 차 지붕을 손으로 내리쳤다.

"젠장! 이런 짓을 저지르고도 그가 빠져나갈 걸 생각하니 열불이 터져."

그녀가 열쇠를 찔러넣는 사이 은빛 달 위로 구름이 모여들기 시작하여, 그녀 맞은편의 닉을 식별 불가능한 그림자로 바꾸어놓았다.

"아마 감옥에는 가지 않겠지."

그는 차에 올라타며 수긍했다.

"하지만 호락호락 빠져나가지도 못할 걸."

그녀는 시동을 걸고 액셀러레이터를 밟아 해안 고속도로를 달렸다. 하지만 잠시 도로에서 눈길을 떼어 그에게 회의적으로 눈썹을 치켜올렸다.

"진담이야, 데이즈. 아마 내 집에 놈들을 보내 방해하려 할 테니, 제일 처음 보이는 모텔에 세워. 몇 시간 좀 자자. 그런 다음 애초에 했어야 했던 일을 할 거야."

25

토요일.

데이지는 상원의원과의 대화를 청하는 닉의 목소리를 듣고 일어났다. 실눈으로 모텔 협탁 위 시계를 보니 6시 15분이었다.

하품하며 베개를 침대 머리판에 밀어붙이고, 몸을 일으켜 기댔다. 방이 서늘해서 이불 속에서 한 손을 꺼내 바로 몇 시간 전에 벗은 핑크색 카디건으로 손을 뻗었다.

"네, 물론 의원님께선 무척 바쁘시겠지요."

닉은 최고의 학교에서 매너 교육을 받은 이성적인 어조로 말했다.

"하지만 그래도 니콜라스 콜트레인이 전화했는데 상당히 긴급한 일이라고 좀 전해 주시겠습니까?"

그는 그녀에게 등을 돌린 채, 검은 실크 사각팬티 바람으로 침대 끝에 걸터앉아 있었다. 수화기를 귀와 한쪽 어깨 사이에 받치고, 근육통을 풀기 위해 학대받은 반대쪽 팔을 천천히 돌렸다.

데이지는 느린 움직임에 따라 뭉쳐지고 펴지는 그의 오목하게 패인 척추 주변의 근육을 눈으로 따라갔다. 그러고 싶지 않았지만 어

젯밤 그가 여분의 침대를 무시하고 그녀 침대로 기어들었던 때의 느
낌이 떠올랐다.

　마치 당연히 그럴 권리라도 있는 양 그녀 뒤로 파고들더니, 그녀
의 허리에 한 팔을 척 감고 끌어당겼다. 그런 후 그녀가 도대체 무
슨 수작이냐고 다그치기 위해 숨을 들이쉬기도 전에, 그는 즉시 깊
은 잠에 빠져들어 버렸다.

　"그렉 아저씨!"

　팔을 내리고 닉이 몸을 바로했다.

　"워싱턴에 계신데 폐를 끼쳐 죄송합니다. 하지만 여기 문제가 좀
생겼는데 아저씨 도움이 필요해서요."

　데이지는 그가 간결하게 지난주의 사건들을 나열하는 것을 들었
다. 그가 생략한 부분은 모의 금전 문제와 그녀를 구하기 위해 J. 피
츠제럴드의 사진을 타블로이드에 팔려다 관둔 계획이었다.

　"제 말이 그 말입니다!"

　그가 외쳤다.

　"모두들 다 아는 사실이죠. 그런데 그 사람은 그러거나 말거나 저
를 해치려고 혈안이 되어 있고, 솔직히 이제 필름 파기는 선택할 수
있는 대안이 아닙니다. 그의 전지가위에서 허둥지둥 벗어나고 나니,
그가 대중에게 보이지 않는 일면이 영 으스스하다는 점을 말씀드리
지 않을 수가 없어요. 그 대사직 임명을 중단했으면 싶군요. 제가 아
직 자기 앞길을 망쳐놓을 가능성이 있는 동안엔 물러나지 않을 듯한
데, 남은 평생 연신 뒤를 돌아보면서 살아야 한다면 그게 사는 겁니
까? 그러니 혹시 임명을 무효화하는 쪽으로 알아보실 수 있다면, 제
계획은 이렇습니다……."

　그는 몇 분 후 전화를 끊고 자리에서 일어났다. 길게 뻗은 몸을
주욱 뻗고 상체를 옆으로, 그리고 나서 반대쪽으로 굽혔다. 오른쪽
으로 몸을 돌리다 시야에 그녀가 들어오자 그는 팔꿈치를 올리고 몸
을 비틀다 말고 우뚝 굳어졌다.

그리고는 느릿한, 따스한 미소로 입매가 올라가더니 몸을 돌려 그
녀를 제대로 마주했다.

"좋은 아침. 나 때문에 깼어?"

그녀는 고개를 저었다.

"통화하는 소리를 듣긴 했지만 어쨌든 일어나던 참이었는 걸."

돌연 어젯밤의 모험으로 약간 부푼 그의 아랫입술을 탐색하고픈
욕망이 미친 듯이 치솟았다. 손가락이 근질거려 죽을 지경이었다.
무심결에 그의 다친 입을 만지려 손이 올라가기 시작하자, 그녀는
굳은 의지로 다시 무릎 위로 손을 가져와 제멋대로 굴지 못하게 깍
지를 꼈다.

"상태는 좀 어때?"

"뻐근해."

"응, 나도 좀 뻐근하네."

그의 눈이 내리 깔렸다.

"아, 하지만 우리가 같은 종류의 뻐근함을 얘기하는 건지 의심스
러운데, 예쁜이."

그녀는 다리 사이에 움찔 저릿함을 느꼈고, 자동적으로 눈길이 그
의 변화하는 실크 사각팬티로 내려갔다.

그리곤 그런 뻔한 수작에 넘어가는 자신을 마음속으로 걷어찼다.
제 흥에 겨워 반짝거리는 그의 눈을 경멸을 담아 마주했다.

"당신은 너무 웃겨서 뭐라 표현할 말이 없다니까, 콜트레인."

"이봐, 난 내 발기상태를 꽤 진지하게 받아들이고 있다고."

그녀는 입술을 삐죽 말아 보였다.

"그럼 지금껏 당신이 무슨 일이건 이룬 게 기적이네—보아하니
그게 당신에겐 자연스런 상태 같던 걸. 자, 실례 좀 해도 된다면,"

이불을 걷어 젖히고 침대에서 일어나며 말했다.

"난 따분하고 평범하기 짝이 없는 내 뻐근함을 뜨거운 목욕으로
풀어야겠어."

닉은 옆을 지나치려는 그녀의 손목을 잡아챘다. 그녀를 바다에서 들어올려, 등을 껴안고 목과 어깨가 만나는 민감한 부위에 입술을 묻었다.

"그래, 내 어깨도 좀 뻐근해."

그가 웅얼거렸다.

"하지만 기운 내, 블론디. 이제 만사가 다 잘 풀려갈 거란 예감이 들어."

그녀는 팔꿈치로 그의 복부를 콱 찍었지만, 비록 그가 신음하기는 했어도 과연 아프기나 할지 의심스러웠다. 꼭 무슨 벽에 부딪친 느낌이었다.

하지만 그녀를 바닥에 내려놓긴 했다.

그녀는 몸을 돌려 그를 마주했다.

"콜트레인, 매력을 조금 반짝해 보인다고 우리 사이의 모든 일이 척척 풀려가리라 생각한다면, 큰 착각이야. 내가 어젯밤 당신을 쫓아간 이유는 딱 하나뿐이야, 계약서에 서명했으니까."

"거짓말쟁이."

"당신이야 당연히 그렇게 생각하고 싶겠지."

깨끗한 속옷을 챙기려 수트케이스로 갔다가, 욕실을 향해 돌아서 보니 닉이 중간에 서 있었다.

"모가 자기 고객의 위탁계좌에서 돈을 빌렸어."

강렬한 눈으로 그녀를 내려다보며 그가 말했다.

"멍청하고 범죄가 될 짓이지만, 이익을 노리고 그런 건 아냐. 왜 그랬는지 이유를 전부 알진 못해도 누군가 곤경에 처한 사람을 돕겠다고 그랬다는 것은 내가 보증할 수 있어. 타블로이드에 대한 네 감정이 어떤지 알아, 블론디. 하지만 다시 그런 상황에 처한다며 난 또 그렇게 할 거야. 그저 바라만 보고 있다가 내 여동생을 감옥에 보낼 수는 없으니까."

이유가 뭐든 상관없기를 바랐으나 없을 수가 없었다. 이용당한 기분이 되어, 계속 틀어져 있고 싶었다. 하지만 고개를 끄덕이고 옷을 가슴에 안은 채 그를 비잉 돌아갔다.

"넌 나를 용서할 거야, 너도 알지."

그는 자신 있게 말했다.

욕실 문가에 멈춰 서서 그를 어깨 너머로 돌아보며, 그녀는 그가 자신의 마음을 산산조각 내었던 그 모든 때를 떠올렸다.

"어쩌면."

"용서하게 될 거야."

그는 뻔뻔하게 씨익 웃으며 말했다.

"왜냐하면 나를 사랑하고, 난 재미있는 남자니까 너 스스로도 어쩔 수가 없을 걸."

"푸."

하지만 배반자 같은 심장은 그가 틀렸다고 자신 있게 말하지 못했다. 그리고 그들 사이에 있었던 모든 일들을 고려하면 너무나 겁이 났다.

"넌 나를 사랑해, 컵케이크."

욕실 문을 닫고 욕조 수도를 틀기 위해 몸을 숙이는 그녀에게 그의 목소리가 들려왔다.

"무슨 일이 있어도 네가 인정하도록 만들 거야."

얼마 후 차를 몰아 집으로 돌아가면서, 닉은 그걸 달성하기 위한 갖가지 방법을 궁리했다. 가능하다는 건 알고 있었다.

블론디에게는 정직이 큰 의미가 있는데다 그녀가 자신을 사랑한다는 걸 99퍼센트까지 확신하니까.

하지만 쉽지 않으리라는 것 또한 익히 알고 있었다—틀림없이 데이지는 신이 이 아름다운 녹색별에 내린 가장 고집 센 여자일 거다. 그는 그 묘사에 대한 그녀의 반응을 상상하며 쓴웃음을 지었다.

그에겐 다행스럽게도 그녀는 독심술 능력자가 아니었다.

"여기서 꿔어."

집까지 한 블록 남았을 때 데이지가 갑자기 말했다.

닉은 이유를 묻지 않았다. 그저 차를 꺾었다. 그녀가 차를 세울 장소를 찾아 주차하라고 지시했을 때도 군소리하지 않았다. 이런 액션극이 되면 그녀가 보스인 것이다.

몇 분 후 그녀를 따라 저택 뒤쪽의 담장을 넘으면서 그는 다시 생각하게 되었다. 그녀와 더글러스의 부하들을 겪고 나니, 그의 턱시도는 이제 옛날 꼴을 되찾기는 힘들어 보였다—그 자신은 말할 것도 없고.

그의 앞에서 데이지가 마당으로 뛰어내렸다. 그녀가 앞길을 막은 나뭇가지를 붙잡아 치웠다가 놓자 그게 휙 제자리로 돌아가며 그를 찰싹 때렸다.

그는 맨가슴에 벌겋게 부어오르는 자리를 문질렀다. 젠장, 아프잖아. 타잔과 제인 놀이를 하게 될 줄 진작에 알았다면, 그 빌어먹을 셔츠 단추를 주머니에 집어넣는 대신 다 채우고 왔을 텐데.

하지만 데이지의 소리 죽인 발걸음을 따라 계단을 올라가다 문이 조금 열려 있는 것을 보자 그런 것은 다 잊었다. 그녀가 조심스레 입 앞에 집게손가락을 세워 보이곤 청바지 뒤에서 총을 뽑더니, 집 안을 가리켰다.

그는 고개를 끄덕이고 그녀가 부츠에서 빼낸 베레타를 받아들어 낯선 무게에 익숙해지려 애쓰며 그녀의 뒤를 따라 복도를 살금살금 지나갔다.

거실에 들어간 그들은 집안을 뒤지고 있는 납작 얼굴과 통나무 목을 발견했다.

데이지는 글록을 두 놈에게 겨누었다.

"꼼짝 마! 숨도 크게 쉬지 말고."

"아, 망할."

통나무 목이 납작 얼굴의 "씨팔!"과 완전히 호흡을 맞추어 말했다.

"딱 내 기분이네."

데이지가 동의했다.

"총을 바닥에 떨구고 이쪽으로 차 보내. 정말이지 이젠 피곤해. 그리고 여기 콜트레인 씨는 아마 당신 둘이 집을 엉망으로 만들어놓는 일에 지긋지긋해할 테고. 부츠 속의 무기도 넘겨."

납작 얼굴과 통나무 목이 무슨 말인지 모르는 척하려 들자, 그녀는 성마르게 손가락을 굽혀 '어서, 어서' 하라는 시늉을 했다.

"차라리 애를 속여라. 이젠 당신들이 얼마나 많은 무기를 지니고 다니는지 다 알아."

그녀는 눈길을 더글러스의 청부 폭력배들에게서 흘끗 닉에게 주었다.

"경찰 불러."

닉은 몇 분 후 전화를 끊은 다음, 데이지가 시킨 대로 소파에 나란히 앉아 있는 두 일당을 쳐다보았다.

"더글러스가 당신들한테 후하게 지불했기를 바라."

그들이 부루퉁한 눈으로 올려다보자 닉은 그렇게 말했다.

"그를 위해 아주 옴팡 뒤집어쓰게 될 테니. 나라면 원래 마땅히 비난받아야 할 당신들을 고용한 사람에게 몽땅 떠넘겨 내 앞가림부터 하고 보겠어."

납작 얼굴이 그를 향해 눈을 가늘게 떴다.

"무슨 소린지 도무지 모르겠는 걸."

그는 어깨를 으쓱했다.

"이봐, 댁들이 교도소에 있는 작자들과 샤워실 춤을 추고 싶다 한들 나야 전혀 상관없어."

그리고는 데이지의 목덜미를 감싸 가볍게 주물렀다.

"잘했어, 블론디. 넌 경호 전문가들의 여왕이라니까."

그녀의 미소에 그의 심장은 멈출 것만 같았다. 그녀를 덥석 안아 올려 미치도록 키스하고 싶었다. 품으로 끌어당겨 온몸이 으스러져라 안아주고 싶었다. 이 상황에서 적절치 못할 이런저런 행동을 해 보고 싶었다.

"그럼."

그는 목청을 가다듬었다.

"여기, 어, 도움이 필요해?"

"난 여왕이잖아, 기억하지? 내가 다 제압하고 있어."

"그렇다면 난 옷 좀 갈아입으러 갔다가 눈 깜빡할 새 나올게."

그보다 아주 많이 걸리진 않았으나, 그가 셔츠 단추를 채우며 침실에서 나왔을 무렵엔 경찰들이 도착해서 데이지의 진술을 받기에 바빴다.

그는 그녀가 권총 소지 허가증과 주(州) 면허증을 제시하는 것을 지켜보았다. 경찰 중 한 명이 빠져나와 그를 맞았다.

"콜트레인 씨?"

그의 끄덕임에 여자 순찰경관이 말했다.

"좀더 조용한 곳으로 가죠. 몇 가지만 여쭤보면 됩니다."

부엌 바에 앉아서 그는 주거침입 건 그리고 납작 얼굴과 통나무목이 주초에 그의 차고에 침입하고 데이지를 총으로 겨누었던 두 남자와 동일인물임을 이야기했다.

마침내 질문이 모두 끝나고 경찰들은 두 폭력배를 수갑 채워 데리고 갔다.

데이지는 경찰들이 떠나는 바로 그 순간 그에게로 돌아섰다.

"왜 더글러스에 대해 말하지 않았어?"

"한번 데이고 나니 조심스러워져서, 귀염둥이. 수요일에 왔던 경관에게 더글러스가 배후에 있다고 말했는데, 그 멍청이가 내 말은 한 마디도 안 믿더라고. 그리고 내가 뭐 증거가 있는 것도 아니고."

"최소한 시도는 해 볼 수 있잖아."

"제기랄, 데이지. 난 맨땅에 머리 박기에 지쳤어. 하지만 그렉 아저씨에게 말씀드렸던 건 할 수 있지."

그는 책상을 뒤져 편지지 세트를 꺼내어 자리에 앉아 편지를 썼다. 세 번의 시도 끝에 마친 결과물을 흔들어 잉크를 말리고, 마닐라 봉투에 넣었다.

타블로이드 입찰가도 적어 봉투에 같이 넣고는, 블론디를 넘겨다보았다. 그녀가 하품하고 있는 모습이 잡혔다.

데이지는 뒤늦게 입을 가렸다. 닉은 한쪽 입끝을 올린 미소를 띠고 그녀를 쳐다보고 있었고, 그녀는 놀림을 들을 각오를 했다.

허나 그는 너그러운 기분이었든지, 그냥 이렇게 말했을 뿐이었다.

"무기 챙겨, 컵케이크. 피부미용을 위한 수면은 이따가 보충할 수 있을 거야."

그는 그녀의 심장을 마구 고동치게 하는 위험스런 미소를 씨익 지었다.

"더글러스를 감옥에 집어넣지 못할 수는 있어도, 그를 우리 등짝에서 떼어놓을 대책은 분명 있지."

우리 등짝. '그의'가 아니라 '우리'. 그녀는 그걸 곰곰이 되새기며 그를 따라 차고로 내려갔다. 그는 구석의 냉동고를 향했다. 뚜껑을 열고 아이스크림 몇 통과 포장육을 옮겨 플라스틱 통을 꺼냈다. 그리고 뚜껑을 열어 알아볼 수 없는 얼어붙은 식품 덩어리를 밀어내고 바닥으로 손을 넣어 비닐에 싸인 납작한 것을 꺼냈다. 그런 후 두꺼운 검은 비닐에서 물기를 닦아내고 조심스레 벗겨냈다.

닉은 사진 한 뭉치에서 몇 개를 골라내고는, 나머지를 다시 싸서 통에 도로 넣었다.

"자."

그는 사진들을 그녀의 손에 밀어넣고는 얼어붙은 덩어리를 도로 통에 넣으려 손을 뻗었다.

"이 난리가 다 뭐 때문인지 보고 싶어?"

"내가 벌거벗은 J. 피츠제럴드의 모습을 소화할 수 있을지 자신이 없는데."

그녀는 솔직히 말했다. 하지만 무엇이 이렇게나 많은 소란을 일으켰는지 보고 싶은 충동이 너무나 컸기에 천천히 사진을 넘겼다.

사실 찍힌 건 두 장뿐이었다—나머지는 복사본. 그녀는 그 사진들을 들여다보고는, 도로 그에게 넘겼다.

"당신 실력 좋네."

그녀는 인상을 구기고 거북하게 몸을 뒤틀었다.

"이 경우엔 좀 지나치게 좋아. 우엑."

그는 그녀를 향해 씩 웃고는 사진을 마닐라 봉투에 같이 넣었다. 그리고는 그녀의 손을 잡았다.

"가자, 컵케이크. 이걸 어떻게 처리하고 싶은 건지 가면서 죄다 계획을 들려줄게."

잠시 후 닉은 해변에 있는 J. 피츠제럴드의 저택 정문 앞에 차를 세웠다. 데이지를 돌아보았다가 그녀가 자신을 쳐다보고 있음을 본 그의 눈썹이 치켜 올라갔다.

"이젠 어떻게?"

그녀가 다그쳤다.

"벨을 울려 들여보내 달라고 해, 아니면 대문을 밀어붙여?"

"벨을 울리고—자, 나한테 성깔 부리진 마—그래야만 한다면 머리를 내밀어야지."

그녀는 그를 코끝 아래로 내려다보았다.

"성깔이라. 당신 진짜 웃겨, 콜트레인."

그는 씨익 웃었다. 어쩔 수가 없었다—거만 떨고 있을 때의 그녀는 정말이지 빌어먹게 귀여웠다. 그녀를 좀더 밀어붙일 시간이 있으면 좋겠지만, 나중으로 미룰 수밖에. 그는 차창을 내리고 문기둥의 버튼을 눌렀다.

스피커가 끽끽거렸다.

"네?"

"니콜라스 콜트레인이 더글러스 씨를 뵙고자 합니다."

"죄송합니다, 더글러스 씨는 지금 손님을 뵐 수가…… 네?"

누군가 안에 있는 다른 사람과 얘기하기 위해 몸을 돌린 듯 목소리가 멀어졌다.

"니콜라스 콜트레인 씨라는데요. 더글러스 씨, 괜찮으세요?"

알아듣기엔 너무 먼 낮은 중얼거림이 대꾸하고, 여자가 말했다.

"네, 물론이죠."

그녀의 목소리가 다시 볼륨을 되찾았다.

"안으로 들어오세요, 콜트레인 씨."

연결이 끊기고 대문이 서서히 열렸다.

데이지는 그를 마주하고 시트 위로 무릎을 끌어올렸다.

"자, 단지 짐작이긴 하지만, 당신이 자기 집 앞에 와 있다는 데 그가 좀 놀랐다는 느낌을 받지 않았어?"

"그렇게 들리더군."

그의 귀에는 꿀보다 더 달콤하게 들리는 나직한 웃음소리가 그녀의 목에서 울렸다.

"잘됐다."

몇 분 후 그들은 검은 정식 유니폼과 하얀 앞치마 차림의 여자에 의해 서재로 안내받았다.

J. 피츠제럴드는 거대한 책상 뒤의 호화스런 의자에 편히 앉아 있었지만 얼굴은 창백했다.

그들이 들어와도 자리에 앉은 채 있다가, 가정부가 나가자마자 다 그쳤다.

"오트리와 제이콥슨은 어디 있나, 콜트레인?"

"교도소에서 나불나불 불고 있겠죠, 내 상상으론."

더글러스는 욕설을 중얼거리고 전화기로 손을 뻗었다.

"돈으로 고용할 수 있는 최고의 변호사를 붙일 거야."

그는 수화기를 잡아챘지만, 닉이 책상 위로 몸을 굽혀 통화를 끊어버렸다.

"내 전화기에서 손 떼."

더글러스가 분명 즉각적인 복종에 익숙한 권위적인 어조로 말했다.

덫에 걸린 곰마냥 속이 끓어올랐지만, 닉은 굳게 억눌렀다. 마닐라 봉투 안에 손을 넣어 사진 한 장을 꺼내 J. 피츠제럴드 앞의 책상에 떨구었다.

남자는 그걸 잡아채 응시했다. 안색이 더욱 창백해졌다. 하지만 턱을 반항적으로 치켜들고 사진을 둘로 쫙 찢어버렸다.

닉은 어깨를 으쓱하고 찢어진 것 대신 새로 두 장을 재킷 주머니에서 꺼내 책상에 던졌다. J. 피츠제럴드는 사진들을 집어들어 황급히 살펴보고는, 그것들도 찢었다.

데이지는 핸드백을 열어 세 장의 새 사진을 꺼냈다. 아무 말 없이 한 장 한 장 나란히 더글러스 앞 책상에 놓았다. 그는 그것들을 끌어모아 눈길 한번 주지 않은 채 역시 찢기 시작했다.

하지만 겨우 일 센티미터 찢다가 그만 두고 도로 책상에 놓았다.

닉은 고개를 끄덕였다.

"메시지를 알아듣기 시작하셨군."

그는 타블로이드에서 온 입찰가 뭉치를 책상에 던졌다.

그걸 읽어나가는 J. 피츠제럴드의 안색은 위험하리만치 벌개져갔다. 그는 닉을 올려다보았다.

"뭘 원하나, 콜트레인?"

"처음부터 원했던 거요. 그냥 좀 가만히 내버려두는 것."

그는 아까 썼던 편지를 마닐라 봉투에서 꺼내 내던져진 사진과 타블로이드 입찰가 위에 놓았다.

더글러스가 독서용 안경을 집어들어 지난 한 주간의 사건을 기록한 공식문서를 읽을 때까지 기다렸다.

그리고는 닉은 광낸 책상에 주먹을 짚고 몸을 숙여 더글러스를 내려다보며 말했다.

"이 복사본 몇 장과, 방금 보여준 사진들을 봉인된 봉투에 넣어 영향력 있는 지인에게 부쳤지. 만약 정한 날짜까지 내게서 아무 소식을 못 들으면, 봉투 하나는 경찰에 나머지는 쓰레기들에게 부치라고 지시했죠. 당신이 방금 직접 봤다시피 뭐든 내가 넘겨주겠다면 보지도 않고 기꺼이 입찰가를 불러대는 타블로이드 신문들에."

그는 더욱 몸을 굽혀 J. 피츠제럴드의 면전에 얼굴을 들이댔다.

"나와 내 걸 가만히 내버려두라 이거요. 내가 사랑하는 사람들은 고사하고 그들 차에 자국 하나라도 생기면, 당신이 배후에 있다고 짐작할 거요. 그리고 복사본들을 경찰과 타블로이드에 초특급으로 넘겨버리고. 난 이 짓거리엔 신물이 나고, 충분히 경고했어. 내가 아끼는 사람들에게 아무 일도 벌어지지 않게 살피는 걸 당신 의무로 알라고."

그는 몸을 바로했다.

"가자, 데이즈."

그녀의 손을 잡고 그는 문으로 향했다.

그들 뒤 책상 위 전화기가 울렸고 그는 J. 피츠제럴드가 냉큼 받아드는 소리를 들었다.

"방해하지 말랬잖나, 잉그리드."

그는 딱딱거렸지만 이내 부스럭 소리와 갑작스런 기대감이 실내에 떠돌아 닉이 어깨 너머로 돌아보았다.

더글러스가 벌떡 몸을 꼿꼿이 세우고 손은 이미 흠 하나 없는 넥타이 매듭을 고치고 있었다.

"뭐? 슬레이터 상원의원? 그래, 그래, 연결하라고!"

닉과 데이지는 짧은 눈길을 교환했지만, 사무실에서 나와 문을 닫을 때까지 둘 다 아무 말도 하지 않았다.

"상원의원님이 소식을 알리실까?"

데이지가 물었다.

닉은 그녀의 부드러운 입가를 빙긋 올리고 있는 미소와 똑같은 것이 자신에게도 떠올라 있다는 데 한 재산 걸 수도 있었다.
"그래."
그의 어깨가 움찔했다.
"아무래도 오늘은 더글러스의 날이 아니라는 감이 딱 오는 걸."

26

일단 닉의 집으로 돌아오고 나자 데이지는 무엇을 해야 할지 도무지 알 수가 없었다. 더글러스의 위협을 무력화했다는 들뜸은 스러져가고, 그녀의 일은 끝났으며 닉의 사랑 선언을 믿는 것이 죽을 만큼 무서웠다.

그래서 짐 싸기에 들어갔다. 물건들을 챙기기 시작할 때까지 자신이 여기서 얼마나 편안했었는지 깨닫지 못했다. 그녀의 소지품들이 집안 곳곳에 널려 있었다.

햇살 한 줄기가 밖의 침침한 늦은 아침 하늘을 뚫고 나왔다. 가슴에 근육질의 팔을 팔짱끼고 창틀에 기대 그녀를 지켜보고 있는 닉의 갈색 머리칼이 창살 창문에 굴절된 빛으로 인해 붉은 구릿빛으로 보였다.

"그럼, 결국 이런 거냐?"

그녀가 그의 눈길을 마주하는 실수를 저질렀을 때 그가 다그쳤다.

"그냥 도망가겠다?"

그의 입가에 실린 경멸감이 그녀의 심장 한복판을 쿡 찔렀다.

"우습군, 널 겁쟁이라고 여겨 본 적은 없었는데."

그녀의 등이 꼿꼿이 펴졌다. 내심으로 비겁함을 인정하는 것과는 별개의 문제다. 그녀의 면전에 그런 말을 내던질 건 없지 않는가. 하지만 그걸 부정해서 거짓말쟁이가 될 수는 없었다.

"아, 그래. 난 무서워—안 그런다면 멍청이게! 전에 당신의 소중한 보살핌에 나를 맡겼을 때를 아직도 떠올릴 수 있다고, 콜트레인. 난 모든 것을 줬고, 당신도 날 사랑한다고 말했었어, 기억나? 그런데 당신은 떠났잖아."

그는 대꾸하려 입을 벌렸지만, 그녀가 연달아 쏘아붙였다.

"자기가 원하던 걸 손에 넣고 나자, 손바닥 뒤집듯 말이 바뀌던 걸. 뭐라고 했더라—사람들은 희열의 순간엔 무슨 말이든 하는 법이고, 나더러 어른이 되야 한다고?"

"난 바보였어."

"아니, 애초에 당신을 믿은 내가 바보였지."

"어째서 이 이야기가 나온 거지, 데이지? 진작에 해결을 봤다고 생각했는데."

"흠, 그랬다면 당신에겐 분명 아주 편리하겠네, 안 그래?"

"편리해?"

돌연 그가 우뚝 다가섰다. 그의 눈에서는 푸른 불길이 뿜어져 나오자 그녀는 주춤주춤 물러섰다. 그가 한 걸음 한 걸음 그녀를 쫓아 어느새 그녀의 엉덩이가 소파 뒤쪽에 닿았다. 데이지는 몸을 지탱하려 등받이를 움켜쥐고, 그를 향해 턱을 불쑥 치켜들었다. 그도 곧장 그녀에게로 얼굴을 들이댔고, 갑자기 둘의 코가 거의 맞닿았다.

"내 한 마디 하지, 블론디."

그가 악문 잇새로 으르렁거렸다.

"너를 사랑하는 것에서 '편리한' 점이라곤 단 하나도 없어. 넌 성질머리 급하고 온몸을 무기로 도배한 고집쟁이야. 내가 조금이라도 똑똑했다면 최대한 멀리멀리 도망갔을 거라구."

"아무도 당신더러 똑똑하다고 했을 리가 없지. 지금만 봐도 나한 테 이렇게 적극적으로 나오고 있잖아."

하나님 맙소사, 도대체 어디서 이런 말이 나온 거야? 어째 영…… 인정하는 것처럼 들리잖아.

"그건 분명한 진실이지, 파커. 그러니 허세로 날 떨쳐낼 수 있다는 생각 따윈 관둬."

불현듯 그의 자세에서 공격적인 기세가 사라지고 그는 부드럽게 그녀의 뺨에서 호전적으로 내민 턱까지 쓸어 내렸다.

"네 순결을 가져갔던 그날 밤 나는 무서워서 도망쳤어, 데이즈. 하 지만 이제 나는 그때의 겁에 질린 어린애가 아냐. 어른이 되었고, 더 이상 내 감정을 두려워하지 않아. 사랑해. 우리 결혼하자."

"뭐?"

지금껏 알지 못했던 기쁨이 가슴에서 폭발했고, 그녀는 너무 행복 해서 덜컥 겁이 났다. 데이지는 닉을 확 밀어젖혔다.

"미쳤어?"

"사랑에 미쳤지."

"아니, 그냥 미쳤냐고! 잘될 리가 만무해. 당신 아버지를 봐, 우리 엄마를 보라고."

"그분들이야 그분들이지. 너와 내가 그분들의 실수를 따라해야 한 다고 누가 그래? 모두들 각자의 선택이 있기 마련이고, 우리는 완전 히 다른 선택을 할 수 있어. 살다가 힘들어지면 그래서 싸우게 된다 면 우린 우리의 결혼생활을 지키기 위해 노력할 거고, 또한 해결해 나갈 수 있다고. 처음 일이 꼬이자마자 항복하고 헤어지는 대신에 말야."

"이론상으로야 그렇지."

그녀는 등을 바로 폈다.

"하지만 절대 잘되지 않을 거야."

"돼. 제기랄, 된다고. 우리가 정말로 노력한다면 말야."

그는 고개를 숙여 그녀의 입술에 가볍게 입맞췄다.

"사랑해, 데이지."

"우린 서로 너무 달라."

그는 다시 키스했다. 더 깊이, 느긋하게. 그리고는 고개를 들고 말했다.

"중요한 부분에서는 아니지, 다르지 않아. 널 사랑해."

그는 고개를 숙여 한 번 더 키스했고, 이번엔 그녀도 그의 목에 팔을 감고 전부를 다해 그에게 마주 키스할 수밖에 없었다. 잠시 후 입을 떼고 그녀가 말했다.

"당신은 나한테 거짓말을 했어."

"다시는 그러지 않겠다고 맹세할게."

그의 눈을 들여다보며, 그녀는 그를 믿었다. 그래도…….

"그렇다 해도 우린 서로 달라. 모든 면에서, 닉."

"개소리."

"개소리가 아냐, 사실이 그런 걸."

"어디 예를 하나 들어봐."

"좋아. 잠깐 내가 당신과 결혼한다고 말했다 쳐봐. 어떤 식의 결혼식을 치르느냐조차 합의를 보지 못할 걸."

"뭐, 내가 요란뻑적지근한 사교계의 일대 행사라도 치르자고 주장할 줄 알았어? 네가 그냥 치안판사한테 가서 결혼하는 걸 원한다면, 그렇게 하……."

"익! 난 딱딱한 공공 사무실에서의 결혼은 싫어."

"그럼 뭘 원해?"

"글쎄, 뭔가 친밀하고 따스한. 진짜로 사락사락거리는 웨딩드레스 스치는 소리를 들을 수 있는 곳에서 하고 싶어."

"진심이야?"

그의 다정한 미소에 그녀의 무릎이 크림치즈처럼 흐물거렸다.

"내가 전혀 예상하지 못했던 방향인데."

"왜? 여자다운 여자가 아니라고 해서 한두 번 신부잡지를 들춰보거나…… 그 근사한 드레스들을 입고 멋지게 교회를 걸어 들어가는 꿈을 꾸지 않은 건 아냐."

그리고는 밀릴까 두려워 일제사격을 퍼부었다.

"그리고 물론 레기와 친구들이 없는 내 결혼식이란 절대 있을 수 없다구."

닉은 그녀를 향해 눈을 가늘게 떴다.

"짐작컨대 베니는 신부 들러리 드레스를 입겠다고 주장하겠지."

"그럼."

결혼식은 날아갔다. 친구들을 끌어대면 닉의 입에서 결혼 얘기가 쏙 들어갈 줄 진작 알고 있었다—그런데 왜 내가 옳았다는 승리감이 안 느껴질까? 그래도 만약 그가 날 있는 그대로 받아들일 수 없다면……

"난 괜찮아. 하지만 베니가 새 구두를 사지 않으면 취소야. 그가 신고 다니는 하이힐은 망신감이라고."

그녀는 입이 떡 벌어지는 것을 느끼고 탁 다물었다.

"미쳤어? 자기 결혼식에 여장남자를 부른 걸 샌프란시스코 상류사회가 알면 당신 일거리의 절반은 날아갈 텐데!"

닉은 어깨를 으쓱했다.

"이봐, 베티 미들러가 주류로 뜨기 전에 말했듯이, '농담도 못 받아들이는 작자들은 무시해.'"

그는 그녀의 허리를 잡아 소파 등받이에 올리고, 다리를 벌리게 해서 그 사이에 들어섰다.

"내 커리어에 도움이 되라고 너와 결혼하는 게 아냐."

"장난하지 마!"

"…우리가 함께 한 이후로 내 삶이 훨씬 더 많은 행복으로 넘쳐났기 때문에 너와 결혼하는 거지. 사랑해, 컵케이크. 날 사랑하니?"

그녀는 부정하고 싶었다. 앞으로 올 아픔에서 스스로를 지키고 싶었다. 하지만 그럴 수가 없었다.

"그래."

그의 미소는 눈부시도록 환했고 그는 그녀에게 진하게 키스했다.

"중요한 건 그것뿐이야. 우리 결혼식은 우리 일이지 다른 누구의 일이 아니라고. 네가 베니를 하객으로 부르고 싶으면 그럼 되지."

"난 정말 겁이 나, 닉."

"아, 그러지 마."

그는 그녀를 달래며 그녀의 이마와 콧날, 입술에 입맞췄다. 그리고는 뒤로 물러나 삐죽삐죽한 머리 몇 가닥을 자기 마음에 드는 모양으로 고쳤다.

"겁내지 마. 난 무척이나 이러길 원해, 블론디."

"집안 사정이 우리 같은 사람들에겐 너무나 큰 짐인 걸."

"그래, 그렇지. 하지만 우린 강인하잖아. 삶이 우리 앞길에 무엇을 던지든 헤쳐나갈 수 있어. 게다가 우리에겐 비밀무기가 있다고."

"오, 그래? 그게 뭔데?"

"네 고집 센 성격. 솔직히 인정해, 블론디. 넌 일단 이건 될 거라고 마음을 정하면, 고집이 세서 뒤로 물러서질 않잖아."

그녀의 얼굴에 반짝 스친 미소는 가슴에서 피어나는 순수한 행복에 비하면 희미한 모조품이었다.

"오, 세상에. 맞아."

그녀가 너무나 세게 키스하는 바람에 그들은 소파 등받이를 넘어 쿠션 위로 쓰러졌다.

"사랑해, 니콜라스 콜트레인. 오직 당신만이 내 최악의 성격을 장점으로 바꿔놓을 수 있을 거야."

그는 그녀의 가슴 사이 핑크 카디건을 여미는 리본을 잡아당겼다.

"이게 천생연분이 아니면 뭐겠어?"

"바로 그렇지. 그리고 내가 천사장이 되겠고."

그녀는 그의 셔츠 단추와 씨름했다.

그녀의 스웨터를 벗겨내며 그는 코웃음쳤다.

"어림도 없어, 블론디."

그는 그녀의 브래지어를 풀고 자신이 발굴해 낸 보물에 찬사를 보냈다. 그리고는 그녀의 눈을 향해 미소지었다.

"하지만 네가 최선을 다할 수 있는 기회를 늘 기꺼이 제공하지."

에필로그

닉은 데이지를 문에 밀어붙이고 열띠게 키스하며 마크 홉킨스 호텔의 10층 방 카드키와 씨름했다. 그러다 문손잡이가 갑자기 그의 손 아래로 휙 돌아가는 바람에 거의 방안으로 넘어질 뻔했다. 그들은 서로를 쳐다보고 웃음을 터뜨렸다. 그리곤 닉이 그녀를 번쩍 안아 올려 문턱을 넘었다.

그녀를 내려놓고 문을 닫으며 그곳에 기댔다.

"네가 얼마나 눈부신 신부인지 말했던가, 콜트레인 부인?"

"응, 하지만 더 말해 줘."

그의 앞에서 당당하게 똑바로 서서, 그녀는 시건방진 미소를 띠고 그를 향해 손가락을 굽혀 '줘, 줘'라는 제스처를 했다.

"더 들어도 좋아."

"넌 아름다워. 황홀해."

그들의 결혼식은 굉장했다. 그녀가 원한 그대로 규모는 작고 친밀했으며, 베니가 드레스 대신 턱시도를 골랐기에 꽤 전통적으로 끝나기까지 했다. 인정하긴 싫지만 닉은 한결 마음을 놓았다. 물론 데이지가 결혼만 해준다면 베니가 뭘 입어도 좋다고 말했을 때 진심이긴 했지만.

그녀의 어머니도 새 남편과 함께 왔는데, 어찌나 야단법석을 떨며 눈물을 흘리는지 그는 좀 과하지 않나 생각했다. 하지만 데이지가 어머니를 보고 반가워했으니, 조금 연극적이었다 한들 그에게 무슨 불만이 있겠는가?

그는 막 결혼한 신부에게 다정히 미소짓고, 그녀가 주위를 둘러보는 것을 지켜보며 문에서 떨어졌다.

다시 그를 돌아본 그녀의 눈썹이 치켜 올라갔다.

"내가 데자뷔* 현상을 겪는 거야, 아니면 여기가 정말로 그때……?"

그는 그녀를 품으로 끌어당겨 키스하고는 고개를 들었다.

"내가 이번에는 제대로 해 보이면 기뻐하리라 생각했어."

그들이 9년 전 썼던 바로 그 방안으로 춤추듯 그녀를 이끌어, 그는 연극적인 과장된 몸짓으로 룸서비스 카트 앞으로 그녀를 데려가 내려놓고 똑바로 세우더니, 자신의 몸에 바싹 끌어당겨 다시 한 번 키스했다. 그리고는 그녀를 놓아주고 차게 하기 위해 은제 양동이에 담겨 있던 와인병을 들어, 라벨을 보였다.

"마담."

"오, 세상에—너무 근사하다."

J. 피츠제럴드의 와인 저장고에서 그가 납작 얼굴을 기절시키는 데 썼던 그 병을 응시하며, 그녀는 뱃속 깊이 울려나오는 웃음소리를 냈다.

"정말이지 너무 완벽해. 이게 내가 당신을 좋아하는 이유 중 하나라니까, 콜트레인. 당신 너무 멋있어."

"더글러스를 위해 건배 한 번 해야지 생각했어, 그 사람 덕분에 우리가 다시 만나게 되었으니."

---

* de ja vu. 기시감(既視感) 뭔가를 보았을 때 전에 본 듯한 기분이 드는 현상

그는 만족에 겨워 씨익 미소를 짓지 않을 수가 없었다.

"그자의 하수인들이 나불나불 불어대는 중이라 했던 건 뻥이었는데, 내가 예언자였을 줄 누가 알았겠어?"

통나무 복은 전과 2범이었고 더글러스가 자유와 사치를 누리며 살아가는 동안 자신은 주립 형무소에서 10년에서 20년을 보내고픈 바람이 전혀 없었다. 자신이 직면한 것에 비하면, 노인네가 대사직을 잃는 것쯤이야 분명 전혀 비극적으로 보이지 않았던 모양이다. 그래서 그는 몽땅 털어놓았다.

그리고 기막히게도, 샌프란시스코의 '성자'께서 자신이 저지른 골칫거리를 해결하기 위해 어깨들을 고용한 게 처음이 아니었다. 조사 결과, 사업적으로나 사적으로나, 이보다 훨씬 진창구덩이인 상황에 손을 담갔던 것으로 드러났다.

"그 사람은 별로 똑똑하지 않았어."

데이지가 말했다.

"하지만 사람들이 아직도 혼란스러워하고 있더라."

닉은 그녀에게 잔을 건네고 자신의 것과 쨍그랑 부딪쳤다.

"그러니 그를 위해서. 그가 오래오래도록 감방에서 살기를."

그들은 한 모금 마셨다. 그리고는 다시금 잔을 들어올렸다. 데이지는 그와 팔을 얽었다.

"더 중요하게는, 우리를 위해서. 함께 하는 삶과 서로에 대한 사랑이 영원하기를."

그들은 잔을 비웠다.

그리고 그들의 삶은 전도양양했다. 파티날 밤 닉이 찍은 사진이 더글러스의 오만함을 잡아내어 처음엔 스캔들, 나중엔 재판기사가 뉴스나 타임스를 비롯한 유력 신문에 실릴 때마다 따라붙는 사진이 되었다.

사진을 찍은 밤 닉이 더글러스와 시비가 있었던 것과 거기에다 데이지의 직업이 밝혀지자, 사람들은 그가 말한 것보다 뭔가 더 많이 알고 있으리라 추정했다. 그는 입을 꾹 다물고 루머가 멋대로 돌게 두었다. 하지만 부수적인 효과로 갑자기 블론디에게 고객들이 쇄도했다.

닉은 자신의 신부를 바라보았다—결혼 서약을 주고받은 이래 수없이 그랬던 것처럼. 그녀의 뺨은 달아올랐으며 반짝거리는 짙은 눈으로 그에게 마주 미소지었고, 그는 손을 뻗어 그녀의 아랫입술을 엄지손가락으로 쓸었다.

"사랑해, 데이지 파커 콜트레인."

그녀의 얼굴이 더욱 환해졌다.

"나도 사랑해. 바지 벗어."

그의 남성이 꿈틀 튀어 올랐다.

"오, 난 강제적인 여자가 좋더라. 날 그렇게나 간절히 원해, 응?"

"그래, 그것도 있지. 하지만 바지는 보험용이야. 이번에 당신이 갑자기 튀고 싶은 충동을 느끼면, 세상이 다 보게 연장을 덜렁거리며 다녀야 할 거야."

"날 믿어, 스위트하트. 여기 커다란 녀석이나 나나 아무 데도 안 가."

하지만 그는 바지를 벗어 그녀에게 던졌다. 그리고는 셔츠 단추를 풀기 시작했다.

"네 드레스 마음에 들어, 귀염둥이. 하지만 넌 옷을 너무 많이 입고 있군."

그녀는 씨익 웃고 그에게 숨겨진 지퍼를 내려달라고 등을 들이댔다. 그가 지퍼를 내리는 동안 그녀는 어깨 너머로 그를 쳐다보았다.

"모의 소식 굉장했지, 응?"

"그래, 내가 삼촌이 되는 거야. 꽤나 신선한 걸."

"레이드는 아주 좋아 죽으려 하더라."

"농담 아냐. 정말이지 창피할 지경이었다고."

셔츠를 한쪽으로 내던지고 고개를 든 그는 다시금 그녀가 옷 벗기 경주에서 자신을 이겼음을 발견했다. 그는 그녀와 침대로 쓰러져 몸을 굴려 옆으로 누워 그녀를 내려다보았다.

"네가 임신한다면, 난 그보다는 쿨하게 행동하기를 바랄 뿐이야."

그는 마치 자신의 아이가 안에 있기라도 한 양 그녀의 배를 부드럽게 쓸었다. 그리고는 그녀의 빛나는 초콜릿빛 눈을 들여다보고 장난스런 미소를 지었다.

"하지만 내가 언제 생각하고 행동한 적이 있던가?"

그는 어깨를 으쓱했다.

"이렇게 말할 수밖에 없겠다, 컵케이크—아무래도 그럴지 의심스럽다고."

<끝>